D1274066

Читайте романы примадонны иронического детектива Дарьи Донцовой

ИРОНИЧЕСКИЙ
ДЕТЕКТИВ

Дарья Донцова

Прогноз гадостей на завтра

Москва

ЭКСМО-ПРЕСС

2 0 0 1

ИРОНИЧЕСКИЙ ДЕТЕКТИВ

УДК 882
ББК 84(2Рос-Рус)6-4
Д 67

**Разработка серийного оформления
художника *В. Щербакова***

Донцова Д. А.

Д 67 Прогноз гадостей на завтра: Роман. — М.: Изд-во
ЭКСМО-Пресс, 2001. — 416 с. (Серия «Иронический
детектив»).

ISBN 5-04-008234-7

Ну что за невезуха! Я, Евлампия Романова, вылетела в непотребном виде
в магазин за дюбелями и бац! — встретила свою старую любовь — Эдика.
Мы вместе учились в консерватории, и у нас даже был роман. Приняв его
приглашение поболтать, я поехала с ним в «Макдоналдс». Где был в это
время мой ангел-хранитель?! Заснул или тоже решил перекусить? Почему
не налетел смерч, не вспыхнул пожар или, на худой конец, не забарахлил
мотор машины?! Нет, иномарка лихо несла меня навстречу беде. Ведь в
«Макдоналдсе» Эдика Малевича убили. Но, оказалось, это только цветочки,
впереди меня ждал урожай ядовитых ягод...

УДК 882
ББК 84(2Рос-Рус)6-4

Прогноз гадостей на завтра

_____ роман

ИРОНИЧЕСКИЙ ДЕТЕКТИВ

ГЛАВА 1

Кто бы мне объяснил: отчего если вечером хорошо, то утром жутко плохо? И почему именно после бессонной ночи, ненакрашенная, с красными, как у ангорского кролика, глазами, с торчащими в разные стороны лохмами, вы обязательно налетаете на бывшего любовника, который, как назло, облачен в роскошную одежду, умопомрачительно пахнет дорогим парфюмом, вертит на пальце ключи от «Мерседеса» и снисходительно роняет сквозь отлично сделанные зубы:

— Ну ты и постарела, душа моя, опустилась, что же не следишь за собой?

И вам остается только, кипя от злобы, наблюдать, как он влезает в свой вызывающе шикарный кабриолет, где в глубине салона сидит дама в норковой шубе. Лишь спустя пару минут вы чувствуете горькое сожаление. Ну почему эта встреча не произошла вчера, когда вы, одетая в енотовое манто, с тщательно сделанной укладкой и макияжем, спешили на вечеринку? Отчего встреча с парнем произошла именно сегодня, когда, мучаясь от головной боли, вы побежали в аптеку, натянув на себя старую куртку? Судьба, знаете ли, большая шутница, ей нравится так поступать с людьми...

Сегодняшний день начался ужасно. Воспользовавшись тем, что дети, Кирюшка и Лизавета, сидят в школе, а мне не надо идти на работу, я решила с толком использовать свободное время и включила стиральную машину.

Слава богу, технический прогресс зашел далеко. Теперь бедным женщинам нет никакой нужды тереть необъятные простыни и пододеяльники куском отвратительно вонючего хозяйственного мыла, а потом возить мокрым бельем по ребристой доске, сдирая пальцы в кровь. Нет, наступили иные времена.

Затолкав в барабан кучу шмоток, я нажала на кнопку, услышала, как в «Канди» с шумом рванулась вода, и с чувством выполненного долга села перед телевизором вкушать ароматный чай. В окно стучал ледяной ноябрь. В этом году последний месяц осени выдался непривычно морозным, на календаре второе число, а на градуснике — минус десять. Но дома на кухне тепло и уютно, вкусно пахнет свежеприготовленными тостами. Все наши животные — а их у нас целая стая: четыре собаки и три кошки — разбрелись по квартире кто куда. Три пса гладкошерстные, мопсы Муля и Ада и стаффордширская терьерица Рейчел, поэтому в прохладную погоду они предпочитают зарываться в пледы, четвертый — двортерьер Рамик, обладатель роскошной бело-черной шерсти, спит, как правило, на кухне под столом. Рамик большой любитель вкусной еды и на всякий случай держится поближе к своей миске, вдруг туда что-нибудь положат. Между прочим, подобная тактика приносит плоды. Во время готовки на пол частенько падают разнообразные вкусности вроде кусочка морковки или обрезка мяса, а еще на столе всегда стоят печенье или карамельки, и, когда хозяева убегают, забыв спрятать вазочку... Впрочем, до откровенного мародерства Рамик все же не опускается, вот толстозадая Мулечка даже и сомневаться не станет при виде тарелочки с кексом, опрометчиво оставленной на кухонном столе. Сопя от напряжения, мопсиха забирается сначала на стул, потом на стол — и, о радость, вот он, кексик. Наевшись, она спит потом богатырским сном, не реагируя ни на какие внешние раздражители. Зато ее родная сестра Ада очень интеллигентна. Та ни за что не притронется к бутерброду с колбасой, который Кирюшка положил на журнальный столик у телевизора. Адюша будет смотреть на вожделенное лакомство печальными глазами и томно вздыхать, но ей даже в голову не придет стащить розовый кусочек «Докторской». Зато Адка все время лает и носится по коридорам, предлагая поиграть с ней. Покоя от нее нет ни днем ни ночью. К сожалению, в соседней с нами квартире живет дама, любящая крепко выпить, и, если у нее собираются гости, впрочем, они приходят к ней почти каждый вечер, Адюшка принимается безостановочно тявкать.

Вот и сейчас она сидела на пороге кухни и периодически издавала короткое «гав».

— Замолчи, — сурово велела я.

Но мопсиха продолжала нервничать. Стараясь не обращать на нее внимания, я уставилась в телевизор. Так, свободный день следует провести с пользой. Сначала сбегаю в магазин, потом приготовлю на три дня обед, Кирюшка давно просит шарлотку, потом уберу квартиру, а то по всем углам мотаются серые комки пыли...

Ада теперь лаяла беспрестанно, она смотрела в коридор и издавала равномерно: «Тяв, тяв, тяв...»

— Прекрати сейчас же, — обозлилась я, — ну что там еще?

В эту секунду раздался вой. Я кинулась к выходу. Наша стаффордширдиха Рейчел издает подобный звук только в случае крайней опасности.

Вылетев в коридор, я попала обеими ногами в воду и заорала от ужаса. Повсюду лились потоки мыльной пены. Ада вновь залаяла и посмотрела на меня, всем своим видом говоря: «Я же сообщала о происшедшем, а ты ругалась и велела мне заткнуться!»

Чертыхаясь и поскальзываясь, я добралась до ванной и обнаружила причину несчастья: шланг от стиральной машины, через который должна выливаться в раковину грязная вода, мирным образом висел на крючочке, вбитом в стену, я забыла его опустить в умывальник.

Пришлось, сидя на корточках, вычерпывать «океан» пластмассовой миской, слушая неумолчный вой собак. Через час я, грязная, встрепанная, вошла на кухню и, решив себя вознаградить, сунула в тостер кусочек хлеба, нажала на клавишу...

Вмиг из глубин безотказно работавшего еще сегодня утром агрегата вырвался столб пламени. Ада взвыла и нырнула под стол. Я завопила от ужаса, выдернула шнур из розетки и швырнула произведение «Бош» на лоджию, где оно благополучно догорело... Слава богу, пострадал только подоконник, на нем остался черный след.

Смыв жирную копоть, я выбросила тряпку, глянула на себя в зеркало и подавила вздох. Ладно, сейчас умоемся и двинем на рынок. Но не успели ноги шагнуть к порогу, как раздался дикий грохот, жуткий вопль Рамика и Ады, звон, треск и вой Рейчел.

Один из кухонных шкафчиков по непонятной причине рухнул на пол... Кухня у нас большая, она сделана из двух комнат, секций для хранения чего бы то ни было в ней полным-полно, в принципе могла сорваться любая из них, набитая, к примеру, бакалеей или консервами... Но сверзилась именно та полка, где стояла посуда: чашки, фужеры, рюмки... Весь пол оказался усеян мелкими-мелкими осколками, а хрусталь просто превратился в стеклянную пыль!

Выудив из эпицентра беды верещавшую от ужаса Адку, я выкинула ее в коридор, потом отряхнула Рамика, выгнала его следом за мопсихой и принялась убирать крошево. Выходной день начал походить на кошмар.

Через два часа я, переведя дух, принесла дрель и обнаружила отсутствие дюбелей. Пришлось прямо на спортивный костюм натягивать куртку и идти в скобяной магазин. По счастью, он расположен в двух шагах от нашего дома, на проспекте, у метро. Вообще говоря, страшно хотелось выпить кофе, но в свете всех происшедших событий я не рискнула включать электрочайник.

Натянув на голову капюшон, а на ноги старые Кирюшкины сапоги, я понеслась по улице. Надо навести порядок до возвращения детей, представляю, как они начнут потешаться надо мной, узнав о последних событиях. И Кирюшка, и Лизавета находятся в том подростковом возрасте, который специалисты называют загадочно-красивым словом «пубертат». Но суть процессов в их организмах остается, как ее ни обзови, простой — оба превратились в отвратительных, вечно спорящих и всем недовольных субъектов. Они то ругаются, то плачут, постоянно выясняя отношения между собой, со мной и всем окружающим миром.

Кирюшка вчера заорал «Козел!» в адрес мужчины весьма интеллигентного вида, который случайно толкнул его в магазине. Поправив очки, мужик миролюбиво сказал:

— Ой, простите!

— Козел, — завизжал Кирюшка, — идиот, ты мне все ноги оттоптал!

Виновник инцидента молча окинул взглядом меня, красного от возмущения мальчика и, ничего не сказав, ушел. Зато продавщица, швыряя на прилавок пакет кефира, ехидно осведомилась:

— Давно сыночку прививку от бешенства делали?

Я вытолкала Кирюшку на улицу и возмутилась:

— Как тебе не стыдно!

— Ну и что, — парировал он, — самый настоящий козел и есть, пусть другой раз смотрит, куда ноги ставит.

— Ужасно, — бормотала я, — просто позор, ну как можно... что он о нас подумает!

Кирка посмотрел на меня свысока и хмыкнул:

— Прекрати, Лампа, мы никогда его больше не увидим! Не наплевать ли нам на его мнение?

Я не нашлась, что возразить. Вечером в мою комнату ворвалась Лизавета. С треском распахнула шкаф, вытрясла оттуда брюки, попыталась их натянуть на свою весьма объемистую попку и зарыдала в голос:

— Прикинь, Лампа, я стала толще тебя! Катастрофа!

Я вспомнила, как, придя из школы, Лизавета, взяв с собой коробочку шоколадных конфет, устроилась у телика и, недолго мучаясь, слопала все. Лиза продолжала плакать:

— Отвратительно! Я самая толстая, уродливая во всем классе! Вон Машка Гаврюшкина тощая-претощая...

— Может, тебе нужно есть поменьше сладкого, — робко сказала я, — мучного и жирного?.. Хочешь, куплю абонемент в спортклуб: шейпинг, аэробика, плавание. Живо десять кило потеряешь!

Лизавета вспыхнула огнем, потом швырнула мою одежду прямо на пол и прошипела:

— Спасибо, ты всегда знаешь, как утешить: да уж, если и ждать от кого сочувствия, так только не от тебя...

— Но что я плохого сказала? Диета и занятия физкультурой творят чудеса!

— Ничего, — злобилась Лиза, — ничего! Честно говоря, я ждала, ты скажешь что-нибудь типа: дорогая Лизонька, у тебя изумительная фигура! Вот спасибо так спасибо! Десять кило потеряешь! Значит, они у меня лишние?! Кстати, ты сама лопаешь конфеты, а других осуждаешь...

— Но я вешу сорок восемь килограммов и...

— Ничего слышать не хочу, — взвизгнула Лиза и выскочила в коридор, от души треснув дверью о косяк.

В скобяной лавке, слава богу, нашлись нужные дюбели и шурупы. Сунув в карман пакетик, я вышла на улицу, поежилась от пронизывающего ветра и услышала:

— Фрося!

Я машинально повернулась на зов, ноги притормозили. Так, значит, это знакомый из той прошлой жизни...

Моя биография четко делится на две части: до встречи с Катей Романовой и после. «До» была тихая жизнь под крылышком у мамы, оперной певицы, и папы, доктора наук, учеба в консерватории по классу арфы, неудачная артистическая карьера, замужество, завершившееся моим побегом из дома и в конце концов разводом... И звали меня в той жизни Ефросинья[1]. Но потом судьба меня столкнула с Катюшкой и ее семьей. Дальнейшая жизнь потекла по-другому. Теперь я считаю своей родней Катю, двух ее сыновей, Сережу и Кирюшку, жену Сережки Юлечку и кучу домашних животных. Катюша хирург, Сережка работает в рекламном агентстве, а Юля журналист. Лизавета появилась у нас в результате моей попытки очередной раз заработать деньги. Сами понимаете, профессия арфистки не самая нужная в нынешние времена, правда, Катюша отлично зарабатывает, она виртуозно оперирует щитовидную железу, и больные выстраиваются к ней в очередь. Оклад у подруги, несмотря на ученую степень, крошечный, но многие из больных вручают ей конвертики. К слову сказать, Катя никогда не делает различия между платными и «нищими» пациентами и готова сидеть со всеми ровно столько, сколько надо. Она вообще у нас ненормальная: уходит из дома в восемь утра, приходит в девять вечера.

Так вот Катя все время говорит:

— Хватит комплексовать! Веди домашнее хозяйство, я заработаю!

Но мне весьма некомфортно жить нахлебницей, поэтому я постоянно пытаюсь устроиться на работу. Одной из таких попыток было попробовать себя на ниве домашнего хозяйства. Я нанялась экономкой в семью модного писателя Кондрата Разумова. Но, очевидно, господь предназначил меня для других занятий. В домработницах я прослужила ровно две недели, а потом Кондрата убили. Его дочь Лиза осталась на белом

---

[1] См. роман Дарьи Донцовой «Маникюр для покойника».

свете одна-одинешенька, и мы с Катериной забрали ее к себе[1].

Да, еще одно. Поселившись у Кати, я приобрела семью. Кстати, мы по случайности оказались однофамилицами, и те, кто не знает истории наших взаимоотношений, искренне считают нас сестрами. Уж очень я не любила имя Ефросинья, оно напоминало о бесцельно прожитых годах, так что теперь в моем паспорте написано — Евлампия Романова. Но все знакомые и близкие зовут меня коротко: Лампа.

— Фрося, ты, что ли? — повторил бархатистый баритон.

Я глянула на говорившего и поперхнулась. Прямо на меня, выглядывая из окна роскошной машины, смотрел Эдуард Малевич, как всегда, безукоризненно одетый и причесанный. Окинув взглядом его роскошное пальто из мягкой фланели и великолепный костюм, видневшийся между расстегнутыми полами, я подавила тяжелый вздох. Ну почему эта встреча произошла именно сейчас, когда я, всклокоченная, ненакрашенная, с облупившимся после вычерпывания «океана» лаком на ногтях, побежала на улицу в затрапезной китайской куртке? Между прочим, в шкафу висит хорошенькая шубка из белки, подарок Сережки на мой день рождения... И уж совсем обидно, что налетела в таком виде не на кого-нибудь, а на Эдика.

Мы учились вместе в консерватории, только Малевич осваивал скрипку. Ему пророчили блестящее будущее. Уже на третьем курсе Эдик отхватил премию на каком-то конкурсе, по-моему, в Варне, и педагоги в один голос пели: «Малевич — наша надежда». Эдичка всегда был хорош

---

[1] См. роман Дарьи Донцовой «Гадюка в сиропе».

собой. Для меня оставалось тайной, каким образом он ухитряется великолепно одеваться, посещать модную парикмахерскую и курить самые дорогие по тем временам сигареты «БТ». Малевич был не москвич, жил, как все иногородние студенты, на стипендию...

На четвертом курсе у нас разгорелся роман. Я слыла очень инфантильной девочкой, воспитанной на редкость авторитарной мамой, да и времена были иные, чем сейчас. Поэтому мы несколько недель, сбегая с занятий, просто бродили по весенним улицам, взявшись за руки. Вечером встречаться не могли. Моя мамуся мигом бы потребовала привести кавалера в дом, а чем заканчивались подобные посещения, я очень хорошо знала.

Впрочем, завершилось это все равно плохо. Мама проведала о том, что дочурка прогуливает учебу, и призвала меня к ответу. Услыхав про роман с мальчиком без московской прописки, мамочка, очевидно, пришла в ужас, потому что сразу отправила меня на все лето к дальней родственнице, живущей в Сочи. Необходимость поездки объяснялась просто. В нашей квартире начинался ремонт, а мне, с моей аллергией, лучше провести это время на берегу моря.

Уезжала я с тяжелым сердцем, а когда первого сентября вернулась на учебу, Эдик уже женился, да не на ком-нибудь, а на дочке профессора Арбени, хохотушке Ниночке, кстати, тоже очень талантливой скрипачке. Честно говоря, было не слишком приятно сталкиваться с ним в коридорах и буфете, но я делала вид, что ничего не произошло. После окончания консерватории я никогда не встречала Эдика, одно время видела его фамилию на афишах, потом она исчезла, и я решила, что Малевич, как многие талантливые музыканты, концертирует теперь на Западе. И вот надо же! Налетела на Эдика.

— Фроська, — радовался мужик. — Залезай в машину. Как живешь?

Я села в тачку. Сказать правду? С прежней работы в частном лицее пришлось уйти, уж очень противные попадались родители. А чтобы не чувствовать себя приживалкой, даю уроки музыки в ближайшей школе, получая за это двести рублей в месяц. Не имею детей и мужа.

Я еще раз окинула взглядом роскошное пальто Эдика, вдохнула аромат дорогого парфюма и начала с энтузиазмом врать:

— Все чудесно. Вышла замуж, родила двух мальчиков, концертную деятельность бросила, сам понимаешь, при наличии детей делать карьеру музыканта затруднительно, поэтому просто работаю на радио, в оркестре. Сейчас вот ремонт затеяли...

Я перевела дух и вытащила из кармана дюбели.

— Побежала за шурупами, прямо как была, в жутком виде, а тут ты!

Эдик расхохотался:

— Ремонт! Тогда понятно. Ей-богу, я расстроился, когда тебя увидел, чистая бомжиха...

— Видел бы ты мою квартиру! Все двенадцать комнат в разгроме, а муж, как всегда, умотал в Америку.

— Ты сама обои клеишь?!

— С ума сошел? Бригаду наняла, итальянцев, разве наши хорошо сделают?

— Слышь, Фрось, — предложил Эдик, — поехали, попьем кофейку, потреплемся...

— Но мне домой надо.

— Да брось, позвони, скажи, через час придешь, ну давай, столько лет не виделись!

Я растерянно пробормотала:

— Но я одета не лучшим образом...

— Наплюй, поедем в «Макдоналдс», там никто и внимания не обратит, сядем в углу, поболтаем, ну давай, давай...

И он завел мотор.

Неожиданно я весело сказала:

— Давай! И правда, сто лет не разговаривали.

— Отлично, — обрадовался Эдик, и мы покатили вперед.

Наверное, в этот момент мой ангел-хранитель попросту заснул или решил пойти пообедать, ведь ничто не помешало мне совершить поступок, последствия которого пришлось пожинать потом очень долго. Ну почему не началось землетрясение или пожар? Почему, в конце концов, автомобиль завелся и покладисто поехал в сторону «Макдоналдса»? Отчего не закапризничал, как моя старенькая «копейка», демонстрируя севший аккумулятор или забрызганные свечи... Да мало ли причин найдется у авто, чтобы не двинуться с места! Но нет, иномарка лихо покатила по проспекту, неся меня навстречу беде.

ГЛАВА 2

В «Макдоналдсе» мы устроились в китайском зале, в самом углу, развернули хрусткие бумажки, вытащили горячие булки с котлетами и принялись болтать.

— Где ты выступаешь? — поинтересовалась я.

— На кладбище, — преспокойно ответил Эдик, вонзая зубы в мясо.

В первый момент я подумала, что не поняла его, и переспросила:

— Кладбище? Это какой же зал теперь так мило называется?

— Кладбище — это кладбище, — хмыкнул Эдик, — могилки, памятники, венки, безутешные родственники...

Я разинула рот:

— Ты играешь на погосте? Где? У могил? Или в церкви, на органе?

Малевич захохотал:

— Фроська, ты идиотка. В православных соборах нет органа и музыки, там поют а капелла, это ты с католиками путаешь. Но я не играю.

— Что же ты делаешь?

— Я директор кладбища, правда, не слишком большого, притом не московского...

От изумления я чуть не пролила напиток, который «Макдоналдс» выдает за кофе-капуччино, и обалдело переспросила:

— Ты?! Начальник над захоронениями? Где?

— В изумительном месте, — улыбнулся Эдик, — пятнадцать минут от столицы, Белогорск. Живу в Москве, а работаю в области. Там шикарная природа...

Я отказывалась верить своим ушам. Эдик Малевич, талантливый скрипач, — и такой пердюмонокль! Пьяные могильщики, бомжи...

Не замечая произведенного впечатления, бывший однокашник бодро расписывал красоты Белогорска, потом начал рассказывать о жене со странным именем Гема.

Минут через пятнадцать, когда мы, опустошив подносы, принялись за мороженое, Эдик внезапно вздохнул:

— Черт возьми!

— Что случилось?

— Да забыл в машине педерастку, а в ней мобильный. — В ту же секунду он протянул мне ключи и попросил: — Будь другом, принеси.

Сказать, что его предложение меня удивило,

это не сказать ничего. За кого Малевич меня принимает? Он на своем кладбище растерял все представления о приличном поведении. Отправить даму за сумкой!

Очевидно, на моем лице отразились все эти мысли, потому что Эдик быстренько добавил:

— Извини, дорогая, знаю, это звучит как хамство, но у меня разыгрался дикий радикулит, пошевелиться не могу, а в барсетке еще и лекарства. Будь человеком, принеси.

Я рассмеялась и взяла ключи. Да уж, к сожалению, мы не делаемся моложе с возрастом, вот уже у моих одногодков начинаются проблемы со здоровьем. Хотя радикулит можно заработать и в юности. Улыбаясь, я вышла на улицу, открыла роскошный автомобиль и тут же увидела на заднем сиденье небольшую сумочку с кожаной петелькой. Сунув ее в объемистый карман куртки, я заперла иномарку и не торопясь вернулась в «Макдоналдс».

Эдик сидел, навалившись на стол. Похоже, беднягу сильно скрутило.

— Передвижная аптека прибыла, — сообщила я и, сев на свое место, взглянула на однокурсника.

От вопля меня удержала лишь мысль о множестве разновозрастных детей, весело болтавших почти за каждым столом. Эдик выглядел ужасно. Огромные, широко раскрытые, какие-то выпученные глаза не мигая смотрели поверх моей головы. Изо рта вытекала слюна, а губы были искажены гримасой.

Чувствуя легкое головокружение, я скользнула взглядом по трупу и увидела торчащую из левого бока рукоятку ножа. Собрав всю волю в кулак, я встала и пошла к лестнице, потом обернулась. Так, Эдик сидит спиной к залу, лицом к стене, перед ним стоит поднос, на котором гро-

моздятся остатки чизбургеров, пакетики с недо-
еденной картошкой и упаковки с пирожками.
Место тут укромное, со стороны пейзаж выглядит так, словно кавалер спокойно отдыхает, поджидая даму, пошедшую в туалет.

— Где у вас главный? — схватила я за рукав
девчонку в фирменной рубашке «Макдоналдса».

— Главный по чему? — улыбаясь во весь рот,
осведомилась служащая.

Потом, увидав мое замешательство, пояснила:

— У нас есть директор по персоналу, директор по еде...

Я тяжело вздохнула. Если бы Эдик отравился,
следовало обращаться к тому, кто отвечает за харчи, но Малевича пырнули ножом.

— Начальник службы безопасности на месте?

— А вон он у центрального входа, — показала
девица пальцем на высокого темноволосого мужика в безукоризненном костюме.

Я дошла до парня, глянула на табличку, при-
крепленную на лацкане его пиджака, и спросила:

— Олег Сергеевич?

Мужик широко улыбнулся:

— Весь внимание, надеюсь, не произошло
ничего ужасного?

— Со мной нет.

— Отлично, тогда в чем проблема?

— Моего спутника только что убили.

Олег Сергеевич поперхнулся:

— Надеюсь, вы шутите!

— Нет. Его, похоже, ударили ножом, во всяком случае, из тела торчит рукоятка. Я подошла к
вам тихонько, чтобы не пугать посетителей.

— Быстро покажите место происшествия, —
велел парень.

Мы дошли до китайского зала. Секьюрити нервным взглядом окинул Эдика и приказал:

— Ждите здесь.

— Между прочим, — обозлилась я, — могли бы сказать спасибо. Станете хамить, заору как ненормальная: спасите, убили. Все клиенты разбегутся.

Олег Сергеевич взял меня за руку и проникновенно сказал:

— Вы и не представляете, как я вам благодарен, но, извините, подождите пару минут.

Я покорно села напротив Малевича и постаралась не смотреть на то, что еще полчаса назад было весело поедавшим гамбургеры человеком.

Внезапно музыка стихла, и послышался женский голос:

— Уважаемые посетители. Ресторан «Макдоналдс» начинает розыгрыш талонов на бесплатный обед. Сегодня счастливыми обладателями купонов стали все посетители китайского зала. Повторяю, все посетители китайского зала получат сейчас талоны на бесплатное посещение «Макдоналдса», просьба всех подойти к кассе номер два. Внимание, предложение действительно всего пять минут, кто не успел, тот опоздал. Торопитесь к кассе номер два, первым троим обратившимся приготовлены чудесные подарки: фирменные футболки от «Макдоналдса».

Зальчик мигом опустел. Весело переговариваясь, люди побежали в центральное отделение, где располагались кассы. Когда последний человек унесся по лестнице, с улицы вошли Олег Сергеевич и двое крепких молодых людей.

— Быстрее, ребята! — велело начальство.

Парни легко подхватили Эдика и вволокли его в небольшую неприметную дверку, сливавшуюся со стеной.

— Идите за мной, — сказал Олег Сергеевич.

Через полчаса приехала милиция.

— Нам надо осмотреть место происшествия, — сухо произнес один из мужиков, одетый в весьма помятые брюки и пуловер.

Высокая худощавая дама в безукоризненно белой блузке, только что угощавшая меня в своем кабинете кофе, не капуччино, как в торговом зале, а настоящим, великолепно сваренным и в меру сладким, заломила руки:

— Господа, умоляю! Тут на небольшом пятачке вокруг нашего ресторана много редакций. Журналисты привыкли здесь обедать, честно говоря, мы раздали многим талоны на скидку, ну сами понимаете, реклама... Небось сейчас в залах есть газетчики... Если узнают... Умоляю!

Парень в жеваных брюках хмыкнул, бросил быстрый взгляд на бейджик, прикрепленный у дамы на блузке, и сказал:

— Ага, журналисты! Ну так что тогда? Напишут о вас теперь везде, реклама! Чем же вы, Елена Сергеевна, так недовольны?

— Издеваетесь, да? — всхлипнула дама. — И не представляете, что со мной начальство сделает, если узнает, что скандал не предотвратила. Между прочим, тут инофирма! Американцы жутко за свой имидж трясутся. Знаете, какой недавно в одном нашем ресторане конфуз вышел?

— Ну? — хихикнул другой мужик. — Клиент котлетой подавился?

Елена Сергеевна покачала головой:

— Нет. Молодая пара с ребенком сидела у входа в подсобные помещения, и надо же было случиться такому! Из подвала, очевидно, выскочила крыса и укусила их девочку за ногу! Жуть! Родители собрались в суд подавать, так, чтобы скандал замять, «Макдоналдс» купил им квартиру!

Мужик в мятых брюках ухмыльнулся.

— У вас во всех ресторанах крысы водятся? Или только в одном? Подскажите адресок, честно говоря, надоело с тещей жить...

— Слышь, Костя, — отозвался другой, — кончай базар, работать пора.

— Работа, Лешка, не Алитет, в горы не уйдет, — отозвался Константин и продолжил: — Вот журналистам талончики на харчи дали. А между прочим, работники шариковой ручки великолепно зарабатывают, им ничего не стоит у вас сто рубликов оставить... А наше отделение здесь за углом, зарплата у сотрудников копеечная, пообедать негде... Что-то никто к нам от вас с талонами не пришел и не сказал: «Мальчики, вы наш покой бережете, милости просим, угощайтесь!» А теперь хотите, чтобы мы все шито-крыто сделали? Нет уж! Место происшествия следует оцепить и...

— Ну ребята, — со слезами на глазах взмолилась Елена Сергеевна, — ну виноваты, не подумали. Прямо сейчас отправлю к вам человека, ну будьте людьми! Кстати, сами идите к кассе номер два, у нас новинка — мак-кантри...

Костя улыбнулся:

— Ладно, не дрожите, аккуратно выполним. Надеюсь, вы догадались сделать так, чтобы за столик никто не сел?

— Там Олег Сергеевич посетителя изображает, — всхлипнула дама.

— Отлично, — сказал Леша, — мы сейчас тоже клиентами станем. Лично я чиккен макнаггетс очень уважаю, девять кусочков с соусом карри, вкусная штука.

— А где труп? — осведомился Костя.

— В зале, — вздрогнула Елена Сергеевна, — в

таком небольшом зальчике, где у нас именины празднуют.

— К сожаленью, день рожденья только раз в году... Зря тело переместили, ну да черт с ним, — пропел Костя и приказал: — Ладно, по коням. Я с Лешкой в зал, Мишка, ты со свидетельницей работаешь.

Молчавший до сих пор парень ожил:

— Где тут сесть можно?

— Здесь, за моим столом, — суетилась дама.

— Ладушки, — подвел итог Костя, — начали, а вы, Елена Сергеевна, отведите нашего эксперта в зальчик к трупику.

Через секунду мы остались с малоразговорчивым парнем вдвоем. Михаил вытащил из портфеля планшет с прикрепленным на нем листом бумаги и, вздохнув, спросил:

— Имя, фамилия, отчество, год рождения и место проживания...

Я покорно принялась отвечать на вопросы. Да, знала покойного много лет. Нет, последние годы не виделись. Да, встреча произошла случайно, в «Макдоналдс» отправились стихийно.

— Он не говорил, почему вдруг бросил карьеру скрипача и занялся кладбищенским бизнесом? — допытывался Михаил.

— Объяснил, конечно. Несколько лет тому назад упал на улице и весьма неудачно сломал руку, играть больше не смог, пришлось искать новое место работы. Опыта никакого, кроме музыкального...

— Странно, однако, — бормотал Миша, — мог бы пойти преподавать, а тут — кладбище.

— Знаете, — улыбнулась я, — между прочим, у меня в тумбочке диплом, подтверждающий образование, полученное в консерватории. Ну и что? Перебиваюсь сейчас в обычной школе, даю уроки музыки детям, которым она совершенно не нужна, оклад чуть больше двухсот рублей. За педагогическую деятельность в нашей стране платят копейки.

— Но я понял, что Малевич был известным музыкантом, — протянул Миша.

— В общем, да, но отнюдь не Ойстрахом.

— При чем тут Госстрах? — удивился мент.

Я подавила тяжелый вздох. Ну не рассказывать же парню про великого скрипача Давида Ойстраха!

— Госстрах тут и впрямь ни при чем.

— Значит, в момент убийства вас не было, — уточнил мент. — Где вы были?

Внезапно на меня навалилась усталость. Утро единственного свободного дня рабочей недели выдалось отвратительным. Мне еще надо повесить шкафчик... Если скажу про барсетку, начнется новый виток расспросов...

— В туалете.

— Ага, — ответил Миша, — пожалуй, это все.

С гудящей головой я выпала в зал и побрела к выходу. Вряд ли в ближайшие десять лет мне захочется посетить «Макдоналдс».

— Евлампия, дорогая, — раздался сзади слегка запыхавшийся голос.

Я обернулась и увидела Елену Сергеевну, державшую в руках несколько бело-красных пакетов.

— Нет слов, чтобы выразить вам мою благодарность...

— Ерунда.

— Ну, пожалуйста, милая, имейте в виду, вы всегда самый дорогой гость у нас. Возьмите.

— Что это?

— Так, ерунда, мелкие сувенирчики.

— Спасибо, — сказала я и отправилась домой.

Войдя в прихожую, я сразу споткнулась о Кирюшкины ботинки, как всегда, разбросанные в разные стороны на коврике. Не успела я нагнуться, чтобы поставить их на место, как из кухни выскочил сам Кирка и заорал:

— Не понимаю, что происходит в нашем доме! Тут что, ураган пронесся? Посуда исчезла, шкафчик на полу...

— Он сорвался со стены, — пояснила я.

— А еще кто-то, уходя из дома, не убрал со стола зефир, и Муля сожрала его, — не успокаивался Кирюшка, — полкило удивительно вкусного зефира...

— Прямо с пакетом, — добавила Лизавета, высовываясь из ванной. — Мы получим через пару часов какашки, упакованные в полиэтилен.

— Между прочим, я сам хотел попить чайку с зефирчиком, — ныл Кирюшка.

— Ты где была? — сурово спросила Лизавета.

— Да, — оживился Кирюша, — позволь полюбопытствовать, где ты шлялась?

Я молча повесила куртку.

— И так ясно, — припечатал Кирюшка, — в «Макдоналдс» ездила!

— Как догадался?

— А пакеты?

— Без нас ела биг-мак, — пришла в полное негодование Лизавета. — Мы тут зубами от голода щелкаем, обеда нет, холодильник пустой, а Лампа по ресторанам шляется. Ты о детях подумала?

Интересно получается, однако. Стоит сделать им замечание, даже вполне невинное, типа: убери ботинки в шкаф, — и мигом получишь ответ: я взрослый и сам решу, что делать. А как только в доме съедаются харчи, оба мигом превращаются в детей.

— Что в пакетах? — полюбопытствовал Кирюшка.

— Не знаю, — машинально ответила я правду.

— Ой, Лампудель, — засмеялась Лиза, — сюрприз сделать хочешь?

Схватив пакеты, дети улетели на кухню, откуда моментально понеслись вопли:

— Класс!

— Супер!!

Я тупо сидела на диване, в голове было пусто. Потом появилась первая мысль. Дети правы, надо выйти на проспект и затарить холодильник. Завтра будет некогда, у меня уроки, а потом очередной педсовет. Совершенно непонятно, что я делаю на этих совещаниях. Музыка воспринимается остальными педагогами как смешной предмет. К тому же я ставлю всем детям пятерки и никогда не сержусь, если они посылают друг другу записочки или стреляются жеваной бумагой. Так что толку от меня на педсовете никакого. Но вредная Анна Евгеньевна, директриса школы, категорично заявляет:

— Вы получаете зарплату и обязаны ее отрабатывать!

Меня все время подмывает спросить: «Вы что, считаете такой оклад деньгами?»

— Лампуша, — всунулся в комнату Кирюшка, — где взяла торт?

Я пошла с мальчиком на кухню и обнаружила на столе изобилие: гамбургеры, чизбургеры, коробки с чиккен макнаггетс, упаковки с соусами и пирожками. Еще там лежали две фирменные футболки и стояла коробка с тортом.

— Клево, — взвизгивала Лизавета, кромсая бисквит, — со взбитыми сливками, обожаю!

— Почему на нем написано «С днем рождения»? — не успокаивался Кирюшка.

Я вздохнула. Испуганная Елена Сергеевна насовала в пакеты все, что нашлось в ресторане.

— А это что? — поинтересовалась Лиза, вертя в руках книжечку.

— Дай сюда, — велел Кирюшка. Он вырвал у девочки из рук непонятный предмет и взвизгнул: — Ой, елки! Лизка! Глянь! Бесплатные обеды в «Макдоналдсе»! Да их тут много!

— Где взяла? — сурово повернулась ко мне Лиза.

Рассказывать им правду совершенно не хотелось.

— Я случайно услышала по «Русскому радио», что в «Макдоналдсе» проводится лотерея, поехала и выиграла главный приз.

— Ну круто! — восхищались дети. — Ты теперь можешь год бесплатно есть гамбургеры.

Перспектива целых двенадцать месяцев питаться булками с котлетами выглядела столь угнетающе, что я мигом сказала:

— Это вам!

Буря восторгов бушевала почти десять минут. Потом, успокоившись, Лизочка с жалостью сказала:

— Нам столько не съесть, а на завтра все таким невкусным станет!

— Позовите друзей, — предложила я.

— Верно, — вскинулся Кирюшка и схватил телефон.

— Дай сюда! — приказала Лиза.

— Индейское жилище фиг вам! — ответил Кирка.

— Урод!

— Жиртрестка!

Посмотрев, как они ругаются, выхватывая

друг у друга из рук трубку, я пошла в спальню и по дороге увидела, что моя куртка свалилась с вешалки на пол и в ней преспокойненько свила гнездо Муля.

— Просто безобразие, — разозлилась я, вытряхивая мопсиху на пол, — ты хоть понимаешь, что линяешь, а куртка темно-синяя.

Рукава, спина и грудь были покрыты большим количеством мелких жестких светлых волосков. Не желая походить на огромного мопса, я оттащила куртку в ванную и принялась энергично встряхивать ее над рукомойником. Раздался глухой шлепок. На кафельной плитке лежала барсетка Эдика.

ГЛАВА 3

Я уставилась во все глаза на шикарную вещичку, сделанную фирмой «Петрек». Ну надо же, сунула сумочку к себе в карман, а потом забыла. Надеюсь, там нет ничего важного.

Я быстро расстегнула барсетку. Из груди невольно вырвался возглас. Ну ничего себе! Одно из отделеньиц было забито деньгами. Закрыв ванную комнату на щеколду, я вывалила на стиральную машину содержимое сумочки. Так. Десять зеленых банкнот по сто долларов, три тысячи российских рублей, упаковка аспирина, расческа, носовой платок и плоский, крохотный телефон, который я сначала приняла за игрушечный, уж больно кукольно выглядел «Эриксон».

Но не успела я взять в руки аппаратик, как на панели заморгала зеленая лампочка. Звука не было, очевидно, Эдик включил режим отключения звонка. Плохо соображая, что делаю, я откинула крышечку и, ткнув пальцем в кнопку с надписью «йес», поднесла телефончик к уху.

— Ну дорогой, — раздался в трубке капризный голосок, — где же ты шляешься, а? Звоню, звоню, не откликаешься? Да что ты молчишь, опять напился, да?

— Простите, — тихо сказала я, — вам нужен Эдуард Малевич?

— Интересное дело, — взвизгнула собеседница, — кто вы такая и почему отвечаете по его телефону?

Значит, милиция ничего не сообщила жене о смерти мужа. В первую секунду мне захотелось разъединиться, но надо же отдать деньги! Документов в сумочке нет... узнать адрес будет трудно, делать нечего, придется взять на себя роль вестницы несчастья. Вспомнив некстати, что в древние времена цари убивали гонцов, принесших дурные известия, я робко ответила:

— С Эдуардом случилась небольшая неприятность, он не может сам ответить, но у меня в руках его барсетка, тут полно денег, скажите адрес, сейчас привезу.

— Все ясно, — констатировала дама, — опять налакался и в вытрезвитель угодил. Валяйте приезжайте. Улица Речная, дом девять, квартира семнадцать. Это...

— Спасибо, я хорошо знаю это место.

В ухо понеслись короткие гудки. Я вышла из ванной и обнаружила в прихожей на коврике целую кучу ботинок и сапог. Из кухни раздались взрывы хохота, Кирюшка и Лизавета собрали друзей.

Решив ничего не говорить детям, я осторожно вытащила из шкафа беличью шубку и новые сапоги на меху. Немного не по погоде, но Эдик, судя по всему, богатый человек, а его супруга, если вспомнить капризный голосок, та еще фря. Нет уж, лучше я вспотею в шубе...

Дети громко хохотали. Очевидно, они добрались до торта. Я аккуратно прикрыла за собой дверь. Речная улица в двух шагах отсюда, первый поворот направо у светофора, можно не садиться в машину, а пробежаться на своих двоих...

Девятый дом ничем не отличался от своих собратьев, такая же блочная башня, а в подъезде не нашлось ни лифтера, ни охранника. Значит, Эдик не такой крутой, каким хотел казаться, или он разбогател недавно. Насколько я знаю, достигнув определенного финансового благополучия, люди первым делом приобретают престижное жилье, здесь же не было даже домофона.

Зато женщина, распахнувшая дверь, выглядела сногсшибательно. Высокая блондинка с осиной талией и большой грудью, обтянутой ярко-красным свитером. Он заканчивался прямо под аппетитным бюстом, потом виднелась полоска голой кожи, пупок с золотым колечком, еще ниже начинались узенькие черные брючки, обрывавшиеся в десяти сантиметрах выше щиколотки.

— Давайте, — бесцеремонно велела она и протянула руку.

Я оглядела ее ярко накрашенное лицо, белые волосы с просвечивающей у корней чернотой и отдала барсетку. Жена Малевича открыла сумочку, присвистнула и сказала:

— Надеюсь, здесь вся сумма. Имейте в виду, я отлично знаю, сколько у Эдьки было баксов с собой.

Я прищурилась и довольно зло ответила:

— Если бы я хотела вас обворовать, то утащила бы все разом!

— Ну ладно, не лезь в бутылку, — миролюбиво ответила девица.

Она казалась очень молодой, лет двадцати, не больше. Густая тушь, черные брови, огненные щеки и кровавые губы не скрывали ее возраст. Порывшись пальцами с отвратительно длинными ногтями в отделении, набитом деньгами, девчонка выудила сторублевую бумажку и царским жестом протянула ее мне:

— Это за услуги, надеюсь, хватит.

Черная волна злобы поднялась из желудка и заполнила мою голову.

— Детка, — процедила я сквозь зубы, — ты бы хоть поинтересовалась, что с Эдуардом!

— Подумаешь, — фыркнула любящая женушка, — эка невидаль! Опять надрался и в вытрезвитель попал, еще хорошо, что не в ментовку!

— Нет, — медленно ответила я, — он, как ты выражаешься, в ментовке!

Девчонка подпрыгнула:

— Ну блин! В каком отделении? Это же опять надо туда бабки тащить!

Понимая, что иного выхода нет, я брякнула:

— Нет, деньгами тут не поможешь, дело очень серьезное.

— Под уголовную статью попал! — всплеснула руками супруга. — Знаем, проходили! Неделю тому назад он долбанул одного мента кулаком по зубам! Ну вы не поверите, сколько содрали! До сих пор вздрагиваю!

— Эдик мертв, — тихо сказала я.

— Как? — отшатнулась девчонка. — Что вы имеете в виду?

— Его убили сегодня в ресторане «Макдоналдс», странно, что никто из милиции не сообщил вам о случившемся.

— Ничего не понимаю, — трясла головой госпожа Малевич, — просто ничегошеньки. Вы имеете в виду, что он напился в ресторане, как труп?

— Нет, — жестко ответила я, — он на самом деле труп.

— Ой! — взвизгнула девица, закатила глаза и рухнула на пол.

Я захлопнула дверь и побежала искать кухню. Квартира была маленькой, неудобной, с узким крохотным коридором и пятиметровым пищеблоком. Оборудован он оказался старенькой мебелью, затрапезным холодильничком «Минск» и электроплитой российского производства.

Не найдя никаких лекарств, я набрала в чашку холодной воды и брызнула на лицо госпожи Малевич, но та не подавала признаков жизни. Слегка испугавшись, я намочила полотенце и стала тереть щеки и лоб девчонки. Светло-зеленая махровая ткань стала разноцветной, боевая раскраска смылась, из-под нее появилось бледненькое личико, слегка простоватое, но милое, с пухлыми губками, которым совершенно не нужна помада.

— Не надо, — прошептала госпожа Малевич, пытаясь сесть, — перестаньте возить по моему лицу тряпкой.

Спустя десять минут мы сидели на крохотной кухоньке, опершись локтями о стол, мадам Малевич причитала:

— Боже! Что теперь со мной будет! Катастрофа! Квартира оплачена только до декабря, денег никаких нет!

— Там в барсетке тысяча долларов и еще рублями много, — тихо сказала я.

— Ерунда, — ныла девчонка, — еле-еле хватит на месяц кое-как перебиться. А потом мне куда?

На улицу, да? Чем платить за жилплощадь? На что одеваться! Ну, Эдик, ну, свинья!

Я с искренним удивлением смотрела на девчонку. Говорят, что каждый народ заслуживает своего вождя, а всякий муж получает ту жену, которой достоин. Интересно, за какие грехи наградил Эдика бог этим чудовищем.

— Вы бы хоть позвонили в милицию, — вырвалось у меня, — сейчас телефон дам!

— Зачем? — взвизгнула девчонка. — Терпеть не могу ментов!

— Они все равно к вам придут!

— Зачем? — тупо спросила девица.

— Ну как же? Обязательно.

— Да зачем?

Я растерялась.

— Показания снять, и потом, вы же его хоронить будете?

— Это еще зачем?

Тут я совсем онемела.

— И не подумаю даже, — неслась дальше девчонка. — Похороны! Еще скажите про поминки! Знаю, знаю, сколько денег выбросить надо! У нас, когда дед перекинулся, мать-дура всю сберкнижку на идиотство растратила, мигом по ветру пустила все, что долго собирали: гроб дорогущий зачем-то заказала, оркестр, водка ящиками! Лучше бы о живых подумала. Этот-то все равно уже помер!

Я лишь хлопала глазами. С подобными экземплярами мне еще не приходилось сталкиваться. Неудивительно, что несчастный Эдька пил горькую. Странно, что не употреблял наркотики, живя возле этой гарпии.

Не замечая произведенного впечатления, девица вопила дальше:

— И вообще, почему я? Пусть его Гема закапывает, ей больше моего досталось!

Странное имя Гема резануло мне слух, и в мозгу забрезжил лучик света.

— Погоди, ты не его жена?

— Нет, конечно, — фыркнула девица.

— Почему же тогда велела сюда приехать с барсеткой?

— Потому что этот козел здесь последнее время жил, — в сердцах воскликнула девчонка. — Обещал, блин, алмазные горы. «Погоди, душечка, на золоте кушать станешь». Как же! Умер и оставил меня нищей! Между прочим, с работы из-за него уволилась! Вот уж повезло так повезло!

— Тебя как зовут?

— Лена, — ответила девица и вытащила пачку «Парламента».

— Значит, барсетку следовало отдать не тебе!

— Еще чего, — взвизгнула Лена, — он тут все время проводил. Доллары мои!

— Телефон его жены знаешь?

— Гемы? Естественно!

— Давай.

— Зачем?

— Давай, говорю, а то и впрямь сейчас сюда милицию вызову. Вот весело будет! Ты по закону Малевичу никто, живо кошелек покойного отнимут!

Лена сжала губы, потом процедила:

— Возле телефона, на бумажке написан, любуйтесь.

Я потыкала пальцем в кнопки, услыхала тихое, словно шорох осенней листвы, «алло» и уточнила:

— Простите, я говорю с госпожой Малевич?

— Да, — донеслось издалека.

— Меня зовут Евлампия Романова, мы учились вместе с Эдиком в консерватории, алло, вы слышите?

В мембране раздался шорох, треск.

— Алло, — повторила я, — Гема, вы на проводе?

— Да, — донеслось сквозь пустоту, — да.

— Вы знаете, что случилось сегодня?

— Да, мне звонили из милиции.

— С вами кто-то есть?

— Нет.

— Может, подъехать?

— Да, — с жаром воскликнула женщина, — да, пожалуйста, очень страшно одной, умоляю, если возможно, прошу...

— Давайте адрес.

— Софроньевский переулок, дом восемнадцать.

— Это где?

— В двух шагах от метро «Проспект Мира».

Я глянула на часы. Ровно шесть. Лена, совершенно спокойная, курила «Парламент».

— Давай барсетку, — велела я.

— А ху-ху не хо-хо? — заржала девица и добавила: — Вали отсюда, пока цела! В милицию она позвонит! Как бы не так. Это я сейчас сообщу в отделение, что ко мне ворвалась ненормальная!

Поняв, что с хамкой бесполезно спорить, я вышла на лестницу. Судя по короткому разговору, Гема совсем другой человек. Представляю, как жутко сейчас бедной женщине. Конечно, мы с ней незнакомы, но с Малевичем нас связывают годы совместной учебы, короткий роман и взаимная симпатия, сохранившаяся, несмотря на то, что мы очень давно не встречались. На улице совсем стемнело, и стоял жуткий холод. Впечатление было такое, будто на дворе Крещенье, а не самое начало ноября. Машины ехали медленно. Я задумчиво пошла в сторону дома. Похоже, на дороге жуткий гололед, наверное, лучше оставить «копейку» спокойно стоять в гараже. Я не слишком опытный водитель и в такую погоду не стану рисковать. Тем более что наш дом стоит у метро, а Гема живет рядом со станцией «Проспект Мира».

ГЛАВА 4

Вход охранял вежливый, но суровый секьюрити, пол и лестница в подъезде были из мрамора, в огромном лифте сверкало зеркало и пахло хорошими духами. Одним словом, сразу становилось понятно: тут обитают не хронические алкоголики с бомжами, а люди, добившиеся успеха в жизни.

Гема оказалась полной противоположностью яркой Лене. Невысокого роста, с идеально уложенными волосами, какими-то блеклыми, словно застиранными глазами, с бледным лицом и бескровными губами. Я сама не дотянула ростом до метра шестидесяти, а весом до пятидесяти килограммов, но рядом с Гемой выглядела словно тучный боров. Жена Эдика была совсем бестелесной, я впервые видела даму с размером бюста меньше моего. При этом учтите, что лифчик 75А мне катастрофически велик, а для того, чтобы не бежать домой, в обход вечно запертых ворот, я запросто протискиваюсь между прутьями.

— Здравствуйте, — прошелестела Гема, — раздевайтесь, хотите кофе?

— Лучше чай, — ответила я, вешая шубку в большой шкаф с зеркальной дверцей.

Гема молча стояла, свесив тонкие руки вдоль тела.

— Ну долго еще ждать? Чайник вскипел, — раздался из глубины квартиры бархатистый голос Эдика, — валите сюда!

От неожиданности я выронила шубу. Спина мигом покрылась липким потом. Малевич жив? Рана оказалась не смертельной?

— Ну, девочки, — надрывался голос, — давайте, водка стынет, картошечка, селедочка, кар-кар-кар...

Эдик закаркал. Я перевела глаза на Гему и растерянно спросила:

— Это кто?

Женщина тяжело вздохнула:

— Ужасно, правда?

— Эдик жив?!!

Гема, не говоря ни слова, распахнула дверь в кухню. Оттуда вышел, именно вышел, а не вылетел, большой попугай. Весьма непрезентабельного вида: серый, словно заяц летом, и какой-то взъерошенный.

— Это Арчи, — пояснила Гема, — он удивительный имитатор и страшно умный. Иногда мне кажется, что он на самом деле не птица, а заколдованный ребенок, даже подросток.

Словно услыхав эти слова, Арчи разинул клюв и издал мяуканье, до отвращения натуральное, потом свесил голову набок и спросил:

— Ты кто?

От неожиданности я ответила:

— Лампа.

Арчи свистнул и ушел.

— Ужасно, правда? — повторила Гема, а потом поинтересовалась: — А откуда вы узнали про смерть Эдика?

Я вздохнула и предложила:

— Может, сядем где-нибудь?

— Да, конечно, — засуетилась она. — Простите, у меня сегодня мозги не работают. Проходите сюда.

Мы вошли в огромную кухню-столовую, хозяйка села на диван, потом вскочила, налила мне чай... Ее движения были суетливы, а руки плохо слушались. Сначала Гема уронила ложку, потом просыпала сахар, неловко оторвала ниточку от пакетика. Но внешне она держалась молодцом, не плакала, хотя иногда ее голос предательски срывался.

Я потыкала в пакетик «Липтона» ложечкой и рассказала о посещении «Макдоналдса».

— Как вы думаете, — прошептала вдова, — он не мучился, не страдал?

Я вспомнила выпученные глаза трупа, искаженное гримасой лицо и быстро ответила:

— Нет, нет, умер тихо, с улыбкой на устах.

— Хоть это хорошо, — пробормотала Гема. — Эдик очень боялся боли.

Мы помолчали пару минут, потом Гема, аккуратно положив на мою руку невесомую, словно сухой октябрьский лист, ладошку, улыбнулась:

— Очень рада, что именно вы оказались с ним в последние минуты. У вас ведь был роман?

Я натянуто засмеялась:

— Ну, это громко сказано. Просто много лет назад, еще учась в консерватории, пару раз мы сходили вместе в кино. Но любовь не сложилась, а потом Эдик женился на Ниночке Арбени.

— Бедная Ниночка, — вздохнула Гема, — вы знаете, что с ней случилось?

— Нет. Встречала одно время фамилию на афишах, но в те годы, когда я концертировала, мы не сталкивались. Понимаете, я всегда была не слишком популярна, а если говорить правду, мной просто разбавляли сборный концерт. Помните, как раньше делали? Сначала чтец с поэмой о Ленине, потом балетная пара из театра, следом кто-то исполняющий классическую музыку, а уж потом эстрадный певец, дрессированные собачки, акробаты и юморист-сатирик... А Ниночка давала сольные концерты в лучших залах, два отделения... Она была элита, а я рабочая лошадка вроде тех, что вращали колесо у колодца...

Гема робко улыбнулась, потом опять помрачнела:

— Ниночка умерла.

— Да ну, — ахнула я. — Когда?

— Девять лет назад, собственно говоря, именно из-за ее кончины я и вышла замуж за Эдика. Мы были лучшие подруги, понимаете?

— Честно сказать, не очень, — промямлила я.

— Вы торопитесь?

— Нет-нет, — вежливо ответила я.

— Давайте расскажу про нас с Эдиком?

Я подавила тяжелый вздох. Если что и не люблю, так это выслушивать чужие откровения, но бедной Геме, наверное, лучше выговориться. Я украдкой глянула на часы: начало восьмого. Ладно, время пока есть, попробую поработать для бедняжки жилеткой, а потом... Ну есть же у нее, в конце концов, более близкие знакомые, родственники, вот и позвоню кому-нибудь.

Ниночка Арбени и Гема познакомились в детстве. Девочки жили в одном дворе и частенько бегали друг к другу в гости. Родители не протестовали. Папочка Нины был профессором консерватории, а отец Гемы — академиком. Правда, к миру искусства он не имел никакого отношения, служил в закрытом НИИ, что-то связанное с медициной или биологией. Честно говоря, Гема не слишком интересовалась в детстве занятиями родителей, это потом она узнала, что любимый папа — мировая величина в области медицины, а мать его правая рука. И Ниночка и Гема ходили в музыкальную школу, только Арбени носила скрипку, а ее подружка просто папку для сольфеджио. У Гемы обнаружился голос. Потом пути подружек разошлись. Ниночка, естественно, поступила в консерваторию, Гема даже не стала пытаться начинать карьеру оперной певицы. Голосок был, но маленький, камерный, можно радовать близких на вечеринках, играя на рояле и распевая романсы, но и только. К тому же у Гемы оказалось слабое здоровье... Она поступила в медицинский и честно отучилась там положенные годы, потом папочка нажал на все педали, и дочурку взяли в ординатуру, впереди маячила защита диссертации и работа в институте отца... Но Гему не очень-то волновали глисты и всякие кожные паразиты, которыми занимались родители, ей вообще не нравилась медицина. Лечить людей она не хотела. От практики в больницах осталось самое неприятное воспоминание: больные отвратительно выглядели, от них мерзко пахло, а при виде неопрятных старух у Гемы начиналась тошнота... Поэтому она твердо решила идти в науку. Но, честно говоря, ее клонило в сон при виде микроскопа... Жизнь казалась беспросветной, да и на личном фронте никаких подвижек не было, мужчины обходили Гему стороной. Их не привлекало даже богатое приданое: квартира, машина, дача — уж больно бесцветной казалась невеста.

У Ниночки же все шло прекрасно. Еще учась в консерватории, она выскочила замуж за Эдика Малевича, провинциального талантливого мальчика, хорошо складывалась и ее карьера скрипачки. У Нины появились имя и свой круг слушателей...

Женщины продолжали дружить. Гема частенько забегала к Нине, радуясь, что у подруги все хорошо. Скоро у них вошло в традицию ужинать вместе. Вместе же ездили отдыхать. Эдик считал Гему сестрой Ниночки, и отношения у них были почти родственные.

Потом случилось несчастье. Арбени заболела. Стоит ли говорить, что были приглашены лучшие специалисты, светила медицины. Один за другим ставились и отметались диагнозы — рак, туберкулез, астма... Врачи терялись в догадках, а Ниночка все кашляла и кашляла, худела, температура постоянно держалась на 37,2 или 37,5... Потом она слегла, у нее стала идти горлом кровь. Никакое лечение, включая лучевую и химиотерапию, не помогало, и бедная Ниночка тихо скончалась, оставив безутешных родителей и мужа.

Доктора потребовали вскрытия, всем было интересно, что за болезнь убила молодую женщину, но профессор Арбени встал на дыбы:

— Не дам кромсать дочь.

Желая убедить старика, доктор опрометчиво сказал:

— Может, узнав о причине смерти Нины, мы спасем других людей!

Арбени взвился:

— Еще чего! Ниночке уже не помочь! Категорически запрещаю использовать ее для вашей идиотской науки!

Испугавшись, что врачи не послушаются, профессор забрал тело дочери домой.

За день до смерти Ниночка сказала Геме:

— Похоже, мне крышка.

— Ну что ты, — потихоньку вытирая слезы,

ответила та, — вот через недельку вернется из Африки мой папа, он тебя точно вылечит!

— Нет, — прошептала Нина, — конец пришел. Единственное, о чем тебя прошу, выходи замуж за Эдика, из вас получится хорошая пара.

— Не говори глупости, — рассердилась Гема.

Но Ниночка упорно повторяла:

— Обещай мне это.

В конце концов Гема нехотя ответила:

— Ладно, когда ты в девяносто лет скончаешься, я, так и быть, стану Эдькиной женой.

— Вот и хорошо, — пробормотала Нина и закрыла глаза.

Больше она в себя не приходила, вечером началась агония, а в три утра красавица Нинуша скончалась.

Через месяц после похорон Гема и Эдик стали везде появляться вместе. История о том, как Ниночка просила подружку занять свое место возле Малевича, была широко известна. Ее разболтала медсестра, присутствовавшая при печальной сцене. Никто из знакомых не осудил ни Гему, ни Эдика, наоборот, все только сочувствовали им и восхищались проявлением редкой по нашим временам дружбы. Свадьба никого не удивила, так Гема стала госпожой Малевич.

Вместе с браком неожиданно пришла удача. Через два года она открыла в себе редкий дар экстрасенса и занялась лечением людей, потом стала давать коллективные сеансы...

— Погодите, — потрясенно воскликнула я, — «Гема Даутова — ваш спасательный круг». Господи, ну и ну! Да я повсюду видела ваши афиши!

Гема кивнула:

— Правильно, мы решили, что мне лучше выступать под девичьей фамилией. Никто же не знал, что Эдик сломает руку и перестанет концертировать!

Дав удачу Геме, господь отнял ее у Эдика, жизнь вообще похожа на сообщающиеся сосуды: когда в одном месте убывает, в другом прибывает, и наоборот. Спустя два года после новой женитьбы Малевич сломал руку. Неприятность, но отнюдь не катастрофа для тысяч людей. Для тысяч, но не для скрипача. Год он просидел дома, уйдя в запой. Гема моталась по России с сеансами. К ней пришла известность, Даутова собирала гигантские залы. Во время выступлений частенько случались чудесные исцеления тяжело больных людей. Парализованные вставали, слепые прозревали, немые начинали говорить, а аллергия и псориаз исчезали через неделю. Гема начала зарабатывать бешеные деньги. Теперь на нее работала целая структура: администраторы, распространители буклетов, торговцы косметикой. Гема выпускала «заряженный» крем для лица, который женщины расхватывали, словно горячие пирожки. Поговаривали, что желтоватая масса, разложенная в простые розовые коробочки, творит чудеса.

Одним словом, Гема взлетала, а Эдик падал все ниже. Потом и ему улыбнулась удача. Один из приятелей, довольно большая шишка, предложил место... директора кладбища.

Сначала жена ужаснулась и твердо сказала:

— Нет.

Но Эдик неожиданно засмеялся:

— Так мне и надо! Знать, суждено на погосте кантоваться.

Но неожиданно Малевич увлекся необычным бизнесом.

— Эдичка все хотел стать лучше всех, — грустно говорила Гема, — если скрипачом, то непременно гениальным, а если директором кладбища... Вы не поверите, какой он навел там порядок... Уволил всех пьянчуг, выгнал бомжей, открыл церковь... Выстроил концертный зал и начал приглашать туда лучших исполнителей...

Гема замолчала, потом тихо продолжила:

— К нему приходили такие музыканты! Скрипач Давидовский, виолончелист Марков, пианистка Сотникова, часто выступал хор Караваева... Да туда не только весь Белогорск бегал, из Москвы слушать приезжали...

У Эдика появились деньги, Гема из тридцати дней в месяце бывала дома от силы неделю, вот мужик и пустился во все тяжкие... Он опять начал пить, правда, не так, как раньше, и бегать по бабам.

— Мне было очень тяжело, — вздыхала Гема, — я любила Эдика настолько, что даже была готова закрыть глаза на его романы. В конце концов он всегда ко мне возвращался... Только девиц Эдик подбирал отвратительных, в особенности последнюю, Лену. Она работала в стрипбаре. Эдька снял ей квартиру, одел, обул, а у той в голове были только деньги...

— Я ее видела...

— Да? — изумилась Гема. — И где? Разве вы общались с Эдиком? Я поняла, что после окончания консерватории вы не встречались...

Пришлось рассказать про барсетку. Гема всплеснула руками.

— Ну какая дрянь! И телефон у нее остался?

Я растерянно кивнула.

— Вот незадача, — прошептала Гема, — прямо беда...

— Почему?

— Да у Эдика был навороченный «Эриксон» последней марки, с голосовой почтой, роумингом и прочими прибамбасами... Еще в аппарате калькулятор, выход в Интернет, но, самое главное, телефонная книжка. Эдичка держал там номера всех своих знакомых, и я просто не сумею предупредить их о поминках! Как поступить? Страшно не хочется звонить этой даме!

Чувствуя свою вину, я предложила:

— Хотите, съезжу к Лене и заберу телефон? В конце концов, это из-за меня вы лишились денег...

— Доллары ерунда, — отмахнулась Гема, — я готова отдать в два раза больше, чтобы найти убийцу Эдика.

Я вздохнула:

— Вы предложите милиционерам деньги, может, они тогда станут проворней!

Гема печально улыбнулась:

— Ах, милая Лампа, наши доблестные органы возьмут баксы и ничего не сделают! Обманут как пить дать, нет у меня к ним доверия...

— Наймите частного сыщика!

Гема вновь улыбнулась:

— Моя подруга недавно обратилась в агентство. Втемяшилось ей в голову, что супруг изменяет. Я ее уговаривала бросить эту затею, да безуспешно. В общем, агент бегал за мужем, показывал отчеты, вытянул из нее не одну тысячу... Знаете, что выяснилось?

— Ну?

— Ни за кем он не следил, просто дурил моей знакомой голову, представляя липовые наблюдения. После такого случая как-то не очень хочется отдавать деньги «Шерлокам Холмсам». Вот если бы нашелся честный милиционер, готовый помочь...

— У меня есть такой знакомый...

— Правда? — обрадовалась Гема. — Лампа, дорогая, приведите его ко мне.

— Не знаю, согласится ли он, и потом, имеет ли право заниматься частным сыском...

— Умоляю, уговорите, как, простите, его имя?

— Володя Костин, он майор, очень опытный сотрудник...

— Пожалуйста!!!

Глаза Гемы налились слезами, потом блестящая капля потекла по щеке.

— Эдик! Мой бедный муж! Мне не будет покоя, пока не найду убийцу. Это единственное, что я могу для него сделать... Боже, как ужасно, ну за что?

— Попробую, — растерянно сказала я, — очень постараюсь, но, ей-богу...

— Ни слова больше, — лихорадочно вскрикнула Гема, — вы единственная, кто может помочь, а деньги — вот они, возьмите...

Она нервно вскочила на ноги, подбежала к буфету, выдвинула тяжелый ящик и стала кидать на стол пачки.

— Раз, два, три, четыре...

— Не надо, — совсем растерялась я, — не надо долларов.

— Нет-нет, — возбужденно выкрикивала Гема, — вы поможете, я знаю. Бог мой, да я не смогу заснуть, пока убийца не окажется за решеткой! Возьмите, сейчас же возьмите, иначе прямо сию секунду выпрыгну из окна!

Руки ее тряслись, голос прерывался... Честно говоря, вид у нее был безумный, и впрямь еще, не дай бог, покончит с собой. Я сгребла пачки в сумку. Пусть успокоится, а завтра верну деньги. Кстати, вечером поговорю с Володей, может, он и согласится... Майор нуждается в средствах, вот только я не знаю, как на это посмотрят у него на службе...

Увидав, что я взяла деньги, Гема успокоилась и закурила, потом тихо спросила:

— А телефон принесете?

— Обязательно, — поспешила я согласиться, боясь, что у бедняжки вновь начнется истерика.

— Прямо сейчас?

— Да.

— Съездите и привезете?

— Конечно, — успокоила я Гему, — не волнуйтесь. Часа за два обернусь, ну, чтобы очень не спешить, за два с половиной.

— Спасибо, — шептала вдова Эдика, — спасибо, у меня близких подруг после смерти Нинуши не осталось, попросить некого... Вот, думаю, может, и мне на тот свет уйти, вместе с Эдичкой... Ну как жить без него!

И она опять заплакала, на этот раз тихо, как больной щенок. Острая волна жалости пробежала по моему телу. Я обняла Гему за худенькие плечи и почувствовала, что она трясется. Женщина уткнулась в меня лицом. Так мы стояли какое-то время, потом Даутова резко отшатнулась.

— Извините, со мной такое впервые, обычно я хорошо владею собой!

— Вы пережили шок, это естественно.

— Спасибо, что поддержали меня в трудную минуту.

— Ерунда. Значит, ждите, я скоро вернусь.

Гема проводила меня до лифта. Когда кабина приглашающе раскрыла двери, вдова Эдика неожиданно сказала:

— Знаете, мне кажется, я могу подсказать специалисту, где искать убийцу.

Я застыла на площадке.

— И где же?

— А на кладбище, — с чувством произнесла Гема, — там последнее время творились дивные дела. Некий Саврасов Жора угрожал Эдику, что-то они там не поделили, ну и...

Я шагнула в лифт и собралась нажать кнопку:

— Помните, — неожиданно торжественно возвестила Гема, — вы обещали помочь. А мне сейчас врать нельзя, мне нельзя, мне — нет!

— Конечно, конечно, — суетливо сказала я, — ни о чем не волнуйтесь.

Лифт ухнул вниз. Вежливый секьюрити распахнул передо мной двери. Я вышла на улицу и поежилась, мороз крепчал, шуба пришлась весьма кстати, да и новые сапоги на меху тоже...

На Речную улицу я добралась быстро и без всяких приключений. Сложности начались потом. Лена не собиралась открывать дверь. Я звонила и звонила, но за створкой стояла пронзительная тишина. Никто не откликнулся и на стук. Наконец устав, я обратилась в соседнюю квартиру. Высунулся парень лет двадцати, всклокоченный, с помятым лицом, скорей всего он только что безмятежно спал. На улице стоит отвратительная погода, и лучше всего сейчас проводить время, забившись под одеяло.

— Чего надо? — недовольно буркнул мальчишка.

— Не знаете, где ваша соседка?

— Ленка?

— Да.

— На дискотеку усвистела или в клуб...

— Название подскажете?

Парень заржал:

— Ну вы и приколистка! Хрен знает, куда ее поволокло!

— Почему вообще вы решили, что она на дискотеку ушла?

— Так я видел Ленку полчаса назад. Бежит такая нарядная, в красной юбочке, меховой курточке, фр-р-р мимо меня. Ну я и спросил: «Куда такая прекрасная?» А она засмеялась, ручкой махнула: «На танцы, на машине с кавалером». Ну и разбежались.

— А когда вернутся, не говорила?

— Нет, конечно, что я, прокурор, чтоб передо мной отчитываться! А вы кто?

— Тетя Лены, вот приехала, а племянницы нет!

— Понятно, — протянул юноша, — только ничем помочь не могу, Ленка у нас девка заводная, могет всю ночь пропрыгать.

И он захлопнул дверь. Я расстроенно постояла у запертой квартиры. Ну и как поступить? Бессердечная девица, получившая денежки, унеслась на гулянку, а бедная Гема ждет моего возвращения с телефоном! Взгляд упал на дверь. Самый элементарный замок, к тому же створка неплотно прилегала к косяку и был виден блестящий язычок. Плохо понимая, что делаю, я вытащила из сумочки пилочку для ногтей, поддела кусочек металла... Раздался легкий щелчок, дверь раскрылась.

Посмотрев по сторонам, я скользнула в квартиру и осторожно захлопнула хлипкую, похоже, сделанную из обувной коробки дверь. Конечно, очень нехорошо входить в жилище в отсутствие хозяйки, вообще говоря, на языке Уголовного кодекса подобные действия называются «нарушением чужого жилища», и светит за них приличный срок. Но я-то не собираюсь ничего красть. Мне нужен только телефон, надеюсь, что Лена не взяла «трубу» с собой, чтобы форсить перед подружками.

«Эриксон» лежал на кухне. Теперь на нем горела не зеленая, а красная лампочка, небось разрядилась батарейка. Я радостно сунула телефон в сумочку и осторожно выглянула на лестничную площадку... Никого. Из квартиры слева доносились рокочущие звуки музыки. Парень окончательно проснулся и врубил то ли радио, то ли магнитофон. «Мы могли бы служить в разведке, мы могли бы играть в кино, но, как птицы, садимся на разные ветки и засыпаем в метро». Соседи справа отчаянно ругались. Из недр их апартаментов раздавались женский визг и мужской крик. Никому не было до меня дела. Захлопнув дверь, я, не желая столкнуться с Леной, побежала вниз по лестнице, перепрыгивая через две ступеньки.

ГЛАВА 5

К дому Гемы я подошла, запыхавшись. Секьюрити улыбнулся мне, как старой знакомой. Я села в лифт, вознеслась на нужный этаж и увидела на двери пришпиленный кнопкой лист — «Лампе». Я развернула записку, глаза побежали по строчкам.

«Дорогая Лампа, извините, что втягиваю вас в эту историю, вы и так оказали мне любезность. Квартира открыта, в спальню не входите, вас ждет зрелище не из приятных. Пожалуйста, вызовите милицию и сделайте для меня еще одно, последнее, доброе дело — будьте понятой. Очень не хочется, чтобы по нашей квартире бродили посторонние люди. Я ухожу к Эдику совершенно добровольно. Мое существование теперь бессмысленно. Можно не выполнять мою последнюю просьбу, не надо. Честно говоря, нам уже все равно. Ваша Гема».

Я влетела в квартиру, схватила лежащий на журнальном столике телефон и, набирая одной рукой 03, другой толкнула дверь в спальню. Гема лежала на кровати. Тело вытянуто, туфли аккуратно стоят на коврике, руки сложены на груди, лицо спокойное. Даже умиротворенное.

— «Скорая», тринадцатая, слушаю...

Я нажала на кнопку. Нет, врач тут не нужен. Вы никогда на задумывались над тем, чем спящий человек отличается от мертвеца? Оба лежат тихо, но у последнего делается совершенно особое лицо, из него что-то уходит, жизнь, наверное.

Гема была мало похожа на себя. Маленькое личико скукожилось до размеров кулака, щеки впали, нос заострился, лоб приобрел желтовато-синеватый оттенок.

На тумбочке стоял пузырек и лежала записка. Я вызвала милицию и прочитала короткий текст: «В моей смерти прошу никого не винить. Яд принят совершенно добровольно. Жизнь без любимого мужа мне не нужна. Гема Даутова-Малевич». Внизу стояли число, подпись, а сверху лежал паспорт.

Милиция приехала только через два часа. Все время до появления специалистов я сидела на кухне, тупо уставившись в работающий телевизор. Шла викторина «Что? Где? Когда?». Я очень люблю передачу со знатоками, но сегодня не запомнила ни одного вопроса и не услышала ни одного ответа. Просто пялилась в экран, не понимая смысла происходящего.

— Лампа, — крикнул из коридора знакомый голос, — ты где, несчастье ходячее?

Я почувствовала, как с души свалилась свинцовая тяжесть. Слава богу, пришел Володя, теперь можно и расслабиться.

С майором мы познакомились при чрезвычайных обстоятельствах. Он вел дело о похищении Кати[1]. Потом из знакомого Володя превратился в приятеля, а затем в лучшего друга. Мы уговорили нашу соседку из однокомнатной квартиры обменяться с ним площадью и теперь живем рядом, получив возможность общаться друг с другом всегда, когда захочется[2]. Впрочем, последнее утверждение не совсем верно. Я бы с удовольствием проводила с Костиным все вечера у телевизора, но только майор постоянно занят, пытается искоренить преступность в столице за крохотную зарплату. «Последний романтик ментовки» — так зовет его ехидный Сережка. Впрочем, Володя не обижается, он на самом деле любит свою работу. Знаете, Феликс Дзержинский говорил: «Чекист должен иметь чистые руки, горячее сердце и холодную голову».

Правда, фраза эта адресовалась работникам НКВД, многие из которых вывалялись в дерьме по самые уши. Но Костин как раз полностью соответствует выдвинутым требованиям. Он умен, наблюдателен и хорошо образован, взяток не берет, а в его душе часто пробуждается жалость не только к потерпевшим, но и к преступникам, некоторые из которых, став жертвой обстоятельств, нарушили закон от безнадежности.

— Ну, Ламповский, — хмыкнул Вовка, — руки на затылок, лицом к стене, ноги на ширину плеч и быстро говори правду. Чистосердечное раскаянье уменьшает вину...

---

[1] См. роман Дарьи Донцовой «Маникюр для покойника».

[2] См. роман Дарьи Донцовой «Покер с акулой».

Но потом он увидел мое перевернутое лицо и бросил ерничать.

— Рассказывай.

Как могла, я изложила события. Единственная информация, утаенная от приятеля, была о деньгах, лежащих в моей сумочке. Дело в том, что вместе с Володей в кухню вошли еще два совершенно незнакомых парня. Один закурил, другой просто сел на диван. Мне совершенно не хотелось говорить при них о том, что я решила предложить Володе приработок. Совершенно непонятно, как бы они отнеслись к такому сообщению. По этой же причине я ни слова не сказала и о записке, оставленной для меня на двери. Сути дела она не меняла, содержание на листке относилось только ко мне.

Все остальные события я изложила очень подробно, даже покаялась в том, что влезла без спроса в квартиру Лены. Володя молча кивал, парни тоже не проронили ни слова. В конце концов Костин сказал:

— Ясно, топай домой, там побеседуем.

Голос его не предвещал ничего хорошего. Не желая усугубить ситуацию, я вскочила и пошла к выходу.

На улице стало совсем холодно, к тому же поднялся ветер, ледяной, просто пронизывающий. Он мигом залез под шубу, и я затряслась от его прикосновения. Моя белая «копейка» тосковала недалеко от подъезда. Я порылась в сумке, вытащила связку, щелкнула брелком сигнализации и всунула ключ в замок. Он вошел, как всегда, легко, но поворачиваться на захотел. К тому же сигнализация отчего-то не отключилась и выла, как голодный волк. Я вертела ключик и так и этак, но абсолютно безрезультатно. Все понятно, на улице мороз. К сожалению, такая история всегда происходит при холодах, замки у «Жигулей» — слабое место, впрочем, у этого автомобиля хватает уязвимых узлов, помимо дверных запоров, но купить хорошую иномарку мне не по средствам, вот и мучаюсь. Спасибо, наш сосед Максим Иванович подсказал хитрый трюк. Я порылась вновь в сумке, вытащила зажигалку и поднесла дрожащий огонек к боковому стеклу.

Потянулись секунды. Ноги у меня заболели, спину заломило, да еще сигнализация выла как безумная, не желая по непонятной причине отключаться. Наконец раздался щелчок, черненькая пупочка на дверце внутри машины подскочила вверх. Я плюхнулась на сиденье, перевела дух и в ту же секунду изумилась: внутри стоял необычный запах, терпкий, сильный. Больше всего он напоминал аромат мужского лосьона после бритья. Сигнализация исходила криком. Я попробовала засунуть ключ в зажигание и с изумлением увидела, что он туда не входит. Тыча ключом в дырку, я совершенно не понимала, что происходит. Нет, надо вновь запереть машину и идти наверх, к Володе. Майор отлично умеет управляться с любым транспортным средством, все агрегаты на колесах у него мигом заводятся и приходят в движение, стоит появиться Костину. Правда, у подъезда мирно припаркован микроавтобусик, в котором примчалась «на труп» бригада, мне видно, как водитель спит, положив голову на руль. Можно обратиться к нему, но скорей всего шофер и пальцем не шевельнет для посторонней бабы. Нет, решено, иду к Вовке.

Я открыла дверцу, высунула наружу одну ногу...

— Ага, — раздался нервный вопль, — попалась, паскуда. Сидеть. А то в лобешник получишь.

Ничего не понимая, я уставилась на стоящего перед «копейкой» мужика. На вид странной личности было лет пятьдесят, обрюзгшее личико любителя пива украшали маленькие быстрые глазки, плоский нос и губы, сжатые в нитку. Одет дядечка был самым комичным образом. Торс обтягивала грязноватая короткая «косуха», под которой виднелась довольно несвежая футболка, ноги были облачены в ярко-синие тренировочные штанишки, довершали картину тапочки в виде симпатичных розовых зайчиков. Я чуть было не расхохоталась, но тут увидела в его вытянутой правой руке огромный, устрашающего вида пистолет и похолодела. Кошмар, сумасшедший с оружием.

— Вылезай, — велел псих, тыча револьвером мне в лицо, — давай.

— Зачем? — пискнула я.

— Быстро!

— Не хочу!

— Ах ты, дрянь, — с чувством выкрикнул мужик, — баба, а таким делом занимаешься! С виду приличная, в шубе! Магнитолу спереть хотела?

— Что вы, — робко ответила я, зная, что с умалишенными надо разговаривать очень осторожно.

Хоть бы шофер «рафика» поднял голову и посмотрел в нашу сторону. Пистолет такой большой, что он его явно увидит.

— Врешь!

— Нет, конечно, мне не нравится пользоваться автомобилем, в котором орет радио!

— Зачем тогда села в «копейку»?

Я тяжело вздохнула. Трудный, однако, денек выдался, а я так надеялась отдохнуть сегодня, сделать обед, потом поваляться на диване с детективчиком. Ан нет, мало того что прирезали несчастного Эдьку, а Гема покончила с собой, так на десерт еще и встреча с невменяемым дяденькой, удравшим либо из поднадзорной палаты, либо от нерасторопных родственников! Покорившись обстоятельствам, я пробормотала:

— Домой ехать хотела, дети ждут. Может, вы тоже домой пойдете? А то еще простудитесь ненароком. Погода морозная, а вы в тапочках, как бы не заболели.

— В первый раз встречаю подобную наглость, — завопил мужик, размахивая пистолетом, — а ну вылезай, живо!

— Ни за что, — ответила я и вцепилась в баранку.

— Эй, вы там, что случилось? — высунулся водитель из «рафика».

— Помогите, — завопила я, — убивают!

Шофер выбрался наружу, лениво подошел к мужчине и велел:

— Брось пукалку.

— Ах, вы вместе, — взвился дядька, размахивая стволом, — сейчас милицию вызову.

— Я сам милиция, — лениво пояснил парень, — а ну быстро положи оружие, стань мигом к машине, руки — на багажник, живо, кому говорю.

— Она сидит в автомобиле, — сопротивлялся мужик.

В этот момент распахнулась дверь подъезда, и вышла группа людей, во главе которой шагал майор.

— Вовка, — заорала я, — сюда, скорей, на меня напали!

Дальнейшие события заняли секунды. Милиционеры мигом скрутили дядьку и бросили в снег, животом вниз. Возле дверцы остались сиротливо стоять две розовые тапки-зайчонка.

— Да это игрушка, — разочарованно протянул один из парней, разглядывая пистолет.

— Здорово сделан, — ответил другой, — прямо не отличить. Где пистолетик взял, дядя?

— Козлы, — ответил мужик. — Уроды!

Шофер пнул нападавшего ногой:

— Договоришься сейчас.

— Ленька, — велел Костин, — вызывай из районного, пусть заберут.

— Эх, дядя, — вздохнул Леня, вынимая мобильный, — приличный вы человек по виду, хоть и «косуху» носите, а на разбой пошли, с кистенем на дорогу, чистый Соловей-разбойник!

— Уроды долбаные, суки позорные, — завизжал мужик, — да наоборот все! Это баба мою машину угнать хотела! Сигнализация завыла, в окно глянул и понесся в чем был, у сына куртку схватил, женины тапки обул второпях, а у внука пистолет отнял, думал, припугну сволочь, «ТТ» прямо как настоящий глядится! А она, наглая дрянь, жуть, тут вы, козлы...

Я онемела. Господи, надо же было свалять такого дурака. Ведь я оставила сегодня «копейку» во дворе, испугалась гололеда... А потом в связи со всеми происшедшими событиями начисто забыла об этом факте. Так вот почему один ключ не хотел поворачиваться в дверном замке, а другой в стартере...

Володя посмотрел на номер машины и сурово спросил:

— Лампа, в чем дело?

— Э-э... — заблеяла я, — спутала... хи-хи... «жигуленки». Мой такой же, беленький, ржавенький, вот ерунда вышла, просто идиотство.

— И долго мне мордой в грязи лежать? — неожиданно спросил вполне мирно дядька. — Между прочим, могу техпаспорт показать.

— Вставайте, — велел Володя.

— Понимаете, сам не смогу, у меня люмбаго.

— Кто? — удивился простоватый Леня. — Кто с вами? Не понял чегой-то...

— Радикулит у него, — сообщил эксперт, покачивая железным чемоданчиком, — не встанет самостоятельно. Тяни его, ребята, вверх.

Через пару секунд мужик был поднят, отряхнут, обут в зайчики и засунут в машину. Я принялась извиняться.

Домой мы с Володей явились около одиннадцати. Костин позвонил в дверь нашей квартиры.

— Кто? — бдительно поинтересовалась Лизавета.

— Органы в пальто, — крикнул Костин, — давай открывай, Лизок, жрать хочу, сейчас скончаюсь!

Девочка распахнула створку и затараторила:

— А у нас ничего, кроме торта, и нет. Лампа совсем от рук отбилась, унеслась невесть куда...

Тут она увидела меня и прибавила звук:

— Ну надо же, пришла! Между прочим, нам завтра в школу!

— Мне тоже, — буркнула я.

— У тебя ерунда на постном масле, — дудела Лиза, — до-ре-ми, а у меня контрольная по алгебре. Четверть короткая, нахватаю троек, и чего?

— Ничего, — прервал ее вопли Вовка, — значит, будешь троечницей. Кончай визжать, ставь чайник, у меня в кейсе колбаса и сыр есть.

Лизавета побаивается спорить с майором. Правда, она пыталась пару раз продемонстрировать ему подростковую строптивость характера и наглость, но закончилось это плохо. Сначала Вовка скрутил ее, потом сунул в ванну и, поливая сверху ледяным душем, заявил:

— Это ты Кате и Лампе фокусы устраивай.

Для пущего устрашения он бросил еще в холодную ванну кусок хозяйственного мыла, при виде которого Лизок, как правило, верещит:

— Уберите вонючую пакость!

С тех пор Лизавета в присутствии майора ведет себя как ангел, а мне в голову закрадываются нехорошие мысли: может, телесные наказания, применяемые к детям, не такая уж плохая вещь?

— Что это у тебя? — спросил Кирюшка, показывая на большую коробку, которую Костин держал в руках.

— Сейчас увидишь, — загадочно ответил Вовка, — иди на кухню.

На столе валялись объедки гамбургеров, остатки жареной картошки и стоял почти съеденный торт. На стуле, неловко свесив руки, спал Сережка.

— Где Катя? — спросила я.

— Дежурит, — ответил Кирюшка, — кто-то у нее потяжелел, вот и осталась в больнице.

Я отвернулась к плите.

— А Юля?

— В редакции, — буркнул Кирка, — номер сдает, Серый недавно пришел, поел и отпал.

Меня всегда поражает способность Сережки засыпать в любом месте, в самой неудобной позе. Ему ничего не стоит захрапеть в метро или в гостях, в разгар веселья.

Вовка поставил коробку на стол, развязал тесемки...

— Привет, — донеслось оттуда.

— Кто это? — ахнула Лиза.

— Арчи, — догадалась я, — ты взял попугая?

Костин кивнул:

— Пожалел птицу. В квартире никого, подохнет с голоду. Пусть пока у нас перекантуется, а там поглядим, куда пристроить. Вот, посмотрел на него и Кешу вспомнил.

У Володи долгое время жил попугайчик по имени Кеша, но потом птичка захворала и умерла.

— Он разговаривает, — радовалась Лиза.

Арчи выбрался наружу, сел на край стола, нахохлился, повернул голову набок, глянул на Кирюшку и сказал:

— Здравствуй. Как тебя зовут?

От неожиданности мальчик ответил:

— Кирка.

— Арчи, — сообщила птица.

— Очень приятно, — совсем растерялся Кирюшка.

Наши собаки, привлеченные необычными звуками, явились на кухню, за ними, подняв хвосты, двигались кошки.

— Как бы они его не съели, — забеспокоилась Лиза.

Арчи посмотрел на Рейчел, которая, положив морду на стол, обнюхивала коробку, и, неожиданно стукнув терьериху крепким клювом по макушке, сердито сказал:

— Отвяжись!

Совершенно обалдевшая Рейчел осела на задние лапы и растерянно ответила: «Гав...»

— Гав, гав, — отозвался Арчи, — уйди, дура! Володя засмеялся.

— Ну, будем считать, знакомство состоялось.

ГЛАВА 6

Утро, как всегда, началось в семь сорок. Услыхав противный писк будильника, я рывком села, нашарила тапки, потом вышла в коридор и заорала:

— Подъем!

Полная тишина послужила мне ответом. Не знаю, как в других семьях, а в нашей поднять утром детей невозможно. Включив на всю мощь радио, я ворвалась к девочке:

— Лизавета, вставай!

Гора одеял зашевелилась, на пол посыпались фантики, упаковка от чипсов, журнал «Космополитен» и плюшевая собачка.

— Уйди, Лампа, — донесся глухой голос, — пойду ко второму уроку!

Я решительно стащила с нее одеяло, распахнула настежь форточку и ткнула пальцем в телевизионный пульт.

— Доброе утро, страна! — заорал ведущий.

— О-а-а, — застонала Лизавета и села, тряся головой.

Так, одна разбужена, займемся Кирюшкой. С ним я поступаю просто, зову Мулю и запихиваю мопсиху под одеяло. Та мигом начинает лизать Кирке пятки. Попробуйте-ка поспать во время такой процедуры.

Убедившись, что и мальчик более или менее отошел от сна, я приступила к завершающей, самой тяжелой стадии операции, пошла в спальню к старшенькому и заорала:

— Сережка, вставай!

Обычно мне помогает Юлечка. Как все женщины, она вскакивает сразу и начинает пинать муженька, но сегодня Сережа вольготно раскинулся один на супружеском ложе. Юля после дежурства по номеру приходит домой в десять утра.

Издавая на разные лады глагол: «Вставай!», — я проделала все возможные действия. Но Сережка, без одеяла, в ледяной комнате, под громовой рев магнитофона и телевизора, продолжал мирно похрапывать.

— Вставай, — гудела я, — вставай, вставай, вставай...

Но с таким же успехом можно было обращаться к батарее. Кричи на нее, пинай ногами, все равно останется равнодушно висеть на стене.

Устав, я замолчала и разозлилась. Не стану больше усердствовать, пусть опоздает один разочек на работу, так ему и надо!

— Сережа, вставай, — донеся писк откуда-то сбоку.

На полу стоял Арчи.

— Сережа, вставай, — повторил попугай тоненьким детским тембром.

Вот уж никогда не думала, что у меня такой противный голос! Но неожиданный помощник обрадовал.

— Арчи, молодец, будь другом, сядь на кровать и буди негодяя.

Попугай, словно поняв сказанную фразу, взлетел на спинку кровати и повторил:

— Вставай, вставай, вставай.

Естественно, ответа не последовало, я повернулась к двери.

— Ой, — раздался вопль, — ой, Лампудель, ты с ума сошла!

Я оглянулась. Сережка сидел на кровати, держась за макушку.

— Ну, Лампецкий, чем ты меня долбанула?

— Ничем.

— Как это? Очень больно!

Я посмотрела на попугая, мирно сидевшего на спинке, и сказала:

— Спасибо, Арчи, молодец! Так держать!

Через полчаса, когда домашние убежали, я позвонила Володе. Вчера Костин сообщил, что уйдет на работу не раньше десяти, а мне самой надо к третьему уроку.

— Яичницу будешь? — поинтересовалась я.

— Спрашиваешь! — ответил Вовка.

Через секунду загремела дверь, и майор вошел на кухню. Мы мирно позавтракали, и я осторожно спросила:

— Вов, если бы тебе предложили заняться частным расследованием...

— Чем? — вытаращился майор.

— Ну представь такую ситуацию. У одной женщины убили мужа, и она хочет нанять тебя для поиска убийцы.

Володя поставил на стол чашку.

— Бред. Во-первых, частная практика в моей конторе строго-настрого запрещена, а во-вторых, как ты себе представляешь саму процедуру? Если муж убит, значит, заведено дело и кто-то его уже принял к производству.

— А ты узнай, кто, и попроси папочку себе.

Вовка повертел пальцем у виска:

— Лампудель, замолчи. У нас так не принято.

— А как у вас поступают?

— Как, как... Как надо по закону.

— Слышь, Вов, она дает шесть тысяч долларов.

— Такая богатая?

Я вспомнила шикарную машину Эдика, его кошелек, набитый деньгами, роскошно обставленную квартиру, бриллиантовые серьги Гемы и осторожно ответила:

— Обеспеченная.

— Наверное, сильно мужа любила, — вздохнул Володя, — раз такие деньги платить готова. Другие за копейку удавятся, а третьи вообще не заметят, что мужика убили.

Я насторожилась:

— Ты поругался с Верой?

— Она от меня ушла, — сухо сообщил Костин, — и давай больше не обсуждать эту тему. Я человек холостой, естественно, завожу шашни с бабами. Подумаешь, Вера! Сегодня она, завтра другая... Ерунда! Ушла и ушла...

Но по его мрачному лицу сразу стало понятно, что создавшаяся ситуация его очень нервирует.

— Значит, не возьмешься? — быстро перевела я разговор на тему частного сыска.

— Ни за что, — отрезал Володя и встал. — Мне пора.

Я погуляла с собаками, помыла посуду и ушла к себе в спальню. Шесть тысяч долларов мирно лежали в сумке. Ну и как теперь поступить? Да просто отдать деньги родителям Гемы. Только где их искать?

Вспомнив, что она говорила что-то про институт тропической медицины, я открыла справочник и быстро нашла нужный телефон.

— Слушаю вас, — ответил интеллигентный голос.

— Простите, пожалуйста, не работает ли в вашем институте человек по фамилии Даутов?

— Антон Сергеевич, — безукоризненно вежливо сообщила дама, — был долгие годы директором нашего института, но он, к глубочайшему сожалению, скончался несколько лет тому назад.

— Насколько я знаю, его супруга работала вместе с ним?

— Агнесса Николаевна тоже умерла. Вы, наверное, из газеты?

— Да, — быстро ответила я, — «Медицина и жизнь».

Дама продолжила:

— Если хотите писать материал об Антоне Сергеевиче, вам следует побеседовать с его дочерью. Гема Антоновна тоже одно время работала в институте, по-моему, она даже защитила у нас диссертацию... Если очень нужно, я поищу ее телефон.

— Спасибо, он мне известен. А скажите, у Даутова, кроме Гемы, детей нет?

— Нет, — ответила женщина. — И Даутовы жили наукой, и дочку родили уже в зрелом возрасте.

Я повесила трубку. Так, вот ведь идиотская ситуация, доллары отдавать некому. Получается, что я их просто украла. Отвратительно! Ладно, есть у меня одна знакомая со странным именем Федора, владелица частного сыскного агентства. Честно говоря, именовать Федору «директором» как-то слишком. В ее распоряжении нет никаких сотрудников, а сама контора занимает одну крохотную комнату в здании, напичканном разнообразными офисами. У Федоры пока нет никаких клиентов, и она обрадуется, получив заказ, и уж точно не станет водить клиентов за нос. Может, Федора не слишком удачлива в делах, зато она патологически честна.

Воодушевленная, я набрала ее номер.

— Агентство «Шерлок».

— Слышь, Федька...

— Лампа, — обрадовалась девушка, — ну что, надумала стать у меня начальником оперативного отдела?

— Пока нет, — хмыкнула я, — ты же денег платить не хочешь.

— А где энтузиазм, — воскликнула Федора, — любое дело надо начать, да Пусик от зависти скоро сдохнет!

Пусик — это ее муж, владелец агентства «Феникс». Вот уж у кого полно сотрудников, компьютеров и рабочих площадей. Года два тому назад Федора явилась в «Феникс» наниматься на

службу. Но карьера детективного агента не удалась, зато начальник женился на подчиненной,
поселил ту в красивой квартире, велел сидеть
дома и жарить блинчики. Но надо знать Федьку:
больше всего на свете она ненавидит тесто и все,
что связано с приготовлением пищи. Через год,
продав пару золотых колечек, она открыла «Шерлок». Муж был категорически против, никакой
помощи не оказал, и дело у них чуть было не
дошло до драки. Но потом оба пришли к консен-
сусу, и Федора принялась самостоятельно вы-
плывать в море трудного бизнеса. Теперь ее основная задача — добиться успеха и утереть нос
супругу. Но, к сожалению, работодатели до сих
пор обходят ее офис стороной. Я бы с удовольствием работала у нее, но Федька пока не может
платить даже ерундовую зарплату.

— Слышь, Федька, — повторила я, — заказ
есть.

— Какой? — спокойно спросила подруга.

Я быстренько изложила суть.

— Извини, — ответила сыщица, — не могу.

— Это почему, тебе не нужны шесть тысяч
баксов?!

— Кто ж откажется, — вздохнула Федора, —
но вот беда, позавчера пришел первый клиент,
оплатил услуги, и я работаю по его делу.

— Возьми два дела.

— Мне одной не справиться.

Я растерянно молчала.

— Слышь, Лампа, — защебетала Федька, — а
ты сама возьмись, опять же деньжонок заработаешь.

— Я?!

— Ты.

— Но я не умею...

— Ой, ой, ой, — воскликнула Федора, — ну-

ка давай припомним, кто нашел Танюшку Мите-
паш[1]. И потом, вспомни, сколько ты еще мне
рассказывала, а? Да у тебя дар, зря, что ли, зазы-
ваю работать к себе начальником оперативного
отдела? Брось свою идиотскую преподавательскую деятельность, хватит гнить в школе за двести рублей в месяц! Конечно, сейчас у меня бес-
платная работа, но потом-то деньги рекой по-
льются. Извини, мне некогда.

В ухо полетели гудки. Я растерянно положила
трубку. В словах подруги есть резон, но мне сейчас недосуг думать на тему о занятиях частным
сыском, пора нестись в школу.

Не успела я влететь в здание, как директриса
Анна Евгеньевна, монументальная тетка, по виду
смахивающая на одну из колонн Большого театра, крикнула:

— Романова, зайдите в кабинет.

Я поплелась на зов.

— Имейте в виду, Евлампия Андреевна, —
пророкотала начальница, — у нас тут не частная
лавочка. Почему вы вчера пропустили педсовет?

— Но у меня был свободный день! И потом,
извините, я думала, он сегодня.

Директриса выпрямилась во весь свой грена-
дерский рост. Интересно, почему она при объеме
талии около полутора метров всегда носит обтягивающие кофточки угрожающе-красного цвета?
Может, просто не способна найти в магазинах
нужный размер нормального цвета? Или хочет
выглядеть устрашающе, чтобы дети не пытались
с ней спорить? Правда, вступать в пререкания с
Анной Евгеньевной невозможно. Стоит ей возразить, как дама насупливает брови и принимается орать, да так громко, что труба, от звука ко-

---

[1] См. роман Дарьи Донцовой «Покер с акулой».

торой, как известно, пали стены Иерихона, ей и в подметки не годится. С родителями мадам хоть немного сдерживается, но педагогам и детям достается от нее по полной программе. Анна Евгеньевна словесник, и, следует отметить, она великолепно знакома со всем многообразием могучей русской лексики. Переругать даму способен только учитель труда, вечно пьяненький Иван Михайлович, остальные даже и не пытаются.

Кирюшка и Лизавета ходят в самую обычную школу, расположенную в Дегтярном переулке. Никаких денег мы с Катей за обучение не платим. Тамошняя директриса, очень приятная активная тетка, ухитрилась создать отличный коллектив. У педагогов начисто отсутствует злобность и педагогическая вредность. Если пройти по коридорам здания во время занятий, то из-за дверей не доносится никаких звуков, кроме спокойной речи учителей и детского смеха. И потом, мне кажется, что очень точно об атмосфере в школе рассказывают те прозвища, которые дети дают педагогам. Кирюшкину классную кличут — Милочка, а директрису они зовут — Булочка, физик у них Ньютоша, учительница английского языка — Олюня, а русичка — Лиленька...

В той школе, где сейчас работаю я, все иначе. Химика тут обзывают Ядовитой Жабой, немка у них Сволочной Гутен Морген, а географ просто Кретин.

— Имейте в виду, — зудела директриса, — в стране безработица, а вы, между прочим, регулярно получаете зарплату. Если не желаете преподавать, так и скажите, возьмем другую...

— Хорошо.

— Что хорошо? — удивилась, багровея от злобы, начальница. — Что хорошего вы усмотрели в своем прогуле важного мероприятия, направленного на...

— Хорошо, я увольняюсь.

— Но это невозможно, — взвизгнула Анна Евгеньевна, — в середине учебного года!

— Вы же сами сказали только что: «Если не желаете преподавать...». Так вот, я не хочу!

— Не имеете права! — заорала баба. — Не дам вам трудовую книжку.

Я пожала плечами:

— Подумаешь!

— Вас никуда не возьмут на работу без документов.

— Ерунда, куплю в метро новую книжку.

— Зарплату не получите!

— Ну и черт с ней, — заявила я и двинулась к выходу.

— Романова! — прогремела дама.

Я притормозила и ответила:

— У меня есть имя.

— Евлампия Андреевна, — сбавила тон Анна Евгеньевна, — я требую, чтобы вы доработали до конца года.

— Подайте заявление в трех экземплярах, я подумаю над вашим предложением.

— Дура, идиотка, ну и катись отсюда, аферистка гребаная, тоже мне, незаменимый специалист, вали, вали! — начала плеваться слюной Анна Евгеньевна.

Как правило, я предпочитаю не спорить с хамами и, уж во всяком случае, никогда не говорю гадости людям, которые меня оскорбляют. Дело не в христианском смирении, просто неохота становиться с ними на одну доску, злиться следует только на равного. Но тут я не утерпела. Руки сами собой схватили пластиковую бутылочку с клеем, пальцы с силой сжали емкость. Блестящая струя рванулась наружу и запуталась в волосах директрисы. Я швырнула пустой флакон на пол и тихо сказала:

— Еще раз взвизгнешь, опущу тебе на макушку пресс-папье, поняла, киса?

— Поняла, — испуганно кивнула баба. Как все хамки, она была жуткой трусихой.

— Вот и ладно, — миролюбиво ответила я, дошла до двери, повернулась и сказала обалдевшей тетке: — Мою зарплату переведи в фонд мира, а трудовую книжку... Засунь ее себе куда больше понравится.

ГЛАВА 7

Дома не было никого, кроме животных и Юлечки, спавшей на кровати прямо в джинсах и свитере. Я прошла на кухню, заварила чай и уставилась в окно. В словах Федоры есть сермяжная правда.

Всю свою жизнь я делаю не то, что хочется. В раннем детстве все за меня решала мама. Именно она отвела дочь в музыкальную школу и посадила за арфу. Мне никогда не приходило в голову спорить с ней, поэтому, получив среднее образование, я отправилась в консерваторию. Мама же выбрала дочурке супруга и скончалась, оставив чадо, как ей казалось, в надежных руках. Теперь за меня все решал муж. Долгий путь я прошла, прежде чем научилась самостоятельно справляться с проблемами, но жить как хочется все равно не получилось, потому что пришлось зарабатывать деньги. Только работа никогда не приносила мне морального удовлетворения. От тоски, будучи праздной замужней дамой, я увлеклась чтением детективных романов и проглотила, наверное, все, что было выпущено в России. До сих пор для меня нет большего праздника, чем открыть новую книгу Марининой. Количество переросло в качество. Пару раз, попав в криминальные ситуации, я выпуталась из них с легкостью и поняла, что больше всего хочу работать в милиции, как Каменская. Только кто же возьмет туда даму бальзаковского возраста, без юридического образования, не умеющую ни драться, ни стрелять, ни быстро бегать, про вождение машины лучше умолчим. Боюсь, у Шумахера случится инфаркт, если он увидит, как я пытаюсь парковать «копейку». И вот сейчас судьба подсовывает мне шанс. Я не могу оставить себе деньги просто так, а вот если они будут считаться гонораром за проделанную работу, тогда с дорогой душой. Конечно, отчитываться мне не перед кем... Гема умерла, но я просто обещала ей найти убийцу Эдика. Киллер, зарезав Малевича, одновременно прикончил и Гему. Да, я не оговорилась, она отравилась сама, но что стало этому причиной? И потом, Гема мне просто симпатична, она из тех женщин, которых я запросто могу представить своей подругой, опять же деньги... Впрочем, хватит лукавить. Больше всего мне по душе сам процесс криминального расследования.

Я решительно ухватила телефон.

— Слышь, Федька, я согласна. А ты дашь мне служебное удостоверение?

— Если приедешь в течение часа, то да.

Долго не раздумывая, я схватила ключи, заперла дверь и понеслась в агентство «Шерлок». Знаю, откуда начать расследование, потому что, провожая меня к двери, Гема обронила фразу: «Я могу подсказать, где искать убийцу... на кладбище. Некий Саврасов Жора угрожал Эдику...»

До Белогорска добираться было проще некуда. От метро «Тушинская» туда ходило сразу два маршрутных такси. Одно, под номером 69, везло до Центрального универмага, у другого на табличке стояло: «Кладбище». Я влезла внутрь и очутилась среди мрачных теток в темных платках. В полном молчании мы покатили по шоссе.

Очнувшись у ворот кладбища, я искренне удивилась. Гема была права, Эдик и впрямь сделал из него нечто необыкновенное. Возле огромных железных ворот, выкрашенных черной краской, не толпились бабки с цветами и пьяные нищие. Стояла умиротворенная тишина. Слева от калитки, в стеклянном павильончике, сильно похожем на киоск «Союзпечать», сидел охранник. Увидав меня, он оторвался от газеты, но ничего не сказал. Благополучно пройдя фейс-контроль, я вышла на центральную площадь и ахнула. Посередине стояла скульптура Микеланджело «Оплакивание Христа». Не подлинник, конечно, копия. Левее высилась небольшая церквушка, хорошенькая, как пасхальное яичко, справа виднелось одноэтажное здание из красного кирпича. «Концертный зал» — было написано на вывеске. Прямо перед моим носом маячили указатели «Администрация», «Гранитная мастерская», «Медпункт».

Я пошла по дорожке и уперлась в домик, больше смахивающий на теремок. Но внутри здание скорее напоминало банк — повсюду мрамор, позолота, бронза и вновь секьюрити, на этот раз женщина, одетая в черную форму и подпоясанная широким желтым ремешком, на котором висела кобура.

— Вы к кому? — поинтересовалась охранница.

— Насчет работы я...

— Идите по коридору, комната восемь, там

находится Эмма Марковна, она ведает кадрами, — спокойно ответила девушка и щелкнула турникетом. Я пошла по ковровой дорожке. На подоконниках стояли цветы, правда, искусственные, но отлично сделанные, от настоящих не отличить. На стенах тут и там висели картины. Словом, меньше всего это напоминало контору кладбища. На мой робкий стук в дверь из восьмой комнаты донеслось громкое:

— Входите, входите.

Я вошла в просторную, чистую, обставленную серой офисной мебелью комнату и не сдержала вскрика:

— Вы?!

На меня спокойно смотрела бывшая преподавательница консерватории по классу фортепьяно Эмма Марковна Базилевич. Дама мгновенно отреагировала:

— Фросенька, детка, какими судьбами? Как мама? Зачем ты к нам? Или, не дай бог...

Эмма Марковна помрачнела. Я поспешила успокоить ее:

— Нет-нет, у меня никто не умер. Вернее, сейчас никто не умер. Мама давно скончалась...

— Чай, кофе? — засуетилась Базилевич.

Минут через пять, когда она, закончив хозяйственные хлопоты, успокоилась, я, дергая за ниточку пакетик «Липтона», попыталась вкратце изложить ей основные события моей жизни.

— Боже, — ахала Эмма Марковна, — роман, прямо роман. Поменяла имя! Евлампия! Сидела рядом с несчастным Эдиком! Ужасно!

Я терпеливо ждала, пока буря эмоций уляжется. Наконец Базилевич успокоилась и пробормотала:

— Значит, Эдичка обещал тебе место?

— Да, как услышал, что я без работы...

— Золотой человек, — воскликнула Эмма Марковна. — Он и меня сюда привел! Представляешь, сократили в консерватории штатное расписание и выставили меня на улицу, просто выгнали, да еще намекнули, что старая стала, мол, пора и честь знать, освобождать ставку. Кабы не Эдик, щелкать бы мне зубами от голода. Сама знаешь, детей нет, помогать некому.

— Я думала — вы репетируете учеников...

Эмма закатила глаза:

— О нет. Во-первых, артрит замучил, пальцы будто птичьи лапы, такими не очень и поиграешь. Ну, руку, предположим, поставить могу, начальные навыки дать... Но ведь это надо с детьми возиться! Ты и не представляешь, как тяжело с маленькими. А со студентами уже здоровья не хватает... Вот и пришлось в конце жизни новую специальность осваивать.

Я постаралась скрыть улыбку. Большей сплетницы, чем госпожа Базилевич, в консерватории не было. Эмма Марковна всегда знала все про всех, наверное, поэтому от нее и постарались избавиться поскорей при первой возможности. Место в отделе кадров — это та работа, которая должна доставлять ей истинное удовольствие. Думаю, Эдик сильно выгадал, пригласив на службу даму, от которой ничего не скроешь.

— Но Малевич почему-то не сказал мне о вас! — мило улыбнулась я. — Велел обращаться к некоему Саврасову...

Эмма нахмурилась, молча допила чай, потом заявила:

— Ладно, детка, ты своя. Я отлично знала твоих родителей... Значит, слушай. У нас тут много разных людей служит.

Коллектив Малевич подобрал первоклассный. Став директором кладбища, он моментально выгнал вон всех вечно пьяных могильщиков, а затем начал набирать новых. Основное условие при наборе: абсолютная трезвость. Через год кладбище было не узнать. С лопатами в руках ходили несколько бывших инженеров, пара преподавателей, штук шесть сотрудников разнообразных НИИ... Все носили безукоризненную форменную одежду и получали хорошие оклады. От ворот прогнали старух и нищих, построили концертный зал, отреставрировали церковь. Теперь здесь работали только интеллигентные люди. Жили как одна семья. Вместе справляли праздники, общались семьями. Потом Эдик привел на работу Жору Саврасова. Как только Эмма Марковна взглянула на парня, сразу поняла: этот из другой стаи. Уже сам внешний вид нового заместителя директора навевал мысль об определенных структурах. Жора носил обтягивающие мощное тело черные рубашки без галстука. Воротник, не сходившийся на толстой шее, всегда был расстегнут, и виднелась золотая цепь, больше похожая на якорную, чем на ювелирное изделие. Настораживала и речь парня. Услыхав его заявление: «Ну, чисто конкретно, ребятишки, работать надо», — Эмма Марковна впала в истерику и, влетев в кабинет к Эдику, шлепнула тому на стол папку.

— Что случилось? — улыбнулся Малевич.

— Ваш Саврасов, — кипела Базилевич, — обманул всех. Вот. Я проверила, он дважды отбывал срок, а в анкете об этом ни словечка! Гнать его взашей! Господи, Эдик, где были твои глаза. Хоть понимаешь, кого привел?

Директор спокойно закурил, а потом тихо спросил:

— Эмма Марковна, дорогая, какая у вас зарплата?

Дама удивилась:

— По ведомости шестьсот рублей, но ведь вы еще первого числа конвертик даете.

— Хотите, чтобы в конвертике лежало вдвое больше?

Базилевич хмыкнула:

— Конечно.

— Тогда попытайтесь повернуть мнение коллектива в благоприятную для Жоры сторону, — спокойно пояснил Эдуард, — потому что благодаря его усилиям мы станем намного больше зарабатывать.

— Но каким образом? — вскинулась Эмма Марковна.

— А это маленький мужской секрет, — хмыкнул начальник. — Успокойтесь, ничего криминального.

Но Эмма Марковна чувствовала себя крайне неуютно. Саврасов ей не нравился. И пухлый конвертик, полученный через две недели, ее не обрадовал. Надо признать, что Жора старался быть милым, улыбался, частенько приносил на работу торт или коробку шоколадных конфет, но каждый раз, откусывая кусок свежего бисквита, Эмма Марковна вздрагивала, ей казалось, что жирный крем пахнет чем-то противозаконным.

— Зарабатывать и впрямь стали хорошо, — вздыхала Базилевич, — только мне по-прежнему кажется, что Жора негодяй. И потом, он же судимый!

Я поставила на стол красивую фарфоровую чашку, расписанную нежными розовыми цветочками. Бедная, бедная, совершенно отставшая от жизни Эмма Марковна. Да в нынешние времена срок за плечами не пятно на биографии, а медаль, наградной лист. Люди с криминальным прошлым ходят по коридорам власти. Единственное, что лично меня удивляет в этой истории, почему милейший Жора Саврасов, имея столь правильную анкету, не двинулся в депутаты или губернаторы, а осел на скромном подмосковном кладбище. Что за делишки проворачивали они тут с Малевичем?

— Но, к сожалению, — подвела черту беседе Базилевич, — нам сейчас придется идти к Жоре, потому что он теперь исполняет обязанности директора.

В кабинет к Саврасову мы вдвинулись, когда мужчина, стоя спиной к двери, говорил по телефону. Не поворачиваясь, он указал рукой на кресла. Эмма Марковна поджала губы, но села. Жора нервно кричал в трубку:

— Ну и что? Мы обязаны похоронить их, его и ее, вместе, в одной могиле. Наплевать на ваши правила. Родственников никого не осталось! Сделаем все на свои деньги! Ну погодите, я найду на вас управу!

Он с треском швырнул трубку на базу, сел за стол, вытер бумажным платком вспотевший лоб и сказал:

— Прикиньте, Эмма Марковна, какие кретины встречаются! Мать их налево! Не желают отдавать тела Эдьки и Гемы, мол, я им не родственник! Ну жлобье! Ничего, ща попляшут, у меня дружки везде есть, в том числе и в ментовке. Неужто я допущу, чтобы Эдьку, как собаку, без отпевания...

— Эдуард был еврей, — напомнила Эмма Марковна, — а Гема не знаю кто, но скорей всего тоже не православная, вероятно, татарка, а они мусульмане.

— Ни фига, позовем муллу и раввина, — стукнул кулаком по столу Жора, — вообще-то бог один, но если не положено, то обстряпаем как надо.

Сначала мулла споет, потом ребе что следует почитает, а потом уж и в церковь.

— Зачем? — изумилась Базилевич.

— Для надежности, — серьезно ответил Жора. — Чтоб уж совсем хорошо было, потом поминки, прямо тут. Я уже указание дал.

— Георгий Ильич, — проворковала Базилевич, — знакомьтесь, Евлампия Романова, она училась вместе с Малевичем и по трагической случайности оказалась рядом с ним в момент смерти.

— Ну мать твою налево, — подскочил Жора, — рассказывай.

Пришлось опять повторять все с самого начала.

— Значит, Эдька работу обещал, — задумчиво протянул Саврасов, потом неожиданно гаркнул: — Будет тебе служба, чтобы я последнюю волю друга не выполнил? Эмма Марковна, оформляйте ее в зал скорби. — Затем он обратился ко мне:

— На пианино играешь?

Эмма Марковна заерзала. Я улыбнулась:

— Немного умею.

— Моцарта там, еще кого печального знаешь?

Тут терпение Базилевич лопнуло, и она заявила:

— Уважаемый Георгий Ильич, я лично учила Романову и могу заверить, она...

— Если вы, тогда полный порядок, — прервал даму Саврасов, — пусть завтра выходит.

И он снова схватился за телефон. Уже покидая кабинет, я услышала, как он заорал:

— Слышь, Колян, тут один чудак на букву «м» не разрешает мне Эдьку похоронить по-человечески...

Мы выпали в коридор. Эмма Марковна тяжело вздохнула и спросила:

— Ну, как вам наш Жора?

— Колоритная личность, — ответила я, — а за что он сидел?

— По старому кодексу статья сто сорок шестая, часть третья, мошенничество в особо крупных размерах, — словно прокурор, отчеканила Эмма Марковна, — оба раза!

Я ничего не ответила. Володя Костин как-то рассказал мне, что статус заключенного в зоне сильно зависит от того, по какой статье он сидит. Человеку, осужденному за изнасилование или растление малолетних, суждена судьба изгоя. В уголовном мире ценятся грабители, воры, убийцы. Мошенников блатной мир считает интеллигентами, к заключенным с таким «диагнозом» барак отнесется лояльно, но смотрящим на зоне ему никогда не стать.

— Значит, завтра в десять утра ждем тебя, — сказала Эмма Марковна, — да, деточка, оденься официально, строго и без всякой боевой раскраски, ну чуть-чуть пудры, поняла?

Я кивнула и побежала к остановке маршрутного такси.

Около нашего подъезда стоял голубой микроавтобус, на боках которого были выписаны белые буквы МЧС. Отчего-то у меня нехорошо сжалось сердце, но когда я, вознесясь на нужный этаж, увидела широко распахнутую дверь в нашу квартиру и толпу мужчин на площадке, мне стало совсем плохо. Потом глаз выхватил среди незнакомых лиц покрасневшие мордочки Лизаветы и Кирюшки. Железная рука, сжимавшая сердце, разжалась. Слава богу, дети живы и здоровы, а остальное, в конце концов, не важно.

— Что случилось? — крикнула я.

Одна из женщин обернулась, и я узнала Катю.

— Ох, Лампуша, — сказала она, — дверь пришлось с петель срезать.

Я уставилась на железную дверь, прислоненную к стене.

— Почему?

— Тут такое дело, — завела Катюня.

— Ее заперли, а ключа нет, — влез Кирюшка.

— Юльке на работу пора, прикинь, как она орала, — закричала Лизавета.

— Ничего не понимаю, — пробормотала я, — ключ, дверь, да объясните по-человечески.

— Давайте расскажу, — суетилась Лиза. — Значит, у нас на двери три замка, понимаешь?

Я слушала разинув рот. Когда заказывали стальную дверь, естественно, все хотели, чтоб она оказалась неприступной. Поэтому начудили с запорами. Изнутри мы можем закрыться на два ключа, снаружи тоже, но фокус состоит в том, что нижний замок — самый обычный, английский, он отпирается как снаружи, так и из квартиры, просто и элементарно. Настоящего домушника такая преграда не остановит, спасет лишь от соседки-алкоголички да неуемных подростков.

С другими «сторожами» дело обстоит хитрее. Это так называемый «сейфовый вариант» с длинными ключами, на концах которых имеется сразу по две бородки. А теперь основная фишка. Замок, врезанный снаружи, можно открыть, только стоя на лестнице, со стороны квартиры нет никаких намеков на скважину, и точь-в-точь такая же история с внутренним запором.

— Если вы запретесь в квартире, — терпеливо объяснял мастер, ставивший дверь, — то никто не сумеет к вам никогда ворваться, отмычку подобрать нельзя, потому что ее некуда засунуть. Спите себе спокойно, ни о чем не тревожьтесь.

Честно говоря, я не слишком поняла, зачем было ставить такую же конструкцию с внешней стороны, но меня, как всегда, не послушали. Дверь водрузили на место.

Три месяца мы радовались суперсистеме, потом Кирюшка потерял ключ. Ни в одной мастерской нам не взялись сделать дубликат, а контора, изготовившая «сейф», успела за это время разориться и прогореть. Еще через месяц ключ пропал у Сережки. Оставшийся мы повесили на запасную связку и сунули в шкафчик. Теперь, когда уходим из дома, пользуемся только нижним, весьма хлипким запором, верхний закрываем только тогда, когда съезжаем на дачу. Но сегодня вышел странный казус.

Юлечка, благополучно проспавшая после бессонной ночи до двух часов дня, вскочила, быстро проглотила чай и собралась на работу. Но не тут-то было. Дверь не желала отпираться. Приехавшая к тому времени с дежурства Катюня не сумела попасть в квартиру, с внешней стороны дверь тоже не открывалась. Тут только они сообразили, что кто-то по ошибке запер наружный верхний замок. Сережка, сидевший на работе, тут же ответил звонящей Юле: «Я вообще ключи сегодня забыл». Кто был этот идиот, прихвативший вместо своей запасную связку, стало ясно после того, как из школы вернулись Лизка с Кирюшкой и показали свои ключики.

Пока Катерина пила у соседей чай, Юля, проклиная меня, бесновалась в квартире. Положение усугублялось тем, что бедной девушке, в связи с тотальным заболеванием сотрудников газеты гриппом, предстояло опять дежурство, и она прихватила с собой кое-какие материалы. И теперь телефон в квартире разрывался от воплей начальства, а электронной почты у нас нет.

В три часа дня позвонил сам главный редактор и сухо сказал:

— Юлия, если вас не будет в четыре часа на рабочем месте, можете считать себя уволенной!

И тогда было принято решение вызывать МЧС. Под напором резаков дверь пала, Юля с воплем: «Увижу Лампу, убью!» — унеслась на службу.

Оставшиеся принялись ликвидировать разгром, и тут очень кстати явилась я.

ГЛАВА 8

Естественно, связка обнаружилась в моей сумке.

— И как мы без двери спать будем? — строго спросил Кирюшка.

— Что у нас красть? — улыбнулась Катюша.

— А мои модели самолетов? — возмутился мальчик.

— Спрячь их под кровать, — посоветовала Лиза.

В этот момент раздался скрежещущий, отвратительный звук металлической пилы. Я вздрогнула:

— У кого-то еще дверь ломают?

— Нет, — хихикнул Кирка, — это Арчи очень резак понравился, он его теперь все время изображает.

— Арчи — хороший, — сообщил попугай, выходя из комнаты, — Арчи — молодец, ж-ж-ж-ж...

— Арчи — идиот, — завопила Лизавета, — немедленно заткнись, без тебя мозги в узел скрутились.

Птица повертела головой, потом глянула на

девочку быстрым черным глазом и неожиданно заявила тоненьким, детским голоском:

— Лизонька, тебе не надо есть пятое пирожное на ночь.

Лизавета разинула рот, а я чуть было не расхохоталась. Арчи спокойно продолжил моим тоном:

— А то у тебя мадам Сижу — словно таз для варенья.

Воцарилась тишина. Покачивая серым хвостом, попугай ушел в гостиную.

— Никогда не говорила ничего подобного, — быстро сообщила я, — про пирожное да, было, а про таз для варенья...

— Значит, с кем-то меня обсуждала, — зарыдала Лизавета и скрылась в своей комнате.

— Ну и ну, — ошарашенно протянула я, — как ты думаешь, он случайно такое сказанул?

— Естественно, — отмахнулась Катя. — Ладно, завтра вызовем мастеров и вернем на место дверь, а сейчас пошли ужинать.

На кухне она распахнула холодильник и присвистнула. Я глянула через ее плечо. Зрелище впечатляло. На верхних трех полках полнейшая пустота, на нижней тосковал пол-литровый пакет кефира.

— Как ты думаешь, — шепотом спросила Катерина, — отчего дети его не выпили?

Я вытащила «Био-макс» наружу, понюхала содержимое и вздохнула:

— Он сгнил. А что у нас в морозильнике?

Катюня открыла дверцу:

— Ничего, только два куска мяса для кошек, ну обрезки, которые Юлечка приволокла с рынка. Ладно, сейчас сбегаю к метро в «Победитель».

— Нет, — сказала я, — в супермаркет отправлюсь я, а ты пока ставь воду для пельменей.

— Возьми те, вкусненькие, «От Петровича».

— «От Палыча», — поправила я, — «От Петровича» туалетная бумага.

— Она «От Сергеевича», — влез Кирюшка, — а пельмешки «От Константиновича».

— Ладно, поняла, — ответила я и пошла надевать куртку. Из-за дверей комнаты Лизаветы не доносилось ни звука, мне стало жаль девочку, и я всунула голову в ее спальню: — Слышь, Лизок, хочешь пончики «Донат»?

— Ага, очень, — ответила незлобивая Лизавета, — только круглые, сердечком не бери.

— Ключи можешь оставить, — крикнула Катя.

Я посмотрела на пустой дверной проем. И правда, ключики теперь совершенно ни к чему.

Несмотря на поздний час, в супермаркете клокотал народ. Я быстро набила корзинку продуктами, поискала глазами свободную кассу и увидела работающий телевизор. Молоденький бойкий корреспондент бодро вопрошал:

— Ну и куда, скажите, лучше всего спрятать труп? Где его не станут искать? Еще Шерлок Холмс утверждал, труднее всего найти вещь там, где она должна быть: чашки — среди посуды, больного — между недужных, а труп... на кладбище.

От неожиданности я выронила корзинку.

— Девушка, вы в кассу? — раздался сзади приветливый голос.

— Нет, — ответила я и вперилась в экран.

Теперь вместо паренька там показывали старый погост и двух мужиков с лопатами, воровато копавших землю при слабом лунном свете. Репортер вещал за кадром:

— Именно так и поступала банда Ветрова. Убитых грузили в автомобили и свозили в подмосковный городок Людово. Там их просто закапывали в чужие могилы. Расчет оказался верен, за пять лет, которые банда действовала в столице, никто ни разу не заподозрил, что в Людове творятся жуткие дела. Убийцы орудовали по ночам, кто из работников кладбища был вовлечен в преступное сообщество, выяснилось только тогда, когда был взят главарь, Степан Ветров. Боясь, что суд даст ему высшую меру, Ветров мигом начал топить всех подельников. Сотрудники милиции арестовали Андрея Серегина, водителя такси, Елену Рюмину, которая, «голосуя» на обочине, останавливала дорогие иномарки... Но основной сюрприз был впереди. Прятал трупы не кто иной, как Олег Савостьянов, директор кладбища, уважаемый в городе человек, отличный семьянин и добрейший парень. Именно своему членству в банде он был обязан материальным благополучием. Все рассказы о тетушке, оставившей наследство, оказались ложью.

Зазвучала музыка, на экране появились белые буквы «Криминальная Россия». Спотыкаясь, я побрела к выходу. Так, теперь я знаю, что происходило в Белогорске. Эдик Малевич, желая разбогатеть, связался с Жорой Саврасовым. Убитые, вот откуда к ним потекли деньги рекой. Теперь понятно, отчего Эмма Марковна стала получать в своем конвертике удвоенную зарплату. Интересно, кто из работников еще втянут в темный бизнес? Надо же, как быстро выяснилась истина. Скорей всего Гема права. Этот Жора Саврасов и убил Эдьку. Не сам, конечно, нанял киллера. Наверное, Малевич начал мучиться угрызениями совести или наболтал спьяну чего не надо...

Дело за малым. Найти доказательства и сообщить в милицию. Подпрыгивая от возбуждения, я понеслась домой, влетела в квартиру. Споткнулась о груду сваленных у порога ботинок и только тут сообразила, что продукты так и остались лежать в проволочной корзинке, стоящей на полу у кассы.

Тихо-тихо, чтобы не дай бог кто-нибудь из домашних не услышал, я понеслась назад в «Победитель». Дверь супермаркета украшал лист бумаги. «Уважаемые покупатели, убедительно просим вас извинить нас за причиненное неудобство. Но, к сожалению, мы вынуждены сегодня завершить работу. Завтра магазин, как всегда, приступит к круглосуточному обслуживанию клиентов».

Скрипнув от злости зубами, я подошла к ларькам, но там, естественно, не нашлось никаких пельменей, только жвачка, конфеты да чипсы. Вагончик «Русские блины» закрылся, в «Крошке-картошке» милая женщина с усталым лицом сказала:

— Подойдите не раньше чем через полчаса.

Последняя надежда была на «Куры-гриль», но, когда я подлетела к белой будочке, две девушки в кокетливых голубых фартучках вытаскивали пустые шампуры.

— Курочек нет? — заискивающе спросила я.

— Всех съели, — улыбнулась одна продавщица.

— Приходите завтра, — посоветовала другая.

В полном отчаянии я оглядела окрестности и увидела тетку, прыгающую вокруг холодильника.

— Что у вас? — поинтересовалась я, заглядывая через стекло огромного ящика.

— Пицца, — клацая зубами, ответила торгашка, — бери, не прогадаешь. Вкусно, сил нет.

Но мне показалось подозрительным, что она торгует полуфабрикатами ночью, и я спросила:

— А что это все уже по домам разъехались, а ты тут стоишь!

— Ох, горе горькое, — вздохнула баба и потрясла пейджером, — вона глянь, чего скинули в восемь вечера!

Она сунула его мне под нос: «Машина сломалась, стой до упора, починим — заберем».

— Ну прикинь, — гудела бабища, — околела вся, ни пожрать, ни попить... Вот сволочи, автомобиль у них забарахлил, а мне чего, тут ночевать?

— Ладно, — вздохнула я, — чья пицца-то? Кто делает?

— Фирма. Италия. Потом еще придешь, — пообещала продавщица.

— И с чем она?

— Только с морепродуктами осталась. Колбасу и грибы разобрали.

— Это с морской капустой, что ли?

— Почему? — удивилась тетка. — Никакой тут капусты и в помине нет. Мидии, осьминоги, креветки и каракатица!

Я в задумчивости уставилась на холодильник. Представляю, что скажут дети, когда услышат, что им на ужин предлагается каракатица! Но альтернативы нет!

— Давай!

Женщина вытащила коробку и вручила мне ее со словами:

— Кушай на здоровье.

Когда пицца оказалась дома, Сережка, пришедший с работы в мое отсутствие, недоверчиво поинтересовался:

— А чего она какая-то синяя?

— Изделия с морепродуктами, — пояснила

я, — темно-фиолетовые куски — скорей всего, осьминог или каракатица.

— А вот этот несчастный червяк с выпученными глазами кто? — робко подала голос Лизавета.

— Мидия.

— Ну почему ты не купила что-нибудь более привычное, пельмени или сосиски? — упорствовал Сережка. — За фигом нам булка с акулой?

Мне страшно не хотелось рассказывать при всех про забытую корзинку с продуктами, поэтому я только фыркнула, засовывая кусок мерзлого теста в СВЧ-печку.

— Вы темные люди, дети гор. Так всю жизнь ничего слаще пельменей и не попробуете. Сейчас столько разнообразных продуктов кругом, ну неужели не интересно, а?

Через десять минут все столпились вокруг блюда, где исходила паром круглая лепешка со странными темно-фиолетовыми кусками.

— Ну и кто начнет? — бодро спросил Сережка, нарезая угощение. — Я не рискну, сначала посмотрю, что станет с тем, кто откусит от этого шедевра кулинарного искусства.

Катя взяла ломоть, понюхала, потом задумчиво пожевала и сказала:

— Ничего!

— Ничего особенного, — подхватила Лизавета, пробуя свой кусок.

— По мне, так отвратительно, — подвел итог Сережка. — Несчастная каракатица должна жить в море, рожать каракатят, а не служить начинкой для несъедобных пирогов!

— Бывает хуже, — отозвался Кирюшка, — к примеру, вареники с картошкой, которые мама позавчера притащила.

— Бр-бр, — вздрогнула Лиза, — вот уж мерзость так мерзость.

— Тесто и впрямь жестковато, — тихо сказала Катюша, — но вполне съедобно, только у нас теперь зубы и языки синие.

— Жуть, — взвилась Лизавета, — кошмар!

— Ерунда, — попробовала я успокоить домашних, — это из-за чернил.

— Минуточку, — напрягся Сережка, — ты хочешь сказать, что купила пирожок, политый тем, чем заправляют авторучки?

Глупость и вредность детей окончательно взбесили меня.

— Нет!!! Это не те чернила!

— А какие? — наседал Сережка. — Какие они еще бывают?

— У тебя в школе что по зоологии было?

— У него, — хихикнул Кирюшка, — всегда круглая тройка, вот у меня крепкая четверка!

— Значит, знаешь, какие это чернила?

— Ну, — замялся мальчик, — ну...

— Хорош, Дарвин, — заржал старший брат.

— Не надо ссориться, — мирно сказала Катюша, — осьминоги во время опасности выпускают из специального мешочка темную жидкость, думаю, что каракатицы делают то же самое, только и всего.

— И где этот мешочек у них расположен? — поинтересовалась Лиза.

— Не знаю, — растерялась Катя, — хотя, если подумать, подобный способ защиты не редкость в животном мире. Скунс, например, издает жуткий запах.

— Да он просто пукает, — возразил Кирюшка.

— Вот и каракатица, — начала Катя.

— Отвратительно, — поперхнулся Сережка, — мы съели пиццу из морепродуктов с пуками.

— Замолчи, — велела Лизавета, — а то меня стошнит!

— О чем спор ведете и отчего двери нет? — раздался веселый голос, и Костин вошел в кухню.

Все, тыча в меня пальцами, быстро стали рассказывать о происшедшем. Но майор внезапно указал на коробку из-под пиццы и поинтересовался:

— Где взяли?

— Купили, — ответила Катюша, — хочешь попробовать? Оставили тебе кусочек. Вполне ничего, только вкус странноватый, но если учесть, что здесь морские гады...

— Где взяли пиццу? — еще больше нахмурился Вовка.

— В «Победителе», — быстро ответила я.

Майор расслабился.

— Фу, прямо отлегло...

— А что такое? — осторожно поинтересовалась я.

— Неделю тому назад, — спокойно начал рассказывать майор, — накрыли цех по производству пиццы. Антисанитарные условия, поварами работали молдаванки, без регистрации... Тесто, правда, делали обычным путем: вода, мука, соль... А вот мясо! Ловили собак и...

— Ужас, — прошептал Кирюшка, серея на глазах.

— Абсолютно с тобой согласен, — кивнул Вовка, — но это еще не вся правда. Конечно, я никогда не пробовал собачатину, но, думаю, она все-таки отличается по вкусу от говядины, и вот что мерзавцы придумали! Брали самые обычные чернила, обрызгивали готовые изделия и выдавали их за... пиццу с морепродуктами, как известно, осьминог выпускает из...

— Особого мешочка темную жидкость, — обалдело пробормотала Лизавета.

— Молодец, — одобрил майор, — да ты у нас отличница. Потом изделия раскладывались в коробки, негодяи не постеснялись и сделали тару, как у известной фирмы «Эрнос». Кстати, это именно ее сотрудники и забили тревогу, когда обнаружили товар, который предлагали людям на улицах. Но если Лампа купила пиццу в «Победителе», то все в порядке.

— Ты уверен? — сдавленным голосом поинтересовался Сережка.

— Абсолютно, — отрезал Вовка, — «Победитель» никогда не возьмет товар от неизвестных поставщиков. Кстати, это понимали и «производители». Они не совались со своими «пирожками» в крупные магазины. Нет, сплавляли продукцию у метро. Причем тетки с холодильниками появлялись на улицах часов в восемь. Правильный расчет, народ несется по домам и хватает первое, что попадется под руку.

— Ты точно брала пиццу в «Победителе»? — прохрипел Сережка.

— А что, кто-нибудь умер? — спросила Лизавета.

— Да нет, — пожал плечами майор, — ну желудки у людей расстроились, аллергия высыпала, на чернила...

— Меня уже тошнит, — оповестил Кирюшка и исчез в туалете.

— Ты точно брала пиццу в «Победителе»? — наседал на меня Сережка. — Ничего не перепутала?

Я в ужасе закивала головой, ни за что не признаюсь.

— Думаю, надо для профилактики дать всем по таблетке фуразолидона, — сказала Катя, — но это просто для страховки. В «Победителе» всегда качественные продукты. Кстати, Вовка, мы и тебе кусочек оставили.

— Спасибо, — вежливо сказал Костин, — меня после этого дела что-то от пиццы отвернуло, уж лучше пельмешки...

— Спокойствие, только спокойствие, — вещала Катюша, — ты же сам сказал, что мошенников поймали.

— Не всех, — вздохнул Костин, — сегодня сообщили, опять в городе изделия из собачатины появились.

Сережка, развернувшись на каблуках, вылетел из кухни. Лизавета следом за ним.

— Пойду достану лекарство, — сообщила Катюша и исчезла.

Вовка пошел с ней. Я, оставшись одна, в ужасе посмотрела на одинокий кусок, лежащий на тарелке. Потом взяла его и сладко засюсюкала:

— Муля, Муленька, иди сюда, глянь, чем угощу!

Обожающая подкрепиться мопсиха кинулась на зов. Наша Мулечка готова съесть все, что угодно. Сколько раз мы вытаскивали у нее из пасти ластики, грязные носки, шкурки от бананов... Ада, Рейчел и даже Рамик, несмотря на его дворовое прошлое, никогда не схватят подобные «деликатесы». Мульяна же сначала запихивает в пасть, а потом начинает соображать, следовало ли вообще закусывать этим предметом. Но сейчас Мулечка неожиданно начала подозрительно обнюхивать кусок пиццы. Не успела я удивиться, как собачка плюхнулась на объемистый зад и горестно завыла.

— Она не хочет есть свою бабушку, — возвестил Сережка, заглядывая на кухню, — сделай милость, не мучай животное. Ну представь, что тебе предложили пирожок с начинкой из любимого родственника, а?

Не дожидаясь ответа, он исчез. Я швырнула остатки пиццы в помойку и ушла в ванную. Там, разглядывая в зеркале абсолютно синие язык и зубы, подумала: «Ну почему со мной всегда случаются жуткие происшествия?»

ГЛАВА 9

В десять утра, одетая в черные брюки, белую блузку и строгий пиджак, я сидела за пианино и извлекала из него Моцарта. Честно говоря, мне было немного не по себе. Ситуация действовала на нервы: гроб, заваленный цветами, толпа мрачных людей, рыдания родственников... Наконец процедура прощания завершилась, плачущие женщины пошли на выход.

— Первый раз не слишком приятно, — улыбнулась мне полная дама, проводившая церемонию, — потом привыкнете. А сейчас идите попейте в конторе чайку, у нас еще одни похороны, в двенадцать.

Рабочий день потек своим чередом. Через два часа я опять сыграла «Реквием», потом сходила к Эмме Марковне, где меня угостили кофе и тортом... Около трех пришла дама из траурного зала и попросила поиграть перед микрофоном. По кладбищу бродили посетители, и мой «концерт» транслировали по радио... В пять часов меня пригласили в третью комнату. У одной из бухгалтерш, молоденькой Наташи, был день рождения...

Я получила еще один ломоть бисквита с угрожающе красной розой сверху и села у окна. Эмма

Марковна не обманула, люди тут и впрямь подобрались интеллигентные, на столе стоял только чай, никакой водки или шампанского не было и в помине, а Жора Саврасов, без конца рассказывавший анекдоты, старался быть милым...

Внезапно телефонный звонок прервал шутки исполняющего обязанности директора.

— Алло! — крикнул Жора. Потом он помолчал и добавил: — Сейчас, минутку, выйду в свой кабинет, тут шумно.

Я посмотрела ему вслед и, подождав пару секунд, выскользнула в коридор, добралась до нужной двери, присела на корточки и, сделав вид, что завязываю шнурок у ботинка, обратилась в слух.

Жора скорее всего принадлежал к тем людям, которые повышают голос, общаясь по телефону. Во всяком случае, я услышала все, что надо.

— Вы от Николая? Хорошо, жду.

Очевидно, собеседник спросил о времени, потому что Саврасов сообщил:

— В одиннадцать вечера подойдете в контору, как раз тут никого не будет. Охранник в курсе, он впустит машину.

Воцарилась тишина, потом Саврасов отрывисто поинтересовался:

— Клиент большой? Ага, ну — это ерунда, триста долларов, и полный порядок, кстати, если желаете, можем отпеть.

Снова повисло молчание.

— Нет, нет, — потек дальше разговор. — У нас батюшка продвинутый, только ему тоже заплатить надо, три сотни «зеленых», и тип-топ, упокоится в лучшем виде, не переживайте, ваши родные будут довольны. Ладно, значит, так: в одиннадцать вечера въезжаете в ворота — и ко мне.

Волноваться не надо, тут никого больше не будет.

Послышался скрип. Чуть не упав, я рванулась вперед и влетела в дверь туалета. Вот оно как! Сегодня ночью сюда привезут труп, который Саврасов потихоньку зароет, положив в карман триста баксов. В аферу втянуты еще охранник и священник, который за такую же сумму готов отпеть несчастного. Что за бред! Стоя у окна, я видела, как Жора, выйдя из конторы, подошел к гранитной мастерской и скрылся внутри. Минут через пять он появился вновь, но не один, а с мужиком, одетым в аккуратный синий комбинезон. Парочка встала возле стены колумбария и принялась размахивать руками. Мне не были слышны слова, но вдруг стало понятно, что они решают, какой доской лучше прикрыть нишу: белой, мраморной, или черной, гранитной.

Мужики без конца поднимали куски камня и прикладывали их к зияющей дыре. Мне стало совсем нехорошо. Значит, тело собирались не закапывать, а сжечь...

Наконец договоренность была достигнута. Парень в комбинезоне пошел в мастерскую, Жора вернулся в контору. Я продолжала ощупывать глазами двор. Если покойников тут кремируют, то должна быть печь. И где она? Я заметила небольшой, даже крохотный домик из красного кирпича, на крыше которого красовалась слишком большая труба. Выйдя из конторы, я обежала вокруг домика несколько раз. Заперто. На окнах спущены занавески, на двери замок. Голову даю на отсечение, именно тут находят последний приют несчастные жертвы бандитов... Что же делать?

Замерзнув, я пошла в контору. Да очень просто, надо спрятаться тут где-нибудь и посмотреть, что к чему.

Сотрудники кладбища спокойно разбрелись по домам. Я затаилась в ритуальном зале. Помещение никто не собирался запирать, и я тихонько сидела в одном из кресел. Место, где прощаются с усопшими, находилось у самого входа в контору, если кто и захочет сейчас сюда заглянуть, я услышу шаги и юркну под фортепьяно. Но вокруг стояла, простите за не слишком удачное сравнение, могильная тишина. Жора, очевидно, коротал время в своем кабинете. Стрелки часов еле двигались, меня клонило в сон...

Би-би-би — раздалось с улицы.

Я подскочила и кинулась к окну. На территорию кладбища въехал огромный джип и остановился прямо под фонарем. Из конторы выскочил Жора, а из автомобиля вылез парень самого бандитского вида, весь затянутый в черную одежду, коротко стриженный, накачанный... Он распахнул заднюю дверь и вытащил не слишком большой мешок. Жора взял труп, и я содрогнулась. Господи, это что-то маленькое, во всяком случае, Саврасов держит тело в одиночку. Неужели сюда привезли убитого ребенка?

Из недр джипа выбралась худенькая женщина, одетая в красивую шубку, она нервно комкала в руках носовой платок. Внезапно из темноты вынырнул батюшка, дородный мужик с окладистой бородой. Он ласково положил руку на плечо рыдающей даме.

Я во все глаза наблюдала за происходящим. Колоритная группа исчезла внутри маленького домика с трубой. Не в силах удержаться, я вышла во двор, подкралась к зданию и попыталась заглянуть в окно. Ничего не было видно, плотные занавески не пропускали ни малейшего света. Я осторожно потянула дверь.

В образовавшуюся щелку просматривалось примерно двадцатиметровое помещение, обустроенное так, как это обычно делают в крематориях. Помост, задрапированный то ли красной, то ли черной тканью, с полозьями и занавесочкой в самом конце. Правее стояло что-то типа каталки, на которой лежало нечто маленькое, покрытое белой, кружевной простынкой, в изголовье покоился букет гвоздик.

— Ныне отпущаеши ты раба своего, — гудел батюшка, помахивая кадильницей.

— Милый мой, любимый сыночек, — рыдала тетка.

Затянутый в черное браток шмурыгал носом и изредка подносил к глазам платок.

— Что ты тут делаешь? — послышалось за моей спиной.

От ужаса я чуть не заорала и обернулась. Сзади стоял охранник.

— Что ты тут делаешь? — повторил мужик.

— Смотрю, — растерянно ответила я.

— Ишь ты, — хмыкнул секьюрити и велел: — А ну заходи!

— Зачем? — испугалась я.

— Иди-иди, — велел мужик и затолкнул меня в зальчик.

Услышав стук двери, Жора повернул голову, на секунду вскинул брови, но мигом сориентировался и сказал:

— А вот и Евлампия Андреевна, она сейчас нам сыграет. Идите, дорогая, к инструменту.

Толстой короткопалой рукой он ткнул в сторону стоящего у стены фортепьяно. На подгибающихся ногах я двинулась в указанном направлении, села на стул, положила руки на клавиши... Полились звуки «Реквиема».

С этим музыкальным произведением связана красивая легенда. Якобы к великому Моцарту явился ночью человек, тщательно закрывавший лицо, одетый во все черное. Бросив на стол золотые монеты, он попросил сочинить «Реквием». Композитор выполнил оплаченный заранее заказ, но таинственный незнакомец больше не появился. Моцарт же рассказывал потом, что во время работы у него было такое ощущение, будто он пишет музыку по заказу самой Смерти, которая скоро явится вновь, чтобы забрать его с собой.

Правда это или нет, не знаю, но при звуках его «Реквиема» у большинства людей по коже бегут мурашки размером с кулак. Сегодня же мне, как вы понимаете, было особенно не по себе. Впечатление создалось такое, что я играю на своих похоронах. Интересно, что сделает со мной Жора после завершения церемонии? Наверное, от ужаса я слишком сильно долбасила по несчастному пианино, потому что Жора тихонько подошел и шепнул:

— Хватит.

Я замерла.

— Повернись, — велел Саврасов.

Пришлось покориться. Жора подошел к стене, взял деревянный лоточек, похожий на гроб без крышечки, и ласково сказал:

— Ну, прощайтесь с любимым сыночком.

Женщина кинулась на каталку и принялась комкать ажурную простынку.

— Ладно, ладно, ладно, — бормотал парень, — ну хорош, упокойся.

— Он прожил счастливо тринадцать лет, — проникновенно гудел Жора.

Я взглянула. Вот ведь кошмар, это и впрямь

ребенок, слишком маленький для подросткового возраста, наверное, долго болел.

— Не знал ни голода, ни горя, — продолжал Саврасов, — все любили его, такого доброго, веселого, умного, он принес вам много радости, и вы похоронили его с честью. Теперь сможете приходить на кладбище, возлагать цветы и вспоминать любимого и дорогого.

— Аминь, — отозвался батюшка.

Саврасов подошел к каталке, откинул кружевную ткань, и я чуть не свалилась наземь.

На кипенно-белой простыне, в окружении ярко-красных гвоздик, лежало тело... пуделя.

— Это собака, — невольно вырвалось из моей груди.

Саврасов бросил на меня быстрый взгляд, но ничего не сказал. Он ловко переложил животное в «гробик», установил конструкцию на рельсы, нажал кнопочку. Шторки разъехались, «траурный поезд» исчез.

— Завтра приходите часам к одиннадцати вечера, — сказал Жора, — захороним в нишу.

Женщина, продолжая всхлипывать, пошла к выходу. Парень протянул Саврасову конверт.

— До завтра, Георгий Ильич, — пробасил батюшка.

— До свидания, Михаил Евгеньевич, — ответил начальник и повернулся ко мне: — Ну, теперь рассказывайте, кто вы и зачем следили за нами? Ай да Эмма Марковна! Сколько вы заплатили старухе, чтобы она вас своей ученицей представила?

— Я правда училась в консерватории вместе с Эдиком!

— А, значит, подлым ремеслом шпиона занимаетесь в свободное время? И кто вас нанял? На кого работаете?

Дрожащей рукой я выудила из кармана брюк удостоверение.

— Агентство «Шерлок», — изумленно прочитал Саврасов, — начальник оперативного отдела Евлампия Андреевна Романова. Ну и ну. Частный детектив. И зачем вам на кладбище устраиваться понадобилось, а?

Я глубоко вздохнула и начала рассказ.

— Пошли в контору, — велел Жора.

Мы перебрались в его кабинет, где я и закончила повествование. Саврасов побарабанил пальцами по столу.

— Значит, думала, мы тут трупы прячем.

— Ага.

— И я убил Эдьку? Ну? Ведь правда?

— В общем, если посмотреть, то может быть...

— Не верти хвостом. Значит, считала меня убийцей! Ну ты и дура.

— Вот и нет, — разозлилась я, — сам дурак.

Саврасов засмеялся:

— Нет, это ты кретинка, полная идиотка! Думала, что имеешь дело с человеком, прячущим трупы, считала меня киллером и решила сама посмотреть за процессом, так сказать, утилизации?

— Я же не знала, что меня поймают! Почему вы хороните животных по ночам?

Жора хмыкнул:

— Потому что днем нельзя.

Я уставилась на него во все глаза. Саврасов потер затылок рукой и поинтересовался:

— У тебя дома кто-нибудь живет?

— Полно народа, дети...

— Я имею в виду животных.

— Да, четыре собаки, кошки, теперь еще попугай есть...

— Никто не умирал?

— Они молодые.

Жора прищурился:

— Ладно, слушай. Это Эдька придумал, царство ему небесное, золотые мозги имел. Идея его, а воплощение мое.

Любой владелец собаки или кошки в конце концов сталкивается с необходимостью похоронить своего любимца. Для тысяч людей болонка или пудель становятся членом семьи, другом, обожаемым ребенком... Но кладбища для животных в столице нет. Трупик кошки или хомячка надо везти на свалку, но у хозяев, проживших вместе с хвостатыми друзьями долгие годы, рука не поднимается попросту выкинуть того, кто еще вчера радостно встречал его у двери... Вот и придумывают люди, кто что может. Те, у кого есть дачи, хоронят дорогих сердцу четвероногих на шести сотках, другие пытаются выкопать могилку около своего дома...

Эдик же предлагал сказочный вариант. Умершее животное кремировали, устраивая настоящую процедуру прощания, потом урну ставили в колумбарий. Хозяева получали возможность приходить на кладбище, ставить в вазочку цветы...

За услуги брали не слишком дорого, клиентов было много... Несколько стен уже полностью заполнено, сейчас возводят новую...

— Как же вы устраиваетесь с документами? — удивилась я.

— А вот это мое дело, — ухмыльнулся Жора, — секрет не раскрою.

— И священник! Неужели церковь разрешает отпевать собак?

Саврасов широко улыбнулся:

— Миша служит у нас художником, мы для заказчиков концерт устраиваем, правда, он работал раньше в церкви, но потом его лишили сана.

— А крематорий, зал прощания... Неужели сюда проверки не приходят?

— Эдька все прикрывал, его в городской администрации прямо обожали, — пояснил Жора, — теперь, боюсь, сложности могут начаться, хотя, конечно, попробую справиться.

— Много сотрудников кладбища в курсе дела?

— Да почти все, — хмыкнул Жора, — кроме Эммы Марковны. Ей не сказали, правда, деньги платили.

Я молчала.

— Ну, — продолжил Жора, — дошло до тебя, что я не виноват в смерти Эдьки? Ничем особо криминальным мы тут не занимались. Более того, все довольны оказывались. Владельцы хоронили своих друзей, нам шли деньги. Ведь со всеми делились. Да и вышестоящее начальство знало, в чем дело, тоже конвертики раз в месяц получало. И кому от нашего бизнеса плохо было? Нет, Эдьку прирезали не из-за кладбища...

— А из-за чего? — быстро спросила я.

Жора пожал плечами:

— Небось из-за бабы. Он в отношении женского пола просто лютый был.

— Вроде женатый человек.

Саврасов хлопнул рукой по столу:

— Ну е-мое, кому же штамп в паспорте мешает? И потом, Геме все равно было, она по стране моталась, людям голову дурила.

— Что вы имеете в виду?

Саврасов захихикал:

— А то, что у нее целый бизнес для лохов существовал, Эдька под пьяную лавочку рассказал.

— Не понимаю...

— Ну ничего хитрого. Она же из себя целительницу изображала, экстрасенса мирового масштаба... Приезжает, к примеру, в какой-нибудь

Мухосранск. Город уже весь афишками оклеен, по радио реклама прошла, опять же местное телевидение подключено. Ну, допустим, запланировано три выступления. На первом сидит ползала. Появляется Гема и давай шаманить, и тут из третьего ряда выходит инвалид, бросает костыли и бежит к сцене с воплем: «Я здоров!!!»

Зал гудит, народ в экстазе, на следующих выступлениях яблоку некуда упасть, билеты за три километра от зала спрашивают.

— Она так здорово лечила?

Саврасов подскочил в кресле:

— Ты еще дурее, чем кажешься! Инвалид-то подставной, чистый цирк! Актер нанятый, докумекала? Гема такие бабки загребала! Нам на кладбище год работать надо, чтобы получить то, что она за месяц имела. Эдька жутко комплексовал, и баб себе поэтому подбирал нищих, чтобы на их фоне богатым выглядеть. Нет, искать убийцу надо среди его любовниц.

— Вы их всех знаете?

— Ну, всех, пожалуй, и сам Эдька не помнил. Последняя его герла, Лена, в стрип-баре плясала, когда он с ней познакомился, вокруг шеста кривлялась. Абсолютно безголовая, у нее вместо мозгов счетчик, знаешь, такие в такси раньше стояли: чик-чик, в окошечке циферки скачут. Эдька ей на фиг не нужен, лишь кошелек его привлекал. Нет, она не тянет на убийцу. И потом, он ее с работы забрал, квартиру снял, бабки давал.. Ленке без него хуже... А вот предыдущая...

Жора замолчал и полез за сигаретами.

— Ну, — поторопила я, — кто она?

Жора раздавил окурок в пепельнице, прокашлялся и сообщил:

— Отелло.

— Кто?

— Ревнивая, жуть! Эдьке по каждому поводу скандалы закатывала, один раз в конторе стекла побила. Представь, явилась к любовнику на работу и давай камнями швыряться! Ну вот тебе бы такое в голову пришло?

— Нет, конечно.

— Вот видишь, — радостно заржал Саврасов, — даже такая, как ты, и то бы не стала идиотничать!

Я молча проглотила оскорбление и поинтересовалась:

— Имя ее знаете?

Саврасов издал звук, больше всего похожий на хрюканье, потом пробормотал:

— Эфигения.

— Издеваешься, да? — обозлилась я.

— Почему? — веселился Жора. — Кое-кого у нас зовут Евлампией, а эту красоту неземную Эфигенией кличут.

— Таких имен не бывает!

— Вот и я об этом же думаю, — сообщил Жора, — псевдоним у нее, так сказать, для работы. Ну знаешь, как писатели на обложках одно имя пишут, а в жизни совсем по-другому зовутся. Маринина совсем не Маринина...

— Я в курсе того, что такое псевдоним. Только зачем он этой Эфигении понадобился? Она актриса, певица или романы строчит?

— Не, — заржал Жора, — покруче будет, гадалка.

— Кто?

— Потомственная цыганка в десяти поколениях, Эфигения Роме, гадание по линиям судьбы и на картах, — отчеканил Саврасов.

— Ну и где эта дама живет?

— Понятия не имею.

— А настоящее ее имя знаешь?

— Кто ж его мне скажет?

— Хороша информация, — вскипела я, — предлагаешь искать бабу, имя которой «никак» и живет она «нигде»?

— А зачем ее искать? — удивился Саврасов.

— Сам же сказал, что ревновала Эдьку...

— Просто как зверь, — подтвердил Жора, — стекла била и орала: «Имей в виду, если не мне, то и никому не достанешься. Узнаю, что с другой бабой связался, — убью!» Только искать ее нет нужды.

— Почему?

— Да она все время в своем салоне сидит, клиентов поджидает.

И такой человек еще смеет упрекать меня в глупости!

— Быстро говори адрес салона, — прошипела я.

— Не знаю!

Честное слово, мне захотелось его стукнуть.

— Не знаю, — как ни в чем не бывало повторил Саврасов, — только название слыхал, «Дельфийский оракул», небось по справочной легко отыскать. Ох, чует мое сердце, из-за бабы сгинул Эдька, и потом, знаешь...

— Что?

— Я немного знаком с криминальным миром... Малевича убили заточкой...

— Ножом!

— Ну да, считай, что это одно и то же, острая железка. Вот ты видела труп, скажи, куда ударили, в спину?

— Нет, в левый бок.

— Ну теперь подумай сама. Это же надо близко подойти и пырнуть. Да ни один профессиональный киллер на такое в месте, подобном «Макдоналдсу», не пойдет. И зачем вообще убивать в ресторане? Прямо мексиканский сериал! Обычно проще делают.

— Как?

— О боже, ты что, «Новости» никогда по телику не смотришь? Убивают в подъезде, во дворе, когда жертва из машины выходит... Пиф-паф, и готово. Оружие бросят, и ищи ветра в поле, заказные убийства редко раскрывают, даже такие громкие и шумные, как устранение этого, из телевизора, ну как его... «Поле чудес» еще вел.

— Влад Листьев.

— Точно. Вся милиция искала, а толку чуть. У Эдьки никогда охраны не было, плевое дело его шпокнуть. А тут «Макдоналдс». Нет, думаю, это баба сделала! Знакомая. Подошла к столику, подсела, он ей сказал, что с другой обедает... Ну бабенка и ткнула бывшего любовничка, не сдержалась от злости, типично женский поступок. Ищи эту Эфигению, не ошибешься, ее рук дело.

Я в задумчивости посмотрела в окно. Много ли найдется в столице женщин, носящих в сумочках заточки?

— И у нее с собой всегда нож был, — продолжал Жора. — Мы один раз ужинали вместе в ресторане, а Эдьке Гема позвонила, зачем-то он срочно ей понадобился. Ну Малевич и затряс хвостом: «Эфигения, давай тебя домой отвезу, а то, извини, надо уезжать». А она глазищами своими огромными как сверкнет: «Беги, беги к любимой женушке, без тебя обойдемся». Одним словом, они поругались. Эдька психанул и уехал. А мне неудобно, на улице темно, не ровен час к бабе кто пристанет. Она девка красивая, золотом обвешанная... Я и предложил: «Поехали, домой в лучшем виде доставлю».

Девица, красная от злости, рявкнула: «Обойдусь!»

«Ладно тебе сердиться, собирайся, подвезу», —
спокойно предложил я, но она дернула плечом и
сказала: «Такси возьму, не нуждаюсь в твоих ус-
лугах!»

Тогда я спросил: «И не боишься ночью к не-
знакомому мужику садиться? А ну как завезет
тебя в темный уголок и под юбчонку полезет?»

Эфигения раскрыла сумочку, показала заточку и прошипела: «Пусть попробует, мигом яйца
отрежу».

Не баба, ядовитая змея, да и только.

Когда мы, закончив разговор, вышли из конторы, с неба повалил крупный, мягкий, картин-
ный снег, кладбище вмиг стало белым. Возле
одной из стен колумбария ярко светил фонарь.
Пока Жора прогревал мотор своего автомобиля,
я стала читать надписи на досках. Где здесь кошки и собаки? «Караваева Анна Петровна. 1927—
1999 гг.», «Велехов Сергей Андреевич. 1942—2000
гг.»... «Любимый сыночек семьи Рогозиных.
1988—2000 гг.», а вот еще: «Спи спокойно, дорогая доченька Марта Федина. 1990—2000 гг.». Интересно, как бы отнеслись Анна Петровна и Сергей Андреевич, узнай они, кто оказался их сосе-
дями по колумбарию? Хотя, если подумать, люди
намного противней собак и кошек, во всяком
случае, им в голову приходит совершать такие
поступки, какие никогда не сделает ни одно животное. Например, пырнуть ножом бывшего любовника.

ГЛАВА 10

Домой я вошла на цыпочках. Дверь по-прежнему отсутствовала, но пустой проем украсился
занавесками, на которых болтался листок с объ-

явлением: «Осторожно, в квартире четыре страшно злобные собаки».

Усмехнувшись, я отодвинула цветастые шторки, шагнула вперед и наступила в нечто большое и мягкое... Раздалось рычание и потом гневный, возмущенный лай стаффорширдской терьерихи.

— Фу, Рейчел, фу, — бормотала я, выпутываясь из шубки, — да замолчи, совсем с ума сошла? Хозяйку не узнала?

Но собака не успокаивалась. «Гав, гав», — заливалась она все громче и громче.

Поведение Рейчел меня удивляло. Обычно она издает одно короткое «вау» и тут же умолкает, это Ада любит брехать по каждому поводу, впрочем, и без повода тоже. Но сейчас мопсиха молчала, зато Рейчел просто заходилась.

Застучали двери, вспыхнул свет. Домашние вылетели в коридор кто в чем был... Кирюшка в трусах, Сережка в пижамных штанах, Юлечка, Катя и Лиза в ночных рубашках. В довершение картины с лестницы донесся сонный голос Костина:

— Что случилось, почему шум? Грабители лезут?

— Нет, — крикнула Катя, — иди спать. Это Лампа домой явилась.

— В три утра! — возмущенно фыркнула Юлечка. — Мало того что мы из-за нее без двери остались, так она еще и всех перебудила ночью!

— Ты где была, Лампудель? — грозно насупился Сережка. — Отвечай немедленно!

— Между прочим, приличные женщины не шляются по ночам, — возвестил Кирюшка, — они приходят домой с работы, готовят ужин, кормят несчастных голодных деток и садятся у телика с вязаньем в руках.

— Некоторые, кстати, — продолжила Лиза, — пишут своим детям доклады по биологии...

Не знаю, какая перспектива испугала меня больше: путаться в петлях, держа пальцами две отвратительные острые железки, или сидеть над справочниками, составляя доклад о человеческих внутренностях.

— Гав, гав, гав... — не утихала собака.

— Рейчел, заткнись, — грозно велела я, но тут же, переведя глаза вниз, увидела на полу мирно спящую терьериху. Она даже не проснулась, когда хозяйка наступила ей на спину. Клыкастая стражница, очевидно, стала слегка глуховатой.

— Гав, гав, гав, — неслось из кухни.

— Этого попугая можно заткнуть?! — заорал Сережка.

— Этого попугая можно заткнуть, — словно эхо, повторил Арчи, — можно заткнуть, можно заткнуть...

— Первый раз в жизни мне хочется кому-то свернуть шею, — вздохнула Юля.

— А мне во второй, — заявил Сережка. — Впервые я испытал это желание, увидав сейчас Лампуделя. Отвечай немедленно, где шлялась? Между прочим, все жутко волновались...

Я посмотрела на их растрепанные головы, заспанные лица и усмехнулась:

— Похоже, испытывая тревогу за мою судьбу, вы полностью лишились сна и покоя!

— Она еще и издевается, — всплеснула руками Юлечка. — Кстати, имей в виду, тебе завтра придется сидеть дома.

— Почему?

— У меня две операции, — пояснила Катя, — у Сережи переговоры с заказчиком, Юля ведет номер, дети в школе, а к десяти утра привезут дверь. Должен же кто-то быть в квартире?

— Но я занята!

— Чем это, интересно? — хмыкнула Юля. — Из школы тебя уволили.

— Откуда ты знаешь?

Девушка схватила со столика тоненькую серенькую книжечку и помахала ею перед моим носом.

— Трудовую принесли. Так что сидеть тебе.

— Не могу, правда...

Юлечка фыркнула и исчезла в спальне.

— Если хотите, я останусь, — влез Кирюшка. — С радостью.

— Как же, — отозвался Сережка, — номер не пройдет, в школу пойдешь. Кстати, Лампецкий, мы так и не услышали от тебя ответ на четко поставленный вопрос. Где ты была?

Ну надо же так привязаться к человеку.

— На свидании!

— Где? — хором спросили домашние. — С кем?

Понимая, что делаю страшную глупость, я сообщила:

— В ресторане, с мужчиной.

Воцарилось молчание. Потом Сережка протянул:

— Ну, это другое дело, танцуй, пока молодая!

Утром я проснулась от толчка. Над моей кроватью стояла Юлечка.

— Что случилось? — испуганно спросила я.

— Лампа, — пробормотала девушка, — ты меня удивляешь!

Я села в кровати и глянула на часы: без десяти восемь.

— Если мужчина позвал тебя вчера в ресторан, почему ты мне не сказала? Отправилась на свиданку лахудра лахудрой, без косметики...

Я хлопала глазами.

— Если сегодня вечером надумаешь вновь с парнем встречаться, изволь прилично выглядеть, вот!

Жестом фокусника она швырнула в кресло брючный костюм нежно-бирюзового цвета. Воротничок коротенького пиджачка был оторочен серым мехом.

— Самая мода, — вещала Юля, — бешеных денег стоил, надевай, всех затмишь.

— Спасибо, — пробормотала я, натягивая одеяло, — непременно воспользуюсь.

Через минуту дверь стукнула вновь. На этот раз в спальню ворвалась Лизавета.

— Лампуша, — жарко зашептала она, — ты у нас темная, так имей в виду, мужики тащатся от хороших запахов, прямо балдеют, как духи учуют.

— Откуда такая информация? — поинтересовалась я.

— В «Космополитене» прочитала, на. — И она сунула мне в руки странный шар ярко-красного цвета.

— Что это?

— Духи сезона, Мияки, «Огненный шар», побрызгаешься — и кавалер твой, вот!

Быстрым движением Лизавета нажала на распылитель. Ароматное облачко повисло в воздухе. Спящая на кровати Муля пару раз энергично чихнула и полезла под одеяло.

— Дорогие небось, — протянула я. — Где взяла?

— Накопила, — пояснила Лизавета, — целых полгода собирала.

Когда через пятнадцать минут я выползла на кухню, там меня поджидали две записки. Одна от Кати: «Лампуша, мне кажется, тебе лучше взять эту сумку». Я уставилась на элегантный ридикюльчик, который подруга прихватывает с собой только в исключительных случаях, потом прочла другое послание: «Лампудель, уехал на твоей «копейке», старой развалине, которую давно требуется пристрелить. Садись в «Нексию», даме она больше подходит». Сверху лежали ключи и техпаспорт.

Не зная, плакать или смеяться, я включила чайник. Сережка до недавнего времени катался на «Форде», выпущенном бог знает когда. С виду тачка выглядела очень прилично, белая, блестящая, просто замечательная, но внутри... Просто несчастье, а не автомобиль. Задние дверцы у него не открывались, и приходилось лезть через переднее сиденье, регулярно выпадал глушитель, портился стартер, заклинивало руль, пробивало какие-то сальники... А летом Сережка явился на дачу, и я увидела, что на водительском месте лежит брючный ремень, одним концом привязанный к какому-то штырьку, торчащему из днища.

— Это зачем? — поинтересовалась я.

— Педаль газа отвалилась, — весело пояснил парень, — теперь у меня ручное управление!

Потом они с Катей укатили в Америку на заработки, а вернувшись, Сережка первым делом купил себе новехонькую «Нексию» и теперь не нарадуется. Он вообще не жадный человек, но к машине никого не подпускает. Не далее как в субботу не дал «Нексию» Юлечке. Супруги тогда жутко поругались, обвиняя друг друга во всех смертных грехах. И вот теперь он оставил мне ключи.

— Лампа, — сказал Кирюшка.

Я вздрогнула:

— Господи, как ты меня напугал! Отчего не в школе?

— А мне ко второму уроку, — сообщил мальчик, потом добавил: — Знаешь, Лампа, мы с тобой люди взрослые, можем говорить начистоту и откровенно, да?

— Конечно.

— Ну так вот! Незачем тебе с кавалером по ресторанам шляться, приводи его сюда.

Я прикусила дрожащую от смеха нижнюю губу, а потом, справившись с собой, сказала:

— Думаю, любой мужчина убежит, увидав наше семейство.

— Ты не поняла, — сурово ответил мальчик, — приходите днем. Ни мамы, ни Серого с Юлькой не будет, а мы с Лизкой в школе часиков до шести посидим, уроки там сделаем. Хватит вам времени до девятнадцати, а?

Я не знала, что и ответить.

— Так что не волнуйся, — вздохнул Кирюшка, — до семи в квартире никого.

Он быстро проглотил какао и двинулся к двери, но на пороге притормозил и спросил:

— Надеюсь, ты пользуешься индивидуальными средствами защиты?

Я совсем растерялась:

— Что ты имеешь в виду?

Кирюшка тяжело вздохнул:

— Эх, Лампа, всему-то тебя учить приходится. В стране эпидемия СПИДа, а лучшая защита от ВИЧ-инфекции — презерватив.

Он ушел. Я осталась стоять с разинутым ртом, потом потрясла головой и крикнула:

— А ты откуда это знаешь?

— На уроке по сексологии рассказывали, — бодро ответил Кирюшка и убежал вниз по лестнице.

Я окончательно потеряла дар речи. Урок сексологии... Интересно, что бы случилось с моей мамочкой, узнай она о таком предмете в школьной программе?

Вспомнив о пицце с чернилами, я сварила суп и навертела котлет. Стрелки часов подобрались к одиннадцати утра, а от мастеров, собравшихся ставить нам дверь, не было ни слуху ни духу. Я отыскала бланк заказа и набрала номер.

— Фирма «Аргус», — ответил бодрый мужской голос.

— Ко мне сегодня должны были в десять часов приехать устанавливать дверь...

— Женщина, — прервал парень, — мы никогда не называем точно время, мастера прибудут в течение дня.

— Но мне сказали в десять!

— Мы работаем с десяти утра до одиннадцати вечера, ждите, обязательно приедут.

— А когда?

— Сказал же, в течение дня!

Я положила трубку на стол. Вот незадача! Что же мне теперь, и из квартиры не выйти? Честно говоря, я думала, что мастера прибудут к указанному времени... Ну сколько им надо, чтобы повесить уже готовую дверь? От силы минут сорок, а оказывается-то, вон какое дело!

— Эй, Лампа, — донесся из коридора голос, — подь сюда...

Я высунулась из кухни. На пороге стояла Люська, соседка по этажу.

На нашу лестничную клетку выходят три двери. За одной обитаем мы, за другой Володя Костин... Несколько лет назад Сережка женился на Юлечке. Девушка жила в соседней с Катюшей квартире, и после свадьбы стену между апартаментами сломали, соединив жилплощадь. Вот откуда у нас появилась громадная квартира с просторной кухней. Так что теперь, когда сюда переехал Вовка, почти весь этаж принадлежит нам. Диссонанс вносит Люська. С соседкой дико не повезло. В доме живут приличные работящие люди. Может, вам это покажется странным, но у нас никто не писает в лифте и не пишет на стенах «Спартак» — чемпион» или «Цой жив». Год тому назад жильцы повесили домофон и наняли лифтершу. Теперь в подъезде постелен палас и стоят цветы в горшках, а на Новый год нарядили елку.

Единственная неприятность — Люська, и она, как назло, наша соседка. Дама пьет горькую, а налившись ею до ушей, горланит народные хиты «Калина красная» и «Паромщик». У нее часто собираются компании, вечеринки заканчиваются визгом и вызовом милиции. Больше всего я боюсь, что в один далеко не прекрасный день Люся заснет в кровати с непотушенной сигаретой и мы все сгорим.

Но у Люськи есть и положительные качества. Несмотря на пьянство, она ответственный человек. Она работает сутки через трое уборщицей в метро и никогда не нажирается в тот день, когда идет на службу.

— Слышь, Лампа, — завела соседка, — дай сто рублей в долг.

— Напьешься ведь!

— Не, мне завтра в пять утра на работу.

— Тогда зачем тебе деньги?

— Колготки купить хочу, смотри.

Она задрала юбку и продемонстрировала драные чулки.

— Вот заразы, совсем истлели, нечего и надеть.

Внезапно меня осенило, и я сказала:

— Колготки тебе сейчас дам, хорошие, «Омса»-велюр, и еще сто рублей подарю, просто так, без отдачи.

— Что делать надо? — деловито спросила Люська.

— Дверь нам сегодня должны ставить, а мне уходить пора, будь другом, посиди.

— Ага, — кивнула Люська, — без проблем. Не бойся, пригляжу.

Я протянула ей квитанцию.

— Приходи через полчаса.

— Лады, — кивнула соседка, потом помолчала и добавила: — Ежели двести рублей дашь, я тебе всю хату отпылесошу и сортир вымою, а то вон грязь какая.

Я посмотрела на клоки пыли и сказала:

— Идет. Убираешь квартиру и получаешь за все двести рублей да новые колготки.

Довольная, Люська побежала к себе. Я взяла трубку, набрала номер платной справочной и спросила:

— Дайте телефон и адрес салона «Дельфийский оракул».

— Пишите, — ответил мелодичный девичий голос.

Через пару минут я услышала фразу:

— «Дельфийский оракул», помощь при любых случаях.

— Простите, у вас работает Эфигения?

— Да.

— А как к ней попасть на прием?

— Первая консультация стоит семьсот рублей.

Однако! Ну и цены у современных гадалок!

— Записываться не надо?

— Нет, просто приходите.

Насвистывая, я стала натягивать брюки, наверное, у «Дельфийского оракула» не слишком много клиентов.

Вход в салон украшала железная дверь с панорамным глазком, сбоку висел звонок. Я ткнула в пупочку.

— Вы к кому? — каркнул то ли женский, то ли мужской голос.

— На прием к Эфигении.

Замок щелкнул, я вошла в холл. Интерьер впечатлял. Темно-синие обои, почти черный ковер, такого же цвета потолок, на котором загадочно мерцали звезды и планеты, очевидно, нарисованные краской с фосфором. С левой стороны стоял стол, за ним сидела дама, от одного вида которой волосы по всему телу вставали дыбом. Огромная, словно русская печь, с квадратным, мужеподобным лицом, на котором фанатичным огнем горели огромные глаза. Черные волосы, скорей всего крашеные, спускались почти до талии. Шея и запястья дамы были обмотаны километрами бус из бисера, камней и кусочков кожи.

— Я к Эфигении.

— Первый раз? — спросило небесное создание.

Я кивнула.

— Тогда семьсот рублей.

Спрятав розовые бумажки в ящик, администраторша взмахнула гривой и велела:

— Идите по коридору до конца, последняя дверь ведет к Эфигении.

Я послушно потопала по темно-коричневой дорожке, чувствуя, как под шубой вспотела спина. В «Дельфийском оракуле» было жутко жарко.

Не успела я добраться до нужной двери, как она без всякого скрипа отворилась. Перед глазами предстала комната, метров двадцать, не больше. Стены и потолок были задрапированы материалом, похожим на черный бархат, на полу лежал все тот же темный палас. Почти посередине стоял стол, на котором горела толстая свеча, помещенная в стеклянный сосуд, больше всего напоминающий огромный бокал для коньяка. Около нее вращался на черной подставке странный шар из непонятного материала. Шарик горел и переливался так, словно внутри его помещалась электрическая лампочка... Но чуднее всего выглядела женщина, вернее девушка, сидевшая в кресле.

Худенькая, с белым, бескровным лицом и огромными, вполлица, глазищами, которые впились в меня, словно раскаленные гвозди в кусок масла. Волосы у нее были черные, мелко вьющиеся, они свободно падали на угловатые, совершенно детские плечики. Нижняя часть ее фигуры скрывалась под столом, а верхняя была облачена в ярко-красную свободную блузу. Девицу нельзя было назвать красавицей, но выглядела она оригинально. Встретишь такую на улице и невольно обернешься...

— Садитесь, — сказала гадалка неожиданно хрипловатым меццо.

Я опустилась в кресло. Эфигения взмахнула руками, на одном из пальцев блеснул перстень, слишком крупный для узкой ладошки.

— Итак, возьмем карты...

Она потянулась к колоде.

— Погодите, вы же не узнали, в чем моя проблема.

Эфигения предостерегающе подняла правую ладонь.

— В кабинете у потомственной гадалки не следует ничего рассказывать. Она обо всем догадается сама. Итак, первый расклад на здоровье.

Нервные пальцы, обремененные драгоценностями, наверное, фальшивыми, потому что камни в них выглядели чересчур зелеными и красными, принялись ловко тасовать колоду. У меня слегка закружилась голова. В комнате было душно, а от свечки, скорей всего ароматизированной, несло чем-то парфюмерным...

— Ага, — пробормотала цыганка, — спина, вижу, болит, поясницу ломит.

— Да, — подтвердила я, — бывает.

— Еще есть зубы незалеченные, — задумчиво бормотала Эфигения, — нервничаете часто, из-за этого жизненная сила уходит. Так, сейчас посмотрим, кто заставляет вас переживать... А... ясно, мужчина, возраст между двадцатью пятью и сорока, волосы темно-русые, сидит в казенном доме... Наверное, сослуживец ваш или начальник...

Я кивнула и подавила ухмылку. Ну и хитрюга. Как ловко построено гадание! Больная спина! Да покажите мне хоть одну женщину старше двадцати, у которой нет остеохондроза. Зубы с кариесом! Ну и ну, эка невидаль. А надо же так моментально сменить тему, быстренько переметнулась от здоровья к трудностям на работе. Мужчина средних лет с темно-русыми волосами! Ну-ка, прикиньте, среди ваших сослуживцев нет такого?

Я ухмыльнулась.

Эфигения тем временем продолжала шаманить. Она положила обе руки на шар и застонала:

— О-о-о, чувствую, вижу, слышу...

Раздалось легкое шипение, и по моему телу пробежал ветерок. Очевидно, где-то был спрятан вентилятор, который гадалка ухитрилась включить незаметно для клиента.

— Ощущаете холод? — спросила Эфигения.

— Да.

— Это пришел дух старого Роме, вам повезло,

он редко спускается на землю. Если хотите получить совет, как лучше действовать в той или иной ситуации, спросите его. Ну же, поторопитесь, Роме долго не задерживается.

Мне надоело представление, и я, глубоко вздохнув, сообщила:

— Хочется знать, какой срок получит женщина, убившая Эдика Малевича.

Наступила тишина, потом Эфигения совершенно обычным голосом сказала:

— Не понимаю...

— Повторить? — мило улыбнулась я. — Сколько лет впаяют судьи даме, воткнувшей в Эдуарда Малевича заточку?

— Что? — ошарашенно повторила Эфигения. — Что?

— За-точ-ку, — по складам произнесла я, — ножик такой, очень острый и длинный, в милицейских протоколах его обычно называют колюще-режущим предметом.

Внезапно колдунья побледнела так, что черты лица стерлись. Губы ее слились по цвету со щеками, нос как-то заострился.

— Вы хотите сказать, вы намекаете, вы сообщаете мне о смерти Эдика?

— Да, — ответила я, — его зарезали в ресторане «Макдоналдс» на глазах у вашей покорной слуги.

Эфигения подняла тонкую руку, дернула себя за волосы, потом всхлипнула и беззвучно сползла с кресла.

ГЛАВА 11

Я не слишком испугалась. Похоже на то, что милейшая Эфигения актриса, каких мало. Такой обморок разыграть ничего не стоит. И потом, еще надо проверить, не лежит ли тут еще один ножик. Может, у дамы привычка такая, резать тесаком всех, кто ей разонравился?

Встав с кресла, я подошла к одной из стен и стала шарить по ней руками. Где-то тут должно находиться окно, или оно с другой стороны? Снаружи здание, в котором помещался «Дельфийский оракул», выглядело совершенно обычно, никаких глухих стен. Внезапно мои руки нащупали нечто похожее на шнур. Темные шторы разъехались, в комнату вплыл серенький ноябрьский день. Сразу стало понятно, что помещение пыльное и давно не ремонтированное, стол обшарпанный, а на кресле продралась обивка.

Эфигения полусидела на полу, прислонившись спиной к одной из тумб стола. Я легонько похлопала гадалку по щекам.

— Эй, давай, хватит кривляться...

Она судорожно вздохнула и открыла глаза. Взгляд ее, мутный, плавающий, с трудом сфокусировался на мне.

— Там, — прошептала притворщица, — в столе, открой ящик, пузырек с надписью, дай скорей...

Я с сомнением посмотрела на ее лицо. Сейчас, когда в комнату падал неяркий дневной свет, было видно, что на щеках, лбу и подбородке Эфигении килограммы, нет, тонны жидкого крема, придающего лицу белый, мертвенный оттенок. Интересно, зачем ей надо, чтобы я отвернулась к столу? Ишь, ловкая какая! Значит, полезу в ящик, а она мне в спину воткнет нож...

— Нечего кривляться — заявила я, — вставай и сама бери свои лекарства, сволочь!

Эфигения дернулась, попыталась двинуться, но тут ее тело свело судорогой, голова мелко-мелко затряслась, лицо исказила гримаса... Глядя на скрюченные пальцы, как-то жутко сведенные вместе, я перепугалась до одури. Нет, такого не сыграть даже самой великой актрисе...

Я быстро выдвинула ящик. Он оказался забит лекарствами, плотными кучками лежали перетянутые резиночками бумажные и фольговые облатки. Названия медикаментов были незнакомые, никакого анальгина, аспирина или ношпы... Сплошь длинные наименования, непонятные и от этого жуткие. Но пузырек, по счастью, был один.

Я отвернула пробочку и потрясла флакончик над приоткрытым ртом гадалки. Только бы не сделать ей хуже, совершенно не представляю, какую дозу следует давать.

Внезапно тело Эфигении расслабилось, взгляд перестал казаться пьяным, и она прошептала:

— Спасибо, хватит.

Еще через минуту она сумела сесть в кресло и затряслась крупной дрожью. Я быстро захлопнула окно. Тут же стало душно.

— Там, в углу, — пробормотала шаманка, — шкафчик с кофеваркой...

Минут через десять я налила ароматную жидкость в чашки и поинтересовалась:

— Что у тебя за болячка?

Эфигения грустно усмехнулась:

— Моя бабушка была последним ребенком в семье, семнадцатым. У ее родителей родилось девять мальчиков и семь девочек, а потом, спустя шесть лет, появилась на свет бабка, когда никто уже и думать не мог о беременности.

Я кивнула. Случается такое.

— У всех девочек оказалась эпилепсия, — пояснила Эфигения, — болезнь по женской линии передается, мальчикам она не досталась, повезло и бабушке. Ни у нее, ни у моей матери, ни у меня самой припадков не случалось, хотя мои кузины все больны. Нас только мучают мигрени, а я, если сильно понервничаю, впадаю вот в такое состояние. Это конечно, не настоящий эпилептический припадок, но...

— Чего же ты сейчас так дергаться начала? — нагло спросила я. — По-моему, следовало биться в корчах после того, как всадила в Эдьку заточку...

Эфигения подняла на меня полные слез глаза:

— Кто вы?

— Сотрудник милиции, которая пришла вас арестовать, — нагло заявила я, — кстати, дом окружен, сопротивление бесполезно...

— Я не могла убить Эдика, — прошептала Эфигения, — я любила его.

— Мальчик девочку любил, мальчик девочку убил, — вздохнула я, — классика отечественного рока. Между прочим, все вокруг говорят, что ты безумно ревновала Эдика, швырялась камнями в стекла конторы кладбища и таскала с собой кинжал.

Эфигения кивнула:

— Это правда, окна побила, а ножик вот, смотри.

Она медленно расстегнула сумочку и вытащила элегантную вещицу. Лезвие, украшенное резной рукояткой, по виду острое и опасное.

— Всегда с собой ношу, — пояснила гадалка, — живу в ужасном районе, рабочая окраина со всеми ее прелестями: пьяными подростками, темными улицами и полным отсутствием милиции. Поставлю машину в гараж и бегу, дрожа от ужаса, до подъезда. Понимаю, что глупо, вряд ли смогу кого-нибудь ударить, но холодное оружие беру с собой, так, на всякий случай. Ну спокойней мне, когда оно в сумочке лежит. У тебя небось тоже что-нибудь есть из средств обороны.

Я побарабанила пальцами по столу. Гадалка права, на дне моего ридикюльчика лежит баллончик с лаком для волос самой сильной фиксации. Володя Костин как-то прочитал нам с Катей целую лекцию о том, каким образом нужно обороняться от бандитов.

— Всякие аэрозоли с перцем или слезоточивым газом, конечно, хорошая штука, — вещал майор, — только, прежде чем нажать на распылитель, следует учесть направление ветра, а то ядовитое облако отбросит вам же в лицо и свалитесь к ногам насильника в бессознательном виде, то-то ему радость!

— Надо им пистолеты купить, — заявил Кирюшка.

— Ни боже мой, — замахал руками Володя, — а если она из него выстрелит, да по случайности попадет в бандита и тяжело ранит его?

— Ну и что? — удивилась Юлечка. — Так и надо, не нападай на улицах!

— Вот тут ты очень ошибаешься, — вздохнул майор, — превышение мер самообороны! Запросто срок получишь!

— Это что за ерунда? — возмутилась Катя. — На меня напали — и меня же в тюрьму!

— Именно, — кивнул Вовка, — а ежели бандюган докажет, что ты своими действиями нанесла ему стойкое расстройство здоровья, то еще и компенсацию выплатишь!

— Бред, — фыркнула я, — как же обороняться?

Костин усмехнулся:

— Пистолет — оружие, а пакетик молотого перца — ерунда, кулинарная приправа. Никто на суде не сумеет доказать, что, используя его, ты превысила допустимую самооборону. Все просто, шла домой из магазина, а когда напал разбойник, не растерялась и швырнула в него перчик. Даже если мерзавец задохнулся от кашля, тебе ничего не будет. Или пустила негодяю в лицо струю дезодоранта...

Вот почему я всегда ношу с собой баллончик с лаком для волос, но у Эфигении не было друзей в милиции, поэтому она предпочитала нож.

— Я не убивала Эдика, — тихо говорила гадалка, — я не могла этого сделать...

— Слышала уже, ты его любила.

— Да, очень, но мы не были любовниками!

Я рассмеялась:

— Послушай, глупо отрицать очевидное. Да все сотрудники кладбища видели, как ты бьешь стекла. Смешно прямо!

— Мы не состояли в половой связи! — торжественно возвестила девушка.

Я вздохнула и пожала плечами:

— Ничего глупее не слышала, ладно, вставай, пошли.

— Куда?

— Естественно, на Петровку, там и расскажешь о платонической любви между тобой и несчастным Эдиком.

Эфигения секунду не мигая смотрела на меня, потом взяла сумочку, вытащила паспорт и протянула его мне:

— Смотрите.

Я взяла документ, раскрыла его и с изумлением прочла:

«Ольга Сергеевна Малевич...»

С фотографии на меня смотрела коротко стриженная блондинка с огромными голубыми глазами. Я перевела взгляд на сидевшую передо мной цыганку и поинтересовалась:

— Это чье удостоверение личности?

— Мое, — спокойно ответила Эфигения.

Я не успела удивиться, как она быстрым жестом сдернула парик. Роскошная копна смоляных кудрей оказалась на столе, на свет явилась почти бритая голова, на которой топорщились коротенькие, почти белые волосенки.

Увидав мое изумление, «цыганка» поднесла нервные пальцы к глазам и вытащила линзы. Теперь на меня смотрели очи, по колеру похожие на июньские незабудки...

Я еще раз посмотрела в паспорт.

— Ничего не понимаю, вы...

— Сестра Эдуарда Малевича, Ольга, — пояснила девушка, — правда, сводная, у нас разные матери, но отец общий, и я намного младше Эдика...

— Но зачем тогда вся эта история с ревностью, битьем стекол...

— Я актриса, — гордо сообщила Ольга, — закончила театральное училище, вот Эдик этим и воспользовался.

— Нельзя ли поподробней?

Оля кивнула, потом встала и заперла дверь на ключ.

— Так нам никто не помешает. Ну слушайте, это Эдька придумал, фантазия у него буйная, всевозможные проекты вылетали из него, как брызги из фонтана.

Родители Малевича разбежались, когда парню исполнилось десять. Эдик не осуждал отца, ушедшего от матери к новой, молодой жене. Честно говоря, мамочка вела себя невыносимо. Актриса не только по образованию, но и по состоянию души, она могла существовать лишь в атмосфере сильных страстей, поэтому дома с пугающей регулярностью возникали жуткие скандалы, сопровождавшиеся битьем посуды и раздиранием занавесок. Оставалось только удивляться, как Сергей Малевич терпел десять лет подобную жизнь. Но однажды все разом переменилось.

В провинциальный городок, где обитали Малевичи, случайно заехали столичные актеры. Молоденькой Елене Роговой приглянулся Сергей, девушку не смутил тот факт, что кавалер был почти в два раза старше, имел жену и сына. А Малевич, влюбившись, потерял голову и совершил шаг, которого от него никто не ожидал, взял да и уехал вместе с Леночкой в Москву, попросту бросив сварливую жену.

Бывшая супруга переколотила все, что билось, и твердо решила не давать развода. Но Сергей и не просил его. Спустя два года мать Эдика вновь засобиралась замуж и сама потребовала свободу.

Когда Эдик поступил в консерваторию, он на следующий день явился в гости к отцу и узнал, что у него есть сестра, Ольга, забавная девчушка... Сергей, Елена и Олечка жили в крохотной двухкомнатной квартирке со смежными комнатушками. Елена, правда, только увидав Эдика, сразу радушно сказала:

— Никакого общежития, поселишься у нас.

Малевич оглядел двадцатипятиметровые хоромы и отказался. Его не пугал тот факт, что раскладушку пришлось бы ставить на кухне. Но парню требовалось место для штудирования бесконечных скрипичных упражнений. Стены в хрущобе были, казалось, из бумаги, слышимость великолепная. Предвидя реакцию соседей, людей простых, не имеющих никакого отношения к музыке и к искусству вообще, Эдик отказался. Да и, честно говоря, жизнь в студенческом общежитии, пусть и не слишком сытая, зато вольготная, привлекала его больше, чем обитание в семейном доме, куда не позвать просто так друзей, ни тем более девушку.

Не захотев поселиться у отца, Эдик стал часто захаживать в гости, полюбил сестру и мачеху. Потом их жизнь разошлась. Эдик женился на Ниночке, а старшие Малевичи неожиданно подались в Израиль, прихватив с собой Ольгу. В Иерусалиме девочка закончила школу и театральное училище, но потом родители внезапно умерли, и она вернулась в Москву. Жить на исторической родине Оле не хотелось, подруг у нее там не было, наоборот, все друзья остались в России, девушка поколебалась несколько месяцев и приехала назад.

Естественно, первый звонок был Эдику. Сестра знала о переменах, происшедших в жизни брата, о смерти Ниночки, женитьбе на Геме и переломе руки. Поразило ее только известие о работе Эдички на кладбище и еще то, что Гема никак не хотела встречаться с обретенной родственницей.

— Мы все договаривались и договаривались о свидании, — грустно вздыхала Оля, — только у нее были то командировки по стране, то выступления в Москве, то частная практика, так и не выбрала минутку. Мне кажется, не хотелось ей никаких семейных посиделок и разговоров у камелька...

У Оли жизнь складывалась не слишком удачно. Устроиться на работу в театр, имея в кармане диплом об окончании училища в Израиле, было практически невозможно. Работодатели кривили лица, увидав бумажку. Оленька устала объяснять, что курс актерского мастерства вели у них специалисты из России, эмигранты, преподававшие в Щуке и Школе-студии МХАТа... Так что ее смело можно было считать выпускницей столичного вуза. Но режиссеры только фыркали. И зачем им девчонка с непонятным образованием, когда на актерской бирже полно ребят со «своими» дипломами.

Кое-как, нажав на все педали и кнопки, Эдик пристроил любимую сестричку в крохотный коллектив, ютившийся в подвальчике на северо-западе столицы. Зарплата тут была мизерной, зрителей зазывали, расхаживая у метро в «сандвичах»... Одним словом, ни на МХАТ, ни на Вахтанговский театр, ни на «Табакерку» это место не походило. Радовало только выданное удостоверение, где синим по белому стояло: «Малевич Ольга Сергеевна, драматическая актриса». А еще имелась возможность выходить на сцену, но главных ролей ей не давали, доставались по большей части эпизоды, так называемый «второй план».

Шло время, фея счастья медлила с появлением. Ее сестра, фея удачи, тоже подзадержалась, обслуживая других. Денег катастрофически не хватало, и еще терзала отнюдь не белая зависть, когда глаз натыкался в киосках «Союзпечати» на журнал «ТВ-парк», где с обложки улыбалась какая-нибудь Анна Монахова, рыжая и бесталанная, зато оказавшаяся в нужном месте в урочный час и теперь собиравшая обильный урожай славы.

И тут Эдику пришла мысль о создании «Дельфийского оракула». Юридически предприятие было оформлено на Ольгу, но душой салона, его организатором был старший брат.

Получили лицензию, арендовали здание. У Эдика повсюду имелись знакомые, салон возник словно по мановению волшебной палочки. На работу наняли неудачливых актеров, отлично изображавших цыган, и нескольких выпускников психфака МГУ... Самое интересное, что со своими дурацкими предсказаниями сотрудники «Оракула» нередко попадали в десятку, а кое-кому из посетителей помогли на самом деле, отдав их в руки профессиональных психологов.

— Мы тут частенько сталкиваемся с просьбами отвернуть от мужа любовницу, — улыбнулась Оля, — ну из десяти посетительниц восемь об этом просят. Не поверите, какие потом благодарности пишут, цветы несут, конфеты, ну и рекламируют нас, конечно, среди знакомых.

— И как вы такое проделываете? — заинтересовалась я.

— Да женщины сами во всем виноваты, — вздохнула Оля, — выйдут замуж и думают, что теперь вторая половина от них никуда не денется. Вот и начинают шляться по дому в грязном халате, с мордой, намазанной майонезом... А мы даем бутылочку с настойкой, велим каждое утро капать благоверному в чай и обещаем через два месяца полнейший успех, но... При соблюдении некоторых условий. В течение этого срока нужно всегда быть дома при полном параде, с улыбкой на губах. Вечером на столе должен стоять ужин, а в постель следует ложиться в кружевном белье, никаких бигуди, масок и рваных футболок... А главное, полное отсутствие скандалов, вслух произносить имя соперницы нельзя. Кстати, мы и мужа велим звать как-нибудь по-иному: котик, зайчик... Ну и что? Настойка дорогая, а мы предупреждаем: нарушите условия, пеняйте на себя, деньги не возвращаются... И не поверите, успех практически стопроцентный, так что мы честно отрабатываем гонорар.

— Ладно, — прервала я ее, — с салоном понятно, но зачем вы любовницей Эдика представлялись?

— Брат попросил.

— Почему?

— У него роман разгорелся с одной дамой, у которой муж такой человек! Узнай этот Виктор об измене супруги, убил бы и ее, и Эдика! Вот он и придумал, что я его любовница, ревнивая, скандальная и отвратительная. Народ на тусовках не знал, что мы брат и сестра.

Действие разворачивалось по стандартной схеме. Вместе приезжали на какое-нибудь сборище, куда частенько приглашался и муж настоящей любовницы. Эдик и Эфигения демонстрировали «любовные» отношения, потом раздавался звонок на мобильный Малевича, и он с досадой сообщал: «Черт, Гема звонит, извини, дорогая».

Эфигения устраивала дикий скандал, била посуду, официанты испуганно бежали за валерьянкой. Малевич быстро совал халдеям сто долларов и уносился, покинутая «любовница», подебоширив еще чуть-чуть, преспокойненько удалялась по своим делам. После десятка подобных сцен люди стали поговаривать: «Бедный Эдик, такой приятный, интеллигентный, ну что его на стерв тянет».

— Муж Эдькиной любовницы, — усмехнулась Ольга, — жалел его, все вздыхал: «Брось вздорную бабенку, найди другую».

— В конторе-то окна зачем били?

— Ну это в самом начале «романа» произошло, — хмыкнула Ольга, — вы знаете, чем они на кладбище занимались? Ну, про животных?

— Да.

— Так вот, у Виктора дог умер, и он привез его кремировать, только урну не в колумбарии захоронить решил, а у себя во дворе, в загородном доме. Вот Эдька и попросил: «В три часа

Виктор явится прах забирать, давай подъезжай со скандалом».

Они устроили настоящий спектакль. Эфигения швырялась осколками кирпичей, Эдик обнимал ее потом в кабинете, успокаивал, отправил домой... Виктор только головой качал.

«Как только терпишь такую стерву?»

«Люблю я ее, — серьезно отвечал Малевич, — прямо сохну, хоть она действительно хулиганка!»

В общем, заморочили мужику голову капитально. И никаких подозрений насчет своей супруги и Эдика у Виктора не возникало.

— А не боялись, что Гема вас на чистую воду выведет?

— Да как? Безобразничала цыганка Эфигения, а не Ольга Малевич, с которой Гема, кстати, так ни разу и не встретилась. Меня в гриме бы и родная мать не узнала!

— Фамилию этого Виктора мне подскажи!

Ольга замялась.

— Может, не надо?

— Давай говори, — велела я.

— Только вы там поосторожней, он и жену убить может.

— Ну, кто это?

— Виктор Климович Подольский, его еще в газетах Бешеным зовут.

Я почувствовала легкий ужас. Да уж, такой ни перед чем не остановится.

ГЛАВА 12

Я ушла от Ольги примерно через час, дав ей телефоны отделения милиции, которое занимается расследованием убийства ее брата. В конце разговора я все же призналась, что являюсь част-

ным детективом, нанятым Гемой. Весть о самоубийстве невестки не так сильно повлияла на Ольгу, как сообщение о кончине брата. Она только
сухо уронила:

— Ну надо же, от нее я подобного не ожидала.

— Почему? — поинтересовалась я.

— Думала, ее только деньги волнуют.

— Но вы же не были знакомы с ней!

— Так Эдик говорил.

Я посмотрела в окно. За стеклом постепенно
сгущались ранние ноябрьские сумерки. Эдик говорил! Похоже, Малевич был отменный врун,
любитель хорошо поставленных спектаклей.

— Значит, вы ошибались. Гема не вынесла
смерти мужа.

Ольга кивнула. Я совсем было собралась уходить, но на пороге притормозила.

— Скажите, а почему вы месяц тому назад
перестали изображать ревнивую любовницу?

— Три, — ответила Ольга.

— Что три?

— Три месяца назад я познакомилась с парнем, и у нас завязались особые отношения, понимаете?

— Конечно.

— Эдик потом нашел мне замену, Лену, тан-
цовщицу из стрип-бара. Теперь Лена служила
прикрытием. Эдик обожал Жанну.

— Кого?

— Супругу Виктора зовут Жанна, — пояснила
Ольга, — у них была жуткая любовь, просто Ро-
мео и Джульетта престарелые, я очень жалела
Эдьку...

— Так ведь развод разрешен, — удивленно
сказала я, — кто им мешал получить необходимый штамп в паспорте и соединиться?

Ольга с жалостью глянула на меня:

— Вы не представляете себе норов Виктора, думаете, ему зря такую кликуху дали? Нет, для Жанки день, когда она объявит мужу о своем желании уйти от него, станет последним. Вмиг окажется на дне реки в бочке с цементом. Виктору человека убить — как мне чихнуть. Нет, это была бесперспективная, какая-то обреченная любовь, трагическая...

Оказавшись на улице, я вдохнула холодный воздух и пошла к метро. На дороге сегодня гололед, машины едут, словно медведи, вставшие на коньки... Нет, в такую погоду лучше передвигаться на муниципальном транспорте, пусть у машиниста голова болит, а я уж как-нибудь в вагоне, на пассажирском месте... Вождение не доставляет мне ни малейшей радости, только стресс, ни о чем, кроме дороги, думать не могу, в метро же так хорошо, тепло, светло и уютно... Конечно, живя летом на даче в Алябьеве, без «Жигулей» не обойдешься, а зимой...

Я нырнула в подземку, купила телефонную карточку и отправилась искать исправный автомат. У Володи в отделе работает Генка Юров. Честно говоря, я не слишком разбираюсь в милицейских должностях, конечно, знаю, что Володя майор, а вот Генка кто? Следователь? Или оперуполномоченный? И вообще это слишком сложно. Я не способна понять разницу между этими службами. Вот знаю, например, кто такой наш участковый Андрюша Боярский, его старшая дочь ходит в музыкальную школу и изредка по-соседски забегает ко мне, чтобы получить консультацию по сольфеджио. Так вот, кем служит Гена, я не знаю. Но мне сейчас важно другое, Генка имеет доступ к архиву и может рассказать в деталях биографию милейшего Виктора Климовича Подольского, обладателя говорящей о многом клички Бешеный.

— Юров, — рявкнули в трубку.

— Геночка, — заискивающе залебезила я, — это Лампа.

— Приветик, — мужик мигом сменил тон, — как дела?

— Ох, Ген, сам знаешь, сижу почти без работы, — занудила я речитативом, — просто жуть, ну кому арфистка нужна?

— Да уж, — вздохнул Гена, — это точно, арфа в наше время не самый необходимый предмет, во всяком случае, мы без нее великолепно в семье обходимся. Кстати, на ловца и зверь бежит, ты очень вовремя позвонила. Ну-ка просвети меня, сколько стоит щенок мопса?

— В зависимости от того, зачем его приобретаешь, на ринг или на диван...

— Не понял, — удивился Генка.

— Девушка, нельзя ли побыстрей, — раздался сзади раздраженный голос.

Я обернулась. Абсолютно квадратная тетка в жуткой клочкастой мохеровой шапке злобно смотрела на меня.

— Разговор три минуты, купи себе мобильный и болтай с любовником сколько хочешь!

— Слышь, Ген, подожди, сейчас подъеду и все объясню насчет щенков. Пропуск закажи!

— Валяй, — разрешил Юров, — весь день собирался на месте сидеть.

Бабища в омерзительной шапке, сопя, словно бешеный носорог, двинулась к телефону и, пнув меня огромным животом, гневно заявила:

— Звонят тут мужикам потаскухи всякие, висят по два часа в кабине, а приличным людям не дождаться.

Я мило улыбнулась и ответила:

— Бога ради, автомат ваш. Кстати, знаете, почему у вас нет ни мужа, ни любовника?

Тетка замерла от удивления и машинально спросила:

— И почему?

— А потому, — радостно улыбаясь, проговорила я, — что, пока ты сидела у стола, поедая макароны с хлебом и сливочным маслом, я делала зарядку и питалась овощами — и вот результат.

— Какой? — обалдело поинтересовалась хамка.

— Печальный для тебя, — сообщила я, — все мужики теперь стоят ко мне в очередь, просто устала от кавалеров отбиваться.

— Ах ты, сука, — взвыла бабища.

— И тебе хорошо провести вечер, — мирно ответила я и побежала к метро.

Генка Юров сидит в крохотном кабинетике, куда, кроме него, письменного стола и допотопного железного ящика, носящего гордое название «сейф», влез еще крохотный стульчик.

— Значит, Генчик, слушай, — начала я, — собачки бывают разные. Ты ведь никогда животных не держал?

— Нет.

— А отчего сейчас надумал?

Генка тяжело вздохнул:

— Верка сериал по телевизору смотрела, муть жуткую, но там показывали мопса, такого прикольного, с бантом. Черт-те что прямо, свадьбу собакам устраивали, в общем, сумасшедший дом. Только Верка теперь все время стонет: «Тебя дома никогда нет, купи мне мопсика, стану ему тоже бантики завязывать. Хоть поговорить с кем будет, сижу вечерами одна-одинешенька». Сама знаешь, детей у нас нет, и вряд ли они теперь появятся.

— Все может случиться, — хмыкнула я, — вот насчет бантиков не знаю. Мопсы гладкошерстные, с них все ленточки соскальзывают.

— В кино завязывали.

— Небось приклеили несчастному животному бант суперцементом, — вздохнула я, — у телевизионщиков кругом один обман. Но выбор твоя Вера сделала правильный. Мопс — великолепный друг, преданный, храбрый, умный, ласковый...

Еще минут пять я перечисляла потрясающие качества, которыми обладают наши Ада и Муля, умолчав о редкой сварливости первой и крайней вороватости второй. В конце концов, и на солнце бывают пятна, а у людей — недостатки, причем похищение втихаря со стола лакомых кусочков далеко не самый большой грех.

— Если вернуться к началу разговора, — продолжала я, — то собачки бывают разные: для ринга и для дивана.

— Это как?

— Ну, ежели желаешь выводить ее на ринг, показывать на выставках, зарабатывать, продавать потом щенков, то нужно покупать суперэлиту.

— Вряд ли Верке захочется этим заниматься, — вздохнул Юрка, — хотя кто ее знает. И на сколько такой потянет?

— Опять же кобелек или сучка?

— Девочка. Верка говорит, что ей по жизни достаточно одного кобеля, то бишь меня.

— Суки дороже, правда, в результате их хозяин имеет больше.

— Почему?

— Генчик, — с жалостью сказала я, — ты же вроде головой работаешь, преступников вычисляешь. Ну включи соображение! После родов хозяину кобеля достается всего лишь один, алиментный щенок, а владелец сучки распродает оставшийся помет. Собачки в принципе могут рожать один раз в год, некоторые, правда, держат по два, три животных... Знаешь, дело прибыльное...

— И сколько такая, элитная, стоит.

— Около тысячи...

— Ну, это я могу, — обрадовался Генка, — ко Дню милиции премию дадут. Вот здорово, дешевле французских духов получится!

— Ты не понял, тысяча не рублей, а долларов.

— Ох и ни фига себе, — подскочил приятель, — сдуреть можно! Это же полмашины! Да за две штуки можно «жигуль» купить. Нет, таких денег у меня нет.

— Есть вариант подешевле.

— Ну?

— Если хочешь просто иметь друга, так сказать, собачку на диване, тогда бери щеночка от простого, не элитного производителя.

— От больного, что ли?

— Нет, конечно. Ну просто, допустим, хвост у него не так сильно загнут, уши не по стандарту, но, честно говоря, подобные тонкости заметны лишь специалистам. Кстати, от такой собачки тоже можно получить щенков, но продавать ты их будешь дешево...

— И сколько?

— Двести-триста.

— Долларов?

— Естественно.

Генка тяжело вздохнул:

— Вот черт!

— Но это уж не такая огромная сумма.

— Да, только у меня ее нет и раньше чем месяца через два не будет.

— Ну и хорошо, купишь в феврале.

— Так у Верки двенадцатого день рождения, а я, дурак, уже пообещал! Лампа, у вас не будет в долг?

Пытаясь скрыть свою радость, я ответила:

— Такая сумма найдется, только сделаем лучше. Сейчас я позвоню Зине Ракитинской, и она тебе щеночка просто так даст!

— Да? — подозрительно спросил Генка. — Совсем плохого, да? Урода?

Я обозлилась:

— Между прочим, Муля и Ада от ее Сюзетты, и что?

— Почему тогда даром?

— Потому что я попрошу!

— Вдруг она не согласится!

— Давай телефон, — велела я и принялась набирать номер.

У Зинки дома несколько лет тому назад сложилась экстремальная ситуация. У нее самой жила, впрочем, и поныне здравствует, милейшая мопсиха Сюзетта, а у свекрови благоденствовал мопс Самсон. Зинка и свекровь существовали в разных квартирах. Сюзетта и Самсон встречались раз в год, и все были довольны и счастливы. Но потом мать мужа умерла, и Самсон переехал к Зине. Где одна собачка, там и другой место найдется. Первое время мопсы мирно спали бок о бок на диване, вызывая умиление у всех, кто видел сладкую парочку. Но потом у Сюзетты приключились дамские неприятности. В первый раз Зинаида просто не сообразила, что ей грозит. Самсон ни разу не имел дела с существом противоположного пола, поэтому Петька, Зинкин муж, спокойно сказал:

— Ну и чего? Подумаешь, он и не сообразит, что к чему, глупый очень!

Вот тут-то Петя ошибался. Не поддающийся дрессуре Самсон, демонстрировавший до сих пор только крайнюю степень идиотизма, мигом разобрался в ситуации, и через два месяца на свет явилось восемь щенят. С тех пор жизнь Зинки стала напоминать перманентный кошмар. Чего она только не делала, чтобы отпугнуть Самсона от Сюзетты! Прыскала «девушке» под хвост спрей, производители которого стопроцентно обещали, что любой кобелек, вдохнувший его «аромат», унесется, воя, прочь за три улицы. Любой, но не Самсон. Потенция мопса была ничем не победима! На нее не подействовали ни гормональные таблетки, ни специальное низкокалорийное, безбелковое питание. Зинка надевала на Сюзетту памперсы, зашивала на ней панталончики, запирала собачек в разных комнатах... Толку пшик. Стоило ей и Петьке уйти на работу, как мопсы мигом оказывались в тесном контакте, самозабвенно осуществляя процесс продолжения рода. Каким образом кавалер, чей рост не превышал тридцати сантиметров, ухитрялся открыть дверную ручку и как у него получалось подлезть под наглухо застегнутые трусики подружки, оставалось загадкой.

— Просто Копперфильд, — вздыхала Зинка, пестуя очередной помет, — моему бы Петьке такие способности!

Да еще Сюзетта была на редкость плодовита, как правило, мопсихи приносят трех или четырех деток... Эта же, словно желая попасть в Книгу рекордов Гиннесса, каждый раз выдавала восемь штук. И основной головной болью для Зинки стала проблема, куда девать плоды невероятной собачьей страсти. Сначала она пыталась ими торговать, но желающих приобрести мопсенка не находилось. Зинуля снижала цену: сто долларов, пятьдесят, десять... В конце концов она стала их просто раздавать и, за короткий срок «омопсятив» всех коллег по работе, близких и дальних приятелей, начала испытывать настоящий ужас при виде округлившейся в очередной раз Сюзи.

— Слышь, Зин, — сказала я, — вроде у тебя есть на продажу мопсята?

— Издеваешься, да? — заорала подруга. — Опять восемь штук, как по заказу!

— Сделай милость, имеется у меня приятель, хороший парень, хочет жене на день рождения собачку подарить, но понимаешь, какое дело: в милиции работает, оклад маленький... Будь другом, отдай ему мопсенка даром!

— Да я ему заплачу сама, лишь бы взял, — взвыла Зинаида.

— Вот этого не надо, он знает, что твои щенки дорогие и ты идешь на уступку только ради меня!

— Ага, — сказала понятливая Зина, — он около тебя сидит?

Я сунула Генке трубку и уставилась в окно, поджидая, пока тот завершит разговор. Наконец парень, записав адрес, повернулся ко мне:

— Ну, спасибо тебе, Лампа, вовек не забуду.

Я хмыкнула. Вот налицо случай, когда погоня за двумя зайцами принесла успех. Зинка счастлива, и Гена доволен.

— Завтра же поедем и возьмем щенков!

— Щенков?

— Да, эта Зина сказала, что мопсы стайные собачки, поодиночке не живут, болеть начинают, поэтому она, так уж и быть, даст двух сучек.

Кстати, нам Зинаида под тем же предлогом всучила Мулю и Аду. Хотя на самом деле рассказ о «стайности» мопсов типичная развесистая клюква, просто Зинка жаждет раздать побольше отпрысков.

Генка вновь схватил трубку и заорал:

— Верунчик, ты все злишься, что я в воскресенье работал? А между прочим, твой плохой, невнимательный муж приготовил тебе сюрприз!

Оповестив любимую женушку о подарке, Генка излил на меня поток благодарностей.

— Ну, Лампа, ну удружила, ну выручила. Имей в виду, если тебе чего понадобится, только свистни.

— Уже, — сказала я.

— Что? — удивился Юров, — что уже?

— Уже свищу.

Генка подозрительно уставился на меня:

— Ну?

— Поищи в милицейском компьютере информацию о господине Подольском Викторе Климовиче по кличке Бешеный.

Юров так и подскочил:

— Зачем?

— Очень надо!

— Послушай, Лампа, — завел Генка, — это...

— Генчик, — проникновенно сказала я, — Зинка может и передумать, представь, что с тобой сделает Верка, если со щенками облом выйдет! Собаковладелицы дамы капризные, сейчас согласилась, а вечером откажет...

— Шантажистка, — прошипел Генка.

Потом он встал, запер сейф, предварительно засунув в него папки, взятые со стола, и вышел в коридор. Услыхав, как снаружи в замке проворачивается ключ, я улыбнулась. Генка четко соблюдает все правила, он служист, дотошно действующий по инструкции. Но сейчас он нарушит все предписания и притащит мне все нужные бумаги, потому что Верку он боится больше, чем своих милицейских начальников. В конце концов, самое страшное, что может с ним сделать генерал, это выгнать с работы, а вот дорогая женушка способна отравить жизнь капитально.

Через некоторое время у меня в руках появились несколько листочков.

— Спрячь в сумку, — мрачно велел Юров.

Я послушно убрала бумаги и сказала:

— Геночка, будь другом, не говори Вовке ничего!

Приятель кивнул.

— Вот спасибо, — обрадовалась я, — кстати, если твой начальник, майор Костин, узнает про листочки, мне придется сообщить, что я получила их от тебя.

— Иди уж, отвратительная особа, — отмахнулся Генка, — между прочим, за шантаж срок дают.

ГЛАВА 13

Не утерпев, я развернула бумажки прямо в метро и начала читать. Да уж, теперь понятно, почему Эдик так боялся мужа своей любовницы.

Виктор Климович Подольский, 1952 года рождения, был хорошо известен органам внутренних дел. Первый раз парень попал за решетку по малолетке, в 1966 году. Угнал автомобиль и попался. С тех пор его жизнь — цепь бесконечных посадок и освобождений. Свою кличку Бешеный заработал еще на «детской» зоне. Заметил как-то, что баландер налил ему суп «с верха», без гущи, и, недолго думая, сунул раздатчика головой в котел с горячей похлебкой... Характер у Витеньки оказался вспыльчивым, в драку он лез мгновенно, и все его дело пестрело отметками о пребывании в ШИЗО, БУРе и ПКТ[1]. Витюша был «склонен к побегу», «нападению на конвой» и являлся заводилой всех скандалов и драк. Надо отметить, что бился он мастерски, используя на зоне самые простые подручные средства: заточенные алюминиевые ложки и эмалированные чайники... Подольского боялись не только заключенные, но и менты. Ему ничего не стоило встать при появлении очередной комиссии, прибывшей в барак, и нагло заявить, тыча пальцем в «хозяина» зоны:

— Этот у нас посылки отбирает, а за деньги баб приводит.

Побои Витька воспринимал стоически, ему повыбивали все зубы, не раз ломали ребра и отбили почки, но каждый раз Подольский воскресал, словно птица феникс. В конце концов он заработал авторитет, молоденькие зэки с уважением звали его Климычем, потому что, услыхав кликуху Бешеный, Витек вмиг зверел и кидался на обидчика, норовя выколоть глаза.

В 1990 году он в очередной раз освободился и... неожиданно для всех завязал. Стал «легальным бизнесменом», занялся торговлей автомобилями, открыл в Москве несколько салонов, начал загребать огромные деньги. Сами понимаете, что проблем с «крышей» у него не возникало. Один раз, правда, на офис господина Подольского наехали наглые малолетки, плохо разбирающиеся в уголовной иерархии. Мальцы явились на заработки из Омска и решили, что дородный господин с добродушным лицом — самый лучший объект для нападения...

Парней было трое. Двое исчезли, словно ис-

---

[1] ШИЗО — штрафной изолятор, БУР — барак усиленного режима, ПКТ — помещение камерного типа.

парились, третьего обнаружили на трассе Москва — Санкт-Петербург живым, правда, рассказать он ничего не смог. У несчастного был отрезан язык, выколоты глаза и отрублены руки.

После этого случая к Витюше никто ближе чем на два метра не приближался.

Подольский усиленно пытался казаться интеллигентным человеком. Великолепно одетый, он посещал театры, вернисажи, заглядывал даже в консерваторию. Корыстные люди искусства, постоянно нуждавшиеся в деньгах для съемок фильмов и постановок спектаклей, усиленно зазывали Бешеного на всяческие тусовки, надеясь получить спонсорскую помощь. Подольский на самом деле дал деньги на производство сериала, причем не о ком-нибудь, а о наших славных милиционерах. Представляю, как скрючилось эмвэдэшное начальство, узнав, кого оно должно благодарить за прославление своих сотрудников.

В 1998 году Виктор женился на молоденькой художнице Жанне Бодровой. Детей у них не было. Прописана семья в коттеджном поселке Расково в двух километрах от Кольцевой дороги. В деле был указан не только подробный адрес, но и телефон.

Посидев немного на скамеечке, я поехала домой. Нужно как следует продумать, где встретиться с этой Жанной. Потому что с таким человеком, как Виктор Климович, мне совершенно не хочется иметь дело.

Чем быстрее поезд нес меня домой, тем сильнее крепла во мне уверенность: скорей всего несчастного Эдика убрали по приказу Бешеного. Дело было за малым: найти улики против господина Подольского и отдать «легального бизнесмена» в лапы правосудия...

Состав летел сквозь тьму. Уставшие за день

люди не разговаривали и не смеялись. Кое-кто смотрел в дешевые бумажные издания, но большинство просто сидели с закрытыми глазами, тупо покачиваясь в такт движению.

Я тоже смежила веки и задремала. Внезапно в мозгу высветилась картинка: яркая-яркая трава и черный обелиск с двумя фамилиями — Малевич и Даутова. Спите спокойно, как только найду убийцу, обязательно приду к вам на кладбище и расскажу все по порядку. Я никогда не возьму денег просто так, только за успешно проделанную работу. И потом, Эдик мне всегда нравился, а Гема могла бы стать хорошей подругой...

Я тяжело вздохнула и пошла к выходу. Жора Саврасов сказал мне, что похороны супругов намечены на среду. Их упокоят вместе, на кладбище в Белогорске, уж не знаю, будет ли на могилке гранитный памятник, который привиделся мне в коротком сне.

Из лифта я вылетела, полная решимости. Часы показывали полседьмого. Дома еще никого не должно быть, сейчас расплачусь с Люськой и ни за что не расскажу домашним о том, как нанимала соседку. Интересно, какую обивку нам поклеили? Эх, жаль, забыла уточнить. У всех в подъезде дерматин на дверях черный либо темно-коричневый. Нет, вру, у Ивана Сергеевича из пятидесятой — вишневый. Вот бы и нам такой...

Когда я шагнула на лестничную клетку, мысли оборвались на полуслове, язык прилип к гортани, а спина мигом вспотела.

Пространство перед входом в квартиру выглядело как кошмар. Повсюду валялись куски газет, пол покрывала жирная, черная копоть, а у стены высились два узких синих баллона со сжиженным газом. От них в глубь квартиры змеились черные толстые штуки — то ли провода, то ли шланги.

В дверном проеме покачивались занавески, никаких железных дверей не наблюдалось и в помине. Предчувствуя все самое плохое, я заорала:

— Что тут случилось?

— ... — матерился кто-то в гостиной незнакомым мужским голосом.

Я влетела в комнату и онемела. Вся мебель: стол, кресла, диван, стулья — стояла вдоль стены. Посередине, на полу, на расстеленных газетах лежало железное полотнище, над которым склонились два парня с какими-то непонятными черными штуками в руках. Повсюду виднелись пятна черного цвета и стоял жуткий запах, от которого сразу запершило в горле.

— Что тут происходит?

Один из парней положил что-то, больше всего похожее на изогнутую палку, и спросил:

— А вы кто?

— Хозяйка.

— Здрасте, — вежливо пробасили мастера, — уж извиняйте, неувязочка вышла.

— Какая?

— Дык вот, дверку изготовили чуток ширше, чем надо...

— И что?

— Пришлось резать.

— Прямо здесь? В гостиной? На полу? Какое безобразие! Могли и на лестницу выйти.

— Так у вас там еле-еле два человека помещаются, — незлобиво ответил первый мастеровой, — дверь и положить негде. Попробовали и сюда приволокли, тесно очень!

— Следовало к себе везти, в мастерскую, а не мою квартиру портить! Безобразие!

— Тише, тише, хозяйка, не шуми, — вмешался другой мужик, — мы у тетки спросили, которая нас впустила, как лучше поступить, увезти или тута, и она велела здеся резать и бумажку подписала, гляди.

Он сунул мне под нос квитанцию. Так... «предупреждена о возможном ущербе». Под фразой стояло несколько слов, накорябанных почерком человека, редко берущего в руку пишущий предмет: «Без притензий. Раманова».

— И где она, эта Раманова, сейчас? — гневно спросила я.

Мужики переглянулись. Первый почесал в затылке и сообщил:

— Отдохнуть пошла.

— Куда?

— В спальню небось, — пояснил второй мастер. — Она нас увидала, квитанцию подписала и легла. Видать, устала сильно!

Первый юноша хихикнул, другой сердито глянул на него и продолжил:

— Мы тут без нее работали. Между прочим, предупреждать надо, что в доме собаки! С трудом их в кухню запихали! Маленькая такая, бойкая, все лаяла и лаяла, прямо голова заболела!

— Чистый дурдом, — влез другой мастер, — собаки орут, попугай матерится, где он у вас таких слов набрался? Я и половины сам не знал, баба храпит, прямо стены дрожат, да еще дверь ширше, чем надо, ну, денек!

— Долго вам еще возиться?

— С час.

— Давайте шевелитесь, — велела я и понеслась посмотреть на собак.

При беглом взгляде на разгром, творившийся на кухне, стало понятно, что наша стая отлично провела время в заточении. На столе блестели пустые вазочки из-под конфет, печенья и вылизанная дочиста баночка, которая еще утром полнилась клубничным джемом. Я наклонилась и обозрела морду Мули, собачка даже не пошевелилась, унюхав любимую хозяйку. Так и есть! В складках мопсиной морды виднелись крошки от курабье, а усы были липкими. Сожрав почти триста граммов конфитюра «Швартау», Мулечка не нашла в себе сил, чтобы умыться как следует.

— Первый раз встречаю такую наглую воровку, — пробормотала я и спихнула мопсиху со стула на пол.

Но Муля, не выказав никаких эмоций, растянулась на линолеуме и продолжала мирно сопеть. В ее животе переваривались вкусности, и сон был так же сладок, как и сожранный конфитюр.

Ада, услыхав гневный тон, мигом шмыгнула под буфет.

— А ты чего прячешься? — удивилась я и тут же увидела ободранные у двери обои.

Очевидно, Адюся, желая выйти наружу, безостановочно скребла лапами по стене. Адка терпеть не может замкнутых пространств, я бы даже сказал, что у нее клаустрофобия, если, конечно, у собак бывает подобная болезнь.

Рейчел и Рамик усиленно махали хвостами, всем своим видом говоря: «Мы большие, умные, хорошие собаки, это мелкие мопсы натворили. Мы ни при чем, мы отлично себя вели!»

Едва сдерживая гнев, я отправилась искать Люську. Соседка нашлась в комнате у Лизаветы. Лежала на кровати прямо в туфлях, а на полу валялась полупустая бутылка отличного французского коньяка.

Больные, выписываясь, частенько дарят Катюше «сувенирчики». Как правило, это коробки шоколадных конфет, иногда штофы с качественной выпивкой. Дома у нас конфеты съедаются мигом, а бутыли оседают в баре. Охотников до спиртного в семье нет. Сережка постоянно за рулем, максимум, что он себе позволяет: пятьдесят граммов виски на ночь, да и то раз в месяц. Оставив дома Люську, я не заперла шкафы, мне это просто не пришло в голову... Мы вообще никогда ничего не прячем. В буфете стоит выпивка и лежат сигареты, в ванной на полочке выстроилась косметика и духи, а деньги лежат в коробочке, которую Катя не мудрствуя лукаво держит в шкафу между простынями и пододеяльниками...

Значит, Люся из любопытства стала лазить по полкам, увидала коньяк и не сдержалась.

— Немедленно вставай! — закричала я.

Соседка открыла глаза, икнула, потом села...

Следующие полчаса я провела отвратительно. Сначала, страшно боясь, что сейчас явятся из школы Кирюшка и Лизавета, отволокла домой плохо соображающую Люсю, затем спешно вымыла вазочки на столе, насыпала в них крекеры и мармелад...

Рабочие тем временем подхватили дверь и поволокли ее к выходу. По дороге они задели журнальный столик, на котором стояла фигурка далматинца. Фарфоровая безделушка зашаталась и вмиг очутилась на полу, превратившись в груду осколков. Но это была ерунда, в конце концов, далматинец мне никогда не нравился, да и подарила его Кате на день рождения Машка Потворова, которую я не люблю... Важно другое — дверь висела на месте и даже без особого труда запиралась и отпиралась.

Не успела я расставить в гостиной все по местам и спрятать кое-где прожженный пол под паласом, как с воплем ворвались дети, и вечер потек, как всегда, между плитой, холодильником и мойкой.

Спать разбрелись около полуночи. Не успела я вытянуться на кровати, как в комнату вошла Лизавета, плюхнулась на одеяло и сказала:

— Лампа, у меня к тебе серьезный разговор.

Поняв, что спокойно почитать не удастся, я со вздохом отложила новый роман Поляковой и с тоской поинтересовалась:

— Ну и что у тебя приключилось?

— Приключилось у тебя, — парировала Лиза, — позволь спросить, знаешь ли ты простую истину: женский алкоголизм неизлечим?

— Слышала что-то на этот счет, но я здесь при чем? Ты же знаешь, я совершенно не употребляю горячительные напитки.

— Лампуша, — неожиданно ласково проговорила Лизавета, обнимая меня за плечи, — я очень хорошо понимаю, как тебе тяжело! Катя целый день на работе, она вся в своих больных, Сережка и Юлька заняты, мы с Кирюшкой уже взрослые... У всех своя, интересная жизнь, а у тебя что? Кастрюли, грязные тарелки да магазины... Конечно, со скуки помереть можно... Ты никогда не думала о том, чтобы пойти, например, на компьютерные курсы?

Я содрогнулась. Железную коробку, обладающую интеллектом и умеющую моментально умножить 5286 на 6742, я побаиваюсь и не люблю. Причем компьютер платит мне той же монетой. Только не подумайте, что боится, нет, он меня тихо ненавидит. Стоит мне лишь приблизиться к столу, где стоит монитор, как экран мигом обвешивается «окнами», сообщая, что он нашел «слишком длинное название файла», «на диске «С» нет свободного места» и требуется «создать диск ундо».

Стоит мне подключить принтер, как появится фраза — «нарушена очередь на печать»...

— Спасибо, Лизочек, за заботу, но я вполне довольна своей судьбой.

Девочка нахмурилась, потом резко сказала:

— Ладно, я хотела деликатно поговорить, но, видно, не выйдет. Евлампия, я знаю, что ты втихаря пьешь.

От удивления я резко села, уронив книгу:

— Что?

— Водку.

— Господи, и как тебе в голову пришла подобная глупость?!

— Иди сюда, — поманила меня Лиза, — иди, не бойся, все спят!

Недоумевая, я пошла за ней в прихожую. Лизавета остановилась у двери и показала на небольшой шкафчик, куда мы засовываем комбинезоны собак и полотенца, которыми вытираем после прогулки им лапы.

— Знаешь, что там?

— Ну все для псов!

Лиза тяжело вздохнула, пошарила в узеньком пространстве и вытащила бутылку водки «Чайковский».

— Вот, — торжественно заявила Лизавета, — видишь?

— Ах, дрянь! — воскликнула я.

Значит, Люська не только выдула коньяк, но и припрятала «беленькую».

— Можешь оскорблять меня сколько угодно, — с достоинством ответила Лиза, — но имей в виду, я не дам тебе сгинуть в алкогольной пучине, я буду бороться...

— Это я не про тебя!

— А про кого?

— Да Лю... — начала было я, но тут же прикусила язык.

Признаться в том, что убежала из дома, оставив на «вахте» пьянчугу соседку, я не могла. Да домашние десять лет попрекать меня станут. Нет уж, пусть лучше Лизок думает, что я прикладываюсь к бутылке.

— Лизочек, честное слово даю, больше никогда!

— Ладно, — пробормотала девочка, — на первый раз поверю.

— Скажи, дружочек, а почему ты решила, что бутылочку припрятала я?

— А кто? — фыркнула Лиза. — Остальные просто не способны на такое!

Я проводила девочку возмущенным взглядом. Видали? Вот как ко мне относятся дома! Если происходит хоть какая-нибудь неприятность, всегда виновата Лампа! Кто разбил тарелку? Конечно, Лампудель! У кого перелилась вода в стиральной машине? У Ламповецкого! Между прочим, сами хороши! А Люську завтра я просто убью!

Кипя от негодования, я плюхнулась на диван и провалилась в сон.

Утром выяснилось, что должен прийти мастер оклеивать дверь. По счастью, он позвонил и сообщил:

— Раньше пяти к вам не доберусь...

— Ладно, — обрадовалась я, — к семнадцати ноль-ноль прибегу.

Подождав, пока квартира опустеет, я набрала номер телефона и, услыхав тихое «алло», сказала:

— Позовите, пожалуйста, Жанну.

— Слушаю.

— Вас беспокоит Ольга Сергеевна Малевич.

Четно говоря, я ожидала любой, самой нестандартной реакции, но Жанночка моментально перебила меня:

— Спасибо, Ольга Сергеевна, за то, что так быстро откликнулись. Я подъеду сегодня к вам в поликлинику. На всякий случай уточняю еще раз адрес: Новокосовская улица, дом семьдесят, правильно?

Я оторопело молчала.

— Хорошо, — продолжала Жанна, — в полдень вас устроит?

— Да, — выдавила я из себя.

— Ну и чудесно, — ответила мадам Подольская и швырнула трубку.

Минуты две я растерянно смотрела на аппарат, потом пошла одеваться. Однако милая Жанночка хитра, вон как ловко сообщила мне о месте и времени встречи.

Я пришла на свидание заранее. В доме 70 по Новокосовской улице и впрямь помещалась самая затрапезная районная поликлиника. В коридорах сидело полным-полно народа. Я остановилась у большого окна между гардеробом и аптекой. Улица была видна отсюда как на ладони, длинная, узкая. Одно непонятно, как мы узнаем друг друга в такой толчее? Внезапно острое чувство тревоги сжало сердце. Вдруг Жанна хорошо знает Ольгу. Черт возьми, надо было позвонить в салон и расспросить Малевич. Жанна, естественно, знала о спектакле «Ревнивая Эфигения», но вот встречалась ли она с Ольгой? Ладно, что-нибудь придумаем. Мне бы только понять, кто из всех без конца входящих в поликлинику баб супруга господина Бешеного?

Минуты текли, стрелки прыгнули на три и двенадцать. В ту же секунду у порога лечебного заведения затормозила роскошная иномарка: блестящая, бордовая, с тупым квадратным задом и устремленным вперед узким капотом. Хлопнула дверца, наружу выскочил шофер, молодой, слегка полноватый парень, одетый в безукоризненный костюм и белую рубашку с неярким галстуком. Водитель обежал машину, открыл заднюю дверцу. Сначала из нее показалась нога, обутая в сапог на высоком, просто бесконечном каблуке, потом ее владелица, стройная молодая дама. Парень закрыл иномарку и бросился вперед, теперь он открывал обшарпанную дверь поликлиники.

ГЛАВА 14

Через секунду Жанна появилась в холле лечебного учреждения. Вне всяких сомнений, это была она, резко выделяющаяся в своей горностаевой шубке среди пенсионеров, замотанных в китайские куртки.

Мгновение жена Бешеного обозревала пейзаж, похоже, она приезжала сюда не в первый раз, потому что гардеробщица, побросав остальных посетителей, ринулась к ней с вешалкой в руках.

— Спасибо, Леночка, — улыбнулась Жанна, скидывая манто на руки кланяющейся тетке.

Я увидела, как ловко гардеробщица спрятала зеленую бумажку, и шагнула к даме:

— Простите...

Нос уловил аромат тонких, несомненно, очень дорогих духов.

— Да? — повернулась ко мне Жанна. — Слушаю?

— Я Ольга Сергеевна Малевич...

В лице художницы ничто не дрогнуло. Чуть раскосые карие глаза смотрели доброжелательно. Рот сложился в улыбку...

— Извините, — проговорила Жанна, — но я записана на массаж по очереди и не могу пропустить вас, специально приезжаю к этому времени. Впрочем, если хотите, то попросите мануального терапевта из девятнадцатого кабинета, это последняя комната по коридору, насколько знаю, он всегда бывает свободен.

Вымолвив все это, она спокойно повернулась и пошла сквозь толпу, сохраняя полнейшее самообладание, молодая, красивая, прекрасно одетая...

Пару секунд я стояла с разинутым ртом, потом в голове что-то щелкнуло, и ноги понеслись в девятнадцатый кабинет.

Дверь с табличкой «Прием ведет мануальный терапевт» была заперта. Наверху горела красная лампа с надписью «Не входить». Кабинет щетинился домофоном. Я огляделась, несмотря на то что в поликлинике кипела тьма народа, в этом глухом углу, где находилось только две комнаты, никого не было. Внезапно из динамика донеслось хриплое:

— Входите, следующий, не задерживайте доктора!

Я мигом шмыгнула внутрь. Взору открылось довольно большое, скупо обставленное пространство. У окна письменный стол, посередине кушетка, накрытая простыней, в углу два кресла. В одном, закинув ногу на ногу, сидела Жанна.

Увидав меня, она преспокойно раздавила в пепельнице недокуренную сигарету и, ласково улыбаясь, спросила:

— Кто вы и зачем назвались Ольгой Малевич?

От растерянности я невольно сказала правду:

— Евлампия Романова, арфистка, училась с Эдуардом Малевичем в консерватории...

Жанна округлила глаза.

— Очень приятно, чем я могу помочь вам?

— Вы знаете, что случилось с Эдиком?

Девушка кивнула.

— Виктору Климовичу, моему мужу, сообщили о трагическом происшествии вчера.

Такое полнейшее самообладание вывело меня из себя, и я рявкнула:

— Ну и как вам нравится быть женой убийцы человека, которого вы любили?

Жанна вытащила пачку «Парламента», порылась в ней тонкими, нервными пальцами, вытащила сигарету, щелкнула золотой зажигалкой и сообщила:

— Мой муж не имеет к этому происшествию никакого отношения...

Я фыркнула:

— Какая наивность! Удивляет лишь то, что вы пока живы... Хотя, судя по тому, какие вы предприняли меры предосторожности, чтобы встретиться со мной, скорей всего знаете о привычках своего супруга. Да ему убить человека — как мне чихнуть.

— Не городите чушь, — поморщилась Жанна, — вы начитались газет, которые старательно поливали Виктора дерьмом, но это происходило только потому, что он выдвинул свою кандидатуру на пост губернатора. Черный пиар, грязные технологии... Виктор выборы проиграл, и средства массовой информации замолчали.

— Вы не в курсе, что у вашего мужа уголовное прошлое?

Жанна пожала плечами:

— У кого его сейчас нет!

— Но согласитесь, несколько убийств...

Госпожа Подольская небрежно взмахнула тонкой рукой. На одном пальце заискрилось кольцо.

— Дорогая, если вы хотите сейчас повторять байки, то, пожалуйста, закончим на этом. Тем более что я вообще не понимаю, зачем вы меня вызвали. Ваше поведение кажется странным. Назвались именем Оли Малевич, а теперь говорите не слишком правдивые вещи... Если вы из журналистов и хотите таким образом получить интервью, то имейте в виду, я сейчас же заплачу любую сумму, чтобы вы оставили меня в покое...

Я достала из сумочки листочки, полученные от Генки, и положила на стол.

— Читайте!

Жанна проглядела бумажки, потом поинтересовалась:

— Ну и что?

— Как это, — оторопела я, — из этих документов следует, что Виктор Климович Подольский по кличке Бешеный является особо опасным...

— Из этих документов, — спокойно перебила меня Жанна, — ничего не следует. Таких листочков можно нашлепать на компьютере тучи...

— Но вот, смотрите, личная подпись Подольского, вот тут...

— Не смешите меня, — сказала дама и спросила: — Это все? Берите триста долларов, и разойдемся. Вам надо было знать, что меня трудно подловить, но вы старались, а любой труд следует вознаграждать.

— А за что сидел ваш муж?

Жанна усмехнулась:

— Во-первых, это было давным-давно. Во-вторых, за экономические преступления, цех он подпольный организовал по пошиву костюмов... Кстати, многие наши теперешние столпы общества из «цеховиков»...

— Что же вы так прятались с Малевичем?

Жанна подняла свои необычные, удлиненные глаза:

— Дорогая, на бестактные вопросы я не отвечаю.

Понимая, что она не пойдет на контакт, я от отчаяния спросила:

— Если я покажу вам на Петровке дело Бешеного, подлинное, поверите?

Собеседница вздернула брови.

— Зачем мне его читать?

— Вы любили Эдика?

Госпожа Подольская спокойно ответила:

— Без комментариев.

Но я увидела, что у нее на шее мелко-мелко задрожала жилка, и обрадовалась.

— Эдика убили по приказу вашего мужа, и только вы можете мне помочь.

— Глупости!

Я сунула ей под нос удостоверение частного детектива.

— И кто вас нанял? — усмехнулась Жанна.

— Гема.

Подольская рассмеялась:

— Дорогая, вы лжете, супруга Эдика покончила с собой.

— Слушайте, — велела я и рассказала все про себя, консерваторию, краткий роман с Малевичем, поход в «Макдоналдс»...

Жанна ни разу не перебила меня, но к концу повествования из ее глаз ушла просто светская приветливость, взор стал мягче... Едва я произнесла последнюю фразу, как она резко встала:

— Пошли.

— Куда?

— Вы же хотели показать мне дело Подольского.

— Дайте телефон.

Сделав нужный звонок, я отдала трубку Жанне, мы взяли из гардероба одежду... Я хотела было толкнуть входную дверь, но спутница сказала:

— Не сюда, — и быстрым шагом углубилась в коридор, ведущий к туалетам. Дойдя до дверки с буквой М, она приоткрыла ее, прошла мимо вонючего писсуара, распахнула окно, подобрала шубку и ловко вылезла наружу, я за ней. Мы оказались на улице с противоположной стороны от входа. Абсолютно невозмутимая Жанна взмахнула рукой, остановилось сразу три машины. Выбрав самые неприметные, грязные «Жигули», Жанна повернулась ко мне:

— Адрес?

— Петровка, тридцать восемь, — сказала я водителю.

— Куда? — удивился парень, оглядывая тоненькую фигурку, закутанную в шикарную шубу. — Куда вам?

— Петровка, тридцать восемь, — отчетливо повторила Жанна, — это улица такая, в центре Москвы, не волнуйтесь, я покажу, как проехать.

— Знаю, — буркнул шофер.

Юров не подвел, пропуска лежали в окошечке, а сам Генка был на месте.

— Что случилось? — брякнул он, уставившись на Жанну. — Проблема в чем?

— Знакомься, — сказала я, — Жанна, супруга Виктора Климовича Подольского, широко известного в ваших кругах как Бешеный. Она очень хочет посмотреть на бумаги, которые тут хранятся, ну те, что касаются ее мужа.

Секунду Генка смотрел на нас не мигая, потом спросил:

— Вы удрали из психушки? Из поднадзорной палаты? Обе?

— Нет, — мило улыбнулась Жанна и положила перед Юровым свой паспорт, — что касается лично меня, то я являюсь абсолютно душевно здоровой личностью, без всяких фобий и комплексов...

Юров машинально открыл бордовую книжечку.

— Подольская Жанна Леонидовна...

— Там, на другой страничке, штамп о браке...

Генка буркнул:

— Давайте пропуска.

— Зачем? — спросила я.

— Подпишу, и валите отсюда, а с тобой, Лампа, разговор особый!

— Генчик, — ласково завела я, — Жанна моя подруга... И потом, ты же давно хотел «Жигули»...

— При чем тут машина? — спросил Гена.

Я выжидательно глянула на спутницу. Надо отдать ей должное, мышей она ловила мигом. Жанночка раскрыла сумочку, вытащила толстую пачку зеленых купюр, перетянутую розовой резинкой, и положила ее перед парнем.

— Это взятка? — побагровел тот.

— Нет, — ласково возразила дама, — так, ерунда, милый пустячок.

— Слушайте, вы... — начал заикаться Юров, — быстро заберите бабки и шагом марш на выход.

— Но... — начала я.

— Вон!

— Погоди...

— Вон!!! — бесновался Генка. — Вон!!!

Внезапно Жанна подошла к багровому милиционеру, нежно взяла его за руку и проникновенно сказала:

— Право, некрасиво. Я пришла к вам за помощью, в самую трудную минуту своей жизни, и такой скандал...

Генка неожиданно заткнулся и вполне по-человечески поинтересовался:

— Что случилось?

Жанна вытащила сигареты, закурила и тихо, голосом человека, привыкшего раздавать приказы слугам, ответила:

— Я вышла замуж за Виктора совсем молодой, едва двадцать исполнилось...

Жанночка знала, что муж имеет уголовное прошлое, он сам поведал ей об этом факте, сообщив, что сидел за экономические преступления.

— Болтают обо мне много всякого, — усмехался Подольский, — и уголовный авторитет я, и убийца, и еще черт знает кто, младенцами водку закусываю. Не обращай внимания, дорогая, не надо было мне в политику лезть, да человек слаб, денег показалось мало, захотелось власти, вот и пожинаю плоды «свободной печати».

Виктор Климович внешне выглядел, словно профессор Московского университета конца девятнадцатого века. Седой, в дорогих очках и отличном костюме... Речь его была подчеркнуто правильной, он свободно оперировал фамилиями Чехов, Бальзак, Маркес... Мог произнести пару фраз на английском, в знакомых у него ходила половина «интеллигентной» Москвы, а дома висела неплохая коллекция картин...

Жанночка безоговорочно поверила мужу. Тем более что с ней никто никаких разговоров о прошлом Виктора Климовича не вел. А газеты... Кто же им доверяет в наше время...

— Я прожила с ним два года, — объясняла Жанна, глядя в глаза Гене, — и теперь хочу знать, правда ли, что он убийца? Пожалуйста, помогите мне.

Генка молчал.

— Ну поймите, — воскликнула она, — все равно ведь я найду в вашей системе человека, готового за деньги на все, сами знаете, таких много... Просто Евлампия сказала, что вы человек редкой порядочности и не выдадите меня... А другой покажет дело за деньги, а потом стукнет Виктору... И если правда, что он рецидивист, долго мне не прожить!

— Зачем вам эта информация? — поинтересовался Генка, барабаня пальцами по столу.

— Чтобы знать, продолжать жить с этим человеком или бежать от него...

— Думаю, что удрать не удастся, — вздохнул Генка, — хорошо, подождите.

Он вышел, мы остались в кабинете, не произнося ни слова.

Через час, уже выходя из большого светло-желтого здания, Жанна сказала:

— Тут на углу кафе, маленькое и шумное, пошли...

Забегаловка оказалась третьесортной, из тех, где подают хот-дог и куриный суп. Народ в ней толкался не слишком воспитанный и шумный. Жанна взяла два пластиковых стаканчика с коричневатой жидкостью и четыре пирожных, мало аппетитных с виду, облитых какой-то липкой массой.

По счастью, у стены в самом углу нашелся свободный столик. Мы устроились на шатких, неудобных стульях. Жанна брезгливо протерла носовым платком столешницу, швырнула испорченный платок на пол и сказала:

— Слушаю вас.

Я только дивилась ее самообладанию. Узнала о том, что делит кровать с человеком, который по уши вымазан в чужой крови, и даже не поморщилась.

— У меня есть твердая уверенность в том, что ваш муж убил Эдуарда Малевича.

— Зачем бы ему это делать?

— Узнал о вашей связи...

— Виктор ни при чем.

Я уставилась на Жанну. Та отхлебнула кофе, поморщилась и повторила:

— Виктор ни при чем!

— Вы настолько любите Подольского, что готовы простить ему все? Зачем же тогда связались с бедным Эдиком? К чему морочили парню голову рассказами о страсти? Кстати, он, несчастный, верил в искренность ваших чувств...

Жанна тяжело вздохнула:

— Ничегошеньки вы не знаете. Я люблю Эдика и до сих пор не могу в себя прийти от ужасного сообщения о его гибели!

— Тогда отомстите за смерть любимого!

— Каким образом?

— Виктор...

— Он ни при чем. Подольский страшно расстроился, узнав о кончине Эдика.

— Послушай, — обозлилась я, — Бешеный — отморозок, человек, мигом теряющий голову от злости. Известие о неверности супруги способно выбить из колеи и более спокойного парня. Мужики, знаешь ли, привыкли считать жен своей собственностью и страшно злятся, когда кто-то протягивает лапы к их «имуществу». Так что мотив ясен...

— Я ему не жена, — заявила Жанна, — вернее, не настоящая.

— Это как понимать?

— Просто, — пожала она плечами.

Внезапно вся кровь бросилась мне в голову.

Тоже мне, Муций Сцевола[1] в юбке. Сидит тут в горностаевой мантии, словно королева, цедит слова сквозь зубы, держит под мышкой сумочку, набитую доверху долларами, совсем не волнуется, узнав, что на этих денежках кровь людей... А бедный, наивный Эдька лежит на прозекторском столе...

— Слушай, ты, дрянь, — зашипела я, хватая мерзавку за нежную шубку, — перестань придуриваться. Или ты тоже участвовала в убийстве Эдьки?!!

Жанна тяжело вздохнула и отчеканила:

— Сядь, сейчас все объясню, слушай внимательно, сама поймешь, что Виктор ни при чем.

Жанночка училась на пятом курсе, когда к ней неожиданно обратилась заведующая учебной частью, очень обходительная Ксения Андреевна.

Зазвав студентку к себе в кабинет и напоив ее чаем с кексом, Ксения Андреевна осторожно спросила:

— Ну, деточка, скоро диплом, как жить дальше думаешь?

Жанна вздохнула:

— Сама не знаю. Сниму квартиру и попытаюсь устроиться на работу, может, в издательство попаду или в журнал какой...

— Домой возвращаться не хочешь?

Жанна вспомнила Новосибирск и отрезала:

— Нет.

— У тебя родные есть?

Девушка на секунду замялась. Отец и мать ее, люди простые, рабочие, увлечения дочери рисованием не понимали, профессию художника счи-

---

[1] Муций Сцевола — римский воин, чье имя стало нарицательным. Его упоминают, когда хотят сказать об умении владеть собой: ему сожгли руку, а он не дрогнул.

тали несерьезной, желание поехать учиться в столицу восприняли в штыки. Закончив первый курс, Жанночка съездила домой, но отец просто вытолкал ее взашей, приговаривая:

— Нам с матерью столичные проститутки не нужны.

— Нет у меня дочери, — вопила мать.

Кроме Жанны, в семье имелось еще двое старших, «удачных», по мнению родителей, детей. Один, Константин, служил шофером на рейсовом автобусе, копил на дачу, выпивал по выходным... Сестра Аня работала медсестрой в больнице, таскала домой в судках больничные обеды и шоколадки, которые засовывали в карманы хворые люди... Жанночка со своими кистями и красками выглядела на их фоне даже не белой, а зеленой вороной... Она вернулась в Москву и решила для себя: все! Поэтому со спокойной душой ответила Ксении:

— Были родичи, да умерли, одна я.

— Отлично, — неожиданно воскликнула заведующая.

— Почему? — удивилась Жанночка.

И тут Ксения сделала ей интригующее предложение.

— Есть у меня приятель, человек с деньгами и положением, бизнесмен. Женат никогда не был, хоть и перевалил за сорокалетний рубеж. Некогда все казалось, дела, дела, а теперь и невесту взять негде. Сама понимаешь, такие люди на улицах не знакомятся, по дискотекам и барам не шляются. Нет, он со своими деньгами может купить совершенно любую «misску», какую-нибудь манекенщицу, актрису, но... Но Виктор хочет иметь дома не испорченную, не избалованную девчонку и не проститутку. И еще он совершенно не собирается кормить с десяток родственников будущей женушки, ну не радует его перспектива пить чай с тестем и тещей, выслушивая просьбы и воспоминания...

— Я-то тут с какого бока? — усмехнулась Жанна.

— Не ухмыляйся, — строго сказала Ксения, — знакомы, слава богу, не первый год, и думаю, ты — лучшая кандидатура на роль госпожи Подольской.

— Но я не собираюсь замуж, — отбивалась Жанна, — хочу работать!

— Одно другое не исключает!

— Мне не хочется под венец!

— Дурочка, — с жалостью проговорила Ксения, — такое предложение раз в жизни бывает. Ну что тебя впереди ждет? Квартиры нет, денег тоже... Впрочем, и работы не предвидится. Знаешь, сколько таких, как ты, по столице мечется? Имя им легион. Станешь женой богатого человека, все проблемы разом отпадут, поняла, глупышка? Ну как?

— Хорошо, — вздохнула Жанна, — только мне надо с ним познакомиться.

— Не бери в голову, — отмахнулась Ксения Андреевна, — я все устрою.

Чувствуя себя весьма неуютно, Жанночка отправилась с Виктором Климовичем в шикарный ресторан. Кавалер оказался более чем обходителен. Скромного наряда дамы не стеснялся, предлагал самые вкусные блюда и напитки, спокойно расспрашивал о семье и планах на будущее... Рук он не распускал, после завершения вечера на шикарном автомобиле доставил ее к студенческому общежитию, вынул из багажника заранее припасенную корзину цветов... В общем, Жанночка была очарована Подольским... Мужчина страшно ей понравился. Интеллигентный, сво-

бодно рассуждающий о новинках литературы,
речь правильная, без всяких «блинов», да и жад-
ным он не казался. Жанночка только вздохнула,
вспомнив, какие чаевые Виктор Климович от-
стегнул безостановочно кланявшемуся халдею.
Ее стипендия была намного меньше. Словом, кавалер выглядел хоть куда, но вся беда состояла в
том, что никаких струн в душе Жанночки он не
задел. Сексуального влечения к нему она тоже не
почувствовала. Виктор Климович пришелся девушке по сердцу, но... как старший брат или
отец. Да и по возрасту Подольский больше го-
дился ей в отцы. Но тем не менее роман начал
развиваться. Они ходили по театрам, элитарным
клубам и ресторанам. Жанне нравилась жизнь, в
которой не существовало никаких забот и мате-
риальных проблем.

Как-то раз Виктор позвал ее в гости к одному
из своих приятелей, Якову Шерстову. Большой,
шикарно обставленный дом с бассейном произвел впечатление на Жанну, да и сам Яков, несмотря на некоторую «приблатненность» и сер-
мяжность, показался приятным, нормальным
мужиком примерно одних лет с Виктором. Но
вот его жена была просто ужасающей особой.
Нет, внешне она выглядела изумительно: длин-
ноногая блондинка в умопомрачительном вечер-
нем платье, державшемся на честном слове. Тонкая ткань обтягивала точеную фигурку, подчер-
кивая все ее достоинства. А недостатки... Их в
роскошном теле просто не наблюдалось, беда у
мадам Шерстовой приключилась с головой. Глупа дама была до опупения да еще ухитрилась на-
питься и сиганула в бассейн одетой... Яков, по-
краснев от злости, орал на бортике:

— Маринка, вылазь, хорош идиотничать!

Но Марина, пьяно смеясь, колотила по воде

наманикюренными ручками и глупо хихикала. В конце концов вызвали охранников, которые и выловили бабу...

Виктору и Жанне постелили в разных комнатах. Девушка, сидя на кровати, решала сложный вопрос: как поступить, когда Подольский войдет в комнату? Изобразить недотрогу или спокойно лечь с ним в койку? С одной стороны, Виктор не вызывал у нее никаких страстных чувств, с другой, не был противен... Но существовала еще третья сторона, материальная... Ей хотелось жить безбедно и беспроблемно, да еще бы хорошо при этом не ощущать себя проституткой...

Раздался легкий стук.

— Войдите, — крикнула Жанна.

Виктор, одетый в красивый спортивный костюм, шагнул в спальню.

— Не спишь? Что так?

Жанна пожала плечами.

Виктор сел в кресло и внезапно спросил:

— Я тебе нравлюсь?

Жанночка напряглась и неожиданно ответила:

— Да, но только как друг, даже, извини, это без намека на возраст, как отец. Сначала думала не говорить тебе этого, но боюсь, не смогу обманывать тебя всю жизнь. Прости, страсти я не испытываю, но другом стать могу.

Неожиданно Виктор широко улыбнулся.

— Ты хорошая девочка, и у меня к тебе есть предложение.

ГЛАВА 15

Почти всю ночь они проговорили, сидя на диване.

— Жизнь моя была не слишком веселой, —

рассказывал Виктор, — я рано лишился родителей, нуждался и потом постоянно хотел жить богато. Наверное, пытался таким образом компенсировать нищее детство и юность.

Судя по всему, это желание и привело его на нары. Он выучился в свое время в ПТУ на портного, начал шить костюмы, сообразил, как можно экономно кроить ткань, так и поехало... Ну а потом визит ОБХСС, суд, зона...

— В лагере я выжил, — пояснял Виктор, — даже рад теперь, что так вышло, тюрьма сильна знакомствами, вот и с Яшкой там подружился, вместе срок мотали... Затем грянула перестройка, стало возможно заниматься бизнесом.

— И чем ты сейчас зарабатываешь? — наивно спросила Жанна. — Костюмы шьешь?

— Начинал и впрямь с одежды, но потом занялся автомобилями, — спокойно сказал Виктор, — более выгодно показалось...

Потом он помолчал и неожиданно спросил:

— Как тебе Маринка, жена Яши?

— Честно говоря, не слишком понравилась, — осторожно сказала Жанна, — по-моему, она глуповата и пьет слишком много.

— Вот-вот, — подхватил Виктор, — к сожалению, у многих моих приятелей такие жены. Понимаешь, в юности многие отсидели, потом в бизнес ударились, не до любви было, а затем спохватились, поезд уходит... Ну и вскочили в последний вагон... Девок себе повыбирали из манекенщиц да королев красоты, ну и результат? Посмешище, да и только. Кое-кто уже по два раза развелся. Ни семьи настоящей, ни отношений хороших. Бабам этим только деньги нужны, вот потому я себе хочу жену другую, нормальную, такую, как ты, например...

Жанна невольно отшатнулась.

— Но я...

— Погоди, — успокоил ее Виктор, — ты не дослушала. Я предлагаю тебе не совсем обычный брак.

— А какой? — удивилась Жанна. — Фиктивный, что ли?

— Можно и так сказать, — спокойно ответил Подольский и уточнил, что на зоне его несколько раз побили, потом он болел, словом, мужчиной в полном смысле слова Виктора теперь назвать трудно. Дамы перестали его волновать вообще.

— Можешь себе представить, — усмехался Подольский, — как только стал импотентом, для меня открылся новый мир: театр, книги, кино... А то все носился за юбками. Комплекса по поводу своей неполноценности у меня нет. Во-первых, были годы, когда любая особа женского пола мигом отдавалась мне с восторгом, а во-вторых, я полностью реализован, богат, удачлив... У меня нет причин комплексовать. Знаешь, все эти разговоры о невероятной важности секса слегка преувеличены, в жизни есть и другие приятные моменты, ощущение власти над другим человеком, например... Просто большинству мужчин нечем похвастаться, кроме как количеством баб, прошедших через их постель. Понятно объясняю?

Жанна кивнула и спросила:

— Зачем тогда тебе жена?

Виктор улыбнулся:

— Тут есть несколько причин. Во-первых, для представительских целей. Все вокруг женаты, я холост. Мне разговоры о моей импотенции или, еще хуже, «голубизне» совершенно не нужны. Такие слухи вредят бизнесу. Появление молодой жены заткнет всем рот. А во-вторых, я хочу иметь друга, которому смогу доверять как себе, поняла? Предлагаю тебе честные отношения партнеров. Одену, обую, украшу золотом, взамен попрошу только честность, согласна?

Жанна кивнула.

— И еще одно, — сказал Виктор. — Женщина ты молодая, природа в конце концов свое возьмет. Очень прошу, если решишь завести любовника, предупреди меня, вместе придумаем, как поступить. Разговоров о том, что у Подольского растут рога, мне тоже не надо. Подумай как следует и реши.

Через неделю сыграли пышную свадьбу. Все было по первому разряду: платье, шлейф от которого несли четыре маленькие девочки, фата, белые лимузины, ресторан, шикарное кольцо на пальце... Только после торжеств они разошлись по разным спальням.

Потекла семейная жизнь. Виктор вел себя по-отцовски, Жанна старалась быть радушной хозяйкой. Вскоре мужики при упоминании имени госпожи Подольской стали завистливо вздыхать, а многие жены строить гримасы. Ну кому понравится, когда тебе постоянно ставят кого-то в пример! Жанночка была красива, всегда элегантно одета, умна, она не пила, не скандалила, не ввязывалась в сомнительные истории, а еще писала довольно неплохие картины, и Виктор пару раз устраивал вернисажи своей жены. Он же заплатил журналистам, и в газетах запестрели благосклонные критические статьи, Жанночка приобрела известность, ей стали заказывать полотна, пришли и собственные, заработанные честным трудом деньги... Кое-кто из живописцев сардонически ухмылялся, глядя на произведения девушки, а кое-кто ехидно называл ее «кошкописцей». Жанна и впрямь любила изображать животных и скоро изобрела новый жанр: портрет домашнего любимца. Ей доставляло искреннюю радость писать собак, кошек и даже хомячков... Знакомые Виктора Климовича наперебой зазывали художницу к себе. Иметь работу от госпожи Подольской стало модно. Кстати, труд ее великолепно оплачивался. Во-первых, жене Бешеного мало предложить было просто неприлично, а во-вторых, деньги к деньгам... Так прошло полтора года. А потом Гема заказала портрет Арчи, и Жанночка приехала к Малевичам. Страсть между ней и Эдиком вспыхнула, словно сухое сено от непогашенного окурка. Жанна, помня о своем обещании, пришла к Виктору... Тот потер затылок.

— Эдик существо ветреное, на долгие, прочные отношения неспособное... Ладно, сделаем так. Ему ты, естественно, скажешь, что я ревнив, как Отелло, и убью любого, кто к тебе приблизится...

Жанна «спела песню» Эдику, а у того родился план поставить спектакль.

— Эдик не знал о ваших истинных взаимоотношениях с супругом?

— Нет, — улыбнулась Жанна, — поэтому мы соблюдали крайнюю осторожность. Встречались на специально снятой квартире, но...

— Что?

— Но мне иногда казалось, что Эдик на самом деле больше боится Гемы, чем Виктора, — вздохнула Жанна, — однако, как бы там ни было, создавшееся положение устраивало всех: меня, мужа, Эдика и Ольгу Малевич.

— Ей-то от этого какая выгода?

— Она получала за исполнение роли Эфигении вполне приличную сумму.. Правда, потом расхотела прикидываться ревнивой идиоткой, так как влюбилась. Эдик нанял Лену... Но, честно говоря, за последние три недели мы встретились только два раза.

— Что же так?

Жанна пожала плечами:

— Пропало упоение. Мне Эдик слегка надоел, я ему, очевидно, тоже. Кстати, одна маленькая птичка принесла дней десять тому назад новость: Малевич завел роман с другой. Так что наши отношения плавно катились к концу.

— А как звали его новую даму сердца?

— Понятия не имею, — улыбнулась Жанна.

— Почему вы рассказали мне правду о себе и Подольском? Не боитесь, что разболтаю всему свету?

— Попробуйте, — по-прежнему с улыбкой заявила она, — можете начать прямо сейчас, но, естественно, понимаете, в какой гнев впадет Виктор Климович, а если вспомнить очень интересные бумаги, которые благодаря вам попались мне на глаза...

— И вы будете продолжать с ним жить в качестве жены, после того как узнали всю подноготную Бешеного? — не утерпела я.

— Простите, но вас это не касается, — со светской улыбкой ответила Жанна. — Я сообщила вам правду только с одной целью: поймите, Виктору Климовичу не было никакой нужды убивать Эдика. И потом... насколько я понимаю, Малевича зарезал не профессионал, а любитель. Виктор же предпочитает иметь дело только с теми, кто филигранно владеет мастерством, будь то столяр, парикмахер или сапожник. Полагаю, что и киллера он подобрал бы наилучшего...

Я только хлопала глазами, глядя на абсолютно спокойную девицу. Надо же иметь такое самообладание!

— Ну, думаю, все ясно, — завершила разговор Жанна, — кстати, могу попросить вас об одной любезности?

— Попробуйте.

Госпожа Подольская достала из сумочки несколько купюр.

— Эдик не успел заплатить этой Лене за услуги. Можно вас обременить просьбой передать ей деньги? Мне не хочется быть в долгу...

— Эта Лена заполучила обманным путем кошелек Эдика, назвалась его супругой. Между прочим, в портмоне было...

— Мне неинтересна эта информация, — отрезала Жанна, — важно то, что я не заплатила за услуги. Можете выполнить просьбу? Честно говоря, я не встречалась с этой дамой и не слишком хочу делать это сейчас.

— Хорошо, — согласилась я, взяв деньги, — а вы все-таки попробуйте вспомнить, как зовут женщину, с которой Эдик начал крутить роман.

Жанна вздохнула:

— Не знаю, но думаю, что она обязательно придет завтра в десять утра на похороны. Кстати, говорят, многих убийц тянет на кладбище, во всяком случае, так пишут в моих любимых детективах!

— А кто вам сказал про новую любовь Эдика и, главное, зачем?

Жанна продолжала цвести улыбкой:

— Бог мой! Да просто болтали на тусовке с Варварой Арбени... Она жуткая сплетница, обожает всех обсуждать, вот и сообщила, что видела Эдика и некую дамочку на тусовке.

Арбени! Очень редкая знакомая фамилия. Такую носила покойная первая жена Эдика, Ниночка, талантливая музыкантша, между прочим, тоже моя сокурсница. Мы, правда, особо не дружили, в гости друг к другу не ходили, но раскланивались в коридорах весьма любезно.

— Арбени! Она музыкант?

— Нет, — ответила Жанна, поднимаясь, — владелица салона «Модес хаар» — есть такая жутко модная парикмахерская на Якиманке, прямо напротив «Президент-отеля». Там работают великолепные мастера, призеры международных конкурсов парикмахерского искусства. Прощайте, Евлампия, рада была познакомиться.

С этими словами она положила на стол стодолларовую купюру и быстрым шагом пошла к выходу.

— Погодите, — крикнула я, — а это что?

Жанна бросила взгляд на зеленую купюру и коротко ответила:

— Вам, за услуги.

Дверь хлопнула о косяк. Я посмотрела на часы, к пяти прибудет мастер оклеивать дверь, придется ехать домой. Внезапно в голову словно воткнули раскаленную палку, давно меня не посещала старая подруга мигрень. Чувствуя, как внутри виска расплывается боль, я принялась искать аптеку. Вовремя принятая таблетка спазгана способна творить чудеса, но глотать ее нужно в самом начале приступа, потом, когда мигрень разыграется, можно слопать целый мешок пилюль, толку будет ноль.

В небольшом стеклянном павильончике возле прилавка стояли двое посетителей, дедок с палкой и девочка-подросток, по виду чуть старше Лизы.

Дедуся купил упаковку витаминов и отошел в сторону, к столику, на котором высилась большая хозяйственная сумка. Девочка наклонилась низко к окошку и тихо забормотала что-то.

Я оперлась о витрину, чувствуя себя разбитой

и униженной. Милая Жанночка ухитрилась, не сказав ни одного бранного слова в мой адрес, сделать так, что в душе поселилось мерзкое ощущение, которое испытывает раб, стоя на коленях перед хозяйкой.

Противная старуха в белом халате, отпускавшая лекарства, неожиданно рявкнула:

— Говори громко и внятно!

— Два индивидуальных средства защиты, — промямлила, краснея, девочка.

— Тут не Министерство обороны, — злобилась провизорша, — а аптека! Какая такая защита? Противогаз, что ли?

— Нет, — пролепетала несчастная, — ну эти, резиновые...

— Грелки?

— Нет... ну, в общем...

— Судно?

— Нет, — бормотала девушка, — в пакетиках...

— Лейкопластырь?

— Ей нужны презервативы, — не выдержала я, — неужели не понимаете?

— А ты не лезь, — гаркнула старуха, — если эта прошмандовка в десять лет пришла за контрацептивом, вот пусть громко при всех называет, чтоб стыдно стало!

— Чего же тут стыдного? — удивилась я. — Наоборот, в стране СПИД, очень хорошо, что покупают презервативы, может, уберегутся от болезни.

— Мне не десять лет, а семнадцать, — тихо ответила девушка.

— Я в твоем возрасте думала только об учебе, — отрезала бабка.

— Видать, хорошо выучилась, коли у метро аспирином торгуешь, — вздохнул дед, роясь в сумке, — а ты, детка, не тушуйся, все люди на свет из одного места явились, и бабку эту тоже не пальцем папа с мамой делали.

— Что вы себе позволяете?! — взвизгнула старуха.

— Нет, это вы себе слишком много позволили, — парировал дедуся, — товар без рецепта, вот и торгуй молча. Попросят чего недозволенное, тогда и возмущайся, а стыдить покупателя права не имеешь, отпусти ей живо то, что просит.

— В этом возрасте, — долдонила бабка, — в этом возрасте...

— Вот ведь зануда, прости господи, — в сердцах воскликнул дедушка, — а в каком возрасте с мужиком спать? В твоем? Самое время сейчас!

— Какой размер? — буркнула бабка, понимая, что посетители, неожиданно сплотившись, дали ей отпор.

— Они разные бывают? — совсем сконфузилась девушка.

Старуха открыла рот, чтобы сказать очередную гадость, да так и застыла, потому что в павильончик впорхнуло небесное создание, девица лет двадцати. Вошедшая была в длинной, в пол, норковой шубке, красиво переливавшейся в электрическом свете. Девушка расстегнула застежки, и мы увидели, что под манто на ней надета крохотная кожаная юбчонка, открывавшая молодые, крепкие коленки, и узенький свитерок-лапша, обтягивающий весьма аппетитный бюст, примерно третьего размера. Красавица тряхнула белокурыми локонами, хлопнула синими веками, открыла ярко-красный ротик и обиженно пропела:

— Кисик! Ну разве можно так долго! Твой зайчик устал сидеть в машине.

Я невольно обернулась, но в павильончике

никого, кроме прежних действующих лиц, не наблюдалось.

— Зайчик хочет на диванчик, зайчик мечтает о кофе с коньячком, — ныла девица, суча уходящими в бесконечность ногами, обутыми в слишком тонкие для нынешнего ноября сапоги.

— Сейчас, моя дорогая, — ласково ответил дедок. — Колюнчик уже идет, он покупал зайчику витаминчик, чтобы зайчик был веселый и здоровый...

Теперь челюсть отвисла и у нас с девчонкой. У этого мухомора молодая и красивая любовница?

— Купи гематогенчик, — капризничал зайчик, — люблю гематогенчик.

— Иди в машину, — велел дедуся, подошел к окошку и спросил у нас: — Разрешите взять гематоген без очереди?

— К-к-конечно, — прозаикалась девчонка.

Провизорша дернула ящик, тот неожиданно вырвался из гнезда и шлепнулся на пол.

— Вот беда! — воскликнула бабка. — Не согнусь ведь подобрать.

— А ну пусти, — велел дед, легко нырнул под прилавок, ловко покидал бумажные и фольговые упаковки на место, всунул ящик в стенку, вылез назад и сказал: — Слышь, бабка...

— Да? — отмерла провизорша. — Чего?

— Того! — передразнил дед, платя за гематоген. — Рано рассыпалась. Так и быть, научу, как жить. Есть такая целительница Гема Даутова, сеансы дает, вот найди где и сходи.

— Зачем? — удивилась старуха.

— Затем. Я тоже два года тому назад еле шевелился, а потом, спасибо, друзья надоумили... Сбегал пару раз к ней, и все, теперь только с виду

мухомор, а внутри молодой, белый и пушистый...
Пиши фамилию с именем, да не перепутай, карга, они у нее трудные — Гема Даутова.

— Где ж ее искать? — воскликнула бабка, шкрябая ручкой по бумаге.

— Позавчера в Светлогорске работала, может, скоро в столицу вернется. Да журнал «Досуг» покупай, или газеты такие есть — «Третий глаз» и «Тайная власть», они рекламу дают, — посоветовал дед и, легко подхватив тяжело набитую сумку, вышел из аптеки.

Забыв про спазган, я рванулась за ним, но, поскользнувшись, чуть не упала, а когда вылетела на улицу, старик уже усаживался в весьма побитые «Жигули».

— Кисик, — заорала я, — погодите!

— Что тебе? — удивился дед.

— Почему вы решили, что Гема Даутова выступает в Светлогорске? И где этот город?

Дедок вздохнул.

— Светлогорск под Уфой, а информация от радио, оно у меня в машине все время работает. А что, тоже хочешь здоровье поправить? Давай-давай. Хорошо. Только имей в виду, лучше подождать, пока она опять в Москву вернется.

— Почему?

— Да я решил на «подзаводку» в Светлогорск слетать, два часа всего лету, думал, за день управлюсь. Утром прибуду, на сеанс схожу, а ночным рейсом назад. Ан нет, облом вышел. Прилетел сегодня, а Даутова сеанс отменила, пришлось несолоно хлебавши домой возвращаться. С работы лишь на один денек и отпросился. А она только завтра вечером работать будет.

Хлопнув дверцей, он завел мотор и исчез, подняв фонтан грязных брызг. Я пошла к метро.

Наверное, за рекламу заплатили заранее, вот ее и гоняют по радиостанциям, вводя народ в заблуждение.

ГЛАВА 16

Домой я влетела ровно в пять, запыхавшаяся и потная. Но мастер не спешил, часы пробили семь, когда раздался звонок.

Я открыла дверь, увидела мужика лет тридцати пяти, щуплого и белобрысого.

— Иван, — представился он, — мастер по оклейке первого класса. Где у вас можно переодеться и руки помыть?

— В ванной, — ответила я и пошла на кухню, чистить картошку к ужину. Ну скажите, пожалуйста, можно ли оклеивать первый класс? Но в конце концов, все равно, как он говорит, лишь бы выполнил хорошо работу. Сегодня никто не появится дома раньше десяти вечера. У Сережки встреча с заказчиком, Юлечка поехала брать интервью к какому-то деятелю искусства, Катерина, как всегда, в больнице, Кирюшка на тренировке, а Лизавета занимается английским.

Справившись с картошкой, я решила посмотреть, как продвигается оклейка двери, и обнаружила, что мастера возле нее нет, а из ванной доносится плеск.

Я постучала в дверь.

— Да, — отозвался Иван.

— Вы душ принимаете?

Шпингалет щелкнул, Иван вышел.

— Нет, конечно, руки мыл. Разве можно грязными лапами материал хватать? Разводы появятся. Чистые ладони нужны.

— Хорошо, — вздохнула я, — начинайте, а то уже полвосьмого, скоро мои с работы явятся, мне не хочется, чтобы при детях сильно клеем пахло!

— А сегодня ничем и не завоняет, — сообщил Иван, медленно раскрывая сумку, — вот потом и впрямь может немного...

— Почему? — удивилась я. — Что за клей такой странный?

— Самый обычный, «Момент», — спокойно пояснил Иван, — какой у всех, такой и у меня... Только сегодня ничего приклеивать не станем, нет, сегодня более важное дело, обмер и раскрой!

— Ну и зачем дверь обмерять? Она же стандартная!

— Ой, не скажи, хозяйка, — возразил Иван, вытаскивая рулетку, — наипервейшее дело — обмер, без него никуда, на миллиметр ошибешься, и пропало дело. Дерматин не тянется, беда может выйти, нет, семь раз отмерь, один раз отрежь...

Потом он дернул пару раз носом и поинтересовался:

— Картошечка, что ль, кипит?

Я кивнула.

— Да ты иди, готовь, а то не ровен час мужик с работы придет и по шее накостыляет, ежели харча не найдет. Ступай, ступай, я мерить стану.

Около десяти в дом гурьбой повалили домашние, и в четверть одиннадцатого все сели за стол.

— Надо мастера позвать, — сказала Катя, — а то неудобно, сами едим, а мужик голодный.

— Он уже третий час дверь обмеряет, — вздохнула я.

— Обстоятельный слишком, — хмыкнул Сережка.

— Разве нужно так долго? — удивилась Лиза. — Раз, раз — и готово...

— Быстро хорошо не бывает, — сказала Юля.

Где-то в полдвенадцатого я вышла на лестницу и обнаружила Ивана, стоявшего в задумчивости у двери. В руках мужик держал два гвоздя с широкими шляпками. Увидав меня, он пробормотал:

— Вот думаю, как лучше кнопочки пустить, через сантиметр или через восемь миллиметров...

— Да без разницы!

Иван сердито ответил:

— Ничего себе, заявленьице! Ну-ка позови кого другого!

Следующий час домашние самозабвенно спорили о расстоянии между декоративными гвоздиками. Никому и в голову не пришло, что издали совершенно все равно, какое пространство разделяет шляпки. Речь-то шла всего о двух миллиметрах разницы.

Наконец Юлечка спохватилась:

— Кошмар, полпервого, бегите скорей домой, а то метро закроется...

— Мне бежать некуда, — пояснил Иван, — с бабой своей разошелся, комнату ей оставил, а сам в область съехал, только все равно на электричку не поспел.

— И куда вы теперь? — поинтересовалась Лизавета.

— На вокзале переночую, не впервой, — спокойно ответил Иван и начал методично сворачивать сантиметр, — главное, обмер закончил, завтра подъеду и раскрой начну. Можно сумочку тут оставить, чтоб с собой не таскать?

— Бомбы там нет? — сурово спросил Кирюшка.

— Да ты чего, парень, — замахал руками Иван, — разве я чечен какой? Погляди сам, дерматин, утеплитель, клей да кнопки, ножницы еще, ножик...

— Он неудачно пошутил, — отрезала Юлечка, — ставьте вот здесь, в уголок.

— Ну, побег, — сообщил Иван и начал напяливать на себя слишком легкую для морозного ноября куртенку.

Внезапно острое чувство жалости кольнуло сердце. Иван натягивал старенькую вязаную шапочку. Я перевела глаза на Мулю, сидевшую возле его сумки, и вздохнула. Было полное ощущение, что мы выставляем на улицу маленькую бездомную собачку, которая настолько отчаялась увидеть от людей доброту, что даже уже ни о чем не просит.

— Послушайте, Иван, — хором сказали Катя и Сережка, — оставайтесь у нас.

— Можете в гостиной, — подхватила Юля, — а утром дерматин начнете кроить.

— Верно, — обрадовалась я, — правильное решение, чего зря мотаться.

— Вот спасибо так спасибо, — обрадовался Ваня, — ну прям слов нет! За гостеприимство вам краны починю, ишь как капают! И шкафчик повешу в кухне! Чего он у вас в углу стоит!

Где-то около трех утра я проснулась и пошла в туалет.

Из-под двери гостиной пробивалась тонкая полоска света. Я осторожно просунула голову внутрь и увидела Ваню, сидящего на корточках возле разложенной на полу искусственной кожи.

— Ты чего не спишь? — шепотом спросила я.

— Вот, кумекаю, как раскроить, — так же тихо ответил мастер, — ежели большую часть сюда, а бордюр с краю, то запросто табуретка получится, а то и две!

— Какая табуретка?

— Нам материал на складе по норме отпускают, — пояснил Иван, — хозяева там как-то посчитали и решили, что самые умные. Остатки сдавать не надо, а ежели поэкономней скроить, то вам кусок дерматина остается, а то и два, чтобы табуретку перетянуть. А то они у вас пооберепались жуть! Вот точно, бордюр сюда! Значит, завтра краны починю и на табуреточки выгадаю, будут как картинка, а то срам глядеть! Что это они какие-то вроде как исцарапанные?

— Кошки когти точили!

— О-о-о, — протянул Ваня, — а я своих отучил!

— И как?

— Завтра покажу! — пообещал мастер.

Ровно в десять утра я вошла в ворота Белогорского кладбища и поразилась огромной толпе, заполнившей зал прощания. Два гроба, установленные на помостах, походили на клумбы. У Эдика и Гемы был огромный круг общения, и на похороны явилось человек сто, не меньше. Правда, плачущих людей не наблюдалось. Все сохраняли скорбное выражение на лицах и приличествующее случаю тихое молчание. Церемонией руководил Жора Саврасов, он приглашал выступающих, кивал пианистке, перекладывал венки, шепотом отдавал какие-то указания сотрудникам...

Я заметила в самом углу парня, обвешанного фотоаппаратами, подошла к нему и сказала:

— Привет.

— Привет, — бодро отозвался юноша, строча в блокноте.

— Извини, ты из какой газеты?

— Веду светскую хронику в «Модном базаре», а что?

— Всех здесь знаешь?

Журналюга хмыкнул.

— А то! Похороны Малевича — светское мероприятие, вот наши и отметились!

— Можешь мне людей назвать?

— А ты кто?

Я потупила взор:

— Из «Космополитен», в первый раз работаю, до этого уголовную хронику вела, а теперь на тусовку кинули.

— Ну, бедолага, — посочувствовал парень, — тяжело с непривычки, лады, слушай!

И он принялся объяснять, сыпя фамилиями и титулами.

— Прямо у гроба Эдика стоит Виктор Климович Подольский со своей женой Жанной, рядом Леонид Сергеев, администратор певца Николая Аржа, потом Катя Волкова, актриса, в сериале «Своим нельзя» снималась...

Журналист знал всех. Единственная дама, которую он не смог назвать, была Оля Малевич, пришедшая на похороны брата, естественно, не в образе Эфигении, а просто в черном платке...

Примерно часа через полтора гробы погрузили на специальные каталочки, доставили к двум зияющим ямам и при помощи специальных машинок опустили вниз. По крышкам застучали мерзлые комья, над погостом с карканьем носилась стая ворон, и стоял жуткий, пронизывающий холод.

— Попрошу всех в концертный зал, — крикнул Жора, — помянем усопших по русскому обычаю.

Чинно переговариваясь, без суеты и спешки, толпа потекла в указанном направлении.

— Пойдем хлопнем водяры, — шепнул мне всезнающий журналист, — прямо задубел весь, экая стужа, словно не ноябрь, а февраль!

Я открыла было рот, чтобы соврать про срочную работу, но тут увидела, как от монолита толпы отделилась высокая фигура в черном и быстрым шагом направилась к выходу.

— Это кто? — дернула я за руку своего информатора.

— Не знаю, — прищурился тот, — впервые вижу, ну и рост у бабы, однако, метр семьдесят пять, не меньше. Это кто же у нас баскетболистка, ума не приложу. Ничего, сейчас увидим.

— Эй, девушка, — заорал он, — погодите минутку, снимочек для светской хроники сделаем!

Женщина на секунду оглянулась, и я увидела, что ее лицо закрывает плотная черная вуаль.

— Постойте, — надрывался парень, размахивая фотоаппаратом, — завтра опубликуем. Ну куда же вы? Девушка!

Но женщина бегом кинулась на улицу, я за ней. Но, очевидно, это был не мой день. Правая нога споткнулась о камень, левая подвернулась, и я упала. Правда, я тут же вскочила и подлетела к воротам, но, увы! Как раз в этот момент от забора стартовали «Жигули» нежно-голубого цвета с номером 267. Я обреченно смотрела им вслед.

— Это не из тусовки, — уверенно заявил журналист, — из посторонних...

— Откуда знаешь? — пробормотала я, отряхиваясь. — С чего решил?

— Господи, — подскочил парень, — да они все только меня с аппаратом увидят, мигом в позу становятся. Ворчат, правда: «Ах как эта пресса нам надоела!» Но сами прямо в объектив прут, а эта удрала!

Я влезла в маршрутку и поехала в Москву. Настроение было препаршивое, неужели упустила убийцу?

Чтобы согреться, я зарулила в кафе «Ростикс», проглотила, не жуя, сандвич «Великан», салат и запила все восхитительно горячим кофе. Ладно, не станем придираться к его качеству, главное, что он просто кипел в стаканчике и замечательно согрел заледеневший организм.

Прямо перед моими глазами висели часы. Ажурные стрелки показывали ровно час. Я встала и пошла к метро. Бывшая стрип-танцовщица Лена скорей всего сейчас дома, девица привыкла ложиться в шесть утра и вставать тогда, когда все приличные люди давным-давно пообедали.

Подъезд дома, где жила Лена, вновь неприятно поразил меня убожеством. Пол тут был грязным до безобразия, кнопки в лифте чернели обгорелыми кусками, в кабине воняло мочой, а потолок покрывали пятна копоти. Какой-то идиот водил по нему зажженной зажигалкой.

Стараясь не дышать, я доехала до нужного этажа и позвонила в дверь. Но никто не спешил на зов. Значит, противная девица успела умотать. Я покосилась на соседние двери, вытащила из сумочки пилочку для ногтей и поддела язычок хлипкого замка. Сделав какую-то вещь в первый раз с дрожью в руках, вторично повторяешь те же действия абсолютно спокойно. Честно говоря, я страшно не люблю держать у себя чужие деньги, а бегать без конца к Леночке неохота. Так что просто оставлю доллары на видном месте и напишу записку.

В квартире стоял какой-то не слишком свежий воздух, наполненный знакомым, но неприятным запахом. Я подергала носом, но так и не поняла, чем пахнет. На кухне царил дикий бардак. Практически все шкафчики были раскрыты, скудные запасы вперемешку со столовыми приборами валялись на столе, подоконнике и в мойке. Там же стояло несметное количество грязных чашек, тарелок и пустых бутылок. Повсюду виднелись блюдца, которые гости использовали вместе пепельниц. Надо же развести в доме такое свинство!

Я разгребла на столе чистое пространство, выложила аккуратно доллары, придавила их сахарницей и стала искать что-то похожее на кусок бумаги. Но в кухне ничего не нашлось, ни газеты, ни журнала, ни блокнота.

Надеясь обнаружить листочек в комнате, я шагнула через порог, опять удивилась странно-знакомому аромату и отметила, что в гостиной творится еще худшее безобразие, чем на кухне. Повсюду валялись вещи: кофточки, юбки, брючки... Прямо посередине круглого стола лежали скомканные колготки, а со спинки стула свисал красивый, кружевной, но не слишком чистый лифчик. Вот грязнуля! Конечно, у нас дома никогда не бывает идеального порядка, но подобного безобразия не случается. И где тут может быть бумага? Есть ли она вообще в этом доме, хоть какая-нибудь, кроме туалетной... А что, это идея!

Я развернулась и пошла в ванную, толкнула дверь, машинально заметила, что противный запах тут просто невыносим, опустила глаза вниз и... зажала себе рот обеими руками, чтобы не заорать от ужаса.

На полу, на боку, скрючившись, словно младенец в утробе матери, лежала Лена, вернее, то, что от нее осталось. Лица несчастной не было видно, его прикрывала вскинутая и как-то неловко заломленная рука. Темная лужа угрожающе растеклась под ее затылком, и я сразу поняла, чем это так странно пахнет... кровью. Именно из-за этого запаха я терпеть не могу готовить печенку...

Надо было либо быстро уходить, либо вызывать милицию, но ноги словно прилипли к полу, в голове противно зазвенело, руки отчего-то стали тяжелыми. Колоссальным усилием воли я оторвала от пола левую ступню и внезапно услышала тихий, протяжный стон. Лена была жива. Мигом обретя резвость, я кинулась к телефону, вызывать «Скорую».

Следующие полчаса я просидела около несчастной, бестолково повторяя:

— Сейчас, сейчас, погоди, доктор едет, сейчас вылечит, ну потерпи немного, ну чуть-чуть еще... Господи, кто же тебя так, а?

Внезапно Леночка очень тихо, но четко произнесла:

— Она искала фотографии...

— Кто, — подскочила я, — какие фотографии?

— Ее...

— Кто она?

— Больно, — прошептала Лена, — больно...

— Сейчас, сейчас, врач уже едет, ну потерпи, Леночка.

Девушка молчала.

— Эта женщина в тебя стреляла?

— Да.

— Кто она?

Вновь тишина.

— Ну Леночка, дорогая, попробуй сказать, ты ее видела?

— Да.

— Господи, да зачем же ты ей дверь открыла!

— Она от Эдика, — лепетала несчастная, — она его...

Послышался страшный звук, похожий на кашель.

— Она ему кто?

— Фото... две... рядом...

— Она взяла снимки? Что на них было?

— Две, две, две...

Раздался требовательный звонок в дверь. Спустя пять минут молодой доктор самого сурового вида грозно велел:

— Мы в больницу, а вы сообщите в милицию, на кухне, в ванной ничего не трогаете, поняли? Вот эту бумажку передайте сотрудникам органов...

Сунув мне в руки листок, он быстро пошел к двери. Я посмотрела на клочок, выдранный из блокнота. Малопонятным почерком там было накорябано: больница № 1179, предположительно отделение интенсивной терапии, диагноз: огнестрельное ранение головы.

— Она выздоровеет? — спросила я.

Врач обернулся и с тоской сообщил:

— Удивительно, что ваша соседка еще жива, шансов очень мало, известите родственников!

Я в растерянности посмотрела ему вслед. А и правда, надо бы сообщить ее родителям... И тут только до меня дошло, что я не знаю ни фамилии, ни отчества девушки.

Поколебавшись минут пять, захлопнув дверь, я пошла вниз по лестнице. Что ж, Лену увезли в больницу, больше ничем я ей помочь не могу... Сидеть одной в квартире, поджидая, пока прибудет милиция, совершенно неохота. И потом, как я объясню свой визит к девушке? Придется рассказывать не только кучу информации про Малевича, но и о том, как «вскрывала» пилкой дверь... Ну уж нет!

Решительным шагом я спустилась вниз и наткнулась на нескольких теток, оживленно обсуждавших происшествие.

— Допрыгалась, шалава, — громким голосом глуховатого человека вещала баба лет шестидесяти, обряженная в отвратительного вида пальто, украшенное весьма потертым воротничком из норки, — дотанцевалась...

— И ведь какой шум устраивала, — подхватила другая, востроносая, в грязно-желтой куртке с надписью «Love» на спине, — до трех утра музыку гоняла...

— Лена так шумела? — влезла я в разговор.

Бабы подозрительно оглядели меня, потом первая настороженно спросила:

— Вы ей кто?

Я пожала плечами:

— Никто, хотела квартиру у нее снять, объявление дала, договорились сегодня о встрече, приехала, а из дверей носилки выносят, что случилось-то?

— У кого квартиру снять? — удивилась глуховатая тетка.

— У Лены.

— У нее? Так она сама у Клавки в жиличках!

— Ничего не знаю, — тяжело вздохнула я, — мы условились, что отдам квартплату за полгода вперед и могу взъезжать.

— Ну аферистка, — покачала головой старуха в куртке, — вот шалава, надуть хотела. Небось взяла бы денежки и ищи ветра в поле! Ты бы поселилась, а Клавка пришла бы и выгнала. Ну и дрянь, а как шумела!

— Гостей приглашала?

— Каждый день, вернее, ночь, — хмыкнула бабуська в пальто, — врубит магнитофон... Стены у нас аховые, слышно все... Мы уж в милицию жаловались, только там послали куда подальше: мол, отвяжитесь, без вас делов полно! А какие у них такие дела, кроме как людям помогать?

— И гости у ней такие же наглые, — вступила

вторая бабка — идут, ножищами топочут, ночь, день, все им едино, орут, хохочут...

— А эта, каланча пожарная! — всплеснула первая старуха руками. — Всех обрызгала...

— Кто? — настороженно поинтересовалась я. — Какая каланча?

— Свинья она, — возмутилась бабуська в куртке и показала на грязные пятна, покрывавшие полы, — видала, как меня уделала!

— Лена-то тут при чем?

Бабка обозлилась совсем и стала объяснять.

Живет она, несчастная, на самом верхнем этаже, под крышей, а все невестка, дура, польстилась, что такая квартира немного дешевле, когда в кооператив вступала, теперь летом жара невыносимая, а осенью с потолка течет... Пешком не спуститься, высоко, а уж о том, чтобы наверх подняться, и речи нет! Лифт же, проклятущий, каждый день норовит сломаться! Доезжает до седьмого этажа — и все, хана, дальше не желает тащиться. Приходится переть пехом, а это очень трудно, когда ноги болят и спина отваливается...

Вот и сегодня старушке пришлось ползти вниз, потому как невестка, идолица чертова, хлеба не купила и на работу умотала... Кое-как бабка добралась почти до девятого этажа и тут увидела, как из квартиры Клавдии, где живет сейчас наглая девица Лена, выскочила высоченная тетка, прямо Останкинская башня, и влетела в лифт.

— Погодь минутку, — крикнула старуха, — вместе поедем.

Но коломенская верста сделала вид, что не слышит, и отбыла вниз. Бабка даже выругалась от злости, но тут неожиданно заработал грузовой лифт, и она приехала на первый этаж почти одновременно с нахалкой.

Когда старушка вышла из подъезда, противная тетка как раз садилась в машину. Бабушка потрусила к хлебному ларьку, а негодяйка пронеслась по лужам и обдала ее грязью.

— Ну не дрянь ли? — кипела бабуська. — Кто же так летает по воде? Никакого соображения.

— Одета она во что была? — медленно спросила я. — В черное?

— Чистая ворона, — подтвердила женщина, — как на похороны вырядилась! Даже на голове шапочка такая, всю морду прикрывает, поля низкие...

— А машина голубая?

— Вроде, или серая, — засомневалась бабка, — светлая в общем.

ГЛАВА 17

В полной прострации я побрела домой. Наша квартира тут совсем рядом, в двух шагах. Выпью спокойно чаю и пораскину мозгами как следует, а заодно отпущу Ивана, небось мастер давным-давно закончил оклейку двери и теперь недоумевает, куда подевались хозяева.

Но не успела я выйти из лифта, как глаз сразу натолкнулся на железную дверь без всякого признака обивки. Я открыла и крикнула:

— Ну, как дела?

— Хорошо, — крикнул из гостиной Иван.

Скинув сапоги, я вошла в комнату и увидела повсюду разложенные куски дерматина и бумаги.

— Что это ты делаешь?

— Выкройку, — с достоинством ответил обивщик.

— Зачем?

— Так положено.

— Но дверь-то прямоугольная, без всяких мудреных зигзагов, стандартная, как у всех... Возьми и начерти карандашом с изнанки линии, по которым резать...

— Не пойдут, — вздохнул Ваня, — сначала выкройка, потом раскрой... Главное, аккуратность и четкость при исполнении, инструкции на то и писаны, чтобы их не нарушать!

Медленными, какими-то замороженными движениями он начал выдергивать из рулетки длинную блестящую ленту...

Я пошла на кухню и обнаружила, что брошенная мной в мойке после завтрака посуда вымыта, раковина вычищена, а из крана больше не бежит цепочка капель.

— Спасибо, Ваня, — крикнула я.

— Ерунда, — отозвался мастер, — люблю по хозяйству возиться.

Тут раздался звонок, и в квартиру, смущенно улыбаясь, вступила Люська.

— Уйди с глаз долой, — с чувством сказала я.

— Ну не сердись, — замела хвостом соседка, — сама не знаю, как вышло, случайно получилось!

— И водку в шкафчик нечаянно сунула!

— Ой, Лампа, так ведь ничегошеньки не соображаю иногда, ну прости, сделай милость.

— Лампа Андреевна, поди сюда, — крикнул Ваня.

— Кто у тебя там? — жадно спросила Люська.

— Мастер, дверь обивает, — объяснила я и побежала на зов.

Люся потопала за мной.

— Вот, гляди, — сказал Ваня, — ежели бордюр сделать три сантиметра, а край загнуть на два? Или хочешь окантовочку пошире?

— Мне все равно.

— Как это? — изумился мастер.

— Делай по-любому.

— Ну ничего себе, — возмутился Иван, — думай давай.

— Ей-богу, мне без разницы.

От негодования мастер даже не нашелся что возразить.

— Иди лучше обед готовь, — посоветовала Люська.

Потом она повернулась к Ване и сообщила:

— Лампе и впрямь по фигу, давай помогу. Чем шире, тем лучше.

— Так, что ли? — спросил Иван и показал кусок кожи.

— Ну хватил, — наморщилась Люська, — уже бери.

— Только же сказала: чем шире, тем лучше.

— Но ведь не размером со всю дверь...

Они начали мирно переругиваться, я вздохнула и ушла на кухню. Эти двое без меня сами справятся, лучше я раскину мозгами. Итак, что мы имеем на сегодняшний день?

Я села к столу и уставилась в окно, где крутился мелкий, противный снег. Эдика убили, Гема покончила с собой. Версия о том, что киллер как-то связан с кладбищем, треснула по швам, другая, о ревнивом Викторе Подольском, разлетелась вдребезги... Зато появилась третья...

Жанна сказала, будто за последние три недели они встретились с Эдиком всего пару раз. У Малевича вроде появилась новая любовница. А на кладбище пришла высокая женщина, не пожелавшая остаться на поминки... Более того, незнакомка не захотела, чтобы ее сняли для светской хроники, и попросту убежала от журналиста. Согласитесь, странное поведение, ну зачем скрывать свою личность? Участие в похоронах дело не стыдное...

Я пожевала кусок хлеба, лежащий на тарелочке. Глаза по-прежнему смотрели в окно, руки схватили ломоть, ну и противный вкус, что же за батоны стали теперь выпускать? Полное ощущение, будто ешь тряпку... Я перевела взгляд вниз и обнаружила, что и впрямь засовываю в рот кухонное полотенце, белая булка спокойно покоилась на блюдечке. Отшвырнув кусок вафельной ткани, я отщипнула ароматный мякиш.

Есть две причины, по которым таинственная «баскетболистка» пожелала остаться неизвестной. Либо она замужем и боится неприятностей с супругом, либо... она и есть убийца...

Внезапно мне стало жарко. Долговязая незнакомка впрыгнула в «Жигули» и была такова. Но незадолго до моего прихода соседка-старуха видела, как из квартиры Лены вышла «Останкинская телебашня», «верста коломенская» села в машину и унеслась... И что-то подсказывает мне: и на кладбище, и в доме несчастной Лены была одна и та же дама... Какие снимки искала она у бывшей танцовщицы? Зачем? Так, решено, надо установить личность мадам! Легко сказать! И как?

Я по-прежнему смотрела в окно, снег уже превратился в метель. Господи, да очень просто. У автомашины есть номер, а все транспортные средства регистрируются в ГИБДД. Нужно просто попросить кого-то из сотрудников милиции о помощи. Но кого? Генка Юров зол на меня как черт и палец о палец не ударит... Володя Костин? Ну уж нет, представляю, как разорется приятель. Может, у Федоры кто есть?

Набрав телефон агентства «Шерлок», я услышала легкий шорох и веселый голос:

— Здравствуйте, вы позвонили...

Все ясно, Федьки нет, она никогда не подключает дурацкий магнитофон, если сидит на месте... И что делать?

Наш сосед с шестого этажа Боярский! Тот, чья дочка прибегает ко мне с заданиями по сольфеджио! Он ведь участковый! Я побежала к ним в квартиру.

— Лампа Андреевна, — высунулась Танечка, — вы ко мне?

— Нет, ангел мой, скажи, папа дома?

— Он раньше десяти не приходит, — вздохнула Танюша. — Нас с мамой на работу променял.

Потом девочка тревожно посмотрела на меня и спросила:

— Случилось чего?

Я замялась:

— Ну в общем...

— Тогда погодите, — сказал ребенок и потыкал пальцем в кнопки телефона: — Для абонента 24185. Папа, срочно позвони. — Затем она пояснила: — У него теперь пейджер есть, удобная штука, правда, мобильный круче, но...

Дзынь-дзынь — издала трубка. Договорившись о встрече через полчаса в отделении, я поднялась к себе, натянула шубку, шапку и глянула в гостиную. Ваня и Люся о чем-то оживленно спорили. Я машинально отметила, что мастер так и не приступил к раскрою.

— Уходишь? — осведомилась соседка.

— По делам надо.

Люська вышла вместе со мной в прихожую и отчеканила:

— Не волнуйся, Лампа. Догляжу за мастером.

— Может, не надо? — робко намекнула я. — Мужик нормальный, тихий, пусть работает.

— Как же, — обозлилась Люся, — ты его разве знаешь? Вдруг упрет чего или нажрется?

— Так уж бы спер, — парировала я, — все утро один сидел, времени навалом имел для разбойничьих действий. Нет, Люся, он порядочный дядька, только медленно все делает.

— Вот и подгоню его, — отрезала Люся, — не волнуйся!

Я поглядела в ее хитрые глаза и пробормотала:

— Вот черт, паспорт забыла.

Оставив Люсю в прихожей, я дошла до Катюшиной спальни, заперла шкаф, где хранятся бутылки, и положила ключ к себе в сумку. Иван не похож на алкоголика, а Люська может надраться, береженого бог бережет.

Боярский выслушал просьбу и вздохнул:

— Лампа Андреевна, мой вам совет, не ездите на бомбистах, не надо. Люди разные встречаются, шубка у вас красивая, сумочка кожаная, за меньшие вещи людей убивали... Да и сами вы девушка хорошенькая, не ровен час завезут куда...

— Ну, Андрюша, какая же я девушка? Четвертый десяток катит!

— На каждый возраст любитель найдется, — философски заметил участковый, — вон позавчера в сводке читал, бабулю семидесяти пяти лет изнасиловали...

— Спьяну небось...

— Уж не с трезвых глаз, — вздохнул Леша, — только не надо вам машины ловить, на метро спокойней...

— Сама знаю, просто опаздывала и вот ведь, дурочка, оставила у него на сиденье пакет из химчистки. Сережка меня теперь убьет!

— Ща попробуем, — улыбнулся Андрюша и забубнил в трубку: — Слышь, Надюха, пробей номерочек, двести шестьдесят семь... А буквы какие?

— Не заметила.

— Ладно, по цифрам ищи, цвет светло-серый или нежно-голубой, ну ждем-с.

Минут пять мы обсуждали, какую сложную программу придумали для детей, посещающих музыкальную школу, затем Андрюша произнес:

— Ага, понятно, спасибо, Надюха, век не забуду.

Повесив трубку, он радостно улыбнулся:

— Ну нашелся ваш бомбист. Гостев Валерий Иванович. Адрес пишите, улица Вилиса Лациса, дом девять, корпус семь, квартира двести сорок один.

— Где же это?

— В Тушине, — ответил Боярский. — Поедете по Волоколамке, под шлюзом, на первом светофоре направо и по улице Свободы вперед, ну а там спросите.

— Скользко, — вздохнула я, — лучше на метро.

— Ни боже мой, — отсоветовал участковый, — жутко неудобно. Придется до метро «Планерная» тащиться, а потом на трамвае долго, еще пешком от остановки переть. Улица Лациса очень неудобно расположена.

— Гололед...

— Так потихонечку, иначе вовек зимой ездить не научитесь.

Может, и впрямь послушать его? Сметя с «копейки» снег, я прогрела мотор и тихонько покатила в сторону Тушина. Первая часть дороги промелькнула спокойно, приключения начались, когда я оказалась на улице Свободы. Погода была ужасной, липкий снег пригоршнями летел в лицо, прохожие попрятались, на тротуарах никого: ни молодых мамаш с колясками, ни подростков с собаками, только около трамвайных путей переминался с ноги на ногу мужик в пуховике. Я поравнялась с ним и спросила:

— Где тут улица Фучика?

— Фучика, Фучика, — забубнил парень, — и не слыхал про такую... Хотя, погоди, чего тебя в Тушино занесло? Фучика в самом центре, где-то возле гостиницы «Пекин».

— Не может быть, — твердо заявила я, — сказали до Свободы доехать...

— Не-а, Фучика у Маяковки... Здесь такой никогда не было, — мямлил парень.

С грохотом подъехал трамвай. Мужчина влез в вагон. Я с удивлением глянула в бумажку. Улица Вилиса Лациса! Господи, надо же быть такой дурой! Перепутала двух литераторов! Фучик написал «Репортаж с петлей на шее»... Или это был Гашек? Нет, Гашек вроде придумал «Бравого солдата Швейка»... А что издал Лацис? Или он вообще не прозаик? Тут вновь с грохотом подкатил трамвай, из него вышла женщина и быстро пошла вдоль дороги.

— Будьте добры, — заорала я, — где тут улица Гашека?

Аборигенка притормозила:

— Кого?

— Гашека!

— Всю жизнь в Тушине прожила, а про такую не слыхала!

— Ой, — опомнилась я, — Фучика!

— Кого? — вновь удивилась тетка.

Понимая, что опять сморозила глупость, я достала бумажку и прочитала:

— Вилиса Лациса.

Уж не знаю, что подумала обо мне дама, но она ответила:

— Ах, Лациса! Это раз, два, три... Восьмая остановка на трамвае.

Пришлось ехать и считать стеклянные будочки. На восьмой и впрямь покачивалась табличка «Улица Вилиса Лациса». Обрадовавшись, я проехала чуть вперед и глянула на дом. Туристская. Так, отлично, следуем дальше. Наконец возникло здание, на углу которого стояло: Лациса, 42. Ликуя, я свернула вправо и порулила вперед — 40, 38, 36, 34...

«Копейка» уперлась в пустырь, дальше дороги не было, тупик.

В полном отчаянии я вылетела на проезжую часть и замахала руками. Остановились обшарпанные «Жигули», и высунулась женщина:

— Что случилось?

— Где дом девять?

— Тут.

— Где?

Дама завела мотор и уехала. Снег валил уже не хлопьями, а клочьями, «копейку» мигом занесло.

— Мамаша, — раздался хриплый голос, — тебе дом девять, а корпус какой?

— Семь.

— А я в пятом живу, довезешь, покажу, самой ни в жизнь не сыскать, — сказало странное существо, больше похоже на куль.

— Садись, — велела я.

Тюк устроился на переднем сиденье, дохнул на меня перегаром и велел:

— Дуй назад.

— Зачем?

— Дуй, говорю.

Решив не спорить, я тихонько поехала в указанном направлении, ощущение было такое, словно катишь по очень жидкой манной каше. Пару раз «копейку» начинало крутить, и я, повизгивая от ужаса, отчаянно вращала рулем. Куль сидел спокойно, как удав. Проклиная погоду, участкового Андрюшу, посоветовавшего обучаться экстремальной езде, Тушино и собственную глупость, я добралась вновь до Туристской улицы.

— Налево, — приказал тюк, — вон там тормозни, сойду.

— Ты меня обманул, — обозлилась я.

— Ни на секунду, — ответил тюк, открывая дверь.

— Я только что здесь была, это Туристская.

— Ехай вперед.

— Но...

— Ехай вперед и прямиком к нужному дому попадешь, — приказало существо и, громко матерясь, исчезло в пурге.

Чувствуя жуткую усталость, я повиновалась и, понимая полную бесперспективность такого поведения, поехала по дороге... Туристская, 5, 7... Лациса, 9!

В полном обалдении я уставилась на надпись. Каким образом один конец магистрали находится в километре от другого? В конце концов наплевать на эту загадку, главное, что искомое место найдено, а у подъезда, чуть в стороне от основной дороги, мирно устроились серовато-голубоватые «Жигули» с номерным знаком 267.

Походив пару минут вокруг автомобиля, я приняла решение, глубоко вздохнула, села в «копейку» и аккуратненько, не желая нанести большой урон, тюкнула передним бампером багажник «Жигулей». Серо-голубая машина лишилась заднего фонаря.

Я помчалась в подъезд башни. Ринулась в лифт.

Гостев, наверное, спал, потому что, открывая дверь, зевал во весь рот. Увидав незнакомую женщину, мужчина поперхнулся:

— Вы ко мне?

Старательно скорчив лицо идиотки, я заныла:

— Простите, бога ради, случайно вышло, скользко очень, да и за руль я села только летом.

— Что случилось?

— Парковала свою машину и ударила вашу...

Мгновение Гостев смотрел на меня молча, потом усмехнулся и сказал:

— Пошли.

Мы спустились вниз, прошлепали по лужам до нужного места, хозяин осмотрел «шестерку».

— Да здесь всего лишь фонарь!

— Скажите, сколько?

Мужчина хмыкнул:

— Поехали наверх, чего на морозе скакать.

В прихожей он галантно помог мне снять шубу, провел на кухню и поинтересовался:

— Чай, кофе? Коньяк не предлагаю, или рискнете?

— Еле-еле по такой погоде трезвая езжу, — засмеялась я, — вот вашу «шестерочку» поцеловала. Представляете, что после пятидесяти грамм натворю? Тут же пьянею, просто от чайной ложки. Сколько с меня?

— Ерунда, — отмахнулся Валера, — не стоит даже разговора. Хотя, если признаться, впервые сталкиваюсь с такой честной дамой. На улице темно, свидетелей никаких, запросто могли уехать, как бы я вас нашел? Да и искать не стал бы.

— Неудобно вышло, — бубнила я.

— Забудьте.

— А что ваша супруга скажет?

— Ничего.

— Почему?

— У меня ее нет, — улыбнулся мужик.

— Вы живете один.

— Нет.

— С сестрой?

Гостев рассмеялся:

— Скорей с сыном. Тимофей, иди сюда.

Послышалось утробное мяуканье, и в комнату вступил кот, вернее, котище. Весом киска была, наверное, как я. Огромная круглая голова сидела на громадном туловище, сзади вздымался хвост, похожий на гигантскую метелку для стряхивания пыли. Шерсть котяры топорщилась в разные стороны, зеленые глаза горели, усищи торчали как телеантенны.

«Мяу, мяу, мяу...» — завело животное, потом легко вспрыгнуло ко мне на колени и ткнулось мокрым розовым носом в шею.

— Ну и ну, — удивился Валера, — Тима ни к кому не идет.

Я погладила кота, тот заурчал от удовольствия.

— От меня кошками пахнет.

— Вы кошатница?

— И собачница, а в последнее время еще и попугаистка...

Гостев пододвинул пачку печенья «Юбилейное».

— Извините, сладкого больше нет. И предположить не мог, что ко мне вечером явится такая симпатичная особа.

Я оглядела кухню. Похоже, что мужик в самом деле обитает бобылем. Нет, у него была чистота, но какая-то хирургическая. Занавески просто свисали с карниза. На них не было ни рюшечек, ни бантиков, ни складочек. На мойке лежала са-

мая обычная тряпка, над плитой не виднелось ни
прихваток, ни рукавичек... На столе теснились
желтая сахарница, зеленые чашки, красная со-
лонка... Ни одна дама не потерпит подобного
смешения цвета, даже у нашей соседки Люськи
кружечки одинаковые...

Мы потолковали о том и о сем, поболтали о
музыке, последней книге Пелевина и сериале
«Агент национальной безопасности». Валера оказался врачом-психиатром, и я быстро сказала,
что живу вместе с подругой-хирургом.

Выпив третью чашку чая, я вздохнула:

— Бывают же такие совпадения!

— Что ты имеешь в виду?

— Сегодня я была на похоронах Эдика Малевича, в Белогорске, и видела там твою машину.

— Где?

— Прямо у входа на кладбище.

— Это невозможно, ты ошиблась.

— Нет, нет, именно ее, серо-голубая «шестер-
ка» под номером двести шестьдесят семь.

— Невероятно!

— А за руль садилась дама очень высокого
роста, метр восемьдесят, не меньше!

Гостев пожал плечами.

— Ну вообще! Даже знакомых таких нет. Мне
всегда нравились женщины маленькие, худенькие, вроде тебя. Посмотри на меня, сам метр
семьдесят с кепкой, к чему мне тетка одной вы-
соты с Петром Великим? Ты перепутала.

— Нет, — настаивала я, — я еще страшно удивилась, когда опять машину увидала, теперь вечером...

— С утра я поехал в больницу, — терпеливо
объяснял врач, — до шести там безвылазно просидел, дел накопилось целая куча. Неделю про-
стуженный дома провалялся, вот и разгребал ав-

гиевы конюшни, прямо на части разорвали. Валерий Иванович сюда, Валерий Иванович туда... Там бабуся с сильным психозом, тут парень с маниакально-депрессивным состоянием... До восемнадцати ноль-ноль прямо чаю попить некогда было...

— Машина где находилась?

— На стоянке.

— Может, взял кто?

— Кто?!

— Ну коллега по работе, к примеру?

— Никому ключи не давал!

— Запасные небось, как все, под задним бампером держишь!

Валера улыбнулся.

— Точно. Пару раз забывал связку внутри... Вот и решил обезопаситься.

— Ты не один такой, — хмыкнула я, — наши знакомые поголовно растяпы, да я и сама хороша...

— Да не брал «Жигули» никто, — воскликнул Гостев, — у нас для врачей охраняемая стоянка, надоело, понимаешь, каждое утро место для парковки искать, да и хулиганов полно, то капот исцарапают, то пробку от бензобака сопрут, вот и наняли охрану. Все теперь путем, будка, шлагбаум... Да и автомобили наши секьюрити знают, чужого не выпустят... Еще чайку?

Понимая, что абсолютно зря потратила время, я отказалась и ушла.

ГЛАВА 18

Открыв дверь нашей квартиры, я почувствовала резкий запах лекарства. Наверное, кто-то принимал сердечные капли.

— У нас все живы? — заорала я.

— Почти, — откликнулся Сережка, выходя в коридор.

— Что случилось? — испугалась я. — Собаки заболели?

— Некоторые женщины сначала интересуются здоровьем своих бедных, брошенных, голодных деток, — ехидно заметил Кирюшка, высунув голову из гостиной. — Ты обед сделала?

— Нет, — пробурчала я, стаскивая сапоги.

— А ужин?

Я молча повесила шубу в шкаф.

— Отвяжись от Лампуделя, — велел Сережка, — пусть поест сначала. Ужин тебе сегодня дали, чего еще?

Кирюшка исчез, я вошла на кухню и ахнула. Посередине стола высилась огромная, пятилитровая кастрюля с отварной картошкой, рядом исходила соком жирная селедка.

— Это кто же постарался? — промычала я с набитым ртом. — Покажите этого человека...

— Ваня приготовил, — вздохнула Лиза.

Вдруг из глубин квартиры раздались жуткие звуки. Кусок восхитительной рыбы выпал у меня изо рта и шлепнулся на пол. Сидевшая на боевом посту у стола Муля мигом схватила селедочку, но мне было не до прожорливой мопсихи.

— Что случилось? — в страхе напряглась я.

— Кое-кто с ума сошел, — загадочно ответила девочка.

— Кто? Какое существо способно издавать подобные вопли? Опять Арчи хулиганит?

— И он тоже, — вздохнул Сережка, — не дом, а передвижной цирк... Никакого покоя...

— Почему цирк? — бормотала в растерянности я.

— А ты сходи в гостиную, представление в самом разгаре, — буркнул Сережка, — уголок тети Наташи Дуровой и дедушки Кащенко, два в одном, так сказать, шампунь «Пантин» и ополаскиватель...

Я кинулась в гостиную, рванула дверь... На полу был разложен дерматин, на столе куски бумаги... У окна стоял Иван, сосредоточенно затачивающий бритвой карандаш.

— О, — сказал мастер, — добрый вечер, Лампа, иди, я там селедочку разделал, жирную, пальчики оближешь. Эх, жаль, не пью, под такую закусь прямо водочка просится...

Но я не слушала мужика, глядя во все глаза в правый угол комнаты.

Там покоилось странное, доселе не виданное мной никогда сооружение: доска, обмотанная старыми, рваными пододеяльниками. Около конструкции стояли на задних лапах все наши кошки, сверху восседал нахохленный Арчи.

— О-а-у-ы-и, — завывали на разные голоса Клаус, Семирамида и Пингва, яростно раздирая когтями тряпки, — о-а-у-ы-и...

— О-а-у-ы-и, — вторил Арчи, когда кошки переводили дух, — о-а-у-ы-и...

— Что с ними?!

— Где? — спокойно поинтересовался Ваня. — С кем?

Я ткнула пальцем в сторону «хоровой группы». Иван улыбнулся:

— Замечательная штука, когтеточка называется. Теперь коты больше не будут драть мебель, только здесь проводить время начнут. А то обидно получится, перекрою табуреточки, а зря, подойдут и вмиг раздерут.

— О-а-у-ы-и, — выли в разной тональности Клаус, Семирамида и Пингва.

Два первых животных вели басовую партию, третья выступала в роли драматического сопрано.

— Почему они от нее не отходят? — шепотом спросила я.

Вид у кошек и впрямь был безумный. Глаза выкатились из орбит, пасти полуоткрыты, и из них капает слюна. С невероятным тщанием несчастные животные рвали остатки постельного белья и выли.

— Хитрость применил, — сощурился Иван, — ишь как их разобрало! Все, радуйтесь теперь, мебель цела останется.

В этот момент Пингва издала особо пронзительно:

— О-о-о...

Я невольно поежилась. По мне, так лучше с продранными табуретками, но в тишине. Похоже, что такого же мнения придерживались и другие члены семьи, потому что Сережка со вздохом спросил:

— Заткнуть их нельзя?

— Или громкость убавить, — влезла Лизавета.

— Чай, не радио, живая душа, — возмутился Иван, — нравится им сильно когтеточка, вот и орут от восторга. Или хотите с изуродованными креслами жить?

— Мне так все равно, на чем сидеть, — пожал плечами Сережка.

— И мне, — добавил Кирюшка.

Я уже собралась к ним присоединиться, но тут из коридора раздался веселый голос Катюши:

— Всем привет, кто у нас валерьянку разлил? Так вот чем пахнет в квартире!

— Ты облил когтеточку настойкой валерьянового корня! — закричала я.

— Точно, — кивнул Иван, — теперича не оторвутся, ишь как их разбирает...

— Надо немедленно унести когтеточку, — вспылила я, — несчастные киски опьянели и сейчас до обморока дойдут.

— По-моему, они уже теряют сознание, — сообщила Лизавета, указывая пальцем на Клауса, который, кинувшись на пол, принялся кататься на спине, изгибаясь во все стороны, — сейчас скончается!

— От удовольствия, — фыркнул Иван, — не желаете, не надо, я хотел как лучше...

— А вышло как всегда, — ответил Сережка, схватил когтеточку и поволок ее на помойку.

Едва за ним захлопнулась дверь, киски в изнеможении рухнули на пол и застыли в полной неподвижности.

Ночью я проснулась от легкого скрипа и тихих деликатных шагов. Полежала секунду без сна, потом выглянула в коридор.

Иван, в одних трусах и тапках, осторожно открывал входную дверь. Мое сердце тревожно сжалось, вот оно как! Мы поселили в доме бандита, он сейчас пригласит сообщников, те ворвутся, убьют домашних, ограбят квартиру... Но Иван не стал никого впускать, а, наоборот, выскользнул наружу. В ту же секунду я оценила абсурдность предположения! Ну зачем прокрадываться в дом ночью и брать на себя мокруху? Беспечных хозяев день-деньской нет на месте, сто раз уже можно было утащить все вещи, вынести мебель, да и продать саму квартиру... Нет, Ваня честный человек, это у меня от погони за убийцей крыша уехала. Случается такое иногда с профессионалами. Психиатру все кажутся сумасшедшими, учителю — двоечниками. Но куда он отправился, голый, в тапках? Может, решил покурить на лестничной клетке?

Я глянула в глазок. Никого! В полном недоумении постояла в прихожей и вдруг догадалась: лунатик! Иван из тех людей, которых будоражит полная луна. Находясь в странном, трансовом состоянии, лунатики совершают невероятные действия. Бродят по крышам, разгуливают по улицам в пижамах.. Стоит вспомнить классику детективного жанра, роман Коллинза «Лунный камень», там вообще жуткая ерунда приключилась из-за того, что главное действующее лицо бродило во сне по дому... Но сейчас ноябрь, причем морозный. Ваня в одних трусах... Упадет где-нибудь в сугроб, замерзнет.

Я метнулась в спальню к Сережке и Юлечке:

— Серенький, проснись!

Обычно разбудить парня невозможно, но сегодня он отчего-то резко сел и шепотом спросил:

— Что стряслось?

— Иди сюда, а то Юлю разбудим.

— Я не сплю, — бормотнула девушка, — вернее, уже не сплю.

Сев на кровать, я рассказала о странном поведении мастера.

— Охо-хо, — зевнул Сережка и потянулся за джинсами.

Юлечка нацепила халат.

— Надо на лестнице поискать, — сказала она.

— О-а-у-ы-и, — донеслось из гостиной, — о-а-у-ы-и!

— Иван внес когтеточку? — вздрогнул Сережка.

— Это Арчи, — вздохнула я.

— Запеченный в сухарях попугай мог бы послужить украшением новогоднего стола, — вздохнула Юлечка, вышла в коридор и тут же заорала: — А-а-а!!

Захлопали двери, появились Катюша, Кирюшка и Лизавета.

— Чего стряслось? — поинтересовалась подруга.

— Он меня клюнул, прямо в ногу, — злилась девушка, — до крови! Ну урод! С ума сошел, да?

— Думаю, ему не понравилась твоя идея приготовить его в панировке, — хихикнул Сережка, — небось Арчи предпочитает кляр.

— Замолчите, — заявила я и сообщила: — Иван пропал.

— Да ну? — изумился Кирюшка.

Пришлось объяснять суть дела ему и Лизе с Катюшей.

— Так, — подвела итог Катюша, — все россказни про то, как бойко лунатики бегают по крышам во сне и не падают, бред!

— Не бегают? — спросила Лиза.

— Еще как, — ответила Катя, — но падают, шагнут неловко, и готово дело. Нужно срочно искать Ваню, торопитесь!

Кирюшка и Лизавета пошли на чердак, Сережка и Юлечка поехали на лифте вниз, мы с Катюшей отправились в том же направлении по лестнице пешком, по дороге останавливаясь на каждом этаже.

Но тщетно, Иван как в воду канул. В подъезде стояли Юля и Сережка.

— Он не выходил, — сообщил Сергей, — но мы все равно до помойки добрели и вернулись.

— А почему вы решили, что Иван в доме?

Юлечка ткнула пальцем в цепочки следов, ведущие от подъезда.

— На снегу не было ничего, эти следы мы с

Сережкой оставили, пока туда-сюда носились. Тут он где-то.

Битый час мы еще раз обыскивали здание, излазили все лестницы, прошли по чердаку... Не попали лишь в подвал. В связи с террористическими актами вход в него теперь украшала железная дверь с громадным замком. Усталые и злые мы вернулись домой. Часы показывали полседьмого. Ложиться спать не имело никакого смысла.

— Куда он мог подеваться? — вздохнула Катя, включая чайник.

— Черт-те что прямо, — бормотнул Сережка.

— Не мог же Ваня испариться, — философски заметил Кирюшка, — ничто не может пропасть бесследно, закон сохранения энергии...

— Вы уже встали? — раздалось с порога.

Катюша повернулась так резко, что расплескала кофе.

— Ваня! Где ты был?!

— Да, где? — заорали хором остальные.

Встрепанный Иван моргал сонными глазами.

— Спал!

— Где? — не успокаивались все.

— На диване.

Повисло молчание, такая тишина устанавливается летом перед грозой.

— Никуда не бегал? — сурово поинтересовался Сергей.

— Нет, — спокойно ответил мастер, — да и зачем? Ночь же!

— Лампудель, — взвизгнул Сережка, — признайся, ты перепутала календарь и решила, что на дворе первое апреля!

— Но я видела Ваню в трусах возле двери!

— Быть такого не может, — спокойно парировал Иван, — я сплю как гранит, даже не шелохнусь!

— Хороша шутка, — возмутилась Лиза, — полночи по этажам носились! Представляю, как Лампа веселилась.

— Но я сама с вами ходила, — возмутилась я.

— Конечно, — не успокаивалась девочка, — чтобы поржать над дураками.

— Боже, спать хочу, умираю, — завела Юля.

— Мне, кстати, сегодня контрошку по русишу писать, — заныл Кирюшка, — точно трояк получу, а все из-за Лампы!

— Тогда скажи ей спасибо, — хихикнул ласковый старший брат, — а то обычно двояк приносишь!

— Ах ты, — заорал Кирка и бросился на Сережку.

— Хватит, — заявила Катя, — Лампе просто привиделось! Случается такое с людьми, от усталости.

— С чего она вдруг устала? — завела Лизавета. — Из школы Лампу уволили...

— Обеда никогда нет, — пел свою песню Кирюшка.

— Да бог с ней, с готовой едой, — злилась Лиза, — но даже продуктов никаких!

— Вот сами и купили бы, — слабо сопротивлялась я.

— Безобразие, — хором ответили дети, — мы учимся.

— О-а-у-ы-и, — раздался жуткий вопль.

От неожиданности все подскочили на месте. Арчи вошел в кухню и вновь взвыл:

— О-а-у-ы-и...

— Еще недавно он разговаривал человеческим голосом, — вздохнула Юлечка.

— В этом доме даже попугай одичал, — подвел итог Сережка, — небось от голода.

— Чем вы его кормите? — спросила я.

— Мы? — воскликнули домашние хором. —

Мы думали, ты ему еду даешь вместе с остальными животными.

— Нет, — растерянно пробормотала я, — утром и вечером я ставлю кошкам «Вискас», а собакам «Роял Канин», про Арчи забыла.

— Интересно, почему он до сих пор еще не умер? — удивился Иван.

Тут попугай, словно поняв, о чем идет речь, с достоинством приблизился к кошачьим мискам и принялся с явным удовольствием уничтожать лежащий там корм.

— Дурдом, — резюмировал Сережка. — Арчи, вкусно?

— Вкус тропических фруктов, — голосом телевизионной рекламы ответил попугай, ловко щелкая «кошачье наслаждение».

— Ладно, ребята, на работу пора, — опомнилась Юля.

Дети, толкаясь, побежали в коридор и принялись спорить, кто первый займет ванную.

— У меня сегодня раскрой, — объявил Ваня, — выкройку сделал.

С этими словами он ушел из кухни. Катюша молча нарезала не слишком свежий батон, запихнула ломтики в тостер и неожиданно спросила:

— Правда, Лампа, где ты бегаешь целыми днями? Только не ври опять, что на свидания ходишь, в этот раз не поверю!

Я со вздохом налила в чашку кипяток и начала полоскать пакетик «Липтона». Ну вот, в этом доме все против меня, даже Катюня.

ГЛАВА 19

Около одиннадцати утра я стояла на Якиманке, напротив «Президент-отеля», возле двери, на которой висела вывеска «Модес хаар». Поколебавшись секунду, я ткнула в звонок, раздался легкий щелчок, и перед глазами открылась роскошная мраморная лестница. Ступени были нежно-розового цвета, перила горели золотом. Честно говоря, мне стало не по себе. На улице, несмотря на мороз, слякоть. Под ногами растеклось какое-то черно-серое месиво из остатков снега, льда и песка, которым щедро засыпают тротуары. Представляю, какие жуткие следы останутся на этой красоте.

Чтобы нанести лестнице наименьший урон, я старательно зашаркала сапогами по зеленому коврику у ее подножия. Но тут раздалось мелодичное треньканье, дверь распахнулась, и появилась женщина в роскошной шубе из соболя. Посетительница, не задерживаясь ни на минуту, пошагала вверх, на розовом мраморе тут и там остались кучи грязи. Не успела дама пройти один пролет, как откуда-то, словно джинн из бутылки, материализовалась уборщица в красивом темно-красном халатике и мигом вытерла безобразие.

Я вздохнула и тоже пошла вверх, усердно делая вид, что на чистоту можно и наплевать. Нет, все-таки у меня менталитет нищей женщины, которая привыкла сама убирать, гладить, стирать и готовить, ну почему мне всегда неудобно, если кто-нибудь вдруг начинает мыть изгвазданный мной пол?

Одну мою знакомую, Женю Леонову, позвал в ресторан кавалер. Женя работала в библиотеке, оклад имела соответственный и по заведениям общественного питания никогда не ходила. Но мужчина был вполне состоятельным, и Женька отправилась в кабак. Сначала ей чуть не стало плохо, когда она увидела меню. Самый скромный салатик стоил больше, чем она получала за три месяца. Перепугавшись до колик, Женька стала твердить, что хочет только чаю, без сахара и лимона... Но мужик заказал ужин по полной программе. Готовили в заведении хорошо. Женя наелась, расслабилась, спутник ласково спросил:

— Теперь кофе? Или все же чай, без сахара и лимона?

Женечка попросила кофе и... начала аккуратно складывать грязную посуду в стопки.

— Ты что делаешь? — изумился кавалер.

— Надо на кухню отнести, — пояснила она, — а то некуда чашки ставить. Давай вместе? Ты бери блюдо, а я тарелки...

Мужик чуть не умер со смеху и тут же предложил ей руку и сердце. Теперь Женька живет в двухэтажном собственном доме, сделала на свои деньги ремонт в любимой библиотеке и ездит в «Мерседесе» с шофером, но управляться с прислугой так и не научилась... Наверное, умение небрежно говорить: «Любезная, вымойте посуду», — дается только тем, кто с детства жил в окружении слуг. Хотя вот мне никогда ничего не давали делать дома, а у мамочки имелась услужливая домработница... Наташа застилала мою кровать, убирала детскую, таскала портфель в школу... А уж мыть за собой чашки мне и в голову не приходило, все делали чужие, наемные руки... Почему же тогда мне неудобно перед поломойкой?

Лестница закончилась, перед глазами раскинулся просторный холл. За стойкой сидела худенькая девочка, мигом вскочившая при виде посетительницы.

— Добрый день, вы записаны? Или в первый раз?

— Госпожа Арбени здесь?

— Варвара Модестовна на третьем этаже, — цвела улыбкой администраторша, — у себя в кабинете...

Я поднялась выше и увидела роскошную дверь с латунной ручкой. Не успела я приблизиться к темно-коричневой двери, как та распахнулась, и на пороге показалась дама, может быть, слегка полноватая, но безукоризненно одетая и причесанная. Голова ее была покрашена крайне оригинально. Сначала мне показалось, что на волосах Варвары играет луч солнечного света, но пасмурная, хмурая погода за окном заставила повнимательней присмотреться к стрижке. Впечатление «зайчиков», бегающих по голове, возникало из-за искусно мелированных прядей сразу нескольких цветов...

— Вы ко мне? — улыбнулась Арбени.

Я кивнула.

— Проходите, пожалуйста, — ласково пригласила Варвара.

Она скользнула быстрым взглядом по моей беличьей шубке, сапогам, сумке, и я поняла, что хозяйка мигом оценила материальное положение гостьи. Скорей всего она сообразила, что стоящая перед ней женщина не из будущих клиенток, но продолжала мило улыбаться. То ли была отлично воспитана, то ли просто приветлива от природы.

— Слушаю вас внимательно, — продолжала Арбени.

Я села в глубокое кожаное кресло и сообщила:

— Я работаю секретарем у жены депутата Государственной думы Олега Розова, разрешите представиться. Евлампия Романова.

— Очень приятно, Варя, — мило ответила Арбени. — В чем проблема?

— Виолетта Михайловна до сих пор посещала салон Альбины Яковлевой...

— Хорошее место, — тактично ответила хозяйка «Модес хаар».

— Ей тоже нравилось, — кивнула я, — но вышла неприятность.

Варвара удивленно наморщила лоб:

— Какая?

— Виолетта Михайловна, кроме прически, еще делала маникюр, педикюр... И тут выяснилось, что девушка, которая приводит в порядок ногти, больна туберкулезом.

— Боже, — поднесла Варвара тонкие руки к вискам, — какой ужас! Разве Альбина не проверяет своих сотрудников? Мы очень строго за этим следим. Раз в месяц обязательно отправляем всех на медицинский осмотр, нам неприятности не нужны...

— Госпожа Яковлева оказалась не столь щепетильной, — продолжала я врать, — естественно, Виолетта Михайловна решила больше никогда не показываться у Альбины и теперь подыскивает новое место. Но, не желая вновь попасть в неприятную ситуацию, отправила сначала меня на разведку.

Варвара улыбнулась:

— Кофе или чай? У нас вкусные пирожные...

Эклеры и впрямь были замечательные, так и таяли во рту. Прихлебывая ароматный кофе, я слопала целых три пирожных, слушая плавную речь Вари.

— Наши мастера в основном лауреаты европейских и российских конкурсов парикмахерского искусства. Есть несколько молоденьких ребят, но они тоже очень талантливы, просто еще в силу своего юного возраста не успели получить признания. Оборудование для маникюра, педикюра и солярия уникально. Смело скажу, подобного нет в Москве ни у кого, стопроцентная гарантия уничтожения инфекции. Сотрудники ежемесячно проходят проверку. Все оборудование и инструментарий закупали в Англии, отдали бешеные деньги, пеньюары, полотенца — одноразовые, шампуни, краски, кремы — лучшего качества. Мы не экономим на посетителях. Ну и клиентура соответственная: актеры, писатели, бизнесмены, иностранцы из посольств.

— И сколько стоит привести голову в порядок?

Варвара методично объясняла:

— В зависимости от того, кому вы доверите волосы. Если элитарному мастеру — то тысяча восемьсот, а если сядете к ученику, то семьсот. Совсем недорого для салона подобного уровня. Для постоянных клиентов существует гибкая система скидок, ваша хозяйка останется довольна... Кстати, разрешите?

Я кивнула. Варвара провела рукой по моим волосам.

— Давайте мы вас сейчас приведем в порядок, а госпожа Розова сама убедится, что можно сделать с головой, даже с такой, как ваша.

— Боюсь, мне это не по карману.

— Сделаем со стопроцентной скидкой, бесплатно, в качестве рекламной акции...

— Но...

— Пойдемте, — решительно встала Варвара, — не стесняйтесь...

Сидя в кресле, я робко сказала милой блондинке, достававшей из футлярчика ножницы:

— У меня очень короткая стрижка...

— Я только чуть-чуть поправлю, — пообещала девушка, — придам нужную форму, красить не буду, у вас чудесный пепельно-русый цвет. У нас многие клиенты пытаются такого добиться, но, увы, не всегда желаемое достижимо, а у вас от природы красота.

Я с подозрением покосилась на блондинку. Издевается, что ли? Но она абсолютно искренне радовалась удивительному, на ее взгляд, оттенку моих волос.

— У меня очень непослушные волосы, — гнула я свое, — как ни стриги, вперед сваливаются...

— Зачем же бороться с ростом волос, — мило пояснила мастерица, — нужно просто учитывать их специфику...

Я вздохнула и покорилась, будь что будет. В конце концов просто побреюсь наголо, если сделают совсем отвратительно. Волосы не зубы, вырастут. Примерно через час я удивленно разглядывала себя в зеркале. Длина волос не изменилась, но скажите, пожалуйста, каким образом получилось так, что их стало в два раза больше? Просто копна коротко подстриженных прядок. И челочка, невесть откуда появившаяся, сделала меня моложе...

Варвара, по-прежнему сидящая в кабинете, воскликнула:

— Ну, вот видите! Просто блеск! Надеюсь, ваша хозяйка оценит и станет нашей клиенткой, кстати, вот моя визитка.

Я взяла карточку, прочитала вслух:

— «Варвара Арбени», — и спросила: — Вы, случайно, не родственница Нины Арбени? Такая редкая фамилия! Не встречала более подобную!

— Мы двоюродные сестры, — удивилась Варя, — а вы откуда знали Нину?

— Учились вместе в консерватории, я по образованию арфистка.

— Бог мой, — всплеснула руками Варя, — ну надо же!

— Мы дружили с Ниночкой, — покривила я душой, — но потом она выскочила замуж за Эдика Малевича, и мы перестали встречаться.

— Почему? — жадно спросила Варвара и прибавила: — Давайте еще кофейку попьем, подождет ваша хозяйка, не развалится!

Я поудобней устроилась в кресле, получила из рук хозяйки дивный напиток, ухватила четвертый эклер и сообщила:

— Эдик сначала ухаживал за мной. Только не подумайте чего дурного, мы просто ходили вместе в кино. Но моя мама, когда узнала, что Малевич из провинции, сочла, что зятем академика и оперной певицы должен быть другой человек. Одним словом, меня отправили на несколько месяцев к морю, а когда я вернулась, Эдик уже сделал предложение Нине. Ниночка отчего-то решила, будто я затаила на нее злобу, и мы перестали общаться... А может, боялась, что муж вновь воспылает страстью ко мне... Естественно, мы сталкиваясь в коридорах, здоровались, но и только. Однако когда я узнала о безвременной кончине Нины, плакала целую неделю. Такая молодая, красивая, талантливая... Ужасно, рак никого не щадит.

— А как фамилия вашей мамы? — неожиданно поинтересовалась Варя.

— В жизни она носила папину, Романова, но выступала под девичьей — Орлова.

— О боже, — взвизгнула Варя, — я прекрасно ее знала, слышала в «Травиате» и еще, по-моему, в «Аиде».

— Нет-нет, — поправила я, — в «Чио-Чио-Сан».

— Точно, — обрадовалась Арбени, — ну надо же, какая встреча! Моя семья не имеет никакого отношения к музыке, мы всегда были только зрителями. Хотя папа, Модест Арбени, и Ниночкин отец — родные братья. Но у них так интересно гены распределились. Один пошел в бабушку-художницу, стал живописцем, у меня дома все писали полотна, одна я в бизнес ударилась, а второй Арбени наследовал талант от деда, великолепного музыканта, та часть фамилии связала свою судьбу с консерваторией. Но только отчего вы решили, будто Нина умерла от рака?

— Так все говорили, рак легких!

— Ничего подобного, — фыркнула Варя.

— Что же с ней случилось?

— Болячка неизвестная, — развела руками Арбени.

— К сожалению, — вздыхала я, — когда Нина скончалась, меня не было в Москве, на похороны я не попала... Потом думала зайти, навестить Эдика, но постеснялась... Была в те времена не замужем и не хотела, чтобы он решил, будто я рассчитываю на возобновление отношений... Ну а затем Малевич очень быстро перестал вдовствовать, женился на этой Геме... Ужасно, что все так страшно закончилось, Эдика убили, а Гема покончила с собой... Вы были у них на похоронах, в Белогорске?

— Нет, — почти грубо ответила Варя, — и совершенно не испытываю никаких угрызений совести по данному поводу. Оба получили по заслугам. Это им господь за Ниночку воздал!

— Зачем вы так!

— А зачем они с Нинушей так? — злобно выкрикнула Варя. — Вы же ее знали, чистая, наивная и абсолютно не приспособленная к жизни, большой ребенок! Она обожала Эдика, а он ей чем заплатил? Смертью?

— Ой, что вы такое говорите, — делано ужаснулась я.

— Абсолютно правильные вещи! — парировала Варя. — Жаль, нельзя шум в газетах поднять, не хочется марать грязью имя Нинуши... Эта Гема! Змеюка подколодная!

— Они дружили с Ниной, причем всю жизнь!

— Заклятая подруга, — фыркнула Варя, — это Ниночка с ней дружила, а Гема лишь позволяла о себе заботиться. Знаете, как она завидовала Ниночке, прямо синела вся.

— Да зачем бы ей это делать? — удивилась я. — Ведь она сама не из социальных низов происходила. Отец — известный ученый, профессор, да и мать наукой занималась. Дом полная чаша, в деньгах не стеснялись.

— Так, да не так, — пробурчала Варя. — Вот послушайте, как дело обстояло.

Профессор Даутов и впрямь хорошо зарабатывал. Гема в детстве не нуждалась. Игрушки, книжки, сладости... всего было в избытке. Но у Нинуши эти же вещи оказывались на порядок лучше. Дело в том, что Даутов редко выезжал за рубеж, в семидесятых годах ученых не слишком часто выпускали за границу, только на конференции и симпозиумы. Существовало даже неписаное правило: за год можно было выехать два раза в соцстрану или один — в логово капитализма. На руки выдавали мизерные суточные. Жалкие гроши. Максимум, что мог привезти Даутов дочери, — жвачку или заколки... Поэтому Гема одевалась в советскую одежду, играла отечественными игрушками и душилась духами фабрики «Новая заря». К тому же и отец, и мать девочки, как многие ученые тех лет, совершенно не придавали никакого значения одежде.

— Какая тебе разница, — пожимал плечами папа, глядя на Гему, — ну скажи на милость, не все ли равно, кто сшил эти брюки из синей корабельной парусины, индийцы или американцы? По мне, так первые сделали лучше, их штаны мягче, стоят недорого и везде продаются. Покупай, будешь как все!

Гема молчала. Ну как было втемяшить папе в голову, что как все быть не хочется! Обладание американскими джинсами мигом возносило их владельца на вершину, как теперь бы сказали, рейтинга... Невозможно было объяснить это и маме.

— Сколько? — отшатывалась та, когда Гема подкатывалась к ней с просьбой. — Сколько? Двести рублей за штаны! А ты отдаешь себе отчет, что столько получает в лаборатории старший научный сотрудник! И где берут эти джинсы? В туалете на углу Столешникова переулка? Ну, деточка, извини, пойдем в ГУМ и купим в приличном месте за нормальную цену!

Приходилось, скрипя зубами, носить добротные сапожки на меху, пальто из буклированной ткани и шапочку из хвостиков норки. В конце семидесятых годов Гема ничем не выделялась на московских улицах.

У Ниночки же дело обстояло по-другому. Ее отец, известный музыкант, мировая величина, вовсю катался по городам и странам. В отношении некоторых личностей коммунисты делали послабления. Гонорары за концерты, почти девяносто процентов, он должен был отдавать государству, но устроители гастролей частенько ухитрялись сделать так, что у музыкантов на руках оказывалась вполне приличная сумма. Поэтому

Ниночка щеголяла в красивой белой куртке, отороченной черным мехом, которую папочка привез из Канады, в изумительных сапожках на платформе, которые он же доставил из Германии. У нее у первой появились шариковые ручки, ластики с картинками, ажурные колготки, мохеровые кофты, магнитофон «Грюндиг»... Ниночка никогда не была жадной, всегда делилась с Гемой, но от этого зависть последней не убывала...

Потом Нина вышла замуж.

— Гема влюбилась в Эдика как кошка, — сплетничала Варя, — небось опять завидовала Нинушке...

— С чего вы это взяли?

— Достаточно было иметь глаза, — хмыкнула Варя, — она то бледнела, то краснела, когда встречалась с Малевичем, все время оживленно хихикала и стала носить мини-юбки, одним словом, вела себя как ошалевшая тинейджерка... Я очень боялась, что Эдик, который, между нами говоря, был еще тот бабник, в один прекрасный момент не устоит и трахнет лучшую подружку жены. Мало, знаете ли, найдется мужиков, способных оттолкнуть то, что само плывет в руки!

— Эдик изменял Геме? — спросила я.

Варя хмыкнула:

— Да. Сколько у него баб было! Жуть.

— А кто последняя, если не секрет?

Арбени вздохнула:

— Отвратительная особа, совершенно не из нашего круга. Танцорка из стрип-бара. Кажется, ее Лена звали... Да, точно, Лена. Я столкнулась с ними на тусовке и обрадовалась.

— Чему?

— Ну так ему и надо, на этой Лене просто клеймо стояло: «Сволочь». И ведь влекло его к таким. Я думаю, что он Нине изменял, только та никогда не рассказывала, слишком интеллигентная была. Ей-богу, изменял с Гемой, я в этом почти уверена.

Я тяжело вздохнула. Зря пришла к Варе, о Лене мне было известно с самого начала.

Когда Эдик, Нина и Гема собрались вместе провести летний отдых, Варя не выдержала и сказала двоюродной сестре:

— Ты бы поосторожней с подружкой, не ровен час уведет супруга. На фиг она тебе сдалась на море? Неужели не хочешь вдвоем с Эдиком побыть?

Но Ниночка, светлая душа, замахала руками:

— Какие глупости приходят тебе в голову, да Гема мне как сестра...

— У тебя одна сестра, я, — ответила обиженно Варя, — и вижу, что Гема относится...

— Слушать ничего не желаю, — твердо ответила Нина, — не смей говорить гадости про Гему!

Варя обиделась и ушла. Помирились они только в больнице, когда Нинуша уже едва могла говорить от слабости.

— Все-таки эта тварюга добилась своего, — кипела Варя, — земля на могиле осесть не успела, а она оттащила Эдика в загс.

— Ну, наверное, он сам не прочь был...

— Сучка не захочет, кобель не вскочит, — грубо заявила Варя, — русская народная истина. Эдик, как все мужики, слабый, ведомый, только хвост распускал. Хоть бы ради приличия полгода подождали! Но нет, горело у нее, хотела заполучить Малевича, прямо тряслась вся.

— Я так слышала, что Ниночка сама перед смертью просила Гему не бросать Эдуарда...

— Кто же сказал вам подобное? — взвилась Варя.

— Ну, во-первых, сама Гема...

— Не смешите меня!

— Во-вторых, разболтала медсестра, которая присутствовала при этой сцене.

— Ложь, — твердо заявила Варя, — наглая и беспардонная.

— Но девушка, делавшая какие-то процедуры в палате, случайно услышала разговор Гемы и Нины. Музыкантша очень просила подругу, заставила ее поклясться даже, просто молила стать женой Малевича. Геме пришлось согласиться, и через час Нина умерла, словно выполнив свой последний долг. Наверное, она очень любила Эдика...

— Вранье, — окончательно вышла из себя Варя, — безобразное вранье, вы хоть знаете, как умирала несчастная Ниночка?

— Ну, вроде что-то с легкими...

— Что-то с легкими! Ей сделали несколько операций, кололи химию, облучали, думали, неизвестная форма рака... А лучше ей не делалось, наоборот, чем больше лечили, тем хуже становилось, в конце концов сделали вмешательство на трахее, говорить Нина в последний месяц могла лишь через голосообразующую трубку, ее следовало подносить к шее, жуть! Смотреть невозможно, а уж слышать тем более... Ужасные страдания. За неделю до смерти Нинуша настолько ослабела, что и руки поднять не могла, во вторник она потеряла сознание и пролежала до утра субботы, то есть до кончины. Ну никак она не могла просить Гему об Эдике, это просто невозможно. Алик Радзинский абсолютно прав!

— Алик Радзинский? — удивилась я. — Погодите, погодите... Он тоже учился вместе с нами, виолончелист, довольно известный сейчас... Он-то тут при чем?

— При том! — в ажиотаже выкрикнула Варя. —

При том! Алик был влюблен в Нинушу всю жизнь, просто сох по сестре, а когда она скончалась, Алик посвятил все свое свободное время, чтобы доказать, что она заболела не просто так.

— А как? — удивилась я.

— Ее отравили, — лихорадочно бормотала Варя, — мою бедную, несчастную маленькую сестричку насильно лишили жизни...

— Кто? И почему врачи не догадались?

— Алик тоже не сразу сообразил, — выкрикнула Варвара, — но совсем недавно он позвонил мне и в страшном волнении сказал: «Теперь я знаю, что к чему, и обязательно сам покараю убийцу!» Вот так! Вот так! Вот так!

Выплюнув последние фразы, она побледнела и мигом прикусила язык. Но поздно, слово не воробей...

Домой я неслась как на крыльях. Значит, Арбени видела Эдика с Леной... Алик Радзинский, вот кто нужен мне в первую очередь. Странно, почему никто не знал о его страсти к Ниночке? Алик всегда был тихий, медлительный, ходил неторопливо, как-то осторожно. Может, потому, что уже в студенческие годы носил бифокальные очки с толстенными стеклами?

Наша дверь оказалась неоклеенной.

— Иван, — заорала я, — ты где?

— Тута, — ответил мастер, высовываясь из кухни, — борщ варю.

— Тебя наняли дверь делать, а не кашеварить!

— Ну чего злишься? — миролюбиво улыбнулся Ваня. — Материал после раскройки отлежаться должон! Вот я и решил пока хозяйством заняться! Бардак у вас, прости господи, жуть. Столько бабья в доме, а белье неглаженое в потолок уперлось, пыль по всему дому мотается...

В этот момент из спальни Катюши вышел Арчи и взвыл пылесосом:

— У-у-у-у...

— Ты убирал квартиру? — изумилась я.

Внезапно Иван покраснел так, что светлые брови стали незаметны на лице.

— Ну, это, в общем, Люся помогла!

— Ваня, — строго сказала я, — имей в виду, она хроническая алкоголичка, пьет запоями, человек ненадежный, хотя внешне выглядит вполне симпатично.

— Просто ей ни разу мужик нормальный не попался, — вздохнул мастер, — одни ханурики случались. Баба она хорошая, только сильная рука нужна...

С кухни послышалось шипение.

— Перекипает борщ-то, — вскинулся Иван и ушел.

Я села в своей спальне на диван, отыскала старую записную книжку и набрала телефон Алика Радзинского, честно говоря, без особой надежды обнаружить его на том конце провода. Слишком много лет прошло с тех пор, как звонила ему в последний раз.

Хотя, учась в консерватории, я довольно часто пользовалась этим номером и нередко бывала у Алика в гостях. Его мама, Анастасия Романовна, преподавала в консерватории историю музыки. Мне нравился предмет и сама учительница. На фоне наших консерваторских преподавателей, полных, важных дам, носивших, как одна, элегантные строгие костюмы и камеи, Анастасия выглядела белой вороной. Пару раз ее замечали в джинсах, что в те годы было уж совсем эпатажно. Одно время я совершенно искренне считала, что Алик ее младший брат. У них были какие-то странные, совершенно по-студенчески приятельские отношения. Он звал ее Настена и частенько, вздыхая, приговаривал:

— Абсолютно неприспособленное существо, просто цветок на морозе.

Сам Алик, несмотря на сильную близорукость и некоторую неловкость, был человеком действенным, активным, но тихим. Если вам кажется странным подобное сочетание черт характера, то ничего поделать не могу. Алик разговаривал чуть не шепотом, ходил медленно, но каким-то непостижимым образом ухитрялся быть везде одновременно и активно заниматься общественной работой. Концерт в подшефном детдоме, субботник во дворе, конкурс исполнителей, новогодний капустник... Стоило только посетить какое-либо из этих мероприятий, как глаз мигом натыкался на Алика, шепотом раздающего указания. Мало того что он появлялся везде, он еще мигом становился руководителем процесса... Только не подумайте, будто Алик был из так называемых комсомольских функционеров. В консерватории обучалась парочка ребят, державших скрипку вверх ногами.. Они-то и состояли членами бюро ВЛКСМ, а после окончания нашего учебного заведения двинулись по партийной линии, делая административную карьеру. Нет, Алик отлично управлялся с виолончелью и после получения диплома попал в хороший оркестр, то ли к Федосееву, то ли в Гостелерадио, во всяком случае, в какое-то престижное место, сулившее поездки за границу и полные залы на Родине.

— Алло, — проговорил старческий дребезжащий голосок, — алло, слушаю вас.

Ну вот, естественно, Алик переехал... Я чуть было не повесила трубку, но потом все же спросила:

— Извините, пожалуйста, это квартира Радзинских?

— Да, — пробормотала старушка.

— Можно Алика?

Бабуся принялась судорожно кашлять, я терпеливо поджидала, пока она прочистит горло. Наконец старуха выдавила:

— Нет.

— Он уехал?

— Да.

— Далеко?

— Да.

— Скоро вернется?

— Нет, он не вернется.

— Эмигрировал?

— Нет.

— На гастролях?

— Нет.

В конце концов мне до жути надоело вести тупой диалог, и я излишне резко спросила:

— Анастасия Романовна с ним отправилась?

— Нет.

— Она в Москве?

— Да.

— Дома?

— Да.

— Позовите, пожалуйста.

— Слушаю, — пробулькала бабка.

Думая, что ослышалась, я повторила:

— Будьте любезны Радзинскую Анастасию Романовну.

— Это я, — ответила старуха.

Трубка чуть не выпала у меня из рук. В голове заметались цифры. Насколько помню, Настена родила Алика очень рано, в семнадцать лет. Мы были с Радзинским одногодки, оба появились на свет в 1962-м. Значит, его матери должно исполниться сейчас пятьдесят пять или шесть лет... В нынешние времена дамы такого возраста еще косят под девчушек, Настена же всегда выглядела намного моложе своих лет... Что случилось?

— Кто вы? — дребезжала трубка. — Что хотите?

— Добрый день, — собралась я с духом, — вас беспокоит Евлампия, то есть, простите, Фрося Романова, училась когда-то у вас в консерватории, моя мама певица Орлова, мы с Аликом...

— Фросенька, — неожиданно зарыдала трубка, — Фросенька, вот горе, спасибо, что откликнулась...

Чувствуя, как медленно начинает холодеть спина, я осторожно спросила:

— Алик...

— Господи, — стонала Настена, — Аличек, бедняжка...

Понимая, что случилось какое-то жуткое несчастье, я быстро сказала:

— Можно к вам приехать?

— Конечно, дорогая.

— Если прямо сейчас?

— Конечно, конечно.

Повесив трубку, я пошла в прихожую. Эх, не спросила адрес. Впрочем, если телефон остался прежним, то и живут они на старом месте, в небольшом сером доме постройки конца девятнадцатого века, прямо напротив консерватории. Почтового адреса я не знаю, но дорогу в квартиру Алика помню великолепно.

Иван высунулся из кухни:

— Уходишь?

— Ага.

— На, попробуй, соли достаточно?

Я посмотрела на тарелку, где лежала котлета.

— Это что?

— Как что? Котлетка.

— Где мясо взял?

— В морозилке.

— Так оно для кошек!

— Да? — уставился мастер на блюдечко. — Плохое, испорченное?

— Нет, конечно, совершенно нормальное, на рынке брали...

— Тогда почему для кошек?

— Ну мы их раз в день кормим сырой говядиной, для здоровья полезно, — объяснила я, натягивая сапоги.

— Ага, — кивнул Иван, — кошкам, значитца, телятинку, а себе пельмени готовые! Ничего, обойдутся сегодня «Вискасом», людям тоже мясо полезно жареное!

Признав справедливость этого постулата, я проглотила удивительно вкусную котлетку, одобрила соотношение мяса, хлеба и соли, потом ушла, провожаемая недовольным криком Арчи:

— У-у-у-у...

Очевидно, звук пылесоса произвел на птичку неизгладимое впечатление.

Хорошо, что разговор по телефону подготовил меня к встрече с Настеной, потому что иначе бы я не сумела сдержать вопль ужаса. Дверь мне открыла старуха, замотанная в платки и шали. Маленькое сморщенное личико, припухшие глазки-щелочки, от носа ко рту сбегают две глубокие складки. На ногах сапоги — очевидно, Настена жутко мерзла. Она всегда была хрупкой, даже худой, но сейчас смотрелась совершенно бестелесной, словно соломинка, укутанная в ворох одежды... Особо нелепо выглядели волосы, коротко остриженные, мелированные в три цвета... Словно на голову древней старухи натянули парик, принадлежавший молодой модной даме. Но я понимала, что, наверное, еще неделю назад Настена и была этой модной дамой...

— Фросенька, — застонало существо, протягивая ко мне тоненькие веточки рук, — Фросенька, дорогая девочка, вот горе...

Сделав два мелких шажка, она упала мне на грудь и зарыдала. Я принялась ласково гладить ее по спине, потом обняла и крепко прижала к себе. Впечатление было такое, что держу в объятиях испуганную птичку, под рукой ощущались мелкие косточки, и чувствовалось, как сильно колотится у Настены сердце. Наконец она слегка успокоилась, промокнула глаза шалью и пробормотала:

— Извини, бога ради, нервы не выдерживают, пошли в кабинет.

Комната с огромным роялем посередине совершенно не изменилась с того дня, когда я посещала ее последний раз. Те же темно-бордовые занавески, люстра с бронзовыми рогульками, огромный фикус в углу и несметное количество книжных полок с пыльными томами и клавирами. Похоже, что Алик и Настена давно не делали ремонта. Имелась только одна вещь, которой не было тут в мои консерваторские годы. На закрытой крышке «Бехштейна» стоял портрет Алика, украшенный черной лентой.

Я рухнула в старинное, обитое красным атласом кресло и прошептала:

— Как же так? Когда это случилось?

— Позавчера, — всхлипнула Настена, — вечером...

— Он попал под машину? — робко поинтересовалась я, вспоминая очки с толстыми стеклами, всегда сидевшие у Алика на носу.

— Нет, — неожиданно спокойно ответила Настена, — его застрелили.

— Как?!

— Одну пулю в грудь, другую в голову, милиция сказала: контрольный выстрел, — всхлипнула преподавательница.

— Где это произошло?

— У нас в подъезде, — пояснила Настя, — убийца ждал его справа, там под лестницей есть такое темное место, сама знаешь, какой у нас подъезд, даром что центр. Квартиры, кроме нашей, коммунальные, народ проживает отвратительный, кто поприличней, давным-давно съехали, осталась одна пьянь и рвань. Лампочки на площадках выкручивают, дверь вечно нараспашку. Мы с Аликом тоже хотели уехать, только останавливало, что консерватория через дорогу...

— Кому же мог помешать Алик?

Настена вздрогнула и неожиданно перевела разговор на другую тему:

— А ты, Фросечка, чем занимаешься?

Я стала рассказывать о своей жизни.

— Надо же, — вздохнула Анастасия, — чего придумала — Евлампия! Хотя имя красивое, но мне и Ефросинья нравилось... И где ты сейчас работаешь?

Сама не зная почему, я ляпнула:

— Вы не поверите!

— Отчего же, душечка, — устало и как-то безнадежно ответила Настя, — после того, как узнала, что Эдик Малевич директор кладбища, а Соня Рагозина торгует на рынке конфетами, удивляться всему перестала...

— Я — частный детектив.

— Кто? — подскочила Настена. — Повтори, я не поняла...

Я вытащила из кармана удостоверение и протянула преподавательнице. Та растерянно просмотрела документ, помолчала минуту, потом резко хлопнула ладонью по столу и жестко сказала:

— Есть бог на свете! Мне тебя господь послал. Слушай, детка, я знаю, за что убили моего Алика, знаю — кто, вернее, предполагаю, кто нанял убийцу, потому что сама личность, задумавшая гнусное дело, не станет мараться... У меня есть доказательства!

Внезапно я увидела прежнюю Настену.

— Тогда надо срочно идти в милицию! — воскликнула я.

Настена сморщилась.

— Они уже здесь были, топтались в ботинках по ковру. Представляешь, один подошел к роялю и сказал, что умеет играть, а после исполнил «Собачий вальс». Умеет играть! Да сам Рихтер всегда говорил: «Я только ученик возле клавиш...»

Она брезгливо поджала губы. Я вздохнула, снобизм преподавателей консерватории известен далеко за ее пределами. Мало в каком учебном заведении так делят людей на своих и чужих. Нет, в стенах здания, где воспитывают всемирно известных музыкантов, нет места грубости. Я представляю, как Настена разговаривала с ментами: очень вежливо, подчеркнуто демократично, любезно, скорей всего предложила им чай или кофе, может, даже рюмочку... хотя, наверное, не в этом случае... Но откровенной быть она с ними не хотела, вот со мной — другое дело, я ведь своя.

— В соседнем подъезде, — тем временем продолжала Настя, — поселился «новый русский», очень богатый, вот у милиционеров и сложилась версия, что убить хотели его, просто перепутали подъезды. Этот богач похож на Алика, худощавый, высокий и тоже в очках! Трагическая случайность, по их мнению. По-моему, они закрыли дело, не открыв его, но я знаю правду, только какой смысл рассказывать ее подобным людям? Нет, они уже все решили заранее... Спишут в архив... Представь, мне тело не отдают!

— Почему?

— Говорят, оно им для чего-то нужно, — тихо ответила Настя, — вот стараюсь не думать зачем, а перед глазами все равно стоит Аличек, разделанный, как говядина на рынке.

— Не надо, — резко сказала я, — дайте мне телефон.

— Зачем?

— Дайте.

Настя протянула трубку. Я набрала рабочий номер Володи Костина. Сначала никто долго не подходил, потом запыхавшийся голос ответил:

— Панкратов.

Я слегка удивилась, многих Вовкиных коллег хорошо знаю. Кое-кто бывал у нас дома, кое-кого я видела в кабинете у майора, но эту фамилию слышу впервые.

— Можно Костина?

— Отсутствует.

— Простите, нет ли Селезнева или Юрова?

— Все в городе.

— А когда будут?

— Справок не даем, звоните завтра, — буркнул незнакомый мужик и бросил трубку.

Очень странно, в особенности если вспомнить, что последние дни Вовка не появляется дома. Обычно стоит ему хлопнуть дверью своей квартиры, как Рейчел, обожающая майора, начинает нервно скрести лапами порог... Да и Вовка моментально, переодевшись, прилетает к нам, он не любит одиночества. Интересно, куда он подевался? Завел даму сердца или так занят на работе? Вообще у них частенько случаются авралы.

У Костина в кабинете есть раскладушка, где майор может покемарить часок-другой...

— Куда ты звонишь? — прошелестела Настя.

— У меня есть приятель, майор, служит в МВД, очень хороший человек.

— Нет, — четко сказала Настя, — никогда, ни за что не стану иметь дела с людьми в синей форме.

— Но почему? К вам, наверное, приходили из местного отделения, в районе встречаются не слишком опытные, грубоватые сотрудники, и Володя...

— Нет!!!

— Почему?

— Алика не вернуть! — всхлипнула Настя.

— Но вы же сказали, будто знаете, кто его заказал!

Радзинская кивнула.

— И не хотите, чтобы его наказали?

Настена судорожно вздохнула:

— Деточка, ты знаешь, какая история произошла с моим мужем? Почему я воспитывала Алика одна?

— Нет, да и откуда бы...

Настя опять вздохнула.

— Мой муж, Сергей Радзинский, был почти в два раза меня старше. Когда мы женились, потребовалось специальное разрешение от моих родителей, которое они мне с радостью тут же дали, потому что лучшего зятя, чем Сереженька, просто не представляли... Но прожили мы всего полгода... Алика я родила уже после похорон... У мужа был диабет, однажды на улице Горького, совсем недалеко от дома, возле магазина «Диета» с ним приключилась кома. Сергей упал, потерял сознание, приехала милиция, решили, будто он пьян, и свезли его в вытрезвитель.

Там Радзинского облили ледяной водой из шланга, а когда он, временно придя в себя, попытался объяснить милиционерам истинное положение вещей, бравые сержанты попросту избили «алкоголика» дубинками... Врач появился только тогда, когда легавые увидели, что «пьяница» не дышит.

— Они убили его, — рассказывала Настя, — но мы ничего не сумели доказать. Тело потихоньку отправили в морг. Неделю я искала мужа...

Женщина замолчала, у меня тоже все аргументы застряли в глотке.

— Никогда не обращусь ни к кому, кто имеет на плечах погоны, — бормотала Настя, — нет, я дам сейчас тебе почитать эти бумаги... Раз занимаешься частным сыском, подскажешь, как поступить... Вот сейчас, знаю, знаю, куда Аличек папочку прятал...

Она легко поднялась и убежала, я осталась сидеть в мрачной комнате, где странным образом стояли одновременно холод и духота. Послышался скрип, потом звук отодвигаемой мебели, затем на пороге появилась растерянная Настя.

— Документов-то нет!

— Куда же они подевались?

— Понятия не имею, — пожала плечами Радзинская, — но ты устраивайся поудобней, я читала бумаги и великолепно помню суть.

ГЛАВА 20

Алик Радзинский влюбился в Ниночку Арбени в первый же день учебы в консерватории. Увидал пушистое облачко светлых волос, глаза-незабудки, хрупкую фигурку и пропал. Подойти к «предмету страсти нежной», позвать в кино или театр Алик стеснялся. Он был близорук, в некрасивых очках, долговязый, слегка сутулый, — словом, далеко не красавец, вот и комплексовал по поводу своей внешности. Ниночка казалась ему недосягаемой, невероятной красавицей, безумно талантливой и умной. Алик вздыхал издали, боясь, что кто-нибудь из языкастых студентов поймет, в чем дело, и начнет над ним подтрунивать.

Но, очевидно, он отлично маскировался, потому что никому, включая саму Ниночку, в голову ничего не пришло. Алик все собирался с духом, все выжидал удобного момента, чтобы намекнуть на свои чувства, и дождался. Обожаемая женщина вышла замуж за другого.

Первое время Радзинский просто не мог видеть Малевича, но потом ревность поутихла. Алик по-прежнему обожал Ниночку и по-прежнему издали. Видя такое дурацкое поведение сына, Настя начала постоянно приглашать в дом студенток, хорошеньких девчонок со всех курсов, но Алик словно ослеп. Вежливо здоровался с гостьями, пил с ними чай, даже шутил, но никаких попыток к сближению не делал.

Через год Настена решила поговорить с сыном начистоту. Тот выслушал ее и спокойно ответил:

— Извини, мам, но если не Ниночка, то и никто другой, наверное, я однолюб.

Настя только вздохнула, она сама после смерти Сергея не обращала никакого внимания на вертевшихся вокруг молоденькой вдовы кавалеров.

Потом обожание переросло в фобию. Алик начал трепетно собирать все журнальные и газетные публикации о Ниночке, посещал все ее концерты. Арбени привыкла видеть его сначала в первых рядах партера, потом за кулисами, с букетом в руках. Неожиданно между Аликом и Ниной возникла дружба. Нинуша считала Радзинского близким человеком, без него не обходилось ни одно семейное празднество. Одно время Нина рассчитывала женить его на Геме, но Алик отбился от невесты, намекнув Нинуше на... свою «голубизну». Известие о том, что ее ближайший друг гей, никак не повлияло на Нину, консерватория славилась вольными нравами, о ее преподавателях даже ходил анекдот. «Есть ли хоть один профессор в этом учебном заведении, который спит с женщиной?» — спросили у армянского радио. Армянское радио подумало и ответило: «Да. Это Мария Кибальчич». Так что дружба от неожиданного признания не рухнула, наоборот, даже стала крепче. А в последние полгода перед смертью Ниночки они не расставались. Радзинский сначала метался по Москве, разыскивая импортные лекарства и раритетных специалистов, когда же Нина оказалась в больнице, Алик сидел рядом и держал ее за руку. Он бросил все, работу в оркестре, наплевал на международные гастроли и недовольное ворчание Насти... Просто сидел на стуле возле постели Арбени и развлекал ее как мог. Читал книги и газеты, потом принес виолончель и играл Ниночкину любимую музыку... О любви он так ни разу и не заговорил, но, наверное, Арбени все же поняла, в чем дело, потому что, уже задыхаясь и теряя сознание, прошептала:

— Милый Аличек, не судьба нам с тобой быть вместе, может, на том свете встретимся, бог милостив.

Атеист Радзинский, успевший за время болезни любимой женщины стать истово верующим, неожиданно заплакал.

— Не надо, — хрипела Нинуша, пытаясь погладить левой рукой мужчину по плечу, — не надо, Алик.

В правом кулаке она сжимала голосообразующую трубку, и Радзинский с ужасом вслушивался в жуткие, клокочущие звуки. Это был не Ниночкин голос, высокий, звонкий, чистый, как серебряный колокольчик, но говорила она.

— Аличек, мы обязательно попадем в рай, — бормотала Нина, — мы встретимся, знаю точно. Ты попадешь туда за свою чистую душу, а я, потому что меня убили.

— Как убили? — прошептал Алик. — Кто?

— Не знаю, — задыхалась Нина, — отравили, сам посуди, была здорова — и вдруг бац! Аличек, поклянись, что отомстишь!

— Обязательно, — выкрикнул Радзинский, — не успокоюсь, пока не доберусь до истины.

На Ниночкином лице появилась улыбка, больше похожая на гримасу, правая рука бессильно упала на одеяло, голосообразующая трубка свалилась на пол. Нина потеряла сознание. Перепуганный Алик вызвал врачей. Те действовали споро, деловито, включали какие-то аппараты, звякали инструментами, медсестры готовили шприцы... но на лицах медиков не было ни малейшего проблеска надежды, и Алик понял, что конец близок.

Потом его выгнали в коридор, где он и просидел несколько дней, скрючившись на стуле, сжимая в руках совершенно ненужную трубку. В душе жила зряшная надежда: пока ладони стискивают трубочку, Нинуша останется жива. Но ничего не помогло, рано утром в субботу ее не стало.

Похороны и поминки Алик не помнил. Единственное, что задержалось в памяти: желтоватые, восковые руки Нинуши, сложенные домиком на груди. От полного отчаяния Алик положил в гроб трубку, он не плакал, не было сил. Гема и Эдик, рыдая, кидались на гроб, ритуальный зал крематория был полон людей, многие из которых плакали. Арбени любили за на редкость незлобивый характер, интеллигентность и доброту. Но на Радзинского словно ступор напал, ни одна слеза не скатилась по щеке. Потом он неожиданно трезвым взглядом обвел толпу и холодно подумал: «Ну-ну, ребята, кто же из вас, скорбящих и рыдающих, убил мою Ниночку?»

На следующий день после похорон Алик отправился на Петровку, добрался до местного начальства и потребовал открыть дело «по факту убийства гражданки Арбени».

Довольно пожилой полковник внимательно выслушал Радзинского, он ни разу не перебил парня, только качал головой, приговаривая:

— Так, так, так...

Но когда Алик наконец замолчал, полковник развел руками:

— Уважаемый Александр Сергеевич, открыть дело невозможно!

— Почему? — заорал Алик.

— Нина Арбени долго болела, в ее кончине нет ничего удивительного.

— Но она сказала мне, что ее отравили...

— Мало ли что человеку привидится в агонии, — вздохнул милицейский чин, — мой вам совет: поезжайте на природу, отдохните, успокойтесь. Безумно жаль молодую женщину, но, видно, это ее судьба.

— Эксгумируйте тело, — потребовал Алик, —

я слышал, что мышьяк и стрихнин сохраняются в костях долгие годы.

Полковник посмотрел на Алика и стал разговаривать с ним таким тоном, каким учительница младших классов беседует с ребенком-дауном:

— Дорогой Александр Сергеевич, во-первых, у нас нет никаких оснований для подобных действий, а во-вторых, даже если бы и возникли определенные подозрения, мы все равно не можем осуществить эксгумацию трупа.

— Почему?! — заорал Алик. — Ну почему?!

Полковник налил воды из графина, пододвинул к Радзинскому стакан и с жалостью в голосе сказал:

— Вы же только что сами сказали, что Арбени кремировали! И потом, отравления мышьяком, стрихнином или цианидами достаточно распространенная вещь. Клиническая картина мигом бы стала понятна специалисту, ведь вы говорили, что для лечения Нины Арбени подключили лучших врачей?

Алик кивнул.

— Вот видите, — обрадовался полковник, — эти медики бы разобрались, что к чему... Нет, вы должны понять, несчастная женщина просто заболела чем-то странным. Кстати, каковы результаты вскрытия?

— Его не делали.

— Да? — удивился собеседник. — Это ведь обычная процедура в таких случаях...

— Отец не захотел, — пояснил Алик, — он даже забрал тело Нины домой, не оставил в больничном морге, не хотел, чтобы дочь кромсали после смерти.

— Жаль, — ответил полковник, — на многие вопросы можно было бы получить ответы!

Алик вышел из здания на улицу, посмотрел

на беспечно бегущих прохожих и решил действовать самостоятельно.

Сначала он за большие деньги выкупил из архива клиники историю болезни Нины Арбени, потом набрал книг по медицине: справочники по клинической токсикологии, анатомии, физиологии... Целых полгода Алик любую свободную минуту посвящал работе с документами, разбирал записи, сделанные отвратительным «врачебным» почерком, изучал анализы, рентгеновские снимки, попутно осваивая науку о ядах.

Правда, сначала он хотел пойти менее сложным путем и дал ксерокопию документов кое-кому из врачей, но специалисты лишь развели руками. На туберкулез, рак легких или гортани не похоже, астма тоже выглядит не так... Непонятная, загадочная болячка. Пришлось думать самому.

Скоро Алик прибрел параллельную специальность, став вполне подкованным токсикологом. Он знал теперь, что человека можно отравить множеством способов: веществами психотропного действия, алкоголем и его суррогатами, хлорированными углеводородами, бензолом, толуолом, ксилолом, наркотиками, стимуляторами центральной нервной системы, веществами кардиотропного действия, тяжелыми металлами и мышьяком, ядами растительного и животного происхождения... Список казался бесконечным... А еще были цианиды, соединения серы и азота, уксусная кислота, щелочи, формальдегид...

Сделать человека можно только одним способом, зато отравить...

Несколько месяцев Алик методично читал учебник, попутно заглядывая в медицинский словарь. Литература, рассчитанная на специалистов, пестрела непонятными словами: тремор, парез, холестаз, гемическая гипоксия...

Потом словарь перестал быть нужен, а затем и вовсе произошел невероятный случай. Как-то вечером, когда Алик в очередной раз пытался изучить Ниночкины анализы крови, к ним в квартиру в слезах влетела соседка и завопила:

— Ой горе, ой жуть, помирает...

Алик встряхнул грязноватую бабу за плечи и, поняв, что несчастье случилось с ее десятилетней дочерью, пошел в квартиру алкоголички.

Бросив беглый взгляд на девочку, лежащую на диване, он, вызывая «Скорую», спросил:

— Что она ела?

— Баночку грибов у метро купила, — всхлипывала соседка, — угостила ее вкусненьким...

Перед глазами Алика, а, как у всякого музыканта, зрительная память у мужика была великолепно развита, мигом возникла страница из соответствующего раздела справочника по клинической токсикологии. А поскольку «Скорая» все еще ехала, он принялся действовать сам.

— Перестань выть, — прикрикнул он на мать. — Иди вниз, на первый этаж, в аптеку, купи вот эти лекарства...

Когда эскулапы наконец прибыли, Алик уже успел промыть девочке желудок, дать активированный уголь и солевое слабительное.

— Вот, — сказал он врачу, — тут двести миллилитров четырехпроцентного раствора гидрокарбоната натрия, вводите медленно...

Доктор глянул на девочку, потом на Алика и заметил:

— Вообще, коллега, мы рекомендуем двести пятьдесят миллилитров десятипроцентного раствора глюкозы...

— У нее ацидоз, — прервал его Алик, — а еще

хорошо бы ввести контрикал, гордокс, только у меня этих препаратов нет, впрочем, липоевая кислота, витамин Е, эссенциале для защиты печени...

— Вы токсиколог? — с уважением поинтересовался врач.

Алик помедлил секунду и кивнул:

— Похоже, что да.

Но чем дольше Радзинский изучал специальную литературу, тем больше понимал, что Ниночку никто не травил, похоже, что бедняжка действительно заболела какой-то неизвестной науке болезнью...

Потом до Алика дошли наконец слухи о женитьбе Эдика на Геме и о том, что она всем рассказывает о «последней просьбе Ниночки». Радзинский сначала дико возмутился, он-то хорошо знал, как умирала Нина. В палате в этот момент никого не было, а Гема приходила к подруге всего один раз, кстати, и Эдик не слишком рьяно ухаживал за женой. Показывался минут на десять в день, а потом вообще укатил с гастролями в Болгарию... На похороны жены он прибыл прямиком из Софии... Зато теперь и Гема, и Эдик на всех углах рассказывали, как пытались объединенными усилиями спасти Нинушку, но не сумели...

Первым желанием Алика было явиться к новобрачным и набить им наглые морды или по крайней мере переколотить у них в доме всю посуду... Он уже совсем было собрался отправиться к Малевичу, но в ночь накануне визита ему приснилась в первый раз Нинуша. Любимая женщина в его сне выглядела совсем не так, как в последние месяцы. Молодая, красивая, с блестящими волосами и лучезарной улыбкой...

— Аличек, — говорила она, — Аличек, мне

хорошо, я счастлива... Только одно мешает... Отравили меня, Алик, убили... не ходи к ним, найди доказательства, не ходи, не ходи...

Радзинский проснулся в холодном поту. Наутро он опять начал искать хоть какие-то свидетельства насильственной гибели любимой. Теперь он пошел иным путем, принялся следить за Гемой и Эдиком.

Желание наказать противную парочку было столь велико, что Алик, старательно скрывая истинные чувства, начал навещать Малевичей, прикидываясь другом семьи.

— Он так радовался, когда узнал, что Эдик больше не сможет играть на скрипке, — грустно улыбалась Настена, — говорил: это его господь наказал за Ниночку.

Гему Алик ненавидел так, что у него мигом начиналась тахикардия при взгляде на Даутову. Когда она неожиданно открыла в себе целительский дар и начала мотаться по России и странам ближнего зарубежья с сеансами, Радзинский с возмущением говорил Настене:

— Дурит, дрянь, народ. Ох, мог бы я рассказать тебе всю правду об ее «бизнесе», только неохота... Впрочем, нужно собрать все ее гнусные секретики и отнести информацию в газеты! То-то журналюги обрадуются...

— Не связывайся с дерьмом, — посоветовала Настя.

Шло время, желание разобраться в причинах гибели любимой женщины не покидало Алика, можно сказать, это стало целью его жизни. Но чем дальше в пучине времени терялась дата смерти Нины, тем больше Радзинский понимал: дело глухо.

Не так давно он с грустью сообщил Настене:

— Похоже, что теперь уже концов не найти...

Настя даже обрадовалась, услыхав это заявление. Может, наконец сын успокоится, похоронит призраки, женится... Настя понимала, что сумеет найти общий язык с любой невесткой, пусть появится кто угодно, хоть негритянка в красную клеточку, хоть чеченка с толпой голодных родственников, проститутка, негодяйка... Любая подойдет, лишь бы из головы Эдика наконец ушла Нинуша, конкурировать с мертвой невозможно...

Такие или примерно такие мысли крутились в голове у Настены, когда дня три тому назад она открыла входную дверь, услыхав:

— Мама, это мы.

Настена с трудом сдержала удивление. На пороге стоял Алик, взбудораженный сверх всякой меры, на щеках его лихорадочно горели неровные красные пятна, глаза блестели... Так выглядит человек, когда температура его тела подскакивает до сорока градусов... Но самое удивительное оказалось другое. Алик пришел с дамой, и с какой! Рядом с ним мило улыбалась стройная... негритянка.

— Мама, — закричал возбужденно Алик, — знакомься, это...

Последовал набор звуков.

— Здравствуйте, — прошептала Настена, не понявшая, как надлежит звать гостью, — чаю или кофе?

— Потом, потом, — затараторил Радзинский, вталкивая гостью в свою комнату, — все потом.

Часа полтора Настена слушала, как из спальни доносятся голоса, высокий, чирикающий и низкий, хрипловатый. Таинственная посетительница великолепно изъяснялась по-русски, без всякого акцента...

Затем парочка вновь вышла в коридор. Алик помог надеть даме шубку, потом проводил ее до машины и, вернувшись, в невероятном ажиотаже кинулся к телефону:

— Институт тропической медицины? Как связаться с Евгенией Ивановной Червь?

Настена даже улыбнулась, услыхав такую фамилию, правда, ей встречались и более смешные, например, певица Визжалова.

Кратко переговорив по телефону, он ринулся к вешалке и схватил куртку.

— Ты куда? — поинтересовалась Настя.

Алик повернулся, обнял мать и с самым счастливым видом заявил:

— Мусик, теперь знаю почти все, осталось уточнить кое-какие мелкие детали!

— Что ты имеешь в виду? — удивилась Настя.

— Все, — загадочно ответил сын. — Мне известно, как убили Ниночку, кто сделал это, почему и какую выгоду получил от убийства... Осталось добыть доказательства, а они есть у одной дамы, которая, впрочем, ни о чем не подозревает... Сегодня необходимая штука окажется у меня в руках... Ну, берегись, Малевич!

— Малевича убили вчера, — тихо напомнила Настя, — ты забыл?

— Нет, — рассмеялся Алик, — так ему и надо, но самое смешное, что я абсолютно точно теперь знаю, кому понадобилось воткнуть в Эдика ножик...

— И кому?

— Потом, все потом, — отмахнулся Радзинский, — извини, жутко тороплюсь!

Растерянная Настена посмотрела вслед сыну, потом прошла в его комнату и заметила на столе белый глянцевый прямоугольничек. «Нгванья Мбоу, доктор медицины» — было напечатано на визитной карточке.

Настена отправилась на работу, а когда около

восьми вернулась домой, обнаружила повсюду разбросанные вещи Алика и записку: «Мамуся, не волнуйся, вылетел в Светлогорск, вернусь завтра. Алик».

Не понимая, что происходит, Настена легла спать, а на следующий день, поздно вечером, пришла страшная весть, позвонили из милиции... Хорошо еще, что Настя в этот момент была в консерватории, и ее проводили до дома студенты.

— Вы говорили, будто знаете, кто убил Алика, — тихо напомнила я.

— Кто? — удивилась Настена. — Я?

— Ну да, только что!

— Нет, деточка, — всхлипнула Настя, — не обращай внимания, я несу черт знает что, сама не понимаю, ума лишилась просто.

Внезапно она схватила меня горячей рукой:

— Помоги, слышишь, помоги... Найди убийцу Алика!

— У вас осталась визитная карточка этой Нгваньи?

Настя кивнула, открыла секретер и протянула мне визитку. Потом из нижнего ящика вытащила маленькую красную бархатную коробочку и велела:

— Смотри!

Я глянула внутрь. На специальной подставочке покоилось кольцо удивительной красоты с крупным бриллиантом.

— Это антикварное изделие, — пояснила Настя, — осталось от моей бабки, урожденной баронессы фон Корф, золото и камни, естественно, настоящие, работа почти уникальная...

Я, не понимая, уставилась на Настену.

— Кольцо станет твоим, — припечатала Радзинская, — только найди убийцу Алика!

ГЛАВА 21

Домой я не шла, а летела. Нгванья Мбоу и Евгения Ивановна Червь из Института тропической медицины! Надо немедленно переговорить с этими дамами, узнать, что они сообщили несчастному Алику, и картинка сложится. Я стою на пороге разгадки.

Дверь квартиры по-прежнему была не оклеена, а Иван пребывал на кухне, здесь же на табуретке у окна сидела Люська.

— Привет, Лампа, — смущенно сказала соседка, — вот забегла соли одолжить...

— Котлеты будешь? — поинтересовался Ваня.

— С удовольствием, — обрадовалась я.

На улице стоял дикий, совершенно невероятный для ноября мороз, и организм требовал горячей, тяжелой и жирной еды. Кстати, я частенько в прошлой жизни сталкивалась с балетными, и девчонки открыли мне один секрет: как похудеть со стопроцентной гарантией. Очень просто. Берете два стакана воды и ставите в морозильник. Только, пожалуйста, не надо понимать эту фразу буквально. А то одна из моих подруг и впрямь сунула в камеру с самой низкой температурой два сосуда из тонкого стекла, потом она про них благополучно забыла, и пришлось наутро выгребать осколочное крошево.

Значит, еще раз объясняю. Собираясь поесть на ночь мучного, жирного, сладкого, вредного, но вкусного, сначала наступаете ногой на горло этому желанию и не хватаете сразу блинчики, булочки и свиные отбивные с макаронами. Нет, идете на кухню, наливаете пол-литра воды в кастрюльку и ставите в морозилку. Минут через пятнадцать, когда жидкость еще не превратится в лед, но уже подернется легкой корочкой, отливаете один стакан и быстро выпиваете. Подчеркиваю, напиток должен быть очень, просто очень холодным, почти ледяным... Затем со спокойной душой наедаетесь и допиваете остаток водички.

Почти все мои подруги потеряли при помощи этой нехитрой методики килограммы лишнего веса. Объясняется это явление просто. Во-первых, после того, как вы до еды залпом проглотили 250 миллилитров жидкости, в ваш желудок влезает намного меньше жратвы, во-вторых, организм тратит кучу калорий «на подогрев» выпитого до нужной температуры, а она, если кто забыл, равна 36 и 6! Способ приобрести стройные формы путем «моржевания желудка» известен давно, балетным девочкам о нем рассказали их мамы, танцовщицы Большого театра, а тем поведали, соответственно, бабки, которых, как гласит легенда, этому научила Матильда Кшесинская, любовница сразу трех великих князей Романовых. Говорят, сама гениальная Агриппина Ваганова сгоняла подобным образом накопившийся жирок. Правда или нет, не знаю, лично мне никогда не приходилось использовать этот рецепт на практике, потому как я вешу сорок восемь килограммов. То, чего безуспешно пытаются добиться другие женщины, далось мне от рождения. Я никогда не поправляюсь, даже если лопаю безостановочно пирожные, грецкие орехи и взбитые сливки с шоколадом. Поэтому сейчас съем восхитительные котлеты без всяких угрызений совести.

— Ну и где котлеты? — спросила я у Вани.

— В кладовку отнес, — пояснил мастер.

Я побежала по коридору. Наша квартира, впрочем, я говорила об этом раньше, состоит из двух. Два туалета мы оставили, а вот из одной ванной сделали то, о чем мечтают многие москвички: кладовку. В ней у нас стоит еще один холодильник и хранятся овощи, крупы, бутылки с водой... Здесь же имеется и невысокий столик, на который частенько ставят горячую кастрюлю с супом или другую какую еду, которую из-за температуры нельзя сразу сунуть в рефрижератор и которая мешает на кухне.

Я подлетела к кладовке и увидела... совершенно чистую, до блеска отполированную сковородку. Еле сдерживая крик негодования, перевела глаза вниз и обнаружила на полу, под столиком сладко спящую Мулю. Сожрав приготовленные котлетки, мопсиха не нашла в себе сил, чтобы доползти до спальни, и рухнула прямо на месте преступления.

— Мульяна, — прошипела я, наклоняясь к пахнущей жареным мясом морде, — Мульяна, это отвратительно!

Но собачка сладко храпела. Надо наподдавать ей как следует. Однако только эта мысль пришла мне в голову, как Мулечка распахнула свои круглые карие глазки и уставилась на меня взором трехлетнего ребенка. Тряпка выпала из рук. Я не способна лупить существо, похожее на младенца.

— Ну, — Иван всунул в кладовку голову, — не найдешь никак?

Потом увидал опорожненную сковородку и искренно удивился:

— Ты чего, Лампа, все съела? Ну даешь, там десять штук лежало! Еще заворот кишок заработаешь.

Я посмотрела на мастера и решила не расстраивать мужика.

— Сама не понимаю, как так вышло. Вкусно очень оказалось. Вот только теперь ужина нет.

— Не нервничай, — отмахнулся Ваня. — Там еще фарш остался, нажарю до вечера.

Нгванья Мбоу говорила по-русски лучше меня. Во всяком случае, когда мы с ней уславливались о встрече по телефону, никакого акцента я не услышала. Из трубки лилась абсолютно правильная речь с характерным московским «аканьем». Впрочем, и когда я переступила порог ее квартиры, то ничего специфически африканского не увидела. Никаких масок на стенах или занавесок из батика. Обычная квартира, обставленная самым простецким образом. Да и на хозяйке оказались синие джинсы и серенький свитерок, ни тюрбанов, ни цветастых юбок. Нгванья не ходила с обнаженной грудью и не била в тамтам. Кстати, она была не очень темнокожей, скорей мулатка с лицом цвета молочного шоколада и с прямыми волосами.

— Проходите, — улыбнулась Нгванья, обнажая белые-белые зубы, — чай или кофе? Хотя, учитывая зверский мороз, лучше водки.

— Спасибо, но я плохо переношу алкоголь, а вот от кофе не откажусь.

По извечной московской привычке мы устроились на кухне, и я спросила, прихлебывая великолепно сваренную «Арабику»:

— Вы в курсе, что Алика Радзинского убили?

— Боже! — воскликнула Нгванья и уронила на пол сахарницу. — Кто? За что?

— Вот это я и хочу у вас узнать!

— Но кто вы?

Я вынула из сумочки удостоверение.

— Частный детектив, которого наняла мать Алика, Анастасия Романовна. Она не слишком доверяет милиции, но хочет, чтобы убийца сына был пойман и наказан.

— Да, — задумчиво протянула Нгванья, — к сожалению, правоохранительные органы не всегда работают так, как надо.

— Можете ли вы припомнить, о чем разговаривали с Аликом во время последней встречи? Зачем он приглашал вас к себе домой?

Нгванья достала пачку «Собрания», взяла зеленую сигаретку и пробормотала:

— Ну, если это вам поможет... Слушайте, пожалуйста...

Отец Нгваньи дипломат, долгие годы он работал в Москве, в посольстве. Девочка ходила в советскую школу и быстро выучилась болтать на русском языке.

— Наша семья, — неторопливо рассказывала Нгванья, — не слишком традиционная для африканцев. Дело в том, что моя мать белая, англичанка, великолепный врач, посвятила себя изучению редких тропических болезней.

Правда, на какое-то время Эстер попыталась быть просто женой дипломата и приехала с супругом в Москву. Но жизнь, заполненная светскими раутами и благотворительными мероприятиями, ей быстро надоела, и женщина сбежала в Африку к своим обожаемым инфекциям. Нгванья осталась с папой. Эстер, страстно увлеченная наукой, совершенно не годилась на роль матери. Честно говоря, ее ничто не волновало, кроме лихорадок и других редких заболеваний. Она могла сутками не показываться дома, наблюдая за особо интересным больным. И отец Нгваньи рассудил так: пусть уж лучше дочка живет с ним, по крайней мере будет присмотрена...

Поэтому зиму, осень и весну девочка проводила в России, а на лето отправлялась в Африку. Увлеченная работой, мать совсем не замечала дочку, но Нгванья не обижалась, понимая, какое важное дело осуществляет Эстер. Где-то лет с двенадцати Нгванья четко поняла, что хочет быть врачом, таким, как мама. Эстер была для дочери примером во всем.

Закончив школу, Нгванья поступила в университет Патриса Лумумбы на медицинский факультет. Перейдя на пятый курс, вышла замуж. Супругом ее стал Петя Коломийцев, студент факультета журналистики МГУ. Так Нгванья осела в Москве. Но девушка была рада, что жизнь складывается подобным образом. Россия давно стала для нее родиной. Правда, и Африка не забывалась. Теперь Нгванья проводила там февраль и летние месяцы, а Эстер охотно передавала дочери свои знания.

Первый раз Нгванья увидела Алика на дне рождения у своего мужа. Петька дружил с Радзинским. Потом начали встречаться регулярно. Ну а затем грянула перестройка, за ней голодовка и перестрелка. Нгванья и Петя уехали в Африку. Девушка стала работать вместе с матерью, а Петя остался не у дел. Языка коренных жителей он не знал, английским владел слабо и по своей специальности работать не мог. Скоро Петька начал пить и за год превратился в опустившегося алкоголика, видевшего жизнь сквозь стекло бутылки.

Нгванья, наоборот, делала блестящую карьеру. Спустя четырнадцать месяцев после переезда Петька скончался, Нгванья же продолжала работать.

Жизнь в России потихоньку налаживалась, и Нгванья поехала в Москву на конгресс медиков. Там она не только сделала великолепный доклад, но и нашла личное счастье. Встретила Игоря Розанова, кандидата наук из Института тропической медицины.

Целый год Игорь и Нгванья переписывались, удивляясь совпадению своих взглядов на все, начиная от лечения лихорадки Эбола и заканчивая политикой.

Свадьбу сыграли в апреле. Еще какое-то время молодые жили в самолете, мотаясь туда-сюда между континентами, ну а потом Нгванья вновь перебралась в Москву.

У нее теперь появились новые друзья, со старыми приятелями, ходившими в их дом с Петей, она больше не встречалась. Нет, она не делала этого специально, демонстративно, просто круг общения изменился, и Алик Радзинский остался в далеком прошлом. Нгванья даже испугалась, когда несколько дней тому назад на нее с воплем бросился мужик.

— Нгвашка, привет!

С трудом она узнала Алика. Встречу решили отпраздновать и отправились в «Ростикс». Там, поедая жареную курятину, начали рассказывать друг другу о своей жизни, работе... Постепенно переключились на общих знакомых, и Нгванья неожиданно поинтересовалась:

— А эти как живут? Ну, фамилию забыла, Эдик с Ниной? Помнишь, встречали все вместе Новый год, и он начал за мной ухаживать? Петька тогда еще напился в лоскуты и обещал всем морду набить!

— Нина умерла, — сухо ответил Алик.

— Да ну! — всплеснула руками Нгванья. — Что случилось? Такая молодая!

Радзинский, который мог говорить о любимой женщине часами, рассказал всю историю.

Нгванья слушала не перебивая, а когда Алик наконец замолчал, пробормотала:

— Странно...

— Что?

— Да вот, болезнь эта...

— Сам знаю, что странно, — со вздохом сообщил Алик, — долгое время думал: отравили Нинушу... Но нет! Получается, и впрямь заболела какой-то гадостью, которую никто и диагностировать не смог.

— Понимаешь, — сказала Нгванья, — очень трудно вот так, без анализов и истории болезни, точно установить, в чем дело, но, судя по тому, что ты описываешь...

Она замолчала.

— Ну, — закричал, подпрыгивая от нетерпения, Алик, — ну...

— Есть одна болячка, — вздохнула Нгванья, — вашим врачам неизвестная... Да это и понятно, в России ею не болеют, откуда бы и знать. Но только без анализов...

— Нгваша, милая, — закричал Алик, — поедем со мной, прямо сейчас! Домой ко мне! Умоляю! Хочешь, на колени встану?

Нгванья поразилась тому, как изменилось лицо собеседника. Оно стало белым-белым, как мел. Женщина даже слегка насторожилась, боясь, что у Алика сейчас случится сердечный припадок.

— Прошу, дорогая, милая, любимая, — шептал Радзинский серыми губами, — умоляю! История болезни у меня дома.

Пришлось ей согласиться и поехать с ним. Дома Алик дал женщине пухлую книжечку, а сам тихо сел на диван, ожидая вердикта.

Примерно через час Нгванья со вздохом сообщила:

— Все ясно.

— Что? — прошептал Алик.

— Это дельфус регал.

— Кто? — не понял Радзинский.

— Дельфус регал, — повторила Нгванья, — по крайней мере так эта штука называется по-латыни, но у нас дома, в Африке, ее называют «речной душитель».

— Да объясни по-человечески! — взвыл Алик. — Я ничего не понимаю.

Нгванья вздохнула и повела рассказ.

ГЛАВА 22

В африканских реках водится одна разновидность червей. Мелкие-мелкие, как пылинки, они проникают внутрь человека, искупавшегося в зараженном водоеме. Паразиты настолько малы, что могут попасть в организм млекопитающего — обезьяны, собаки, коровы — через мельчайшую царапинку или носоглотку. Попьет домашнее или дикое животное зараженной воды — и привет! Коренное население знает об этом и ни за что не полезет купаться в незнакомую реку или озеро. Впрочем, в Африке можно подцепить и не такую болячку. Попав в организм человека, дельфус регал сначала никак себя не проявляет, разве что мужчина или женщина замечают резко возросший аппетит. На этой стадии болезнь легко излечивается, всего лишь тремя уколами специального лекарства, но беда состоит в том, что к врачам в этот момент никто не обращается. Люди просто не видят никакой необходимости в походе по поликлиникам. Да и зачем? У них ничего не болит, температура нормальная, настроение прекрасное, а повышенный аппетит волнует лишь женщин, стремящихся похудеть.

Затем начинается бурное размножение червя. С кровью он разносится по организму, страдают, естественно, все органы. Но почки, печень, селезенку, головной мозг дельфус «не любит». Основная среда его обитания — носоглотка и легкие. Сначала больной все время мучается от насморка и воспаления в горле, которое европейские врачи диагностируют как ангину и начинают лечить антибиотиками. Но паразит совершенно к ним невосприимчив, и болезнь переходит в следующую стадию, начинается кашель. Сначала легкий, потом сильный, кровохарканье, кровотечения, слабость, постоянная температура...

Алик потрясенно молчал. Нгванья просто описывала ход болезни Ниночки.

— Ваши врачи, — говорила она, — теряются, сталкиваясь с подобной ситуацией. Но ругать их за это нельзя. Откуда бы им знать об этой болячке? Ни в одном справочнике ее нет. Для того чтобы разобраться в ситуации, нужно быть паразитологом, да и то еще не всякий поймет, с чем имеет дело.

Поэтому начинают применять всевозможные способы: химиотерапию, лучевую терапию, гормоны... Но толку, естественно, чуть. Результат оказывается, как правило, смертельным. Самое же обидное состоит в том, что правильное лечение почти в ста процентах гарантирует успех, даже на последней стадии.

Радзинский вновь стал белым-белым, когда услышал завершающую фразу рассказа. Но он все же сумел справиться с собой и поинтересовался:

— Как же так? Жуткая зараза, а кроме Нинуши, в доме больше никто не заболел!

— Дельфус регал может попасть в организм только через воду, это не воздушно-капельная инфекция.

— Не понял, — пробормотал Алик.

— Ну, короче, если больной чихнет или кашлянет в твоем присутствии, то никакой заразы не подхватишь. На воздухе дельфус мгновенно гибнет, ему требуется жидкая среда. Половым путем он тоже не передается... Вот если бы Нина искупалась в ванне, а потом в эту же воду лег кто-нибудь еще, тогда возможность заражения возрастает. Но в Москве вода хлорированная, а паразит не выносит дезинфекции, впрочем, не знаю... В Африке дельфус тоже встречается не повсеместно, им болеет в основном сельское население, и, кстати, очень часто случается так: один член семьи получает заразу, а другие остаются совершенно здоровыми.

— Где же она могла подцепить эту дрянь? — нервно воскликнул Алик.

Нгванья закурила.

— К сожалению, многие туристы не всегда слушаются местных гидов. Пьют воду из-под крана, покупают на рынках еду, купаются в открытых водоемах. Мы строго предупреждаем...

— Да Нинуша никогда не летала в Африку!!! — закричал Алик. — Вообще никогда, ни разу в жизни. И я сильно сомневаюсь, чтобы она была способна лечь в ванну, в которой до нее мылся другой человек... Скажи, в российских реках эта дрянь водится?

— Нет, — спокойно растолковывала Нгванья, — дельфусу нужна определенная температура, не ниже двадцати пяти градусов, а большинство водоемов России замерзает зимой. Даже если какой-нибудь представитель этого паразита и окажется невесть как в Москве-реке, жизни ему, даже летом, до первого вечернего похолодания... Но пойми, дельфус регал ни в Европе, ни в Азии, ни в Америке, ни в Австралии не встречается. Это чисто африканская примочка!

— А где в Москве можно ее найти?

— Только в лаборатории Института тропической медицины, — ответила Нгванья, — там есть старший научный сотрудник Евгения Ивановна Червь. Еще все смеются: даме с подобной фамилией только и заниматься червями да глистами... Вот у нее он точно есть, в специальном хранилище.

Вечером, лежа в кровати, я никак не могла уснуть. Бедная Ниночка Арбени и бедный, безнадежно влюбленный в нее Алик. Хотя, наверное, Радзинскому стало совсем плохо, когда он узнал, что обожаемую женщину можно было легко спасти.

Морфей никак не хотел заключить меня в свои объятия. Я вертелась с боку на бок, без конца переворачивая подушку и встряхивая одеяло. Наконец села и решила пойти на кухню, попить воды. Но не успела дойти до двери, как уловила легкий щелчок. Я высунулась в коридор и увидела Ваню, в одних трусах, исчезающего за входной дверью. Мигом нацепив на себя халат, я ринулась за ним. Но лестничная клетка была пуста.

На ночь в нашем доме из экономии электроэнергии отключают грузовой лифт, поэтому пришлось ждать, пока маленькая кабина приедет ко мне с первого этажа.

Но в холле никого не было. Более того, дверь подъезда оказалась запертой изнутри на щеколду. Несколько месяцев тому назад мы наняли лифтеров, это две бабуськи, живущие в нашем доме. Они сидят у двери с шести утра до полуночи. А в двенадцать ночи, заперев подъезд, уходят к себе. Обе обитают на первом этаже, и в их квартиры провели звонок. Припозднившиеся жильцы будят старух, которые, кряхтя, открывают дверь. Но, к слову сказать, народ у нас служивый, по ночам не шляется, и большинство ночей бабки спокойно почивают в кроватках.

Я подошла к окну и выглянула наружу. Перед

глазами расстилался девственно-белый снег, ни одного следа не вело от подъезда. Нет, Ваня в доме. Назад я пошла по лестнице, но мастер словно в воду канул.

Битый час, не решаясь будить домашних, я бродила по этажам, пытаясь разыскать лунатика, даже не побоялась забраться на чердак, но никого, кроме парочки кошек, там не нашлось.

В полном недоумении я вернулась домой, выпила воды и... наткнулась в коридоре на Ивана, выходившего из туалета.

— Ты где был?! — не удержалась я от вскрика.

— В туалет ходил, — ответил мужик, — а чего?

— Нет, до этого где ты был? — не успокаивалась я.

— Спал! — пожал плечами Ваня.

— Где?

— Да в комнате.

— Точно?

— Естественно.

— Никуда не ходил?

— А куда же мне в такой час податься? — резонно заметил Ваня.

— Чего орешь? — высунулся в коридор Кирюшка. — Ночь на дворе...

— Да вот Ваня...

— Ну?

— Так, — отмахнулась я, понимая, что мне опять не поверят.

Кирюшка выполз в коридор, протяжно зевнул и сообщил:

— Опять тебе, Лампа, глючит. Иди в кровать.

Я тяжело вздохнула и нырнула под одеяло. Одно из двух: либо у меня в голове завелись тараканы, либо Иван врет. Только зачем? Ну куда ходит он по ночам в одних трусах?

Евгения Ивановна Червь назначила мне встречу у себя дома ровно в полдень.

— Дорогая, только не опаздывайте, в три часа я должна сидеть на ученом совете, у нас защита диссертации, а кворума нет.

— Я приеду точно в срок.

— Очень надеюсь, душечка, — прочирикала дама, — потому что все журналисты, с которыми мне приходилось до сих пор сталкиваться, являлись на час, а то и два позже назначенного времени.

Не желая злить Евгению Ивановну, я прибежала к ней за десять минут до срока.

— Здравствуйте, проходите, — щебетала женщина, подсовывая мне пластиковые тапки, — сюда, в кабинет.

Я вошла в большую комнату, до отказа забитую книгами. Хозяйка села в красивое кожаное кресло, царственным жестом указала мне на диван и поинтересовалась:

— И о чем будем говорить?

— О вашей работе.

Евгения Ивановна мило улыбнулась:

— Насколько помню, вы из журнала «Космополитен»?

— Правильно.

— Но мои исследования сугубо научные, даже не представляю, с какого бока они могут заинтересовать читательниц вашего издания...

— Дорогая Евгения Ивановна, — завела я, — сейчас очень многие ездят отдыхать и работать за рубеж, в Африку, например. Подскажите, как вести себя, чтобы не заполучить какую-нибудь диковинную инфекцию...

Червь прокашлялась и хорошо поставленным голосом человека, привыкшего делать доклады и выступать публично, принялась вещать. Говорила она широко известные истины. Не пользуйтесь местной водой, покупайте ту, что в бутылках, не ешьте еду, приготовленную на рынках и в дешевых забегаловках, не купайтесь нигде, кроме тех мест, где имеется санитарный контроль, мойте руки, делайте необходимые прививки...

— Какие лекарства следует брать с собой?

— Самые обычные. Ну, аспирин, анальгин, фталазол, йод, марганцовку, можно прихватить капли от насморка и валокордин. Естественно, если принимаете постоянно какие-то препараты, их тоже необходимо взять в поездку.

— Может, еще что-нибудь?

— Зачем?

— Ну, не знаю, вдруг подцепишь какую африканскую заразу.

— Милая, — снисходительно ответила Евгения Ивановна, — на африканскую, как вы выразились, заразу потребуются такие средства, которые в аптеке запросто не купить. И вообще, я искренне всем советую, в особенности тем, кто вернулся из Африки, прийти к нам в институт и сдать анализы. Впрочем, есть еще Институт паразитологии, там тоже отлично справляются с рядом заболеваний. Но, к сожалению, большинство инфекций успешно лечится лишь в самом начале процесса, если болезнь запущена, могут потребоваться месяцы и месяцы неприятных, подчас болезненных процедур. Поэтому сдайте анализы и спите спокойно, если ничего не нашли. А если обнаружен непорядок, мы его легко устраним.

— И что, правда существуют жуткие болезни? — усиленно изображала я журналистку.

— Вот вчера пришел к нам мужчина, — вздохнула Евгения Ивановна. — Два года лечился от кожного заболевания. Два! Мази, обтирания, уколы, таблетки... бог знает что назначали. А толку никакого, по телу жуткие язвы, похожие на трофические, запах соответственный... Хорошо хоть сейчас догадался к нам обратиться, за неделю вылечим.

— Что с ним?

— Как бы это попроще объяснить... Червячок завелся под кожей, отсюда и язвы. Этот паразит нам великолепно известен, и бороться с ним мы умеем. Но обычный кожник тут не поможет.

— Есть такой дельфус регал...

— Дорогая, — удивилась собеседница, — откуда вы знаете про эту штуку?

— Брала когда-то интервью у Нгваньи Мбоу, и она сказала, что вы уникальный специалист, знающий про эту заразу все.

— Прямо-таки... — усмехнулась Евгения Ивановна. — Нгванья преувеличивает мои достоинства, хотя кое-что о дельфусе мне и впрямь известно.

— Можно его подцепить в Москве?

Червь призадумалась.

— Теоретически да, а практически нет.

— Поясните, пожалуйста.

— Ну, представьте такую ситуацию. Имеется ванна или бассейн с теплой нехлорированной водой, желательно слегка несвежей. В этой жидкости достаточно продолжительное время купается некто, зараженный «речным душителем», а потом в нее ложится другое существо, причем ныряет с головой... Теоретически подобное возможно, но на практике вряд ли.

Я молчала.

— Дельфус регал не живет ни в России, ни в Европе, — поясняла Евгения Ивановна, — да и на Африканском континенте паразит распространен не везде, только в центральной его части, в определенных странах. Поймите, это очень редкое явление, не встречающееся практически в городах, где воду дезинфицируют. Заразиться «речным душителем» в Москве невозможно. Во всяком случае, мне более чем за двадцать лет работы не довелось ни разу услышать о подобном случае. Кстати, и в Африке риск подцепить дельфуса не столь уж велик. Повторяю еще раз, он обитает в водоемах, расположенных в сельской глубинке, в деревнях, а туда туристов, как правило, не возят. А уж если приспичит кому отправиться на сафари, то гиды обязательно предупредят о существующей опасности. Коренное население, естественно, знает о «душителе». Здесь мы снова можем вернуться к вопросу о том, как соблюдение элементарных правил...

— Простите, — прервала я ее, — вот вы сказали, что дельфус регал живет в водной среде... А чай, суп, кофе?

— О чем вы? — удивилась Евгения Ивановна.

— Если подлить туда зараженную жидкость, а человек съест ее?

Червь удивленно вскинула брови.

— Дельфус любит тепло, но кипяток не для него...

— А если в теплый напиток, слегка остывший?

— Теоретически возможно, — вздохнула дама, — вот насчет супа все же сомневаюсь, и кофе достаточно агрессивная среда, чай же — вполне вероятно... Но в гостиницах употребляют только бутилированную воду, риск получить в отеле заразу таким образом, на мой взгляд, минимален...

— Он пахнет? Ну, дельфус этот...

— Дорогая, — засмеялась Евгения Ивановна, — вот тут мы употребляли слова: червь, паразит... Вы в самом деле думаете, что в жидкости кишит нечто похожее на глистов и различимое взглядом? В том-то и беда, что дельфус настолько мал, что недоступен человеческому глазу. На вид и на вкус вода будет казаться обычной, и запаха нет никакого, что, кстати, и позволило...

Она замолчала.

— Позволило?.. — переспросила я.

Евгения Ивановна тяжело вздохнула, потом с чувством произнесла:

— Занятия наукой, в особенности такой, как наша, требуют крайнего внимания, самоотдачи... Случайные люди, пришедшие в лабораторию ради заработка, как правило, не задерживаются. Был у нас достаточно давно весьма неприятный случай.

— А именно?

— Вот вы интересовались, где в Москве можно найти дельфуса. Отвечу, этого паразита легко обнаружить в пробирках нашей лаборатории, мы проводим разнообразные исследования. Кстати, в столице есть и чума, и оспа, и холера, и еще бог знает что в уникальном хранилище вирусов.

Я слушала раскрыв рот.

— Но это исследовательский материал, — объясняла Евгения Ивановна, — поле для научной деятельности. При работе, естественно, соблюдаются все методы защиты — от специальных до бюрократических. Пробирки с дельфусом можно получить только с соответствующего разрешения, естественно. Четыре штуки взял — такое же количество вернул. Если в ходе работы материал был израсходован, в специальном журнале обязательно указывают... Впрочем, это неинтересно. Поверьте только: ничего в лаборатории не может исчезнуть бесследно.

Потом она помолчала и хмыкнула:

— Кроме спирта, конечно.

Я улыбнулась. Когда-то давным-давно мой отец рассказывал маме, что у них в производственных лабораториях нашлись умники, подававшие заявку на чистый медицинский спирт, необходимый им для протирки... оптических осей. Начальник административно-хозяйственного отдела, хороший завхоз, способный добыть что угодно, был не слишком сведущ в вопросах науки. Оптическая ось звучит загадочно, даже красиво... Однажды, правда, он, инстинктивно заподозрив неладное, спросил у сотрудника, забиравшего очередную пятилитровую канистру с «огненной водой»:

— Где же такая штука бывает?

Хитрый мужик приложил палец к губам и прошептал:

— Ну ты спросил! Это же государственная тайна, понимать должен, чем занимаемся, ракеты!

Так бы и пребывал одураченный завхоз в неведении, кабы не внук-шестиклассник, начавший изучать физику. Однажды несчастный ребенок вслух зубрил очередной параграф.

— Оптическая ось — воображаемая линия...

— Ну-ка дай сюда! — выхватил дедушка из рук внучка учебник. — Как воображаемая?

Стоит ли рассказывать, какой скандал разгорелся наутро, когда завхоз уяснил, что оптическая ось не сделана ни из железа, ни из стекла, ни из камня... Она реально не существует в природе, нечто подобное высоте треугольника. Сколько задач решали мы в школе, начиная словами: «Берем высоту треугольника...» Но разве ее можно пощупать руками? Это — воображаемая линия.

Судя по вздоху Евгении Ивановны, в ее институте тоже имелись любители «протирки оптических осей». Червь, не замечая моей улыбки, продолжала:

— Случилась у нас один раз очень неприятная история...

ГЛАВА 23

Дело давнее, но Евгения Ивановна вспоминала о нем так, словно оно произошло вчера. В тот день она работала с дельфусом. Получила пробирки, углубилась в исследования. Через какое-то время позвонили из буфета и сообщили, что можно получить яйца. Шел 1991 год, сами понимаете, как отреагировала Евгения Ивановна на такое предложение. Мигом подхватилась и полетела. В большой стае клювом около еды нельзя щелкать, мигом набегут все члены коллектива, и продукты разом кончатся. Вот поэтому-то Червь и нарушила инструкцию. По идее, полагалось убрать пробирки в сейф, а Евгения Ивановна не сделала этого, правда, заперев дверь в лабораторию.

В буфете она протолкалась часа полтора. Кроме яиц из подшефного колхоза, куда сотрудники института каждую осень отправлялись на уборку картофеля, прибыл еще и творог. Пришлось ждать, пока неторопливая продавщица расфасует его в пакеты, взвесит.

Одним словом, в лабораторию она вернулась около двух. Села за стол, взяла одну из пробирок... День потек своим чередом. Около трех Евгения Ивановна вытащила из штатива очередную стеклянную трубочку и ахнула. Дельфуса регал в ней не было... Элементарный анализ тут же дал результат: внутри дистиллированная вода.

Как все исследователи, Евгения Ивановна

умела мыслить четко. Версию о том, что паразит растворился без остатка, она отвергла сразу. В лабораторию никто из посторонних войти не мог, ключ от двери лежал в ее кармане... Никто, кроме уборщицы...

Червь спрятала штатив в сейф и отправилась на поиски поломойки. Спустя полчаса прижатая в угол молоденькая девчонка плакала, умоляя никому не рассказывать о происшедшем.

— Ну Евгения Ивановна, ну миленькая, пожалуйста...

Выяснилось, что девица решила протереть тряпкой стол, совершенно забыв, что ей строго-настрого запретили это делать...

Размахивая куском влажной ткани, дурочка задела штатив. Одна из пробирок упала, содержимое выплеснулось на стол. Испуганная девица схватила бутыль с дистиллированной водой и мигом навела «порядок». И вот теперь она, ломая руки, стонала:

— Ну миленькая Евгения Ивановна, пожалуйста, не рассказывайте никому, меня выгонят...

Червь очень хотелось прямиком отправиться к директору, ну ладно, на счастье, дельфус регал, попав на лабораторный стол, скончался через пару минут, но ведь в штативе могло стоять что угодно! Однако Евгения Ивановна никуда не пошла. Более того, она оформила дело таким образом, будто израсходовала материал.

— Почему? — удивилась я.

— Зинаиду Васильевну пожалела, — вздохнула Червь, — нашу старейшую сотрудницу, доктора наук, классного специалиста.

— Она-то с какого бока связана с этой историей?

— Уборщицей внучка ее работала, Лика Вересова, — преспокойно пояснила Евгения Ивановна, — девчонка не поступила в институт, вот ее и пристроили к нам, стаж зарабатывать. Абсолютно безголовое, безалаберное существо. Кстати, она недолго с тряпкой пробегала, уволилась и нашла себе занятие, которое, на мой взгляд, ей подходило намного больше, чем труд в научной лаборатории.

— И кем она стала?

Евгения Ивановна усмехнулась:

— Вы не поверите!

— А все же?

— Выскочила замуж за какого-то мужчину и превратилась в актрису.

— В театре?

Червь пожала плечами:

— Только не подумайте, что во МХАТе или в Вахтановском, какое-то совершенно непотребное место... Бедная Зинаида Васильевна так гордилась внучкой, так радовалась ее успехам, что один раз позвала всех сотрудников на премьеру. Честно говоря, впечатление оказалось самым тягостным... Маленький зал, теснота, духота, актеры сплошь шепелявые, режиссуры никакой, и замахнулись на «Гамлета». Лика играла королеву. Совсем дико. Гертруда — дама в возрасте, мать взрослого сына, разве эта роль подходит восемнадцатилетней девчонке? Цирк, да и только. Но Зинаида Васильевна просто светилась от счастья, и мы, не захотев ее расстраивать, хором сказали, что представление великолепно...

— Где сейчас Зинаида Васильевна?

— Почему она вас заинтересовала?

— Ну, старейшая сотрудница, думаю, любопытно сделать с ней интервью, если жива, конечно!

— Живехонька, здоровехонька, — улыбнулась

Червь, — правда, на пенсии, в лабораторию уже не ходит. Но вполне бодра, активна и с головой полный порядок, вот только ноги и глаза подвели. Ходить ей тяжело, а читать может лишь с лупой. Так что исследовательскую работу пришлось бросить, но лекции иногда читает.

— А телефончик не подскажете?

— Пожалуйста, — пожала плечами Червь, — пишите.

Домой я летела с такой скоростью, что сшибла по дороге замотанную в пончо тетку. Та выронила пакет, из которого мигом в разные стороны разлетелись мандарины и яблоки. В любой другой день я бы с извинениями кинулась поднимать поклажу, но сегодня, совершенно не обращая внимания на несущиеся в спину проклятия, бросилась в метро.

Скорей бы добраться до дома и позвонить Зинаиде Васильевне.

Выскочив из лифта, я увидела, что дверь в нашу квартиру стала желтой. Очень странно, если учесть, какой дерматин мы выбрали для обивки: вишневый! Да и материал, лежащий в гостиной, был, насколько помню, цвета спелой черешни, мелитопольской, крупной такой, почти черной...

Но стоило мне приблизиться к двери, как я мигом увидела: она не оклеена, а покрашена. Причем очень неровно, полосами...

— Эй, — заорала я, вбегая в прихожую, — Ваня, за каким чертом ты изуродовал железку? Зачем покрасил? И почему не оклеил?

— Проолифить надо, — шепотом пояснил мастер, высовываясь из кухни, — кто ж так обивку ляпает? Невозможное дело! Вот завтра еще разок покрою, а там можно, благословясь, и за дело.

— Слышь, Ваня, — поинтересовалась я, разуваясь, — а сколько времени ты тратишь, чтобы одну дверку до ума довести?

— Ну, — почесал затылок обивщик, — от хозяина зависит.

— Это как?

— Ежели очень противный, то за три дня сделаю, а если как себе, тогда недели две как минимум.

— А чего ты шепчешься?

— Так Сережка спит!

— Эка невидаль, — хмыкнула я, — его пушкой не разбудить, говори спокойно.

— Есть хочу, — завопил Кирюшка, врываясь в квартиру, — чего у нас есть покусать? Пельмешки? Сосиски?

— Котлеты, — ответил Ваня.

— Ура!!! — заорал мальчик, кидаясь в кухню. — Котлеты!!!

Я со вздохом пошла за ним. Возле кухонного стола на стуле, свесив голову на грудь, спал Сережка. Перед ним стояла пустая тарелка, на которой виднелась обгрызенная корочка хлеба. Сбоку расположилась Лизавета. На угол столешницы она положила контурные карты и, высунув от напряжения язык, вела карандашом красную линию. На другом конце устроилась Юля, раскладывавшая пасьянс.

— Котлеты! — радовался Кирюшка. — Ну ты, Лампа, и угодила.

— Это Ваня сделал, — со вздохом ответила я, — сама только днем их ела.

— Десять штук, — бестактно уточнил Иван.

— Сколько? — изумилась Юлечка, застыв с колодой карт в руках. — Сколько? Десять? Лампуша, может, тебе врачу показаться?

— Зачем? — поинтересовалась я, жадно откусывая от котлеты. — Зачем? Я совершенно здорова!

— Такой повышенный аппетит свидетельствует либо о неполадках щитовидной железы, либо, прости бога ради, о глистах!

— Нет у меня никаких глистов! — возмутилась я.

— Видишь, — уперла Юля в меня палец, — слопала днем десять котлет, а сейчас на моих глазах еще две употребила. Нет, у тебя точно солитер или цепень!

Я раскрыла было рот, чтобы выдать с головой Мулю, но тут Лизавета спросила:

— Киргизия где?

— Вот, — сунул пальцем Кирюшка в карту.

— Чего делаешь! — завопила Лиза. — Пятно поставил.

— Ну и фиг с ним, — пробормотал мальчик.

— А вот и не фиг, мне два балла влепят.

— Нет, — влез Ваня, — Киргизия не тут. Здесь, куда ты ткнул, Уральские горы.

— Ну и что? — вскинул брови Кирка. — Там и есть.

— Нет, — засмеялась Юля, — Киргизия была союзной республикой. Ниже смотрите, правее.

— Улан-Батор, — прочитала Лиза.

— Во, — восхитился Кирюшка, — правильно. Это их киргизский главный город.

— Ой, не могу, — всхлипнул Ваня. — Это ж в Монголии!

— А ты откуда знаешь? — хором поинтересовались дети.

— Так там у меня кореш служил, летчиком, точно знаю, Улан-Батор в Монголии!

— Тут еще какой-то Улан-Удэ есть, — пробормотал Кирюшка. — Это одно и то же?

— Нет, — ответила я, — Улан-Батор и Улан-Удэ разные города!

— Тогда на какой фиг их одинаково назвали? — возмутился Кирюшка. — Слов, что ли, других не нашли? Специально небось, чтобы детей путать.

— А какая столица у Киргизии? — спросила Лиза.

Повисло молчание. Потом Сережка неожиданно вздохнул и заявил:

— Ну вы и дурни! Фрунзе!

— Как? — поинтересовалась Лизавета.

— Фрунзе.

Девочка пошарила глазами по карте и сообщила:

— Такого города нет.

— Ищи Прунзе, — велел Сережка.

— Ты же сказал Фрунзе?! — возмутилась Лизавета. — Издеваешься, да?

— Нет, — ответил Сережка, — просто они его переименовали из Фрунзе в Прунзе.

— А зачем? — недоумевала Лизавета.

Сережка вздохнул.

— Вот уж чего не знаю, вроде в киргизском языке нет буквы «фэ», для удобства произношения.

— Такого тоже нет! — возвестила Лиза.

— Разве есть киргизский язык? — удивился Ваня.

— Ну ты даешь, — засмеялась Юля, — а как они, по-твоему, разговаривают, на суахили?

— На каком хили? — не понял Иван.

— Замолчите, — взвыла Лиза, — мне завтра поставят два! На карте нет ни Фрунзе, ни Прунзе!

— Вспомнил! — закричал Сережка так, что кот Клаус подпрыгнул на стуле. — Пишкек.

— Как?! — недоверчиво спросила Лиза.

— Точно знаю — Пишкек.

— Просто ужас, — вздохнула Юля, — значит, он пишкекец, а она пишкекчанка! Жуть, ну кто такие названия дает!

— Это еще что, — влез Иван, — есть город Огрыз.

— Ну класс, — завопил Кирюшка, — он огрызок, она огрызка, а вместе они огрызки.

— В Крыжополе жить еще хуже, — парировал Сережка. — Интересно, как у них раньше писали лозунги — «Крыжопы, все на социалистический субботник!»?

— Мрак, — резюмировала Юля.

— Что такое социалистический субботник? — спросила Лизавета.

Юля хмыкнула:

— Ну, это когда ты выходишь на работу в свободный день.

— Зачем? — удивилась девочка.

— Чтобы продемонстрировать энтузиазм.

— Кому?

— Партии и правительству.

— Какой?

— Что какой? — обозлилась Юля.

— Какой партии? — спросила Лиза. — Их же много.

Юлечка посмотрела на Сережку, тот хихикнул.

— Демократия, понимаешь! В те времена, Лизок, партия имелась одна. А началось все после того, как Ленин нес бревно на субботнике.

— Надувное, — фыркнула Юля.

Я тоже улыбнулась. Мой отец был очень внимательным человеком, наверное, отпечаток на его характер наложила профессия. Однажды папа со смехом сказал маме, показывая книгу «Воспоминания старых большевиков»:

— Взгляни, дорогая, я сделал элементарные расчеты. Знаешь, какой длины было бревно, которое Владимир Ильич нес на своем плече?

— Нет, — ответила мама.

— Примерно километр, — сообщил с самым спокойным видом отец.

Мать непонимающе глянула на него, а тот потряс книгой.

— Данный опус выпущен в пяти томах. На его страницах рассказы старых большевиков, всего четыреста пятьдесят интервью, и в каждом, подчеркиваю, в каждом, есть фраза: «Владимир Ильич вскинул бревно на плечо, я встал рядом». Ежели дубину тащили четыреста с лишним мужиков, то какой она должна быть длины, по-твоему?

— Немедленно прекрати, — рявкнула мама, — тут ребенок сидит!

... — Зачем таскать надувное бревно? — недоумевал Кирюшка.

— Анекдот такой есть, — вздохнул старший брат. — Каганович спрашивает: «Владимир Ильич, идете на субботник?» — «Нет, голубчик, опять проститутка Троцкий мое надувное бревно проколол».

— А чего смешного? — спросил Кирюшка. — Зачем этой Троцкой бревно дырявить?

— Троцкий был мужчина, — ответил Сережка.

— Только же сам сказал: проститутка; значит, женщина!

— О-о-о, — застонал Сережа, — больше не могу, между нами разница всего в четырнадцать лет, а кажется, будто в четырнадцать веков. Невозможно! Троцкий был мужчина, его убили, ледорубом...

Полный негодования, он повернулся, бутылка с кетчупом упала на бок, красная струя выплеснулась прямо на карту.

— Блин! — заорала Лиза. — Урод кретинский! Испортил всю работу.

— Нечего на кухне сидеть, — вступилась за мужа Юля, — ясное дело, тут всего навалом стоит.

— Что же делать? — убивалась Лиза.

— Давай языком слижем! — предложил Кирюшка.

— Муля, — заорала Лизавета, — поди сюда!

Мопсиха мигом материализовалась на кухне.

— На, — Лизавета сунула ей под нос контурную карту.

Всеядная Мулечка ловко заработала языком.

— Во здорово, — радовалась Лизавета, — даже следа не остается, пойду принесу карандашик поярче.

С этими словами она убежала из кухни. Сережка снова закрыл глаза, Ваня загремел посудой. Юлечка углубилась в пасьянс. Я прикрыла глаза, слава богу, все закончилось благополучно. Муля слизала кетчуп, работа спасена, в доме тишь да гладь... Сейчас соберусь с духом, встану и...

— Где моя карта? — раздался крик.

Я открыла глаза.

— Где карта? — бушевала Лиза. — Немедленно отвечайте!

Сережка вздрогнул и сообщил:

— Я не брал, честное слово!

— Я тоже, — сообщила Юля, — даже не смотрела в ту сторону.

— Кирилл, отдай карту, — велела Лиза.

— Нужна она мне!

— Верни!

— Не трогал я ее!

— Врешь!

— Дура!

— Сам дурак!

Ситуация накалялась. Лизавета вытянула вперед руку, чтобы схватить Кирюшку за волосы, но тут Иван сказал:

— Чегой-то Муля выплюнула?

Мы глянула на пол. На линолеуме лежала тоненькая проволочная скрепочка, вернее, изогнутая буквой П крохотная проволочка. Не успела я сообразить, что к чему, как Мульяна разинула пасть, и еще одна загогулинка шлепнулась возле ножки стола.

— Все понятно, — сообщил Иван. — Это она.

— Что? — спросила Юля.

— Она карту съела, — пояснил Ваня, — вона, выплюнула эти штучки, которые бумагу скрепляли. Оно и понятно, кому охота железки кушать!

— Как съела? — прошептала Лиза.

— Решила небось, что сосиска, раз кетчуп сверху, — заржал Сережка.

— Все ты, — завопила Лиза, кидаясь на Кирюшку.

Мальчик схватил кухонное полотенце.

— Тише, тише, — забормотал Ваня.

— Я тебя убью, — кричала девочка, — мне «два» поставят!

Тяжело вздохнув, я ретировалась в свою спальню и легла на кровать. Из кухни доносились звуки борьбы: звон, треск, крики. Вот, пожалуйста, семейный уют в полном разгаре. Послышался легкий скрип, потом сопение. Это Муля и Ада пришли устраиваться на ночь. Мопсихи вспрыгнули на кровать и затеяли возню, каждая хотела занять сладкое местечко возле моего лица.

— А ну перестаньте, — велела я, но собачки продолжали делить территорию.

В конце концов более крупная Муля победила. Ада отступила и легла в ногах. Мулечка положила морду на подушку возле моего лица и с чувством вздохнула. Я поглядела на нее.

— Тебе не стыдно? Сначала котлеты, потом карта...

— Нет, — раздалось в ответ. — Пишкек!

От неожиданности я подскочила, мопсихи свалились на пол.

— Кто здесь?

— Арчи, — раздался ответ, — спи, не бойся.

Я обвела глазами комнату и увидела попугая, сидевшего на подоконнике.

— Ты что здесь делаешь? — невольно вырвалось из груди.

— Спать ложусь, — сообщил Арчи незнакомым женским голосом, потом помолчал и добавил: — И тебе пора, мой котик, на покой, в последний путь. Спи, дружок, усни, надоел хуже горькой редьки.

Я упала на подушку. Мопсихи вновь устроились в кровати, попугай, нахохлившись, сидел за занавеской.

— Арчи, — позвала я, — спишь?

— Сон — это смерть души.

Я вздрогнула, по спине поползли мурашки. Арчи вещал голосом покойного Эдика Малевича.

ГЛАВА 24

Едва выпроводив домашних, я кинулась к телефону и набрала полученный от Евгении Ивановны номер. Часы показывали восемь, пожилые люди любят пораньше вставать.

— Да, — ответил недовольный голос.

— Можно Зинаиду Васильевну?

— Кто это в такую рань?

— Простите, бога ради, мне посоветовала к вам обратиться Евгения Ивановна Червь.

Из голоса собеседницы исчез арктический холод.

— Женечка? Чудесно. Слушаю вас.

— Где можно найти Лику Вересову?

Повисла пауза. Из трубки не доносилось ни звука, только треск и шорох. Думая, что нас разъединили, я воскликнула:

— Зинаида Васильевна, алло!

— Зачем вам моя внучка? — внезапно прозвучал вопрос.

— Понимаете, — старательно принялась врать я, — Лика Вересова когда-то давно сдавала свою фотографию на «Мосфильм», в картотеку актеров. Мы сейчас запускаемся с новым сериалом, и режиссер просматривал карточки. Ему показалось, что Лика лучшая кандидатура на главную роль. Вот и велел найти, а телефона ее у нас нет. Еле-еле ваш отыскали, спасибо Евгении Ивановне.

— Лика давно не занимается актерством, — ответила Зинаида Васильевна.

— Ничего, — бодро вскрикнула я, — нам бы только ее отыскать.

— Хорошо, пишите, — каменным тоном сообщила женщина. — Клуб «Романо», обратитесь туда.

— Адресок подскажите...

— Понятия не имею, подобных заведений не посещаю.

— Может, домашний телефончик?

— Он мне неизвестен!

— Но как же...

— Вот так, — парировала ученая, — мы давно

не общаемся, Лика отрезанный ломоть, идет своим путем. Несколько лет назад она работала в «Романо», где теперь — не знаю.

В ухо полетели противные гудки. Я помедлила секунду и набрала 09.

— Девушка, пожалуйста, дайте телефон клуба «Романо».

— Звоните в платную справочную: ноль-пять, гудок, ноль-девять.

— Почему? — возмутилась я.

Но трубка уже пищала.

Девица в справочной, сообщившая, что за нужный телефон следует заплатить семнадцать рублей, оказалась намного любезней. Мне сообщили не только телефон, но и адрес, даже ласково сказали:

— Часы работы с семи вечера до шести утра. Вход платный.

— И сколько?

— Позвоните в клуб.

Дельное предложение, только до пяти вечера в «Романо» никто не отзывался. Я вся извелась, бегая безостановочно к аппарату. Наконец на том конце послышалось:

— «Романо».

— Как к вам проехать? — завопила я.

— Карельская улица, девятнадцать, возле кинотеатра «Звезда», — вежливо пояснил слащавый мужской голос.

— Вход платный?

— Понедельник и вторник — десять долларов, — охотно пояснил администратор, — среда и четверг — пятнадцать, пятница — сорок...

— Скажите, Лика Вересова у вас работает?

— Естественно, — удивился собеседник, — Анжелика Андреевна бывает каждый день.

— А когда?

— С трех часов дня и примерно до четырех утра.

— Всегда?

— Конечно, — подтвердил голос. — Разве может хозяйка бросить «Романо» без присмотра, а, простите, зачем вам Анжелика Андреевна? Может, не стоит ее тревожить? Давайте решим вопрос со мной.

— А вы кто?

— Старший менеджер, Львов Михаил.

— Очень приятно, — затараторила я, — я представляю журнал «Круг отдыха», хотелось сделать материал о вашем заведении.

— О, это к Лике, — воскликнул Михаил. — Когда придете?

— Сегодня можно?

— Конечно. Одна?

— Простите? — не поняла я.

— Ну, столик вам на одну персону? Или кого с собой прихватите? Искренне советую взять приятеля, изумительная программа, шоу, получите настоящее удовольствие. — Потом, не услыхав ответа, быстро прибавил: — Естественно, все за счет заведения, мы любим журналистов.

Выгодное, однако, это дело, быть представителем прессы. Народ жаждет славы, и корреспондентов повсюду примут с распростертыми объятиями. Интересно, как должна выглядеть журналистка, отправляющаяся брать интервью у хозяйки ночного заведения?

Поколебавшись около получаса перед раскрытым шкафом, я позвонила Нике Сафоновой и задала вопрос:

— Слышь, Николетта, просвети меня, темную...

— Какая проблема? — оживилась Ника. — Излагай.

— В чем ты ходишь брать интервью?

— Что? — заржала Ника. — Что?

— Ну в чем принято ходить?

— Ой, не могу, — веселилась подруга, — да у нас времени нет на шмотки: съемка, съемка, монтаж, съемка... Джинсы нацепил — и вперед! Об одежонке пусть заботятся те, кто тебе отвечает.

— Ну все же, надо же иногда...

— В костюмерной пиджак возьму, — веселилась Ника, — ну ты простота! Знаешь, как Миша Осокин «Сегодня» летом ведет?

— Нет.

— Телевизор хоть иногда смотришь? Представляешь, о ком говорю?

— Конечно. Такой невозмутимый мужчина, всегда великолепно одет, в строгом стиле, рубашка, галстук, пиджак...

— Вот-вот, — хихикала Ника, — сверху все весьма прилично, зато внизу у него, как правило, джинсы, а если жаркое лето, так шорты с сандалиями. То, что не попадет в кадр, никого не волнует.

Страшно обрадовавшись, я влезла в любимые брюки со свитером и поехала в «Романо».

Лика была приветлива до приторности. На вид ей можно дать чуть больше двадцати пяти, впрочем, наверное, ей и в самом деле еще не стукнуло тридцать.

— «Круг отдыха»? — радостно спросила она. — Вы у нас никогда не были, да и такое издание я не встречала в киосках.

— Наш журнал выпускается для супербогатых подписчиков, — быстро нашлась я, — рассылается по почте, тираж всего три тысячи. Но вы понимаете, какие это люди. В розницу он не поступает. Обычным читателям, тем, которые просматривают «Космополитен», «Эль», «Вог» или «Плейбой», не нужна реклама драгоценностей Картье и фирмы «Роллс-Ройс», собирающей автомобили по спецзаказу. Узок круг наших подписчиков, но любой из них был бы желанным гостем в вашем заведении.

Лика рассмеялась.

— Верно. Только вряд ли они к нам пойдут. «Романо» — самый обычный ночной клуб, и развлечения мы предлагаем стандартные.

— Стриптиз?

Вересова улыбнулась.

— Нет. Иногда, правда, включаем в шоу номера с раздеванием. Впрочем, кордебалет пляшет топлесс, с перьями на голове, как в «Мулен Руж», очень красиво выглядит.

Она принялась методично перечислять услуги, которые предоставляет «Романо»:

— Ресторан с великолепной кухней, бар, кофейный «уголок». В час ночи начинается эстрадная программа. Билет стоит сто пятьдесят долларов, в него входит один бесплатный коктейль и небольшая закуска...

— Но мне по телефону назвали другие цены, — возмутилась я.

Лика кивнула.

— Правильно. У «Романо» есть еще дискотека с буфетом, вот туда можно попасть за копейки, только вашим читателям вряд ли захочется толкаться среди толпы потных подростков. У нас публика четко делится на две группы. Солидные клиенты смотрят шоу, а молодежь отплясывает на площадке. Эти потоки не смешиваются, входы и залы разные...

Лика еще долго рассказывала об удовольствии, которое можно получить, если заглянуть в «Романо». Я с умным видом чиркала ручкой в блокнотике, купленном у метро за двадцать рублей.

Наконец Вересова остановилась и предложила:

— Давайте поужинаем, пока основной поток не пошел. Заодно и узнаете качество кухни. Настоятельно советую медальоны из семги или волованы с крабами. Мясные блюда тоже хороши, но рыбные удаются нашему Алексею лучше.

— Спасибо, но есть не хочется.

— Ладно, — покладисто согласилась хозяйка, — тогда кофе с пирожными, а медальоны и волованы велю вам упаковать с собой.

Мне стало неудобно. Она что, считает корреспондентку элитарного журнала нищей?

— Спасибо, — резко ответила я, — от кофе не откажусь, но никаких харчей не надо.

Лика мило улыбнулась, подняла трубку телефона и приказала:

— Кофе, ну и все такое.

Потом забарабанила пальцами по столу, глядя на меня во все глаза. Отчего-то мне стало не по себе. Но тут появилась девочка с подносом, и начался соответствующий моменту диалог:

— Вам с сахаром?

— Лучше без.

— Сливки?

— Пожалуй, без них.

— Тогда попробуйте это пирожное, называется «Тумбочка».

Я послушно откусила кусок, выпечка таяла во рту.

— Правда восхитительно. Только боюсь, если есть эту «Тумбочку» все время, сама станешь как тумба.

Лика рассмеялась:

— Ну, вам это не грозит. Давайте положу с собой? Таких больше нигде не попробуете.

— Спасибо, не надо.

Внезапно Вересова поставила чашку на стол и без всякой улыбки заявила:

— Вы меня обманываете!

От неожиданности я чуть было не выронила восхитительную «Тумбочку».

— В чем?

— Вы не имеете никакого отношения к журналистике, — резко отрезала Лика, — говорите быстро, зачем пришли!

— Но наше издание...

— Хватит!

— Почему вы так уверены, что я не пишу в журнале?

Лика хмыкнула:

— А то я журналюг не знаю! Придут, обязательно поедят, попьют, шоу посмотрят, да еще не в одиночку, а с друзьями... И жратву домой прихватят обязательно. Отказываться никто не станет. Ну-ка колитесь быстро, зачем пришли! Да не вздумайте врать, а то позову охрану!

Я тяжело вздохнула, глянула в ее злое лицо, вытащила удостоверение частного детектива и продемонстрировала его Лике. Вересова кивнула, спокойно закурила и спросила:

— Вы по поводу той драки, что произошла в субботу? Но никто не виноват. Пострадавший сам упал с балкона. Пьян был как кошмар.

— Нет, — ответила я, — я пришла совершенно из-за другой вещи...

— Слушаю, — сказала Лика, — но предупреждаю сразу, налоги я плачу аккуратно.

— В девяносто первом году вы работали в Институте тропической медицины...

— Было такое, — улыбнулась Лика.

— Можете вспомнить, как вы туда попали?

— Очень просто, — засмеялась Лика. — Там служит всю свою жизнь моя бабка, Зинаида Васильевна. Между прочим, она доктор наук, профессор, занимается жуткой гадостью, глистами, червями, бр-р-р, вспоминать неохота.

Когда Лика окончила школу, бабушка твердо сказала:

— В нашей семье все медики, либо практикующие, либо исследователи, Лика пойдет, естественно, по этому же пути.

Честно говоря, девочке совершенно не хотелось возиться с больными, а перспектива просидеть в лаборатории скрючившись всю жизнь над микроскопом совсем не радовала. Лика была веселой хохотушкой, участвовавшей во всех школьных спектаклях, ее больше привлекал театральный вуз. Она даже робко заикнулась:

— Может, лучше в ГИТИС? Или во ВГИК?

Но Зинаида Васильевна нахмурила брови и отрезала:

— Вересовы никогда не кривлялись прилюдно. Нужно получить приличную специальность, а не трясти юбкой на подмостках.

Правда, Зинаида Васильевна обожала внучку и потом добавила уже другим тоном:

— В медицинском есть театральная студия, станешь студенткой, запишешься в нее — и участвуй себе в спектаклях.

С бабушкой в семье Вересовых никогда не спорили, поэтому Анжелика отправилась сдавать экзамены туда, куда велела старуха, и... провалилась.

Наивная девчонка даже обрадовалась, думая, что теперь бабка разрешит ей отдать документы в театральное училище. Но не тут-то было! Зинаида Васильевна сообщила:

— Отправишься ко мне в институт.

— Но что я стану там делать? — изумилась Лика.

— Полы мыть, — преспокойно ответила бабушка. — Стаж рабочий заслуживать. На следующий год пойдешь по конкурсу как трудовая молодежь, а таких берут и с тройками.

Вот так Лика и появилась с ведром и тряпкой в Институте тропической медицины. Через неделю работы ей стало понятно, что в здание, где учат «на Гиппократа», она никогда не пойдет. Девушку раздражало все: отвратительный запах в лабораториях, идиоты-сотрудники, готовые месяцами не вставать из-за рабочего стола, чтобы изучить какую-нибудь гадость... Еще было страшно жаль симпатичных зверушек: лягушек, мышек, кроликов, которых кандидаты наук, доктора и аспиранты препарировали без всяких эмоций.

Два месяца Лика томилась, а потом неожиданно ей повезло. В институт приехал красивый парень, актер и режиссер Гена Мамаев. Он собрался на месяц по приглашению в Индию и решил сделать на всякий случай прививки.

Мамаев бежал по коридору и налетел на ведро. То мигом перевернулось, грязная вода растеклась по коридору. Гена уже приготовился выслушать крики поломойки, но девушка, не сказав ни слова, принялась собирать тряпкой «море». Мамаеву стало совестно.

— Простите.

Уборщица подняла на него прелестные карие глаза и грустно сказала:

— Не беда, сама виновата, поставила ведро на дороге.

Мамаев глянул на нее и погиб на месте.

Через три месяца они поженились, но Лика еще раньше ушла из института. Гена перетащил ее в свой театр.

— Как же вас бабушка отпустила? — удивилась я.

Лика засмеялась.

— Не было бы счастья, да несчастье помогло. Глупость моя помогла.

— Каким образом?

Анжелика закурила.

— Ну и дура же я была, прямо цирк. Только зачем вам это?

Я помолчала, потом осторожно сказала:

— Понимаете, получилась очень странная вещь. Ваши показания о работе в Институте тропической медицины могут пролить свет на убийство известного музыканта Эдика Малевича, которое произошло в этом месяце.

— Бог мой, — удивилась Лика, — да меня там девять лет нет, и потом, я работала всего ничего!

Я развела руками:

— Поверьте, ваши показания очень и очень важны. Иногда случается так: что-то произошло пару десятилетий назад, а эхо сейчас докатилось. Честно говоря, меня волнует ситуация с дельфусом.

— С чем? — удивилась Лика.

— Ну вы там мыли стол в лаборатории у Евгении Ивановны Червь и уронили пробирку...

— Во дела, — довольно вульгарно шлепнула себя руками по бедрам Лика, — вы чего, сговорились?

— С кем?

— Да на днях мужик прибегал, дерганый такой, весь трясется...

— Алик Радзинский?

— Точно, именно так и назвался. Дрожит, чуть не заикается... Тоже просил про ту пробирку рассказать.

— А вы что?

— Ничего, никакой тайны нет, мало ли какие глупости девчонки по молодости совершают...

— Радзинского убили.

— Как? — подскочила Лика.

— Застрелили в подъезде.

— За что?

— За то, что близко подобрался к разгадке одного убийства, которое произошло в девяносто первом году. Я советую вам теперь рассказать эту историю мне.

— Господи, — закричала Лика, — да ничего ужасного-то не случилось, глупость одна.

— Рассказывайте.

Лика пожала плечами.

— Дело было так...

ГЛАВА 25

Однажды к Анжелике подошла милая, смешливая Аня Яхнина. Анечка была ненамного старше Лики, но успела уже закончить институт и даже написать диссертацию. Собственно говоря, из-за диссертации все и произошло.

— Слышь, Ликуся, — спросила Аня, — хочешь двадцать долларов заработать?

— Конечно, — обрадовалась Вересова, — ясное дело!

— Ну тогда сделай для меня одну штуку.

— Какую?

Анечка осмотрелась по сторонам и, понизив голос, сообщила:

— Лабораторию Червь знаешь?

— Естественно, мою там каждый день.

— И ключи имеешь?

Лика потрясла связкой.

— Надо же войти в комнаты.

— Утащи у нее со стола пробирку, — попросила Аня, — штатив оранжевого цвета, смотри не перепутай. Именно из него.

— Зачем? — удивилась Лика.

Аня тяжело вздохнула:

— Эта сука Червь на ученом совете в пух и прах раздолбала мою диссертацию. Камня на камне не оставила! А бабье из совета, естественно, обрадовалось. Я у них словно бельмо на глазу, они-то все после сорока защищались, а мне еще тридцати нет. Накинулись и заклевали. Слава богу, старик Даутов разобрался, и все хорошо закончилось...

— При чем тут пробирка?

— Ха! — выкрикнула Аня. — Эта гадина Червь все зудела: «Некорректное исследование, да и Яхнина вечно на столе все бросает, не дай бог пропадет чего!» Мне еще выговор влупили за несоблюдение правил пользования материалом. Вот и хочу проучить сволочугу! Пусть у нее со стола пропадет дельфус, посмотрим, как выкручиваться станет!

Ликуша не увидела в просьбе ничего особенного. Анечка ей нравилась, всегда веселая, приветливая, угощавшая Вересову остродефицитными сигаретами и шоколадными конфетами... Лика понимала, что Аня хочет отомстить противной Червь. Но Евгения Ивановна дико раздражала и девушку. Исследовательница дружила с Зинаидой Васильевной и взялась воспитывать Лику. Замечания и нудные нотации сыпались из Евгении Ивановны по каждому поводу. Передвинула пробирки в штативе, протерла стекла микроскопа мокрой тряпкой, не помыла пол под столом, не протерла пыль на сейфе...

Высказав Лике претензии, Червь мигом отправлялась к Зинаиде Васильевне, и девушке влетало еще разок, от бабушки. Но самое противное было не это. Каждый раз, сталкиваясь с Ликой в коридоре, Евгения Ивановна многозначительно сообщала:

— Ты должна быть мне благодарна за науку. Учу, учу тебя, но пока зря. Однако надежды сделать из тебя достойного члена общества не теряю!

И все начиналось по новой. Вытерла телефон грязной тряпкой, не помыла раковину, не протерла подоконник, а один раз, о ужас, забыла запереть лабораторию...

Лика даже была благодарна Анечке за идею.

— Только будь осторожна, — учила Яхнина, — возьми пустую пробирку, наполни водой и сунь в штатив. А ту, что с дельфусом, заткни резиновой пробочкой и принеси мне.

— На фига тебе эта дрянь? — сказала Лика. — Давай вылью в рукомойник, и все!

— Что ты! — испугалась Яхнина. — Там опасная вещь, может попасть в канализацию. Нет уж, принеси мне, уничтожу по всем правилам. Нам ведь крупные неприятности не нужны, хотим только гадину Червь проучить!

Ликочка согласилась с Аней и стала поджидать подходящий момент. Но Евгения Ивановна оказалась отвратительно педантичной. Уходя домой, она всегда оставляла комнату в идеальном порядке, мало того, отлучаясь даже в туалет, всегда ставила штатив в сейф, а ключ от него уносила с собой. Просто робот, а не женщина! Но потом в буфет привезли яйца, и Лике Вересовой наконец повезло.

Но глупышка рано радовалась. Примерно через полчаса после удачно проведенной замены в крохотную комнатку, где, сидя на перевернутом ведре, курила довольная Лика, ворвалась Евгения Ивановна и каменным голосом спросила:

— Где дельфус регал? Отвечай немедленно!

Уж как ни глупа была в те годы Лика, но мигом сообразила: рассказывать правду нельзя. Разъяренная баба может и охрану вызвать, а тогда мало никому не покажется. Конечно, изучение глистов не бог весть какой секрет, но отвратительная Червь могла раздуть из глупости целое дело, причем уголовное. Лика просто услышала, как четкий голос судьи читает: «...в составе преступной группы, с целью дискредитации известного ученого, в результате сговора...» Страх придал ей ума, и Лика мгновенно сориентировалась. Все-таки она собиралась стать актрисой и имела явные лицедейские замашки. Мигом зарыдав, девушка начала «каяться»:

— Ну простите, случайно вышло...

Евгения Ивановна внимала «исповеди», поджав губы. Потом, когда Лика примолкла, посмотрела на размазанную по щекам уборщицы тушь и строго поинтересовалась:

— Ладно, предположим, и правда случайно разлила, при твоей неаккуратности такое вполне возможно, но зачем дистиллированную воду в штатив подсунула?

Лика опять зарыдала:

— Так боялась, что вы заметите, заругаетесь, бабушке пожалуетесь, а та меня со свету сживет. Вот и подумала, что сойдет, воду разлила — воду налила...

— Ты еще глупее, чем кажешься, — припечатала мерзкая Червь, — впрочем, прямо сейчас я отправлюсь сначала к Зинаиде Васильевне, а потом в дирекцию. Этот случай следует обсудить на общем собрании, затем принять меры, чтобы другим неповадно было!

Лика заплакала еще сильней. Но Евгения Ивановна была неумолима, сделала разворот через правое плечо и двинулась к Зинаиде Васильевне. Несчастная Вересова затаилась в кладовке, между веником и ведром, мысленно неумело вознося молитвы ангелу-хранителю, надоумившему свою подопечную не выдавать Аню Яхнину. Если такая буча разгорелась из-за простой неосторожности, представьте, что может выйти, если отвратительная Червь узнает об истинном положении дел.

Но неожиданно все закончилось просто прекрасно. Часа через два в кладовку, тяжело ступая, вошла бабушка и протянула внучке листок.

— Подписывай.

— Что это? — робко поинтересовалась девушка.

— Заявление об уходе по собственному желанию, — пояснила Зинаида Васильевна и, глядя, как внучка царапает ручкой по бумаге, добавила: — Наверное, тебе действительно следует идти в актрисы, научная работа требует самоотдачи, собранности, целеустремленности и крайней аккуратности. А как я погляжу, от тебя ничего подобного ожидать не приходится.

Лика от радости боялась пошевелиться, а грозная бабка продолжала:

— Впрочем, Евгения Ивановна абсолютно зря пыталась раздуть сей инцидент! Пробирки у нас бьются, и не только с дельфусом регал, который благополучно погиб, когда ты его размазала досуха тряпкой, а с намного более страшными вещами. Плохо другое: тебе нужно было не наливать дистиллированную воду и пытаться скрыть следы безобразия, а поступить так, как предписывает инструкция, тебя же учили! Ну-ка повтори!

— Тщательно закрыть помещение, — всхлипнула Лика, — включить над дверью красную лампу и вызвать из седьмой комнаты Сергея Петровича Когтева...

— Вот видишь, — удовлетворенно заметила бабушка, — а почему ты не выполнила предписание?

Лика вновь старательно разрыдалась:

— Боялась, заругают.

Неожиданно строгая бабка погладила ее по голове:

— Маленькая ты еще, глупенькая. Ладно, собирайся домой.

— А Евгения Ивановна в первый отдел и к директору не пойдет? — робко поинтересовалась Лика.

Зинаида Васильевна усмехнулась:

— Червь не слишком любит тех, кто совершает, пусть даже невольно, ошибки. Но я не позволю ей портить анкету моей внучки.

— А она послушается тебя, бабуля?

Неожиданно Зинаида Васильевна весело рассмеялась:

— Пусть попробует нагадить! У нее через неделю в нашем совете двоюродная сестра собирается докторскую защищать, а я, между прочим, председатель этого сообщества. Накидают черных шаров, или кворум не соберется, а может, в бумагах неполадки найдутся... Ну и отменится защита на полгода... Нет, Евгения Ивановна не дура и согласилась замять ситуацию, но поставила одно условие, чтобы тебя с завтрашнего дня тут и духу не было.

Вот так неожиданно все устроилось самым

наилучшим образом. Институт тропической медицины остался в прошлом, о вступлении Лики на врачебную стезю бабушка более не заговаривала, ну а затем жизнь и вовсе сложилась прекрасно. Сначала муж перетащил ее в свой театр, а когда коллектив благополучно прогорел, они основали клуб «Романо» и теперь живут припеваючи.

— Бедная бабушка, — вздохнула Лика, — она сначала с большим энтузиазмом отнеслась к моему актерству. Решила, раз уж из меня не вышел ученый, пусть получится звезда подмостков. Но когда мы создали клуб... Бог мой, что началось! Топала ногами, кричала, что я подалась в проститутки, прямо цирк... И ведь вот какая упорная! Живет на грошовую пенсию, нуждается, а от меня ни копейки не берет. Сколько раз я деньги привозила, продукты, ни в какую! Даже на порог не пускает! Ну и характер!

— А Аня Яхнина где теперь?

Лика рассмеялась.

— Хрен ее знает. Толкнула меня на пакость, сама сделать побоялась... Но я на нее не в обиде, в конце концов только лучше получилось... Где Аня? Небось все там же, в институте, она прямо ненормальная была, тряслась возле пробирок, о Нобелевской премии мечтала... Мы больше с ней никогда не встречались, хотя могла бы позвонить и спасибо сказать за то, что я ее не выдала. Вот уж с ней бы так просто, как со мной, не поступили. Раскрой я тогда рот, вся карьера у Яхниной разом закончилась бы...

Я вышла из «Романо» на темную стылую улицу и побрела к метро. Длинная магистраль выглядела пустынной, прохожих никого, ледяная, ветреная погода разогнала москвичей по домам.

Может, впрямь следует учиться водить машину и зимой, а не только летом.

Вот сейчас бы с комфортом ехала в теплом салоне, а не неслась, дрожа от страха и холода, к подземке... Хотя если учесть, что даже сухим июньским днем я покрываюсь потом от напряжения, накручивая руль...

Неоклеенная дверь перестала удивлять, так же как и то, что Ваня вновь приготовил ужин: на этот раз макароны по-флотски и борщ. Впрочем, и домашние стали относиться к мастеру как к родственнику. Сегодня и Юля, и Катя ходили по квартире в халатах, а Лизавета прошлепала в ванную в одних трусах и лифчике. До сих пор такое поведение они позволяли себе только в присутствии трех лиц мужского пола: Сережки, Кирюшки и Володи. Кстати, куда подевался майор? Не звонит, не приходит, очень странно. Впрочем, если подумать, так и ничего особенного. Скорей всего сидит в какой-нибудь засаде или просто занимается с бумажками, случаются у них на службе авралы...

Утром я приехала в Институт тропической медицины, нашла в проходной список телефонов и позвонила в отдел кадров.

— Алло, — отозвался девичий голос.

— Добрый день, — радостно сказала я, — программа «Поле чудес» беспокоит.

— Ой, — вскрикнула девушка, — да ну?

— Привет вам от Леонида Якубовича.

— Ой, — радовалась девица, — ой, а что надо-то вам?

— Ну не по телефону же разговаривать.

— Да, конечно, — засуетилась девчонка, — стойте внизу, ща прибегу!

Через минут пять с той стороны турникета появилось прехорошенькое создание, одетое не по

погоде в суперкоротенькую кожаную мини-юб-
чонку с кургузой кофтенкой, не доходящей до
талии.

— Идите сюда, — замахало небесное видение
руками.

По извилистым, кишкообразным коридорам
мы пошли в глубь здания.

— Ну надо же, — радовалась провожатая, — в
первый раз человека из телика вижу. Вы у нас хотите передачу снимать?

— Во всяком случае, с вашими сотрудниками...

— Ну надо же, — подпрыгивала девчонка, —
потрясающе.

— Как вас зовут? — улыбнулась я.

— Лариса.

— Ларочка, — ласково произнесла я, — пред-
полагаемые съемки пройдут перед самым Новым
годом, сюрприз такой. Так что не очень болтай-
те. Сейчас я пришла уточнить состав участников,
кстати, вы заведующая отделом кадров?

— Нет, — погрустнела Ларочка, — я менеджер
по персоналу.

— А начальство у вас кто?

— Симаков Николай Петрович, — пояснила
Ларисочка, — только сейчас ни его, ни Анны Аль-
бертовны, ни Нинель Михайловны, ни Люды,
вообще в отделе никого нет, кроме меня.

— Куда же все подевались? — удивленно
спросила я, глядя, как Ларочка с трудом откры-
вает железную дверь в комнату с табличкой «По-
сторонним вход воспрещен».

— Грипп свалил, — пояснила девушка, —
жуткая зараза, половина института слегла, а вторая половина на днях обязательно заболеет!

Я хмыкнула. Сапожники, как водится, оказались без сапог, врачи знают все о редких загадоч-

ных болячках, а сделать прививку против вируса «А» не догадались. Да все газеты в один голос кричали о предстоящей эпидемии и советовали привиться! Но мне эта ситуация была лишь на руку. Уж не знаю, как бы отнесся к появлению сотрудницы «Поля чудес» Симаков Николай Петрович. Небось проверил бы первым делом документы, но глупенькая Лариса даже и не подумала спросить удостоверение личности. В данной ситуации, впрочем, это очень хорошо. Вот только одно «но»...

— Скажите, Ларочка, — мило прощебетала я, усевшись в тесной комнатушке и получив чашечку отвратительного на вид и такого же мерзкого на вкус кофе, — а вы сумеете без начальства заглянуть в картотеку?

— Конечно, — захихикала Лара, — теперь у нас компьютер, чик — и готово!

Желая продемонстрировать осведомленность, девчонка ткнула в кнопку, раздалось мирное гудение, машина начала грузиться.

Целый час мы формировали команду. Наконец, посчитав момент подходящим, я сказала:

— У господина Якубовича имелось одно предложение...

— Какое? — воодушевленно воскликнула Ларисочка.

— Здесь работает очень интересная женщина Анна Яхнина, Леониду хочется, чтобы она обязательно приняла участие.

— Яхнина, Яхнина, — забормотала Ларисочка, — не припомню такую, хотя у нас прорва народа в штате.

На экране заметались строчки.

— Вы точно фамилию назвали? — спросила спустя пару минут Ларочка.

— Абсолютно.

— Сейчас в уволенных посмотрю, — обнадежила девочка и радостно воскликнула: — Анна Михайловна Яхнина, шестьдесят третьего года рождения, она?

Я уставилась на экран компьютера. На меня смотрело не слишком четкое изображение девичьего лица. Но даже этот отвратительный снимок рассказывал о характере Анечки: неулыбчива, строга и, очевидно, не привыкла раскрывать перед посторонними душу. Выступающий квадратный подбородок, узкие, сжатые в нитку губы... Качества, великолепные для ученого, но отвратительные для жены и матери.

— Она? — поинтересовалась Ларисочка.

— Похоже.

— Анна Михайловна уволилась в девяносто первом году, — пояснила девушка.

— Причина указана?

— Конечно, в связи с резким ухудшением здоровья и получением инвалидности первой, нерабочей группы.

— Адреса там нет?

— Есть только тот, по которому проживала на момент работы в институте.

— Давай, — велела я.

— Цветной бульвар, дом девятнадцать, квартира семь.

Ноги понесли меня к метро с бешеной скоростью. Эх, жаль, в деле не нашлось телефона. Но Цветной бульвар в самом центре, ехать недалеко, даже метро есть с таким названием. У входа в подземку маячила баба в старом пальто.

— Держи, — сунула она мне рекламную листовку.

Я влетела в вестибюль, спустилась вниз, вошла в вагон, плюхнулась на диван и помчалась сквозь

тьму. Тут только глаза прочитали текст на небольшой бумажке, полученной от божьего одуванчи-
ка. «Центр древнекитайской медицины. Похуде́ть за неделю до 8 кг, навсегда. Комфортно,
очень дорого. Консультируют и ведут прием лучшие специалисты Европы. Телефон 126-02-87».

Пару секунд я читала объявление, потом стала корчиться от смеха. Нет, вы только подумайте
внимательно над текстом. Мне предлагают похуде́ть **до** восьми килограмм. Значит, в результате
комфортных и очень дорогих процедур я буду весить, как наша мопсиха Ада. Она как раз тянет
ровно на восемь всемирных эквивалентов. Представляете, как я похорошею, сравнявшись весом
с комнатной собачкой! Но этого мало! Чтобы отсечь всяческие надежды, люди, давшие объявление, подчеркнули *навсегда*! То есть превращусь в
Адюсю и никогда более не сумею поправиться.
Рост, естественно, останется прежним... Да уж,
на фоне подобного предложения как-то теряется
еще одна восхитительная деталька: в Центре
древнекитайской медицины прием непонятно
почему ведут лучшие специалисты Европы. Хотя
это я зря. Древние китайцы давным-давно вымерли...

— Станция «Цветной бульвар», — донеслось
из динамика.

Я пошла к выходу, отчего-то напевая под нос
бодрую песенку, нет, все не так плохо, жизнь
прекрасна, я молода, имею семью, любимых животных, а вот теперь еще и нашла себе профессию по душе. Мне очень нравится работа частного детектива, и как только найду убийцу Эдика
Малевича, мигом примусь за другое дело. Впрочем, у Федоры может не оказаться заказов... На
секунду мне стало грустно, но тут же взгляд упал

на киоск, торгующий журналами. Душа вновь наполнилась бодростью. Не будет клиентов? Ерунда, найдем их сами, дадим объявления в газетах.

ГЛАВА 26

Аня проживала в самом центре, а наш с Катюшей дом расположен довольно далеко от Красной площади. Но ни за какие блага я не согласилась бы поменяться с Яхниной квартирами.

Невысокий, четырехэтажный, серый каменный особняк нависал прямо над Цветным бульваром, где нервно издавали гудки машины, стоявшие в километровой пробке, а слева шумело Садовое кольцо. Даже сегодня, холодным, морозным днем, тут нечем дышать, представляю, какой смог повисает в этом районе летом, весной и осенью.

Вход в здание был прямо с бульвара, двора у дома не наблюдалось. Да уж, понимаю, как мучаются местные собачники. Впрочем, вдруг внутри дома красота невероятная... Но лестница выглядела ужасно, а запах там стоял такой, что меня чуть было не вывернуло наизнанку, пока я плелась по заплеванным ступенькам вверх. Дверь нужной квартиры выглядела под стать подъезду — огромная, деревянная, ободранная, с невероятной ручкой, сделанной году этак в девятьсот тринадцатом. Звонка не нашлось, и пришлось колотить в створку ногой. Похоже, что такие действия производили все прибывавшие сюда гости, потому что в самом низу двери виднелась яма, явно выбитая сапогами и ботинками.

— Кто там? — прокричал детский голосок.

— Маму позови.

— Сейчас, — сообщил ребенок и исчез.

Я подождала пару минут и уже собралась вновь дубасить по деревяшке, как приоткрылась щель.

— Вам кого?

— Анну Яхнину.

Из пространства между дверью и створкой высунулось бледное женское лицо с огромным синяком под левым глазом.

— Анну?

— Да.

— Вы не из налоговой инспекции?

— Разве похоже?

— И не из собеса? — настороженно продолжала баба.

— Нет

— А откуда? Зачем вам Аня?

— В этом году отмечается пятидесятилетие Института тропической медицины, Яхнина когда-то работала там, вот, привезла приглашение на праздник.

Женщина загремела цепочкой:

— Входите. Тут такие кадры в подъезде проживают, жуткие сволочи. Мы у Анечки квартиру снимаем и все боимся, что кто-нибудь из этих дряней накапает либо в налоговую, либо в собес. Если узнают, что она жилплощадь сдает, мигом дотацию отнимут. А как ей на пенсию прожить? Ну никак невозможно. И о чем власти думают...

— Значит, Анюта не здесь живет? — прервала я стоны тетки.

— Нет, она в интернате.

— Где?

— Ну, в больнице. А вы разве не в курсе?

— Чего?

— Того, что с ней случилось.

— Нет, мы с ней никогда не виделись.

— Анечка — инвалид, вряд ли она сумеет пойти на праздник.

— Адрес у вас есть?

— Интерната? Конечно.

— Телефон?

— Зачем он мне? Аня никуда не выходит, раз в месяц муж просто отвозит ей денежки, и делу конец.

— Давайте адрес.

— Да не старайтесь, — принялась уговаривать меня баба, — она все равно ни за что не пойдет, чего вам зря мотаться? Оставьте у нас приглашение, Петя поедет с платой и прихватит...

— Велено передать лично в руки, там еще материальная помощь.

— А, понятно, — кивнула тетка, — тогда пишите: улица Четвертого тупика, дом шесть.

В первую секунду мне показалось, что тетка надо мной издевается.

— Улица Четвертого тупика? Где же такая?

— Петя, — заорала хозяйка. — Петь, поди сюда.

Из комнаты вышел толстый мужик в несвежей, заляпанной невесть чем майке.

— Ну, чего голосишь, как потерпевшая? Разоралась! Замолкни, Валька!

— Слышь, Петюш, — не обращая внимания на его грубость, продолжала Валя, — расскажи человеку, где Анина больница находится, вот, материальную помощь ей привезли с бывшей работы.

Петр окинул меня мутноватым взглядом и объявил:

— У Муньки в жопе.

— Где? — оторопела я.

— У е...й матери за углом, — продолжил хозяин, отчаянно почесывая под мышками, — чис-

тый геморрой добираться. Сначала до «Юго-За-
падной» на метро, потом на маршрутке до Со-
лнцева, затем пересядешь на восемьсот двенад-
цатый и доедешь до остановки «Зеленый бор»,
как сойдешь, тут тебе и забор ихний.

— По времени это сколько?

— Два часа в один конец.

Я глянула на будильник, громко тикавший на
полке в входа: 13.00. Ничего, в три буду на месте.

Петр слегка ошибся. Я потратила на дорогу
больше ста двадцати минут. Сначала долго поджидала маршрутку, потом никак не хотел подъез-
жать 812-й, а когда автобус наконец появился и
я, устроившись у окна, купила у кондуктора билет, выяснилось, что «Зеленый бор» конечная, и
езды туда полчаса по хорошей дороге, а по зим-
ней сорок минут. Впрочем, в одном Петр оказался прав: автобус и впрямь уперся в синий забор,
только мужчина забыл сказать, что до центрального входа надо бежать около двадцати минут.
Заборчик тянулся и тянулся, он был на редкость
высоким и целым. Но все имеет конец. Впереди
мелькнули ворота, я нырнула в них и увидела
штук десять зданий, стоявших в живописном бес-
порядке на огромной территории. Первое украшала табличка «Морг. Выдача тел с 10.00 до
14.00». Шарахнувшись в сторону от малопривле-
кательного помещения, я подошла к другому дому — «Хирургия». Вот отлично, должно же здесь
быть справочное бюро.

Окошко и впрямь нашлось у входа. В нем сидела неприступная и неразговорчивая, словно
индейский вождь, старуха. Выслушав меня, она
отрезала:

— Справки только по хирургии!

— Неужели вы не знаете, где...

Старуха захлопнула окошко. Пришлось вытаскивать десять рублей и пропихивать их в щелочку. Купюра мигом растопила сердце неприветливой бабки, и она словоохотливо растолковала мне дорогу. Узнав, в чем дело, я чуть не лопнула от злости. Предстояло бежать назад к остановке и идти от нее в другую сторону. Одним словом, когда я ворвалась наконец в небольшое длинное одноэтажное здание с несуразно большими дверями, злоба просто переполняла меня до краев. Наверное, поэтому я рявкнула маленькой медсестричке, читавшей на посту книгу Поляковой:

— Где Анна Яхнина?

— Двадцать девятая комната, — спокойно пояснила дежурная, — по коридору налево.

Я пошла в указанном направлении. Кстати, внутри интернат выглядел более чем прилично. Здесь совсем недавно сделали ремонт, не европейский, а обычный, но очень аккуратно. Потолок был белым-белым, стены кремовыми, и на них тут и там висели картины, явно написанные рукой дилетанта, но, как говорят художники, «с настроением». На полу лежала ковровая дорожка, двери палат сверкали лаком, и пахло тут, как дома, отварной картошкой и куриным бульоном.

На мой стук отозвался хриплый голос:

— Не заперто.

Я толкнула легко подавшуюся дверь, подняла глаза и чуть не заорала от ужаса. Нет, палата или, вернее, комната была в полном порядке, уютная, даже кокетливая. На окне висели красивые темно-зеленые занавески, расшитые золотыми листьями, в углу стояла большая удобная кровать под темно-синим пушистым пледом. У окна располагался письменный стол, посередине стоял еще один столик, маленький, круглый, а возле него пара стульев. Одним словом, не больничная палата, а комфортабельный номер в санатории... Никакого ужаса помещение не вызывало, холодный пот потек по моей спине при взгляде на хозяйку.

Я никогда не видела такого лица, вернее, лица как раз и не было. Ни бровей, ни ресниц, ни губ, ни подбородка... Кожа была покрыта жуткими, змеящимися шрамами, веки морщинистые, словно у старой-престарой черепахи. Внутри воспаленных складок торчали два глаза непонятного цвета. Существо сидело в инвалидной коляске с ногами, прикрытыми клетчатым пледом. Руки лежали поверх одеяла и выглядели так же жутко, как и лицо.

— Вы ко мне? — хриплым голосом поинтересовалось нечто.

Понимая, что молчать просто неприлично, я кое-как отодрала сухой, как наждак, язык от неба и сказала:

— Я ищу Аню Яхнину...

— Слушаю вас внимательно.

— Меня зовут Евлампия Романова.

— Очень приятно.

— Я частный детектив.

— Никогда не встречала людей вашей профессии, — тактично заметила Яхнина. — И зачем я вам понадобилась?

Под ее жутким взглядом мне делалось не по себе, и врать получалось плохо.

— Гема Даутова наняла меня, чтобы отыскать убийцу ее мужа Эдика Малевича. Вы ведь знали Гему? Насколько понимаю, работали вместе в Институте тропической медицины, правильно?

— Верно, — совершенно спокойно ответила Аня, — когда-то я действительно работала в том месте, и Гема Даутова мне, естественно, знакома, но тесно мы не общались. Гема — дочь директора института и до меня не снисходила, мужа ее я встречала пару раз, кажется, он приходил в наше заведение на какие-то праздники... Новый год или Восьмое марта, не помню, давно было, я в девяносто первом году уволилась.

— Почему?

В лице Ани вновь не отразилось никаких эмоций.

— Попала в автомобильную катастрофу, оказалась зажатой в кабине, а «Жигули» вспыхнули... Вот вы только что испугались моего внешнего вида...

— Ну что вы...

Аня подняла вверх правую руку:

— Не надо деликатничать, я привыкла к подобной реакции. Самое ужасное, что мозг мой работает четко, но вот кто же возьмет на службу изуродованную инвалидку? Поэтому живу тут и пытаюсь писать от скуки кое-какие статьи в популярные издания, в основном детские... Ерунда, конечно, но окончательно поставить на себе крест не хочется. Значит, вас наняла Гема... Ну и как она поживает? Небось докторскую защитила, по симпозиумам и конференциям разъезжает? Оно и понятно, с таким папой весь мир в кармане...

— Гема умерла, — тихо сообщила я.

Внезапно в абсолютно неподвижных глазах заплескалось нечто, больше всего похожее на ликование.

— Как умерла?

— Она отравилась.

Аня схватилась за ободья коляски, мигом докатилась до шкафа, вытащила с полки бутылку коньяка, две рюмки и сообщила:

— Надо помянуть!

Но радость, звучавшая в ее голосе, без слов

говорила о том, что выпивать Аня собралась не
за упокой души Даутовой.

— Вы так не любили ее? — спросила я.

Яхнина протянула мне жуткой рукой рюмку и
велела:

— Ну, давай!

Потом она быстро опустошила ее, мне пришлось украдкой вылить содержимое своего бока-
ла за пазуху. Было очень неприятно, сначала холодно, потом липко, но я совершенно не переношу алкоголь, даже крохотная доза способна
вышибить меня из седла. Но Аня пила просто отлично, вторая, а потом и третья рюмка исчезли в
ее желудке, но голос продолжал оставаться твердым.

— Значит, Гема покойница, и муж ее скончался, раз она наняла вас расследовать факт убийства. А с ним что произошло, если не секрет?

— Ножом ударили, в ресторане «Макдоналдс».

— Мило, — отозвалась Аня, — значит, никого
не осталось. А старик Даутов жив?

— Нет, умер, впрочем, и мать Гемы тоже.

— Значит, никого не осталось, — пробормотала Аня, — никого, да? Отец, Гема, Эдик... Все?
Да? Точно?

— Да, — подтвердила я.

Внезапно Аня рассмеялась, сначала тихо,
потом громко, следом понесся хохот, а по изуродованным щекам потекли слезы.

Я в растерянности смотрела на Яхнину, та за-
катывалась в истерике. Пришлось налить еще
одну рюмку коньяка и сунуть ее в руку, больше
всего напоминающую клешню.

— Выпей.

Аня мигом проглотила коньяк, хохотнула в последний раз и выкрикнула:

— Все, все! Сколько раз я представляла себе, что стою у ее могилы, господи, сколько раз! Только поэтому и скрипела, не умирала! Нет, думала, ни за что тапки не отброшу, пока на ее гроб не плюну! Ни за что! Отравилась! Надеюсь, долго мучилась перед кончиной, говорят, от яда жуткая агония...

Выпалив последнюю фразу, Аня схватила бутылку и сделала глоток прямо из горлышка.

— За что вы так ненавидите Гему? — тихо спросила я, видя, как Яхнина скорчила жуткую гримасу, скорей всего обозначавшую радостную улыбку.

Услыхав мой вопрос, Анечка вдруг строго ответила:

— За все. Это она превратила меня в то, что сидит сейчас в инвалидном кресле.

— Как?!

— Ну, каким образом она подкупила водителя той машины, которая столкнула меня с эстакады вниз, не знаю. Может, денег много дала или пообещала чего, а иногда я думаю, уж не сама ли она за рулем сидела...

— Но зачем ей вас калечить?

У Ани вновь скрючило лицо.

— Так она хотела убить меня, а получилось вон что... Я и в интернат специально переехала, потому как боялась одна в московской квартире жить. Сил у меня совсем нет, придушить подушкой ничего не стоит... Хотя нет, Гема мне скорей всего подсунула бы заразу, она большой, знаете ли, специалист по этой части!

— Простите, — робко попросила я, — честно говоря, я мало что понимаю, может, объясните поподробней?

— Сколько лет, — качала жуткой головой Аня, — сколько лет я хотела рассказать людям правду, но боялась! Гема Даутова страшный человек. Знаете, есть такая змея — аспид. Удивительно красивое пресмыкающееся, глаз не оторвать, а укус смертелен. Так и Гема, мила, хороша собой, образованна, но... жуткая дрянь.

— Может, все-таки расскажете по порядку?

Аня засмеялась и вновь глотнула из бутылки.

— Обязательно, теперь мне нечего бояться, да и следующий припадок скорей всего меня убьет.

— Какой припадок? — испугалась я, невольно отшатываясь.

— Да не бойся, — хмыкнула Аня, — это не заразно, астма у меня, но сегодня ничего не случится, я приближение ее за много часов ощущаю. А рассказать расскажу, давно мечтала правду на белый свет вытрясти! Слушай!

ГЛАВА 27

Анечка Яхнина родилась в бедной, но интеллигентной семье. Папа ее скончался, когда дочке исполнилось пять лет, и мама-библиотекарь в одиночку поднимала девочку. Зарплата сотрудницы районного книгохранилища была очень мала. Валентина Николаевна получала всего 90 рублей в месяц. Правда, потом она дослужилась до заведующей, и зарплата возросла до 140 целковых. Но все равно одеться, обуться, прокормиться на эти гроши очень трудно. Сколько Анечка себя помнит, мать считала копейки, собирая месяцами на зимнее пальто, сапоги и новогодние подарки... Хорошо хоть с летним отдыхом не существовало проблем, на три месяца Анюту отправляли в деревню к бабке, матери покойного отца. Так что июнь, июль и август проходили на природе, остальные месяцы она проводила в библиотеке. Книгохранилище распахивало двери в 14.00 и работало до 21.00, поэтому Анечка сразу после школы неслась к маме, делала уроки в тишине читального зала, ужинала и смотрела телевизор в комнате отдыха сотрудников...

Росла Анечка беспроблемным ребенком, тихим, послушным, замкнутым. Когда другие подростки начали самоутверждаться, грубить родителям, таскать двойки и требовать красивой одежды, Анечка спокойно ходила в жутких платьицах, созданных на швейной фабрике «Смена», никогда не спорила с мамой, и в дневнике у нее стояли только пятерки, там не было ни одной четверки.

Родители одноклассников поголовно завидовали Валентине Николаевне. Однако дети в школе не любили Аню. Она была очень сдержанна, не участвовала в проказах и вела себя на переменах словно старушка. Все носятся гурьбой, стреляются жеваной бумажкой, толкаются, орут, а Яхнина сидит на банкетке и читает учебник, готовится к предстоящему уроку. Не били за такое поведение Аню только лишь по одной причине: она охотно давала списывать на контрольных, легко решая за 45 минут все варианты по алгебре.

Но никто — ни одноклассники, ни учителя, ни мама — не подозревал, какие демоны таятся на дне души Ани. Класса с пятого девочка точно знала, кем станет! Врачом, но не простым, районным, бегающим по домам за копейки. Нищей, бережно складывающей, как мамочка, мятые рубли в коробочки из-под чая, она не будет никогда! Нет, Анечка достигнет небывалых высот, создаст, как Флеминг пенициллин, какое-нибудь удивительное лекарство, получит всемирную славу и Нобелевскую премию. Анечка не знала, чего ей хочется больше: признания или богатства. Наверное, все же денег хотелось сильней... Ночью Анюта лежала без сна, разглядывая в слабом лунном свете протертые, дешевенькие обои, посекшиеся занавески и люстрочку с одним разбитым рожком. Нет, слава хорошо, но деньги лучше. Нобелевскую премию надо получить всенепременно, у ее детей будет все: красивая спальня, игрушки, книжки, еда и сладости...

Золотую медаль она получила элементарно. Никому в школе даже в голову не приходило, что Яхнина закончит учебу с «пустыми руками». Впрочем, награда была заслужена упорным трудом. Валентина Николаевна не бегала к директору, как другие родители, не таскала бесконечные презенты учителям, не выпрашивала пятерки... Мама Ани бывала в школьном здании только на собраниях, да и то не на всех...

В институт Анюта попала сразу, с легкостью преодолев один положенный для медалистов экзамен. Началась студенческая пора. Но снова вечеринки, выпивки и веселье обходились без Яхниной. Аня дни напролет проводила над учебниками, к третьему курсу стала ленинской стипендиаткой и получала по ведомости сто рублей в месяц, в отличие от всех студентов, имевших тридцать пять. Яхнину заметил профессор Яковлев, мировая величина в области тропической медицины. Александр Михайлович пригрел умную, честолюбивую девочку и, когда та, получив красный диплом, выпорхнула из alma mater, пристроил ее в аспирантуру в институт к Даутову.

Началась иная, взрослая жизнь, и меньше чем через полгода Анечка поняла, что путь к Нобелевской премии будет тернист. В НИИ Яхнина опять оказалась в гордом одиночестве. Ее одногодки, девушки и юноши, писавшие диссертации, не слишком утруждались. На создание работы государство давало целых три года, в течение этого срока каждый месяц выплачивалась стипендия, да еще капали кое-какие денежки за преподавательскую работу. В первые 12 месяцев полагалось сдать экзамен, пресловутый кандидатский минимум, на второй год... Словом, никто не торопил аспирантов. Поголовное их большинство основную часть отпущенного срока тратило не на научные изыскания, а на совсем другие, более приятные вещи. Выходили замуж, рожали детей, потом разводились. Одним словом, написание кандидатской растягивалось на неопределенный срок. Представляете теперь, как раздражала молодежь, привыкшую к праздному времяпрепровождению, трудолюбивая Анечка, успевшая всего за один год все: и сдать экзамены, и написать работу, и напечатать в журналах необходимые для защиты научные статьи?

Но черт с ними, с аспирантами, они только злобно поджимали губы при виде Яхниной, хуже было другое. Старших сотрудников, в основном женщин за пятьдесят и членов ученого совета, слишком работоспособная Анечка бесила ничуть не меньше. Большинство научных дам сумели стать кандидатами, когда им исполнилось сорок, а то и сорок пять... Здесь же наглая выскочка, не успевшая справить тридцатилетие, притаскивает готовый труд и заявляет секретарю совета:

— Одна работа выполнена, сяду вскоре за докторскую.

Эту фразу потом с разной степенью негодования повторяли на всех этажах. В общем, на момент защиты Яхниной все члены совета находились в крайней степени раздражения. Может, они бы и справились с завистью и злобой, но недальновидная Анечка явилась на защиту в шикарном черном платье, ловко подчеркивающем все изгибы прелестной фигурки, с роскошной прической, умопомрачительными серьгами и отличным макияжем. Огромные глаза светились счастьем, губы сами по себе расплывались в улыбке... Девчонка предвкушала оглушительный успех. Это уже оказалось слишком. Никто ведь не знал, что платье и драгоценности дала ей всего на один день подруга матери, а прическу соорудила бесплатно соседка, работающая мастером в «Чародейке»...

Ученые дамы, расплывшиеся от постоянного сидения над микроскопами, обдернули свои вытянутые вязаные кофты, тряхнули «химическими» головами и... налетели на Анечку, как коршуны на цыпленка.

Подобного сокрушительного разгрома работы стены института не видели ни разу. Аня не упала в обморок лишь по одной причине: не желала доставлять радость злобным бабам. Поэтому стояла на трибуне с улыбкой, стойко «сохраняя лицо», но ноги стали ватными, пальцы рук дрожали, а по спине липкими струйками тек пот... В особенности усердствовала Червь. Собственно говоря, Евгения Ивановна и погнала волну, первой обвинив Анечку в некомпетентности, поверхностности и неумении делать выводы. Она же предложила признать работу непригодной для защиты, ловко заткнув своих оппонентов.

Итог впечатлял — только два белых шара.

В полном отчаянии Аня приехала домой и, не отвечая на вопросы испуганной матери, заперлась в своей комнате. Не привыкшая к неудачам в учебе, девушка переживала свой провал особо тяжело и решила завтра не ходить в институт.

Вечером, часов около десяти, раздался звонок телефона.

— Нюша, возьми трубку, — крикнула мать.

— Скажи, сплю, — буркнула Аня.

Но Валентина Николаевна забарабанила в дверь:

— Возьми трубку, она говорит, точно знает, что ты бодрствуешь.

— Кто там?

— Гема Даутова.

Удивленная вконец, Анечка сказала:

— Алло.

— Спустись вниз, я сижу в машине у твоего подъезда, — сообщил высокий голос.

— Может, вы сами подниметесь? — вежливо предложила Аня.

— Спускайся!

Ничего не понимавшая Яхнина побежала по лестнице вниз. Она, естественно, знала, что Гема — дочь директора института и что мать Даутовой заведует лабораторией. Никакой дружбы между ними не было. Но девушки были примерно одного возраста и раскланивались, сталкиваясь в коридорах, а один раз их места оказались во время конференции рядом, и они немного поговорили. У Ани осталось самое приятное впечатление от дочери высокопоставленных родителей, та была умна, хорошо воспитана и ничем не подчеркивала разницу в их социальном статусе. Гема называла Аню на «ты», но Яхнина «выкала» Даутовой...

— Садись, — велела Гема, распахивая дверку «Жигулей».

Аня покорно нырнула внутрь салона, пропахшего дымом.

— Будешь? — предложила Даутова сигареты.

— Спасибо, не курю...

Гема вытащила тоненькую сигарету, щелкнула зажигалкой, затянулась, медленно выпустила сизое облако и с чувством произнесла:

— Ну и дряни наши бабы, сволочи завистливые, а в особенности Червь, я бы Евгению Ивановну в сортире утопила!

Внезапно у Ани из глаз полились слезы, и она впервые в жизни разрыдалась при постороннем человеке. Гема терпеливо переждала, пока всхлипы закончатся, и сказала:

— Плакать тут пустое дело, надо действовать.

— Что же делать? — устало спросила Аня. — Все кончено, диссертацию зарубили.

— Отец пришел в сильное негодование, узнав о произошедшем, — тихо пояснила Гема, — просто за голову схватился, в общем, готовься, во вторник состоится новый ученый совет.

Сначала Ане показалось, что она ослышалась.

— Новое заседание с моей защитой?

— Да.

— Но это невозможно! Диссертацию ведь признали негодной!

Гема раздавила в пепельнице окурок.

— Очень даже возможно. Для кворума необходимо двенадцать человек, а этих старых дур было только десять. Теперь процедура защиты признана неправомочной. Они не зарубили тебя, они не имели права начинать заседание ученого совета без необходимого числа участников, следовательно, защита просто отложилась. Сообразила? Следующая через неделю. Иди умойся, а завтра на работе высоко держи голову, папа берет тебя под свое крыло.

— Почему? — бормотала ошарашенная Аня. — Отчего такое особое ко мне отношение?

Гема улыбнулась уголками губ.

— Ты работоспособна, умна, честолюбива. У тебя огромный творческий потенциал, подобные люди и толкают вперед науку. Именно они, а не старые клуши, боящиеся по-новому взглянуть на проблему. И потом, мы же подруги, или не так?

Аня сидела с раскрытым ртом. Она, естественно, знала, что по правилам, установленным ВАК, без определенного числа членов совета, кворума, защита состояться не может и, по идее, должна быть отменена. На деле часто случается иначе. Ученый секретарь обзванивает коллег и упрашивает, пуская в ход разные аргументы:

— Завтра обязательно следует быть на совете, защищается аспирантка самого Даутова.

Или:

— Пожалуйста, уж придите, кворума нет, жалко человека, защита не состоится, а он уже и банкет для всех приготовил.

Обычно со скрипом необходимое количество участников собирается. Впрочем, часто случается и по-другому. Кое-кто из профессоров просто забегает на секундочку во время заседания и расписывается в ведомости, уносясь потом по своим делам. Кое-кого секретарь сам ловит в коридорах и канючит:

— Иван Иванович, подпиши, сделай милость...

Наверное, и сегодня бабы собрались проделать нечто похожее, но старик Даутов обозлился, и дело пошло по-иному.

Гема не подвела. Во вторник совет собрался вновь, но теперь во главе стола сидел хмурый старик Даутов, исподлобья поглядывавший на присмиревших баб. Антон Сергеевич правил в своем институте аки самодержец. Его любили и боялись. Директор мог расчистить путь для быстрой карьеры и мог закопать неугодного человека. К тому же от Даутова зависело абсолютно все:

от повышения зарплаты до заграничных командировок, спорить с монархом не решались. Поэтому вторая защита прошла как по маслу, только Евгения Ивановна Червь опять принялась вякать о сырой работе.

Антон Сергеевич молча выслушал даму и подвел итог:

— Спасибо, коллега, ваше мнение обязательно отразится в протоколе.

Через час Анечка принимала поздравления, в урне для голосования оказался только один черный шар, явно брошенный туда строптивой Евгенией Ивановной, только она могла не побояться гнева старика Даутова.

Не успели объявить результаты, как Антон Сергеевич встал, обнял Анечку за плечи и сообщил:

— Вот пример для очень многих! За год создать великолепную работу. У тебя, детка, большое будущее.

Едва начальство захлопнуло рот, как все кинулись поздравлять Аню. Поняв, что старик Даутов протежирует противную девчонку, члены совета выдавили из себя приятные слова.

Стоит ли упоминать о том, что Анечка теперь была готова бегать для Гемы босыми ногами по горящим углям и битому стеклу? Яхнина только ждала случая, чтобы отблагодарить благодетельницу. И, надо сказать, он представился довольно быстро, примерно через месяц.

Дочь директора вновь приехала к дому и попросила ее спуститься. Анюта ринулась вниз, даже не надев куртку. Сначала просто поболтали о ерунде, посплетничали, потом Гема вздохнула:

— У папы неприятности.

— Да ну? — изумилась Аня.

— Предстоит вскоре его переизбрание на новый срок, а Червь носится по институту и кричит на всех углах: хватит с нас даутовщины, пора выдвигать другую кандидатуру.

— Вот сволочь, — с чувством произнесла Аня, — убить ее мало! Стольким людям жизнь испортила, дрянь мерзкая.

— Убивать не надо, — хмыкнула Гема, — слишком радикальное решение, а вот пасть вонючую заткнуть очень хочется, а тебе?

— Мне тоже, — мигом подхватила Аня, — но как?

Они начали строить хитроумные планы, но все казалось мелко, пошло и несерьезно.

ГЛАВА 28

Яхнина прервала рассказ, вновь приложилась к коньяку и твердым, совершенно трезвым голосом заметила:

— Теперь-то я понимаю, какая Гема хитрая и умная дрянь. Пока валялась в больнице между жизнью и смертью, хватило времени, чтобы пораскинуть мозгами. Она задумала это дело давно, еще в тот день, когда попросила отца мне помочь. Только не думайте, будто Гема пожалела меня. Отнюдь. Она все великолепно рассчитала, знала, что получит человека, готового ради Даутовых на все. Более того, столь ловко построила разговор, что я сама предложила уничтожить пробирку с дельфусом регал.

Услыхав предложение, Гема изобразила удивление:

— А что, хорошая идея, молодец, Анечка, только не надо уничтожать дельфус, принеси его мне, я отдам папе, и посмотрим, что он сделает с мерзавкой Червь, когда та явится подписывать акт по расходу лабораторных материалов. Голову даю на отсечение, она попытается скрыть происшедшее, положит папе на стол бумагу, а тот покажет дельфус. Представляю, как Евгения Ивановна обосрется!

Анечка счастливо рассмеялась. Мало кто знал, как она ненавидела Червь!

— Значит, решено, — хлопнула Гема по рулю, — приносишь мне пробирку.

Аня в глубоком раздумье побрела домой. Легко сказать, да трудно сделать. Страшно входить в чужую лабораторию; как объяснить там свое присутствие, если сотрудников никого? Да еще омерзительная Евгения Ивановна сидела совершенно одна в небольшой комнатенке и всегда ее запирала, уходя. Положение казалось безвыходным, но Ане очень хотелось услужить Даутовым, а когда чего-то до безумия желаешь, обязательно получишь!

Все случилось лучше некуда. Глупенькая Лика Вересова, получив двадцать долларов, приволокла дельфус. Аня отнесла пробирку Геме... Потом Лика уволилась, и Яхнина спокойно вздохнула. Через пару дней старик Даутов отбыл на полгода в Египет, читать лекции в Каирском университете, жена отправилась с ним, а Евгения Ивановна Червь присмирела и даже стала благосклонно кивать Ане.

Жизнь текла своим чередом, а примерно через семь месяцев Гема вышла замуж за Эдика Малевича. Аню на свадьбу не позвали, да она и не рвалась, понимая, что настоящей дружбы между ней и Даутовой нет. Но по институту поползли слухи, что дочь директора связала свою судьбу со вдовцом, мужем скончавшейся лучшей подруги. Называлось и имя — Нина Арбени. Анечка, любившая классическую музыку, встречала эту фамилию на афишах. Но в ее голове, естественно, не было мыслей о криминале.

Потом Институт тропической медицины открыл платные курсы для врачей, желавших получить знания об африканских и других неевропейских инфекциях. Преподавать на них, чтобы получать неплохую зарплату, рвались многие сотрудники, но Гема вновь посодействовала, и Анечка оказалась среди избранных.

Теперь ее материальное положение резко взметнулось вверх. Мама-библиотекарь к тому времени скончалась, и обеспечивать приходилось только себя, ни детей, ни мужа у Ани не было. В гардеробе ее появилась кое-какая одежонка, а потом Яхнина приобрела автомобиль, старенький, чуть живой, но свой. Еще недавно ни о чем таком она и помыслить не могла, а все благодаря покровительству Гемы. Желая оправдать доверие Даутовой, Аня старалась изо всех сил, читая лекции на курсах, тщательно готовилась, подбирала интересные случаи... Слушателям молоденькая, но уже опытная, прекрасно эрудированная Анечка нравилась. Однажды после лекции, посвященной среди прочего и дельфусу регал, к Яхниной подошел врач и спросил:

— А в подмосковных реках он водится?

Анечка подробно растолковала ситуацию с паразитом и в свою очередь поинтересовалась:

— Почему у вас возник такой вопрос?

— Да вот, — вздохнул мужчина, — была у меня больная, до сих пор жаль бедняжку, молодая, талантливая, подцепила непонятную заразу, лечили от онкологии, толку никакого. А вот теперь думается, что у нее был именно этот дельфус. Вот вы рассказывали, а у меня перед глазами Нина стояла.

— Кто? — не поняла Аня.

— Ну больная моя, Нина Арбени, кстати, талантливейшая музыкантша, может, встречали фамилию на афишах?

Знакомое имя резануло слух: Нина Арбени, жена Эдуарда Малевича, нынешнего супруга Гемы. В душу Ани закралось сомнение, пока еще не оформившееся, непонятное...

— Хотите, я посмотрю историю болезни? — предложила она врачу.

— Спасибо, — обрадовался тот, — завтра возьму из архива и вечером принесу на занятия.

Но на следующий день врач смущенно развел руками.

— Представляете, исчезла, испарилась... Все пропало неизвестно куда.

— Бывает, — улыбнулась Аня, пытаясь скрыть нарастающую тревогу.

Но волнение не проходило, наоборот, Яхнина просто места себе не находила, вспоминая ситуацию с пробиркой, украденной из лаборатории Червь. Наконец она решилась провести кое-какие поиски и добыла некоторую информацию. Привычная к исследовательской работе, Анечка сделала выводы, и ей стало совсем страшно, даже жутко... И тут она совершила опрометчивый поступок, пожалуй, единственный за свою недолгую жизнь...

Яхнина отправилась к Геме домой и рассказала все, что раскопала. Даутова, обладавшая, очевидно, железной выдержкой, удивленно вскинула вверх тонкие, красиво летящие к вискам брови:

— Никак не пойму, что тебе надо! Глупость какую-то болтаешь, нелепицу дикую... Впрочем, я готова заплатить тебе пять тысяч долларов, чтобы эти сплетни не распространялись дальше.

— Я не собиралась тебя шантажировать!

— Зачем тогда явилась с идиотским разговором? — пожала плечами Гема. — Просто детектив придумала. Ну да, мы вместе, кстати, подчеркиваю, вместе, хотя, насколько помнится, именно тебе в голову пришла эта идея, стащили пробирку у Червь. Я отнесла дельфус папе. Если подозреваешь, что я отравила Нину, можешь спросить у Антона Сергеевича, куда он дел паразита.

Гема ухмыльнулась. Старик Даутов был в загранкомандировке, впрочем, будь он в тот момент в Москве, Аня бы ни за что не рискнула обратиться к директору.

— Просто я хотела предупредить тебя, — ответила Аня, — что если я докопалась до истины, то и другие тоже могут. Впрочем, информация уже умерла, во мне можешь не сомневаться.

Гема пожала плечами:

— Извини, никак в толк не возьму, о чем речь!

Аня, очень расстроенная, уехала домой. Приходилось признать, она сваляла дурака. Однако масштабы своей глупости Яхнина оценила только через год. Именно столько времени понадобилось, чтобы зарубцевались ее ожоги...

— Она столкнула меня с эстакады, — пояснила несчастная, — нарочно.

— Вы не ошибаетесь? — тихо спросила я. — Дорожные происшествия — вещь сложная, поток машин, не справились с управлением.

— Нет, — вздохнула Аня, — стоял поздний вечер...

Весь следующий после разговора день Яхнина провела на рабочем месте, просидела аж до одиннадцати ночи. В институте не было ни души, когда Анечка сдавала на вахте ключи. Стояла теплая летняя погода, моросил небольшой дождик, но шоссе было практически сухим. Анечка, не слишком опытный водитель, ехала очень осторожно. Не превышая скорости, она вкатилась на Бутырскую эстакаду. Внизу пробегала Новослободская улица, почти пустынная в поздний час, впрочем, и на эстакаде транспорта не наблюдалось, Яхнина рулила в одиночестве.

Вдруг непонятно откуда, словно джинн из бутылки, материализовалась светлая машина «Жигули», то ли серые, то ли голубые... Анечка подалась вправо. Автомобиль сделал то же самое... Дальнейшее заняло секунду. Удар, скрежет... От ужаса Яхнина завизжала, выпустила руль... Земля и небо пару раз поменялись местами... Потом возникла дикая боль, и больше Анечка ничего не помнила. Ни того, как горела, ни того, как подъехала «Скорая помощь». Операция, реанимация...

Врачи в один голос твердили, что Яхниной жутко, невероятно повезло. На пустынной Новослободской улице, как раз под эстакадой, стояла патрульная машина ГАИ. Забилась «раковая шейка» в столь укромное место по вполне объяснимой причине. Ребятам хотелось перекусить в тишине, вот и зарулили под мост, развернули бутерброды, вытащили термос, и тут почти прямо на них упала машина. Доктора старательно обещали поставить Аню на ноги, но зеркало ей не давали. Через полгода Анечке стало ясно: ездить ей всю жизнь в инвалидной коляске, а зеркало она моментально выбросила, увидав мельком свое жуткое отражение. Потом в душе поселился дикий страх. Гема Даутова пыталась ее убить, но попытка не удалась, а ну как она предпримет другую? У Анечки теперь не было сил даже на то, чтобы удержать ложку.

Поэтому квартиру свою она сдала и переехала

в специнтернат для инвалидов. На оплату комнаты уходили все деньги, полученные от жильцов, но Аня отдавала рубли с радостью, в интернате имелась охрана. Первый год Аня почти не спала от ужаса, вздрагивая от каждого шороха, но потом поняла, что никто не собирается приезжать и добивать ее. Впрочем, в институте, очевидно, девушку по-прежнему не любили, потому что никто из бывших коллег ни разу не пришел ни в больницу, ни в клинику. За своей трудовой книжкой Яхнина попросила съездить одну из медсестер, а той просто, без всяких вопросов и сочувственных вздохов, отдали пакет с документами и выходное пособие.

— Почему вы решили, что за рулем машины сидела Гема? — осторожно спросила я. — Может, пьяный или наркоман...

Аня помотала головой:

— Нет, меня сбрасывали нарочно...

— Номер автомобиля не помните?

Яхнина усмехнулась:

— Я его не видела, милиция тоже все интересовалась... Вот цвет могу припомнить, светлый, совершенно точно, то ли серый, то ли голубой...

— Но ведь стояла ночь!

— Эстакада великолепно освещается, — дернула плечом Аня, — я говорила следователю, но он только головой кивал, а потом дело и вовсе закрыли, да еще как нагло. Сказали, будто я сама не справилась с управлением.

— Что же вы не рассказали про Гему и дельфуса?

Аня молчала пару минут, затем горько ответила:

— Ну и зачем? Никаких доказательств у меня нет, только догадки и предположения, за́мок на песке. Ну отдала я пробирку Геме, а та скажет, что уничтожила дельфуса. А с машиной совсем глухо, мало ли кто и о чем подозревает! Даутова запросто сумеет меня за клевету привлечь, да и страшно! Жить хочется даже в таком состоянии, хотя вам в это трудно поверить, но жить хочется даже в инвалидном кресле...

— Неужели вы никому об этом не рассказывали?

Аня покачала головой:

— Только одному-единственному человеку, кроме вас, но он... считайте, что его нет...

— Как это?

Анечка вытащила сигареты, закурила, аккуратно выпустила дым и пояснила:

— Некоторое время тому назад мне стало совсем плохо, случился приступ. У меня после операции развилась астма... Сначала припадки были небольшими, кратковременными, потом стали длительными, изматывающими, отнимающими все мои силы. Однажды доктор тяжело произнес:

«Анечка, вам следует беречься, любое обострение болезни может стать последним».

Поэтому, когда примерно месяц тому назад я, почувствовала приближение очередного приступа, жутко перепугалась и... вызвала священника. Только ему, отцу Иоанну, и рассказала я все, исповедалась перед предполагаемой кончиной.

— Как вы с ним познакомились?

Аня пожала плечами:

— Да никак, он живет всю жизнь в соседней со мной квартире на Цветном бульваре, отец Иоанн, в миру Михаил Евгеньевич Квашнин, служит в одной московской церкви.

— Скажите, а не приезжал ли к вам некий Алик Радзинский?

Яхнина презрительно поджала губы:

— Сумасшедший тип! Как же, явился, ворвался с воплем в комнату, ногами топал, орал.

— Что хотел?

Аня отвернулась к окну.

— Требовал, чтобы я написала все о происшествии с дельфусом, прямо заходился, вопил: я знаю все, знаю!!! Идиот, откуда только взялся на мою голову!

— И как вы поступили?

На лице Ани появилась жуткая гримаса.

— Вызвала охрану, его выставили вон.

— Почему же вы не захотели помочь человеку?

Яхнина пробормотала:

— Очень уж на психа похож. И потом я подумала: вдруг его Гема подослала, ну, проверить, стану я молчать или расколюсь! Откуда он взялся на мою голову?

— Вы зря его испугались, — пояснила я, — Алик любил Ниночку Арбени и долгие годы пытался найти ее убийцу. Впрочем, он умер.

— Да ну? — изумилась Аня. — А выглядел здоровым... Инфаркт? Или, учитывая его состояние, инсульт более вероятен.

— Его убили, застрелили в подъезде!

— Гема, — в ужасе побледнела Аня, — это Гема!

— Нет, вы ошибаетесь, к тому времени Даутова давно была мертва, — сказала я.

ГЛАВА 29

Ночь я провела без сна, лежа на неразобранной кровати в обнимку с мопсихами. Домашние мирно спали. Тишину нарушил только легкий скрип. Я высунулась в коридор и увидела, как Ваня, опять в одних трусах, исчезает за порогом. На этот раз я не пошла за ним, а вновь улеглась на покрывало, пытаясь привести бунтующие мысли в относительный порядок.

Итак, картина складывалась не слишком красивая. Гема Даутова по совершенно непонятным причинам решила лишить жизни ближайшую, лучшую подругу Ниночку Арбени. Способ избрала крайне жестокий, но действенный и почти гарантированно ненаказуемый. Это каким же надо обладать характером, чтобы наблюдать, как мучается подружка, угасает на глазах, и не дрогнуть, не сказать, что проводимое лечение неверно, не принести необходимые лекарства?! Чем же несчастная Ниночка Арбени так насолила Геме? Отчего Даутова с такой силой возненавидела музыкантшу?

Впрочем, расчет Гемы оказался верен. Никто и не заподозрил, что болезнь на самом деле отравление. Интересно, почему сама Ниночка решила в последние дни, что ее хотят убить? И ведь Алик Радзинский так и не сумел докопаться до истины, опустил руки и даже подумал (впрочем, верно), будто у Нины в самом деле некая таинственная инфекция... Дело-то раскрылось совсем случайно: не натолкнись он на Нгванью, так бы и поросла история мохом. Кому же все-таки помешал Алик?

Из коридора вновь раздался тихий скрип. Я встала и глянула в щелку. Иван преспокойненько юркнул в гостиную. Вот вам еще одна загадка: куда носится мужик по ночам в одном нижнем белье, а? Обалдеть от всего можно! Я вновь плюхнулась на одеяло. Хорошо, отметем в сторону все ненужные проблемы, займемся основной.

Гема отравила Нину. Почему? Почему, почему... Захотела, и все тут! Мне не важно, что толкнуло ее на этот поступок, главное, она его совершила.

Я села на кровати и принялась в задумчивости гладить мирно сопящих мопсих. Ну узнала я правду о смерти Арбени, и что из этого? Убийца Малевича-то все равно не найден! Что делать?

Я встала, подошла к окну и обнаружила на подоконнике нахохлившегося Арчи.

— Дружочек!

Попугай приоткрыл глаза:

— Что ты тут делаешь?

Птица встопорщила перья и неожиданно ответила:

— Гав, гав, гав.

Я узнала голос Ады.

— Эх, Арчи, вот если бы ты мне мог подсказать, что делать.

Попугай молчал.

— И что делать, как поступить?

— Поезжай в Светлогорск, — неожиданно низким тембром сообщил Арчи, — спокойно отработаешь, получишь в последний раз бабки — и конец, завязываем.

— Как завязываем? — неожиданно вырвалось у меня.

— Пора уж, — ответил тем же голосом Арчи, — пусть Соня последний разок постарается, Соня, Гема, Соня, Гема...

Я в растерянности смотрела на птичку. Кто такая Соня? Светлогорск? Но ведь именно туда зачем-то спешно вылетел Алик Радзинский... Что-то там в этом городе? Разгадка каких тайн?

На следующий день около шести вечера я маялась в аэропорту Внуково, поджидая посадки в самолет, следовавший рейсом Москва — Светлогорск.

Если признаться честно, я страшно боюсь летать, вид железной конструкции с моторами внушает мне жуткий ужас. Во-первых, мой ум никак не может понять, отчего колымага, которая весит дикое количество килограммов, вдруг легко взмывает в воздух да еще и весьма быстро передвигается, совершенно не шевеля крыльями. И во-вторых, в-третьих, в-четвертых и в-пятых, мне просто очень не хочется при этом сидеть у нее в брюхе. Это как-то неестественно. Ну скажите, пожалуйста, разве нормально передвигаться, находясь внутри птицы? Скорей уж лучше верхом, как Нильс на диком гусе...

— Начинается посадка на рейс номер девятнадцать сорок девять, следующий по маршруту Москва — Светлогорск, — прогремел противный голос.

Чувствуя, как неприятно сжимается желудок, я пошла вместе с группой пассажиров к накопителю. Началась обычная процедура, завершившаяся в кресле у круглого окошка.

Худенькая стюардесса с улыбкой скользила между рядами, пассажиров оказалось немного, салон был практически не заполнен. Около меня пустовало два кресла, сзади расположилась громогласная дама, на все корки распекавшая мужа.

— Клади пакет на верхнюю полку.

Послышался шорох.

— Да не туда! Левей.

Вновь раздалось шуршание.

— Сумку засунь под кресло! Да не так! Дай, сама сделаю. О господи, ну какая от тебя польза?

— Кисонька, — миролюбиво зудел бас, — ты же не любишь сама с собачкой гулять? Вот тут и я пригодился.

Из моей груди вырвался смешок. Либо мужик

обладает удивительным чувством юмора, либо он подмят властной женщиной окончательно.

Загорелось табло. Я пристегнула ремень и попыталась вспомнить хоть одну молитву. Стыдно сказать, но я не знаю до конца даже «Отче наш». Остальные пассажиры также притихли, лица у всех вытянулись, у многих зашевелились губы. Даю голову на отсечение, они тоже молятся.

Раздался резкий свист, самолет вздрогнул и понесся вперед, слегка подскакивая на неровностях, потом свист перешел в ровный гул, машина, благополучно взмыв в небо, легла на курс. Лететь предстояло два часа. Зная это, я прихватила с собой новый роман Поляковой и самозабвенно углубилась в чтение. Время понеслось со скоростью самолета.

Может быть, оттого, что пассажиров было мало, а может, просто Аэрофлот решил следовать примеру европейских авиакомпаний, доводящих своей заботой клиентов до полной потери пульса, но стюардессы оказались внимательны до приторности. Они развозили воду и соки, раздавали обед, приносили пледы, газеты, журналы — и все с улыбкой, поминутно интересуясь:

— Вам не холодно? Минералочки не желаете?

Единственное, что мне не понравилось, так это появление в проходе, возле двери, ведущей в кабину пилотов, очаровательной блондинки, затараторившей хорошо выученный текст:

— Уважаемые пассажиры, вас приветствует экипаж борта номер девятнадцать сорок девять, следующего по маршруту Москва — Светлогорск, время в пути один час пятьдесят две минуты. Наш полет проходит на высоте десять тысяч метров, температура за бортом — минус пятьдесят два градуса. Командир экипажа — летчик-пилот первого класса...

Я вновь затряслась от ужаса. Ну за каким чертом красавица сообщила про скорость и высоту? Только-только, спасибо Татьяне Поляковой, я успокоилась, так, пожалуйста, мне вновь напомнили, что сижу в железном ящике, несущемся с дикой быстротой на невероятной высоте!

Не замечая произведенного впечатления, светловолосая красавица продолжала говорить совсем ужасные слова:

— Давайте познакомимся с правилами пользования кислородной маской. В случае разгерметизации салона...

Я попыталась вновь уткнуться в Полякову, но въедливый голосок стюардессы проникал до самой печени.

— Детям маски надевает мать...

Чтоб тебя разорвало! Вот ведь зануда какая!

— Если вы заметили, что пассажир возле вас потерял сознание или дезориентирован, немедленно...

Нет, нужно принять экстренные меры. Я подозвала одну из пробегавших мимо стюардесс.

— Можно мне грамм пятьдесят коньяка?

— Простите, нет.

Я тяжело вздохнула:

— Тогда водки.

— Сожалею, но на внутренних рейсах Аэрофлота алкоголь не предусмотрен. Желаете воды?

— Нет, спасибо.

— Сок?

— Нет.

— Чай, кофе? — не отставала девица.

— Нет.

— Может, газету?

— Девушка, — не выдержала я, — мне просто страшно. Думала, хлопну рюмку и мигом засну.

Коньяк действует на меня как снотворное. Но на «нет» и суда нет!

Девочка расплылась в улыбке:

— Совершенно нет никакого повода для беспокойства, наш самолет, Як-42, абсолютно надежен. Хотите, принесу валокордин?

Я кивнула. Стюардесса легким шагом двинулась по проходу.

Як-42? И она сказала, что это абсолютно надежная машина? Ледяная рука ужаса сжала сердце. Господи, да все газеты не так давно писали, что именно на самолете Як-42 разбился Артем Боровик. Или я ошибаюсь? Может, он сидел в Як-40? Боже, помоги!

В ожидании лекарства я прикрыла глаза. В голове не было ни одной мысли.

— Вот, — раздался голосок.

Я разлепила веки. Возле меня с кривой улыбкой стояла стюардесса. В дрожащих руках она держала поднос, на котором стояли бутылки с коньяком и фужеры.

— Угощайтесь!

— Но вы же только сказали, что нам не положен алкоголь! — возмутилась я.

Девушка старательно растягивала губы:

— Видите ли, у пилота день рождения, юбилей, и он решил угостить пассажиров, пейте на здоровье...

Я медленно взяла бокал. Ох, что-то тут не так! Помните рекламу ириса «Меллер»? Ну ту, где пассажирка авиалайнера интересуется у пилота: «Скажите, ваш самолет надежен?»

Мужик вместо ответа протягивает ей конфетку и боком, боком, чтобы несчастная обреченная не заметила парашют у него за спиной, спешит к аварийному люку. «У тебя есть еще время на ириску «Меллер», — звучит за кадром жутковатый рефрен.

Так вот, у стюардессы, подававшей мне коньяк, выражение физиономии было точь-в-точь как у того пилота! Я посмотрела в проход. Девушки, бледные до синевы, разносили коньяк.

— Пупсик, — раздался сзади капризный голосок, — сколько мы уже летим?

— Два часа тридцать минут, заинька, — ответил мужчина.

— Что-то долго...

— Странно, — согласился пупсик, — к тому же мы давно кружим над аэропортом.

Я глянула в окно. Цепочки огней быстро бежали внизу. Через пять минут стало понятно, что мы и впрямь кружим над Светлогорском.

— Что случилось? — донеслось с правой стороны.

— Да что? — взвизгнула баба позади меня. — Падаем! Мы все погибнем!

Пассажиры тревожно загудели. Внезапно из кабины появился летчик.

— Граждане пассажиры! Наша машина совершенно надежна, но произошел маленький сбой, поэтому сейчас мы вылетываем топливо.

— Ты тут лапшу на уши не вешай, — рявкнул мужик, сидевший через проход, — аварийную посадку делать будешь? Иначе зачем тебе керосин жечь! Что стряслось, говори живо!

— Все под контролем, — буркнул летчик и мигом исчез.

— Мы умрем, — завизжала дама сзади, — все, разобьемся в лепешку!

— Спокойно, зайчик, спокойно.

— Заткнись, идиот, — зарыдала женщина.

Тут вновь появились стюардессы с подносами.

— Пожалуйста, еще раз можно поужинать!

— А, — визжал зайчик, — вот видишь, они решили нас накормить перед смертью!

— Нет, — откликнулась другая тетка, справа, — не волнуйтесь, просто они хотят, чтобы у самолета при посадке был меньший вес, вот и предлагают нам лишнюю еду.

— Мадам, вы нелогичны, — заметил пупсик, — какая разница, где лежат харчи, на кухне или в наших желудках? Вес-то останется прежним. Вот если бы они ее за борт выбросили...

В этот момент самолет взвыл.

— А-а-а-а, — отозвались пассажиры.

Я обхватила голову руками, услышала чьи-то вопли, плач, стоны, ругань... Потом машина запрыгала по взлетной полосе.

— Наш самолет совершил посадку в Светлогорске, — понесся из динамика ликующий голос, — просьба оставаться на местах до полной остановки двигателей.

Я откинулась в кресле. Слава создателю! Назад вернусь только на поезде, нет, на лошадях или собаках, а еще лучше пешком. Медленно, зато совершенно безопасно.

В Светлогорске стояла кромешная тьма.

— Такси не нужно? — кинулся ко мне парень в потертой кожаной куртке. — За тридцатник по городу, в любое место.

— Гостиница у вас есть?

— Целых три.

— Мне какую подешевле.

— Тогда «Ландыш», — повеселел шофер, — есть такое местечко. Тихое, только для своих, вам повезло, что на меня наткнулись. Да садитесь, садитесь.

Он буквально втолкнул меня в салон и закружил по улицам. За окном мелькал чужой город, плохо освещенный и мрачный. Я тупо смотрела на редкие огни. Зачем я приехала сюда? Понятия не имею.

— Вот, — удовлетворенно сообщил водитель. — «Ландыш». Пойдемте, проведу к дежурной, тут моя тетка работает, найдет вам местечко.

Мы вошли в холл, и первое, что увидели мои глаза, был огромный плакат, прикрепленный на стене: «Гема Даутова — лучший экстрасенс России, всего две недели в Светлогорске, сеансы проходят в кинотеатре «Лазурь», запись на билеты по телефону 22-44-86».

— Когда у вас была Даутова? — спросила я у пожилой дежурной, протянувшей мне ключ.

— Почему была? — удивилась та. — Она и сейчас здесь. Я вчера ходила на сеанс. Знаете, какое чудо? У меня разом давление нормализовалось! Всю, можно сказать, жизнь клофелином травилась, мучилась... А тут только пятнадцать минут, и все! Правда, дорого! Триста долларов...

— Это цена билета? — удивилась я.

Женщина покачала головой.

— Нет, за вход надо отдать сто рублей, а потом...

— Что потом?

Дежурная вздохнула:

— Она проводит сначала общий сеанс... Представляете, мальчик лет шестнадцати был на костылях, с матерью. Церебральный паралич у него. Весь скрюченный, жуть смотреть. Да и мать, бедная, почти безумная. Все в холле перед началом людей за руки хватала и рыдала: «Господи, никто не помог, может, эта Даутова...» И не поверите, что произошло...

— Что? — спросила я, зная ответ. — Что?

— Больной отбросил костыли, выпрямился, бросился по залу бегом с криком: «Мама, я хожу!» Все рыдали...

— А триста долларов когда отдавать надо?

— Вы не дослушали, — сердито сказала дежурная. — Значит, сначала общий сеанс, а потом она сама выбирает из зала тех, кого возьмет на личный прием. Просто ходит между рядами и говорит: вы, вы, вы... Объясняет просто: всем помочь не смогу, не хватает таланта, сил, запаса энергии, поэтому беру тех, кто гарантированно излечится. Кстати, таких людей много. Вот вместе со мной двадцать человек оказалось... А после индивидуального сеанса отдаете деньги. Впрочем, у нее помощник есть, страшно неприятный молодой человек, Леонид, он и забирает доллары, прощелыга...

— Почему?

— Деловой слишком, — ответила женщина, — каждому свою цену назначает. На меня глянул и мигом сообщил: три сотни, а Ивану Павловичу небось заломил!

— Это кто такой?

— Директор нашего завода посуды, у него такое производство! Так Иван Павлович аж жену домой послал... Уж сколько отдал — не знаю...

На следующий день я приехала к кинотеатру «Лазурь» в девять утра. Гема Даутова начинала сеанс только в три, но я рассудила так: небось у бабы охрана, никого за кулисы не пустят, а в полдесятого в «Лазури» шел киносеанс, на который бесплатно приглашают инвалидов и пенсионеров. Купив билет, я преспокойно прошла в зал, а потом, улучив момент, когда все зрители уставились на экран, где голая блондинка фальшиво стонала, изображая дикую страсть, шмыгнула в маленькую дверку сбоку от сцены. Большая часть моей жизни прошла за кулисами, и я хорошо знала: хочешь попасть на актерскую половину, ищи незаметную дверочку либо около сцены, либо в конце фойе. Вход, через который артисты попадают в здание, как правило, стерегут бдительные охранники, призванные не допускать к кулисам фанатов, а крошечные «ворота» внутри зала никто никогда не охраняет.

За кулисами было темновато и стоял знакомый мне запах. Я побродила немного по помещениям, нашла грим-уборные и на одной увидела белую бумажку: «Только для Даутовой». Дернула за ручку, абсолютно уверенная в том, что дверь крепко заперта, но неожиданно она легко поддалась, я шагнула внутрь. Я увидела довольно большую комнату, оборудованную как кабинет врача: письменный стол, кресло, кушетка... Немного выбивалось из стиля трюмо, заставленное баночками, флакончиками и пузырёчками. Возле него, спиной к двери, сидела женщина.

— Простите, — начала я.

— Вы ко мне? — поинтересовалась дама и резко повернулась.

Я увидела ее лицо и чуть не свалилась оземь.

— Гема! Но как же... Гема...

Даутова прищурила ярко накрашенные глаза.

— Мы знакомы?

— А вы забыли?

— Простите, запамятовала, — мило улыбаясь, сказала экстрасенс, — столько людей каждый день проходит перед глазами...

— Но... Вы же заплатили мне большую сумму, чтобы я нашла убийцу Эдуарда Малевича... Уж извините, но я лично видела вас мертвой на кровати и даже вызывала милицию... Ума не приложу, каким образом вы сумели выжить, ничего не понимаю, — бормотала я.

Женщина тяжело вздохнула:

— Значит, вы детектив?

— Да, частный сыщик.

— Ясно, сначала я подумала, что ворвалась больная, — спокойно ответила Даутова, быстрым, ловким жестом сдернула с головы парик и сообщила: — Я не Гема.

— А кто? — обалдело поинтересовалась я, глядя на ее почти бритый череп. — Кто?

— Соня Эрастова.

— Кто?

Дама опять вздохнула:

— Ладно, еще есть время. Слушайте сюда.

ГЛАВА 30

Способ заработать деньги оказался прост, как все гениальное. После смерти отца Гема Даутова мигом поняла: из науки нужно уходить. Папочкиной поддержки больше нет, и карьера пойдет под откос. Какое-то время она была не у дел, а потом сдуру пошла на курсы экстрасенсов, которые вел некий Семен Жадов.

Сеня мгновенно выделил из массы сумасшедших, возомнивших себя мессиями, Гему. Во-первых, женщина имела фундаментальное медицинское образование и, в отличие от большинства слушателей, не путала такие органы, как печень и желчный пузырь. А во-вторых, у Гемы и впрямь были задатки довольно неплохого гипнотизера. Ушлый Семен сразу понял, как можно организовать дело. Сначала он отправил Гему в МГУ, на факультет психологии, потом еще в одно место, словом, через год Даутова была способна управлять аудиторией, и понеслось.

Семен обладал явным талантом режиссера,

потому шоу были отлично поставлены. Стоило Геме начать сеанс, как в зале происходило «чудесное исцеление». При Семене состояла целая группа актеров, разыгрывавших необходимые этюды: мать с сыном, больным церебральным параличом, слепая девушка, боец, воевавший в Чечне и оставшийся после ранения в инвалидной коляске... Увидав поразительный случай, зал мигом проникался доверием к Геме.

Самое интересное, что многим и впрямь становилось лучше после ее «кампаний». Климактерические особы заявляли о полном исчезновении приливов, заики начинали совершенно нормально разговаривать, у детей проходил энурез, а у их родителей головная и зубная боль, нормализовывалось давление.

Однако никакого чуда в этом не было. Человеческая психика такая загадочная, малоизученная вещь, но любой отличный психолог легко объяснил бы феномен Даутовой. Ее пациенты настолько верили ей, что выздоравливали. Медицинской науке давно известен факт плацебо. Это когда доктор заходит в палату к больному человеку, протягивает ему украдкой ярко-красные пилюли и шепотом сообщает:

— Только, пожалуйста, никому ни гугу. Добыл для вас по огромному блату новейшую разработку американских врачей. Стопроцентно излечит вашу болячку, вот тут шесть таблеток на три дня. Но, умоляю, ни слова соседям, понимаете, всех обеспечить чудо-лекарством не можем.

Благодарный пациент принимает лекарство и... выздоравливает. Странного в этом ничего нет, кроме маленькой детальки: волшебные ярко-красные таблетки на самом деле изготовлены из... сахара. Просто больной настолько верит в их чудодейственную силу, что становится на ноги. Вот Гема и была таким плацебо.

Сначала давали просто «концерты», потом начали подбирать из зала тех, кто поддается. Таких людей немало, и обнаружить их помогают давно известные методики. Ну, например, помощники Гемы бегали по рядам с пробирками, заполненными простой водой из-под крана, подсовывали жидкость разным людям под нос и сообщали:

— Здесь восхитительные духи, чувствуете аромат?

Большинство людей отвечало:

— Нет.

Но в партере всегда находилось человек десять-пятнадцать, радостно кричавших:

— Ах какой запах!

И вот их-то и приглашали для личных сеансов. Впрочем, то, что я рассказываю здесь, очень примитивно, Гема с коллегами работали более тонко. Деньги текли к ним рекой, единственное, о чем жалел Семен, так это о том, что Гема не может быть одновременно в двух местах...

Но потом к Жадову, кстати, полностью оправдывавшему свою фамилию, пришла на учебу молодая женщина, до неправдоподобия похожая на Гему.

Ушлый Семен сразу сообразил, какая редкая удача приплыла к нему в руки. Соню подучили, слегка загримировали, нацепили парик... Даже те, кто видел настоящую Гему, не заметили бы подвоха. Мало того что женщины были очень похожи от природы, они еще теперь одевались, красились и причесывались одинаково...

Вот так и заработал проект «Гема-2». Денег стало много, просто очень много. Семен соблюдал осторожность. Если Гема летела в Новосибирск, то Соня отправлялась в Уфу, если требовалось вновь посетить Новосибирск, туда отправлялась опять Гема. Хоть женщины и были очень похожи, вблизи становилось понятно, кто есть кто!

Я обалдело смотрела на Соню, по-моему, просто одно лицо с Гемой! Видя мою реакцию, женщина вздохнула:

— У Гемы нос был длиннее

Я присмотрелась. Верно, и подбородок уже.

— А еще у нас разный цвет глаз, — поясняла она, — мне приходится постоянно носить цветные линзы...

— Вы так и думаете выступать под именем Гемы?

Соня вздохнула:

— Увы, это больше невозможно, честно говоря, мы полагали, что в провинции народ не узнает о смерти настоящей Даутовой. Вот я и согласилась на эти гастроли, чтобы еще денег заработать, но вчера за кулисы прошел парень и нагло так заявил: «А я слышал, что Гема Даутова скончалась!»

Соня кое-как сумела отговориться, но слегка испугалась.

— Мы решили сворачивать лавочку. На сегодня сеанс отменили, в три часа дня улетаем в Москву.

— Что же будете теперь делать?

Соня пожала плечами:

— Сменю внешний вид и начну выступать под своей фамилией. Жаль, конечно, терять раскрученный образ, но думаю, через год выйду на те же обороты. Команда при мне остается старая. У нас только администратор новый, Леня, очень толковый. Кстати, извините, что интересуюсь, но Гема ведь не была для меня посторонней... Вы нашли убийцу Эдика?

— А он знал о вас?

— Естественно, — ухмыльнулась Соня.

— Нет, — удрученно ответила я, — мне не удалось раскрыть это дело, очень обидно. Узнала кучу вещей, но убийство Малевича осталось загадкой!

— Не расстраивайтесь, — приободрила меня Соня, — вы старались, но не получилось, бывает. Забудьте обо всем!

— Гема заплатила мне шесть тысяч долларов! Выходит, я получила их ни за что!

Соня махнула рукой:

— Оставьте эти баксы себе с чистой совестью, вы их заслужили. Гема мертва, Эдик тоже, кому же отдавать деньги? А что привело вас в Светлогорск?

— Скажите, к вам приезжал Алик Радзинский?

Секунду Соня морщила лоб, потом ответила:

— Нет.

— Точно?

— Абсолютно, никакого Алика Радзинского не было.

В эту секунду послышался скрип двери.

— А, Леня, — радостно воскликнула Соня и пояснила: — Это мой администратор. Ну, ты купил билеты?

— С трудом, но сделал, — произнес до боли знакомый, просто родной голос.

Я резко обернулась и увидела... Володю Костина. Секунду мы с майором смотрели друг на друга, разинув рты. Костин опомнился раньше.

— Рад знакомству, Леонид Соболевский.

— Э-э, бе, э-э, — забубнила я, — Евлампия

Романова, очень мило, страшно приятно, всегда мечтала познакомиться.

— Вот и хорошо, — обрадовалась Соня, — значит, мы через пару часов улетаем... А вы здесь остаетесь?

— Ну, в общем, вероятно... не знаю... Мне, пожалуй, пора.

— Давайте за встречу по рюмочке, — улыбнулась Эрастова.

Быстрым жестом она достала из большой дорожной сумки бутылку коньяка, лимон и сказала:

— Ленечка, будь другом, ополосни цитрус.

Костин взял фрукт и ушел. Мне захотелось тут же сбежать. Я даже сделала шаг к двери.

— Вас не затруднит подать мне ножик? — попросила Соня.

— Да, конечно, а где он?

— Поищите там, в письменном столе.

Я подошла к окну, выдвинула ящик и порылась внутри.

— Ох, извините, — сказала Соня, — он тут, на столике.

Я обернулась.

Она протянула мне рюмочку.

— Ну, давайте сначала за упокой души бедной Гемы, — вздохнула Соня, — не чокаясь!

— Может, подождем, пока ваш Леонид лимон принесет, — предложила я, — чтобы закусить.

— Он сейчас явится, — ответила Эрастова и подняла свою рюмку: — Ну, пусть будет земля им пухом.

Она ловко опрокинула стопочку, я взяла ту, что предназначалась мне. В ту же секунду открылась дверь, и Володя крикнул:

— Лампа, не пей!

Я с недоумением уставилась на него, продолжая машинально нести ко рту рюмку. Не тратя больше слов, Костин подскочил и выбил ее у меня из рук, расплескав коньяк.

— Ты что? — возмутилась я. — Белены объелся?

— Немедленно дай сюда руку, — велел Вовка и открыл бутылку «Святого источника», — вытяни вперед и не шевелись.

— Леня, что происходит? — удивилась Соня.

— Встать лицом к стене, руки за голову! — приказал Костин.

— Но...

— Немедленно, я из милиции, — рявкнул майор, — живо, кому сказал?

— Бред какой-то, — фыркнула Эрастова, но приказание выполнила.

Вовка тем временем стал поливать мою руку минералкой.

— Да зачем? — злилась я.

— Молчи, — ярился Костин. — Заткнись, сделай милость.

И тут раздался легкий скрип. Я повернулась на звук — у стены никого не было.

— Блин! — заорал Костин, кидаясь в коридор. На ходу он вытащил из пиджака черную коробочку с антенной и зачастил: — Первый, я — Восьмой, объект уходит, блокируйте двери и окна...

Голос его удалялся, я осталась одна посреди комнаты, глядя на лужу, растекавшуюся по паркету.

Прошло три дня. Около шести часов вечера в понедельник я сидела у Володи на работе, заискивающе заглядывая приятелю в глаза.

— Все рассказала? — сурово спросил Костин.

— Да.

— Ничего не утаила по своей милой привычке?

Я покачала головой.

— Значит, ты, Лампа, решила, что лучшей работы, чем частный детектив, для тебя нет? Возомнила себя Шерлоком Холмсом, Эркюлем Пуаро и ментами одновременно?

— Нет, не совсем так...

— А как?

— Просто я хотела заработать, мне неудобно сидеть нахлебницей на шее у Катюши.

— Ага, щепетильная ты моя, а что сказали домашние, когда узнали от меня, что ты, душенька, на самом деле вовсе даже не поехала в гости на дачу к подружке, а умоталась в Светлогорск? Чего молчишь? Сережка, к примеру, как отреагировал?

Я молчала.

— Так как?

Я тяжело вздохнула, досталось мне по первое число, а то, что орал Сережка, наверное, можно шепотом повторить вслух, но напечатать точно нельзя. Никогда не думала, что Сергей владеет таким запасом ненормативной лексики. Впрочем, все, что нас не убивает, делает нас сильней. Под конец, когда гневные вопли начали утихать, я даже попыталась огрызаться.

— Ладушки, — протянул Вовка, — не хочешь отвечать, не надо, тогда другой вопросик: ну, заработала доллары? Удалась штучка? Опять молчишь? Тогда третий вопрос, на окончательную засыпку: ангел мой, дружочек сладенький, ну-ка ответь, кто убил Эдика Малевича, а?

Пришлось выдавить из себя:

— Не знаю.

— То-то и оно! Лучше уж готовь пироги и не лезь в частный сыск.

— Ты сам ничего не знаешь! — вскипела я.

— Я-то знаю!

— И кто?

Костин молчал.

— Вот видишь, — заликовала я, — слабо назвать имя!

Майор тяжело вздохнул:

— Вот что, Ламповецкий, сейчас я детально растолкую, что к чему, и тебе придется, признав свою полную неспособность к оперативной и следовательской работе, дать мне честное слово никогда более не затевать расследований.

Желание узнать истину было столь велико, что я заорала:

— Обязательно, но только после того, как узнаю правду.

— А еще говорят, будто любопытство не смертный грех, — вздохнул Вовка. — Кофе хочешь?

Я закивала, согласна на все, даже на растворимый «Нескафе»...

— Ишь как тебе интересно, — хмыкнул Костин и начал нарочито медленно насыпать коричневые гранулы, сахар, наливать кипяток, размешивать ложкой отвратительный суррогат, отхлебывать, закуривать сигарету, кашлять...

— Ну хватит, — обозлилась я, — рассказывай!

Майор хмыкнул.

— В некотором царстве, в некотором государстве жили-были две девочки — Гема Даутова и Ниночка Арбени, добрые подружки, отличные ученицы, радость школы и родителей. Но никто не знал, какие чудовища таились на дне души одной из них...

ГЛАВА 31

Вообще говоря, Володя не открыл для меня ничего нового. Я великолепно знала, что Гема до зубовного скрежета завидовала Ниночке, просто не представляла себе размеров этой зависти.

Начиналось с ерунды. У Нины была лучше одежда, красивее игрушки, ярче книжки... В комнате у Арбени стоял телевизор, дорогая штучка в начале семидесятых, мало кто мог позволить себе в квартире два телика... Ниночке разрешали приглашать домой подруг, угощать их чаем. Мать Гемы очень негативно относилась к шуму, поэтому к Даутовым редко кто заглядывал.

Шло время, подружки росли, крепла и зависть одной к другой.

У Ниночки была продвинутая мама, покупавшая дочери модные вещички и разрешавшая ей пользоваться своей косметикой... Геме строго-настрого запрещалось даже делать маникюр. Зависть росла, мужала и... постепенно превратилась в ненависть. Ниночка обладала легким, веселым, светлым нравом. Стоило ей появиться в любой компании, как мужчины начинали виться вокруг нее. Лет с четырнадцати Нинуша бегала на свидания и получала пачками записки даже от десятиклассников. Гема простаивала все школьные вечера, подпирая стену актового зала.

Господь несправедлив, он любит одних своих рабов больше, чем других. Нина, в придачу к красоте, обаянию и доброте, получила от него еще и незаурядный талант. Все педагоги, сначала в школе, а затем в консерватории, в один голос твердили:

— У Арбени блестящее будущее, впрочем, это не удивительно, девочке достались гены отца.

Оценили ее дарование и зрители, Нина начала с успехом выступать в концертах, едва перейдя на второй курс.

Гема тоже мечтала о сцене. Ей виделся зал, полный рукоплещущих людей, букеты, корзины цветов... Но все осталось в мечтах. Наяву Даутова ничего такого не получила, все, как всегда, досталось Ниночке. Это Арбени возвращалась домой в машине, забитой «вениками», это у нее спрашивали автографы. Это о ней написали в газете «Советская культура»... Геме же в музыкальной школе со вздохом сказали:

— Голосок есть, но камерный, с таким на большую сцену не выйти, впрочем, попробуй подать документы в цирковое училище, на эстрадное отделение, может, станешь как Пьеха. У той тоже с голосом беда, а ничего, в звезды выбилась...

Но, во-первых, Гема не хотела быть «как Пьеха», в ее мечтах оживал Большой театр, на худой конец Большой зал консерватории... А во-вторых, и это самое главное, родители, услыхав слова «цирковое училище», пришли в такой ужас! Отец чуть не заработал инфаркт:

— Моя дочь рядом с клоунами и дрессированными обезьянами... Боже! Хорошо, дед не дожил до позора!

Напрасно Гема пыталась объяснить, что в пресловутом училище обучают еще и искусству эстрадного пения. Нет! Ни мать, ни отец даже слышать не хотели ничего на эту тему и отправили дочь в медицинский.

Именно в этот момент огромное яйцо зависти треснуло и из него вылез птенец ненависти. В гигантского монстра он превратился после того, как Ниночка «отбила» у лучшей подруги Эдика Малевича. Да, да, именно отбила, хотя сама Арбени и не подозревала об этом.

Гема частенько забегала к Нине в консерваторию, приходила на вечера отдыха. Эдик нравился ей давно, только Малевич совершенно не замечал девушку. Однажды, когда объявили «белый танец», Гема набралась смелости и пригласила Эдика. Они немного поболтали, и на следующий танец Малевич уже сам позвал Гему. Весь вечер они проплясали вместе, потом Эдик попросил у нее номер телефона. Целую неделю длился их роман, спустя семь дней Малевич исчез, просто перестал звонить, а затем Гема узнала, что он начал ухаживать за... Ниночкой.

Естественно, свидетельницей при шикарном бракосочетании была Гема, стояла в розовом костюме, элегантной шляпке и с букетом нежных гвоздик около Нинуши, одетой в белый пиджачок и брючки, в руках у Арбени были такие же гвоздики. С первого взгляда было и не разобрать, кто из двух подруг невеста, а кто свидетельница, обе весело улыбались и выглядели невероятно счастливыми. Только Геме пришлось употребить все свои актерские способности, чтобы смеяться, смеяться, смеяться. Но на душе царила чернота, а в голове билась мысль: эх, кабы Нинка сейчас умерла, Эдик бы погоревал чуток, да и женился на ней, Геме. Отчего Даутовой взбрело такое в голову? Вокруг бегало столько хорошеньких и молоденьких, но она была уверена: руку и сердце Эдик отдал бы ей.

Что переживала Гема, глядя на счастливых молодых супругов, не знает никто. У Даутовой не было никаких кавалеров, и каждую свободную минуту она проводила у Арбени, обливаясь желчью и завистью. Заполучить Эдика ей хотелось безумно. Эффект прерванного действия, так называется подобное поведение в психологии. Это когда вы очень хотите, просто до дрожи, купить замечательное платье темно-вишневого цвета, выставленное в витрине. Копите деньги, ходите мимо, мечтая о шмотке. Наконец, имея в руках необходимую сумму, врываетесь в магазин и узнаете, что пятнадцать минут назад его продали! Торгаши мигом начинают предлагать другие вещи, более элегантные, менее дорогие. Но нет! Вас заклинило именно на том, желанном, но недоступном. Действие не завершилось, прикид не куплен. Потом в гардеробе повиснет много платьев, костюмов, но о том, вишневом, будет мечта всегда! Вот так и Гему зациклило на Эдике, хотя справедливости ради следует отметить, что у квартиры Даутовой отнюдь не толкалась толпа поклонников, честно говоря, их совсем не было. Но все же Гема бы, наверное, никогда не придумала свой дьявольский план. Натолкнул ее на мысль об убийстве... сам Эдик.

Однажды они обсуждали только что увиденный фильм «Вторая любовь». Сюжет ленты был прост и незатейлив. Главная героиня, умирая, умоляет лучшую подругу выйти замуж за своего мужа. Но тот отказывается выполнить последнюю волю жены.

— Вот уж никогда бы не попросила подругу о таком, — фыркнула Гема, — она что, не любила своего мужа?

— По-моему, наоборот, — вздохнула Нина, — кстати, если б я умирала, то точно бы велела Эдику на тебе жениться.

Гема засмеялась:

— Представляю его реакцию: бежать скорей до канадской границы!

Но Малевич, присутствовавший при разговоре, неожиданно серьезно сказал:

— Нет, ты ошибаешься. Мне из всех женщин

вокруг нравятся только Нина и ты. Умри, не дай бог, Нинуша, женился бы на тебе, Гемочка.

Даутовой показалось, что ей в сердце вонзилась раскаленная стрела. Сославшись на головную боль, она рано ушла домой и заперлась в своей спальне.

Говорят, иногда у людей случаются гениальные прозрения. Великий Менделеев увидел во сне свою таблицу, «Марсельеза» была написана за одну ночь, математики всего мира бьются над доказательством теоремы, которую Ферма набросал наспех, перед дуэлью, где его и убили. Многие люди науки и творческих профессий знакомы с этим ощущением, когда реальный мир перестает существовать, а рука, записывающая гениальные фразы, не успевает за мыслью. Вот только не знаю, планировались ли таким образом преступления.

Гема придумала план мгновенно. Он просто возник у нее в голове, ясный и четкий. Взять дельфус регал, с которым в институте работала в основном Червь, она сама боялась, но тут, по счастью, злобные бабы «прокатили» с диссертацией Аню Яхнину, и исполнительница нашлась.

— Ужасно, — прошептала я, — ужасно. Она обрекла ближайшую подругу на смерть, знала, что есть лекарство, способное помочь, и молчала?! Ты можешь понять такое?

Костин нахмурился:

— Извини, я не могу себе представить даже, что краду кошелек, но, поверь, люди встречаются разные и жуткие; пьяные бомжи, убивающие друг друга из-за бутылки дешевой водки, отнюдь не самые отвратительные преступники. Я мог бы рассказать тебе такое о мужчинах и женщинах, великолепно владеющих собой, ездящих в дорогих автомобилях и надевающих в общественных местах перчатки. Сверху лоск и глянец, но стоит ковырнуть блестящий лак ногтем — такое обнажается.

Отправив на тот свет Нину, Гема, все же опасавшаяся, что при вскрытии у патологоанатома возникнут вопросы, старательно отговаривает старика Арбени от вскрытия тела. Впрочем, она опять поступила хитро, подсунула ослепленному горем отцу Нины бульварную газету, где целый разворот был посвящен репортажу из морга. Арбени чуть не умер, взглянув на отвратительные снимки, и мигом забрал тело домой.

Нину кремировали, все улики сгорели в печи. Началась новая страница в жизни Гемы.

Брак с Эдиком оказался не слишком удачным. Малевич привык к веселой хохотушке Ниночке, и неулыбчивая Гема начала вызывать у него раздражение. Гема же медленно стала понимать: даже будучи очень близкой подругой семейной пары, до конца супружеские отношения понять невозможно. Она представляла Эдика совсем другим, и «непарадный» вид Малевича выглядел менее привлекательно, чем его «экспортный» вариант. Теперь Эдик запросто разгуливал перед ней в трусах. Выяснилось, что мужик большой любитель такого пролетарского, по мнению Гемы, напитка, как пиво. Малевич, легко рассуждавший в компании о Канте, Сартре и авангардном искусстве, перед сном обожал читать низкопробные детективы и порнушку. Пелена медленно спадала с глаз Гемы, и один раз ее вдруг осенило. А что, если она никогда и не любила Эдика, что, если просто хотела получить то, чем обладала Ниночка? Гема гнала прочь эти мысли, но память услужливо подсунула совсем уж ненужное воспоминание.

В канун Нового года Нинуше, тогда тринадцатилетней девочке, подарили потрясающее платье из очень модного в тот год джерси небесно-голубого цвета. Гема, старательно похвалив обновку, придя домой, расплакалась и попросила у мамы такое же. Впрочем, обращалась она к маменьке без всякой надежды, зная, что та никогда не согласится. Но случилось чудо. Мама позвонила Арбени, узнала адрес спекулянтки и, не пожалев целых сто пятьдесят рублей, привезла Геме точь-в-точь такое же платье, но салатового цвета. Гема мгновенно нацепила обновку и... поняла, что она ей решительно не идет. Узкая юбка формы «бочонок» открывала не слишком изящные коленки, вытачки, идущие от шеи к талии, превращали верхнюю часть ее фигуры, и без того тощеватую, в совсем субтильную. Такой фасон шел полненькой Ниночке, делая ту стройней. Гему он просто уродовал. Платье, которое мама заставила ее померить до этого в ГУМе, сидело просто великолепно, не в пример лучше дорогущей обновки. Но Геме-то хотелось всегда иметь Нинины вещи, она ведь никогда не задумывалась о том, подойдут ли они ей. Нет, Гема всегда мечтала получить то, что было у Нины. Но заполучив, тут же поняла: ей этого совсем не надо!

И вот теперь ситуация повторилась. Гема «примерила» Эдика и поняла: совсем не то, это не ее мужчина. Она сделала роковую ошибку. У них начались скандалы, но внешне пара смотрелась великолепно. Потом Эдик сломал руку, запил... Гема, превратившись в «экстрасенса», стремительно делала карьеру. Только теперь она наконец-то почувствовала себя счастливой. Завидовать было некому, наоборот, теперь завидовали ей: ее удачному супружеству, таланту целительницы... Даутова ощущала невероятную радость, настоящий душевный подъем, стоя на сцене перед залом, забитым людьми. Даже если бы занятия «целительством» и не приносили дохода, Гема все равно бы стала «шаманить». Очень уж пьянило ее чувство власти над толпой. Кроме того, выступления приносили звонкую монету, а когда в деле появилась еще и Соня, то на них пролился золотой дождь.

Брак Малевича и Даутовой дал трещину, но не развалился. Постепенно отношения выровнялись. Эдик начал работать на кладбище, у него тоже появился небольшой доход. Мужик совсем бросил пить, зато приобрел иную, не менее злостную привычку: Эдик стал бегать по бабам.

Сначала Гема делала вид, будто ей ничего не известно, потом она не выдержала и поговорила с мужем по душам. Итог беседы удовлетворил обоих. Решили жить друзьями. Развода ни он, ни она не хотели. Гему устраивало положение замужней бабы, а Эдик избегал многих неприятностей, сообщая своим бесконечным девкам:

— Я женат и не могу бросить супругу, бедняжка неизлечимо больна.

Одним словом, каждый из них нашел свою нишу в жизни. Скандалы прекратились, Гема с Эдиком действительно стали друзьями, а то, в чем будешь без конца упрекать мужа, близкому приятелю запросто простишь. Мы вообще странно устроены. Увидим мойку, полную немытых кастрюль, и наорем на детей и мужа. Если же грязные тарелки останутся от гостей, то мигом, с приветливой улыбкой на лице, сами вымоем посуду, но ведь это нелогично. Своим-то можно простить! Своих-то надо любить больше!

Но как бы там ни было, жизнь у Гемы с Эдиком протекала теперь вполне нормально, а потом разом случилось несколько событий, приведших к ужасным последствиям.

Началось с того, что Соня, получавшая во много раз меньше денег, чем Гема, взбунтовалась и потребовала «уравнять доходы». Даутова и Семен Жадов пытались объяснить компаньонке, что она совсем не главная в этом бизнесе. Но Соня продолжала упорствовать.

В октябре этого года к Эдику на кладбище подошел один из сотрудников, Квашнин. Михаил Евгеньевич работал в конторе художником, он же изображал священника, отпевал животных. Впрочем, глагол «изображал» тут не подходит, Миша и впрямь был церковнослужителем, отцом Иоанном, лишенным сана за невероятную, патологическую любовь к молоденьким прихожанкам.

Миша долго мялся, переминался с ноги на ногу, бормотал нечто маловразумительное, в конце концов Эдик не выдержал:

— Давай говори толком, что случилось!

Михаил Евгеньевич забубнил. Чем дольше он говорил, тем больше обалдевал Эдик.

Миша живет на Цветном бульваре. В соседней квартире обитала Аня Яхнина, с которой он дружил по-соседски. Потом Анечка попала в автомобильную катастрофу и очутилась в интернате, Миша, честно говоря, и думать забыл о девушке. Но этой осенью позвонил доктор из интерната и вежливо спросил:

— Простите, отец Иоанн, вы знакомы с Аней Яхниной?

— Да, — ответил Миша, — прекрасно знаю Анечку.

— Она просит, чтобы вы исповедали ее.

— Дело серьезное? — спросил Миша.

— Весьма, — ответил врач.

Михаил Евгеньевич к тому времени уже был

лишен сана и не имел никакого права выслушивать исповедь. Но доктор прибавил:

— Вы бы поторопились, она просила взять за ее счет такси.

Думая, что Аня умирает, Миша вылетел на улицу. В конце концов, Яхнина считала его настоящим священником, хотела облегчить душу. И вообще, при угрозе смерти церковь разрешает исповедоваться любому.

Услыхав знакомые имена и фамилии, Михаил Евгеньевич насторожился, а когда рассказ Ани подошел к концу, ужаснулся. Исповедь он принял, грехи ей отпустил, зато сам стал мучиться, может ли рассказать обо всем Эдику.

Протерзавшись две недели, он явился к Малевичу и изложил всю историю. Сказать, что Эдик обалдел, это не сказать ничего.

Малевич в тот день поехал не домой, а к Лене, девчонке, нанятой им в стрип-баре для прикрытия своего романа с Жанной, женой Бешеного. Но Жанночка разонравилась Эдику, он уже хотел было избавиться от Лены, но не успел, и вот теперь бывшая танцовщица пригодилась.

Целый месяц Эдик пил горькую, попал даже пару раз в милицию, откуда его вызволяла Лена. Геме, звонившей на мобильный, он говорил только одну фразу:

— Отвяжись, ненавижу!

В конце концов Даутова, совершенно не понимая, что произошло, явилась к Лене домой и потребовала от Эдика ответа.

Малевич сказал жене, что знает правду о дельфусе и кончине Нины.

Собрав всю волю в кулак, Гема рассмеялась:

— Аня Яхнина сумасшедшая, у нее крыша поехала, надо же, такую дурь придумала! Да хочешь, я познакомлю тебя с Червь, и та скажет, что ничего подобного не было?

Но Малевич не поверил жене, отказался возвращаться домой и сообщил:

— На днях подам на развод!

Гема вынуждена была уйти. Тут из ванной появилась Лена. Она пришла домой в самый разгар скандала и спряталась.

— Ты бы поосторожней с этой особой, — посоветовала она Эдику, — не ровен час подорвет тебя в машине. Ну зачем сказал ей, что знаешь правду? Теперь берегись!

Эдик по складу характера был истерик. Он моментально начинал бояться и, прежде чем сесть в свой кабриолет, под разными предлогами подсылал к машине людей, выдумывая глупые поводы, чтобы только не самому открывать дверцу.

— Ой! — вскрикнула я.

— Что? — удивился Володя.

— Когда мы сидели в «Макдоналдсе», Эдик попросил меня сходить за барсеткой, я еще подумала, что он хам, но Малевич объяснил, будто у него радикулит... Значит...

— Ага, — кивнул майор, — точно, он посылал тебя на проверку, вдруг тачка заминирована! Только почему его заклинило на взрывчатке?

Я обалдело хлопала глазами.

— Это Гема его убила?

— Ну, не сама, — ухмыльнулся Володя. — Она у нас дама интеллигентная, тонкая, нервная... Киллера наняла. Знаешь, теперь это совсем не трудно. Открой газету «Из рук в руки», там полно объявлений типа: «Выполню любое поручение за хорошее вознаграждение».

— Но его ударили заточкой, в бок!

— И что?

— Ну киллер, как правило, стреляет.

— Не всегда, — хмыкнул Вовка, — наемные убийцы бывают разные, а действуют они по обстоятельствам. Такие мастера есть! Кстати, в Малевича воткнули не заточку, как ты выразилась, а весьма профессиональное оружие, инерционный стилет испанского типа.

— Что?

— Ну такую штуку, грубо говоря, похожую на шило. Между прочим, не дешевая игрушка.

— Но как же киллер подошел так близко к Малевичу?

— Господи, Лампа, ну вспомни, где происходило дело. В «Макдоналдсе»! Кругом толпа людей с подносами, узкие проходы между столиками. Так естественно повернуться лицом к человеку, который просит: «Пожалуйста, подвиньтесь, я хочу пройти к свободному месту». И потом, повторяю, Эдик почему-то был уверен, что его подорвут в машине, находиться в толпе он не боялся.

— Вот мерзавец, он посылал, по его предположению, меня на смерть!

Майор хмыкнул, но ничего не сказал.

— Значит, Гема убила мужа сама! Ну и ну, побоялась, что он расскажет все о дельфусе...

— Не только, — покачал головой Володя, — Эдик вел себя глупо. Сначала пообещал пойти в милицию и обо всем сообщить, дальше — больше. Заявил Геме: «Я еще расскажу все про тебя и Соньку, объясню, как вы дурите народ!» Вот это и явилось последней каплей. Гема безумно испугалась и начала действовать. Кстати, на ее совести и Лена.

— Как, — подскочила я. — Как?

— Девчонка была жадной, — вздохнул Вовка, — алчность ее чуть не погубила. Прикинь, узнав о смерти Малевича, она позвонила Геме и потребовала контейнер баксов за молчание. Еще и заявила: у меня есть замечательная вещь, фото, где вы сняты вместе с Соней.

Вот Гема и послала к наглой девице киллера. Причем сама привела его, позвонила в дверь и сказала: «Открывай, Лена, я принесла деньги, отдавай снимок!»

Жадная девчонка впустила в квартиру свою судьбу, протянула Геме конверт со снимком. Киллер отволок ее в ванную и выстрелил, но по счастливой случайности девчонка выжила.

— Вот почему она бормотала: «Она... его...» Наверное, хотела сказать: «Она его жена». И эта фраза: «Их две, две рядом...» Боже, где были мои мозги?! — закричала я.

Потом вдруг у меня в голове словно вспыхнул свет.

— Э нет, погоди, Вовка, не получается.

— Что? — спросил майор. — В чем нестыковочка?

— Ведь Гема сама послала меня к Лене за телефоном Эдика. Девчонка была в тот момент живехонька, здоровехонька, она убежала на дискотеку, в нее стреляли позже... А к тому моменту Гема уже была мертва, ведь она отравилась, и я, вернувшись, нашла тело...

— Значит, отравилась... — протянул Вовка.

— Конечно.

— Точно?

— Абсолютно, сначала дико нервничала, дергалась, плакала, рассказывала о своей любви к Эдику, а потом ушла из жизни. Только сначала я думала, будто она не может жить без мужа, а теперь понимаю — нет, совесть ее замучила, за Ниночку и Эдика.

— Есть ли совесть у людоеда? — неожиданно

спросил майор. — Эх, Лампа, ничего-то ты не поняла, ну совсем ничего. Лену заказала Гема.

— Заказала и умерла?

— Тьфу, — рассердился Вовка, — ну включи мозги хоть на секунду. Она и не думала умирать, жива по сей день. Желаю тебе ее здоровья и такую же нервную систему. У бабы вместо нервов железные тросы.

— Как жива? — оторопела я. — Кто же тогда покончил с собой? Имей в виду, я видела Гему мертвой на кровати и читала ее предсмертную записку. Кто же лежал там, кто выпил яд?

— Соня, — преспокойно ответил Вовка, наливая себе кофе.

— Как?! — заорала я. — Как Соня?!! А Гема где?

— Ты беседовала с ней в Светлогорске!

— Неправда, — затопала я ногами, — между прочим, я была знакома с Гемой и могу заявить со всей ответственностью: в Светлогорске была не она.

— Да? И почему же?

— Ну, Гема светлокожая, а Соня более смуглая, потом, у второй брови гуще, нос шире, губы пухлее, — принялась я перечислять, — издали они и впрямь очень похожи, но вблизи...

— Милая, — вздохнул Вовка, — ты видела Гему один-единственный раз, дома, с ненакрашенным лицом. Не забудь, до этого в Светлогорске работала Соня, и Даутова старательно подкрасилась, чтобы походить на коллегу. Сейчас столько косметики! Светлый цвет лица! Не смеши меня, пойди в любой ларек, купи тональный крем, и мигом станешь смуглянкой! Гема знала, что близкого знакомого им с Соней не обдурить, но тебе она преспокойненько соврала, полагая, что ты ее не узнаешь.

— Но та женщина представилась Соней, — лепетала я.

Костин с жалостью посмотрел на меня.

— Лампуша, ну разве можно верить всему, что тебе говорят? Вот, например, Жанна, жена Подольского, навешала тебе лапшу на уши про фиктивный брак с Бешеным, а ты и поверила. Хотя, ей-богу, смешно. Жанна предприняла такие меры предосторожности, чтобы встретиться с тобой, ну нет бы тебе подумать: зачем?

— Значит...

— Ага, все брехня. Жанночка изменяла мужу с Эдиком, и тот бы обязательно убил обоих, узнав об этом.

— Но зачем она наврала мне про фиктивный брак?

— Да чтобы ты, глупышка, не вздумала подступиться к Подольскому с разговором на эту тему. Мастерски разыграла сцену, даже к Генке поехала, чтобы тебе мозги окончательно запудрить. Обманули тебя, крошка. Жанна все великолепно знала про Бешеного, и брак их самый что ни на есть настоящий. Представляешь, как она веселилась, рассказывая мне об этой истории?

— Ты-то как вышел на мадам Подольскую? — буркнула я.

— А ты, душечка, в самом деле решила, что можешь за щенка мопса купить молчание Генки Юрова?

— Ничего не понимаю...

— Все крайне просто, — пожал плечами Вовка. — Гема решила избавиться от проблемы, причем ей удавался редкий вариант убить двух зайцев одним выстрелом.

Соня в последние дни обнаглела окончательно, поставив дикое условие: теперь семьдесят процентов от сборов — ее.

— Если не согласитесь, — ухмылялась наглая баба, — пойду в газету «Московский комсомолец» и раскрою все ваши махинации.

— Вот дура, — подскочила Гема, — и чего добьешься? Лопнет бизнес, сама без денег останешься!

— Я-то найду работу, — парировала Соня, — а тебе точно дороги не будет!

Гема почувствовала себя загнанной крысой. С одной стороны Эдик, с другой — Соня. Положение хуже губернаторского... И тут Гему вновь осеняет. Она уже один раз решила проблему путем убийства, отравила Ниночку, теперь надо уничтожить Эдика и Соню, представив дело так, будто Гема умерла, покончила с собой, не захотев жить без любимого мужа. А дома, очень кстати, хранится пузырек с ядом, которым в Институте тропической медицины умерщвляли подопытных животных. Гема сама не знала, зачем прихватила его, увольняясь с работы. И вот теперь средство пригодилось.

Эдика убирает киллер. Чтобы все выглядело логично, в этот же день Гема приглашает Соню к себе, они подписывают соглашение, затем Даутова говорит:

— Ну, кто старое помянет, тому глаз вон, — и угощает Соню коньячком с ядом.

— А та не боится пить с Гемой?

— Нет, конечно, Соне и в голову не приходит, что перед ней опытная убийца. Даутова выглядит весьма интеллигентно, она скорей похожа на тургеневскую девушку. Коньяк выпит, одна беда, яд был не быстрого действия, это не стрихнин и не цианид. Соня легла на кровать в спальне, ей показалось, что начинается сердечный приступ. Потом она потеряла сознание. И тут раздался звонок, это была Евлампия Романова с сообщением о смерти Эдика... Гема мигом поняла, что судьба посылает ей гениальный шанс. Сейчас явится женщина, которая подтвердит всем: Даутова страшно переживала, говорила о самоубийстве. Гема зазывает Евлампию к себе и усиленно навешивает той лапшу на уши...

Володя замолчал, я спросила:

— А за каким чертом она нанимала меня детективом?

— Чтобы ты, моя радость, рассказала в милиции, как госпожа Даутова обожала супруга. Она ведь небось преподнесла тебе свой вариант семейной истории, рассказала о смерти Нины, ее просьбе о замужестве...

Я кивнула.

— Но как она не побоялась, что я раскрою дело?

Володя засмеялся так, что слезы потекли по щекам.

— Извини, Лампуша, но ты категорически не похожа на личность, способную к сыскной деятельности. Поверь, Лампецкий, такую честную личность, как ты, еще поискать надо! Да десять человек из десяти прикарманят денежки и будут дико рады: баксы в кармане, а делать ничего не надо! Ты была ее бесценным свидетелем. Твои показания и ее предсмертная записка должны были убедить милицию: Гема покончила с собой, никакого расследования не надо.

— Зачем же она отправила меня к Лене за телефоном?

— Ну, во-первых, когда ты находилась у нее дома, Соня тихо умирала в спальне, конец должен был наступить с минуты на минуту, а во-вторых, ну не могла же Гема на твоих глазах разыгрывать самоубийство? Ей нужно было удалить тебя на время, а потом вернуть, чтобы свидетельница нашла тело и записку... Сообразила?

— Алика тоже она убила?

— Радзинский жив, — преспокойно заявил Вовка.

— Как?! — подскочила я.

— Он слетал в Светлогорск и пошел на сеанс. Ему, отлично знавшему Гему, вначале показалось, что это не она. Алик не подозревал о существовании Сони и думал, что под именем Даутовой скрывается мошенница. Но когда понял, что на сцене сама Гема, вернулся в Москву и пришел к нам. Мы же решили подстраховаться, к тому времени о Даутовой было уже многое известно...

— Но зачем объявлять его убитым?

— Понимаешь, Алик подстерег Гему возле актерского выхода, чтобы посмотреть на нее поближе. Она-то его не заметила, но мы все равно испугались и решили исключить любую возможность несчастья.

— Как вы могли! Настя чуть от горя не умерла.

— Представь зато ее нынешнюю радость, — глупо ответил Вовка.

— Как только Гема не побоялась выступать!

Костин пожал плечами:

— Жадность, думала последний раз под этим именем поработать. Посчитала, что Светлогорск от Москвы далеко, а смерть Даутовой не такая уж первополосная новость.

— Она что, прекращала бизнес? Нелогично как-то, убила Соню, чтобы продолжать работу...

— Теперь признает, что сглупила, отравила сообщницу по бизнесу и только потом сообразила, что практика накрылась. Все-таки она не автомат, а женщина, вот и совершила просчет.

Но внакладе не собиралась оставаться. Предполагала выступать под именем Сони.

— Как же ее режиссер, Семен Жадов? Он что, не понял, кто перед ним?

— Говорит сейчас, что нет. Только я не верю ему. Я пока там работал, такие махинации нашел. И с налоговой инспекцией, и с билетами, и с индивидуальными сеансами...

— Да уж, ну и испугалась я, когда тебя увидела!

Володя улыбнулся:

— Теперь представь мой ужас, когда я понял, что Гема собралась тебя отравить. Пошел лимон мыть, вдруг в голову как стукнет: зачем она меня из комнаты услала? И бегом назад, хорошо успел.

— Зачем же она меня убить хотела? Да еще при свидетеле? Ведь ты же, не будь даже ментом, мог сообразить, что дело нечисто.

— Лампа, ты совсем плохая? Она ведь поняла, что ты начала расследование. А яд начинал действовать минут через двадцать пять, ты же собиралась уйти. И что бы с тобой было дальше, неизвестно, могли подумать, что это сердце. Гема совсем не хотела, чтобы ты копала дальше, ясно теперь все?

— Нет.

— Чего еще?

— Кто была эта тетка, «Останкинская башня», на голубых «Жигулях» номер двести шестьдесят семь?

— Гема.

— Но она с меня ростом!

— Надела сапоги на пятнадцатисантиметровой платформе, купила в магазине молодежной моды, кстати, автомобиль серый, знак у него не двести шестьдесят семь, а двести восемьдесят семь, ты ошиблась, перепутала «шесть» и «восемь». Это старая машина Ниночки Арбени, благополучно простоявшая в гараже девять лет. У меня нет никаких доказательств, но думаю, что именно этим автомобилем воспользовалась Гема, сталкивая с эстакады «Жигули» Ани Яхниной. В тот год Даутова еще была скромной сотрудницей Института тропической медицины, и нанять киллера было ей не по карману. Гема, занавесив лицо вуалью и прибавив себе рост, явилась на собственные похороны...

— Зачем? — удивилась я.

Володя пожал плечами:

— А почему некоторых убийц тянет либо на место преступления, либо туда, где погребают жертву?

— Но она же была в Светлогорске?

— Прикинулась больной и отменила на один день сеанс.

— Ой, — вздрогнула я.

— Что?

— Да так, — пробормотала я, вспоминая задорного дедушку, посоветовавшего злобной аптекарше съездить в Светлогорск на сеанс Гемы, — просто один «кисик» говорил, что летал специально за тридевять земель на «подзаводку» к Геме, а та отменила сеанс.

— Гема явилась на похороны, потом в тот же день отправилась с киллером к Лене и с чувством выполненного долга улетела в Светлогорск. Ей повезло, никто из помощников ничего не заподозрил, да и билет она покупала на имя девчонки-администраторши из гостиницы. Предложила той за услугу сто долларов, соврала, что хочет пройти в городскую библиотеку, взять книги для работы, а записать могут только по паспорту со светлогорской пропиской. Дурочка и поверила.

Гема же считала, что создала себе идеальное алиби. Убийство Лены было назначено на час дня, вот Даутова и решила, что успеет на кладбище...

— Глупо как-то самой вести киллера к жертве...

— Видишь ли, Гема очень хотела получить фотографию, где они запечатлены вместе с Соней. Снимок делал Эдик, он же и прихватил его с собой, когда съехал к Лене. Маленькое фото можно спрятать где угодно. Гема боялась, что ей придется долго обыскивать квартиру, а ведь, вспомни, самолет вылетает в шестнадцать ноль-ноль назад, в Светлогорск. Задержаться нельзя, в двадцать ноль-ноль сеанс. Если она не явится, все алиби лопнет. Значит, надо, чтобы Лена сама отдала снимок... Ясно?

Я замолчала. Может, Вовка прав? Может, и впрямь мне лучше преподавать музыку?

— Ладно, не грусти, — засмеялся Костин, — давай оформим твои показания официально. Кстати, деньги, как я велел, принесла?

— Вот, — сказала я и вывалила пачки на стол.

ЭПИЛОГ

Мне совсем не хочется вспоминать о Геме, но надо же поставить точку в повествовании...

Даутова покончила с собой в следственном изоляторе. Может, ее замучила совесть, а может, она испугалась долгих лет на зоне, не знаю, но утром 21 ноября сокамерники нашли ее мертвой на шконке. Как Гема ухитрилась пронести яд в тюрьму, где прятала отраву и кто помогал ей, сотрудник изолятора или адвокат, осталось тайной. Так что никакого суда в связи с кончиной главного обвиняемого не состоится. У нас не осуждают покойников, считая, что смерть списывает все.

Алик Радзинский вернулся домой, и Настена до сих пор не может прийти в себя от счастья.

Анна Яхнина скончалась в самом начале декабря. Мне было жаль ее, но с другой стороны, как представишь, каково сидеть с изуродованным лицом и телом в инвалидной коляске, так подумаешь: может, смерть в данном случае благо?

Жора Саврасов по-прежнему хоронит животных. Ольга Малевич все так же изображает из себя Эфигению в салоне «Дельфийский оракул». Виктор Климович Подольский живет душа в душу с Жанной. Наконец-то отыскался человек, который сумел с легкостью водить за нос Бешеного.

Евгения Ивановна Червь преспокойно работает в Институте тропической медицины, совершенно не подозревая о буре событий, разыгравшихся вокруг дельфуса регал.

Иван наконец оклеил нашу дверь. Процедура завершилась около полуночи восьмого декабря.

— Эй, — закричал мужик, — идите смотреть!

Мы вылезли в разной степени раздетости на лестничную клетку и принялись восхищаться. Работа и впрямь была сделана здорово. Нигде ни морщинки, дерматин идеально натянут...

— Завтра приделаю гвоздики, — зевнул Ваня.

— Давайте спать, — велела Катюша.

Все вновь разбрелись по комнатам, я улеглась на кровать и засунула себе под бок для тепла толстенькую Мулечку. Глаза медленно закрылись, но тут я уловила тихий скрип.

Я мигом вскочила и бросилась в коридор, Иван уже успел исчезнуть за дверью. Нет, сегодня обязательно поймаю парня.

Полная решимости, я понеслась назад в комнату за джинсами, второпях задела за угол ковра, начала падать... В поисках опоры рука ухватилась за идиотскую статуэтку, изображавшую овчарку.

— Ну что происходит? — завопила Юлечка, выходя из супружеской спальни.

— Мне дадут отдохнуть? — ныл Кирюшка.

— Жуть, — подхватила Лиза, — никакого покоя.

— Даже меня разбудили, — пробормотал Сережка.

— Лампуша, ты не порезалась? — заботливо поинтересовалась Катюша.

— Нет, — ответила я, — а Иван снова ушел в трусах на лестницу...

— Ну ладно, — отмахнулась Юля, — можешь не продолжать!

— Опять тебя глючит, — заявил Кирюшка.

— Лампуша, иди лучше ляг, — вздохнула Катюша.

— Да, правда, — подхватила Юля, — пора отдыхать, вот только осколки замету.

Все бестолково топтались в коридоре и моей спальне. Принесли зачем-то веник и пылесос одновременно, тряпки. Потом поругались из-за того, как лучше собирать фарфоровое крошево... Словом, потратили почти час на суету. В самый разгар уборки входная дверь тихо скрипнула, и появился Иван, почти голый, в одних семейных трусах невероятной расцветки, красных в бело-синий горошек, просто триколор, а не мужик.

— Чегой-то вы тут все делаете? — ошарашенно спросил Ваня.

— Ага, — завопила я, — теперь убедились! Сообразили, что я чистую правду говорила!

— Ты где был? — строго спросил Сережка.

Иван молчал.

— Пиво пил, — брякнул Кирюшка.

— Немедленно отвечай, — взвыла я, — быстро...

— Ну... это, — забубнил Ваня, — дело молодое, холостякую, значит, и она того, без мужика...

— Не понимаю, — протянула Лиза.

— В общем, дело простое, — нудил Иван, — обычное, вот только при детях...

— Никак не пойму, о чем он толкует? — спросила Катя.

— А я знаю, — сообщил Сережка, — наш Ванюша ходит к Люське...

— Зачем? — брякнула Лиза.

— Ну, — покраснел Ваня, — дело понятное.

— А почему в трусах? — недоумевала девочка.

Кирюша потянул ее за руку и что-то шепнул на ухо. Лизавета мигом стала похожа на вареного рака.

— К Люське? — заорали все остальные в один голос. — К нашей соседке-пьянчуге?

— Она хорошая баба, — кинулся на защиту своей любви мастер, — а водку глушить я ее отучу.

— Чего вы посреди ночи орете? — раздалось с лестницы, и в квартиру всунулся сонный Костин. — Стряслось что? О, у вас обивка новая...

С этими словами он довольно сильно хлопнул железной дверью. В то же мгновение весь дерматин с легким шорохом упал на пол.

— Во, блин, — изумился Ваня, — как же такое вышло?

— Да, хороша обивочка, — протянул Вовка, — первый класс, видать, мастер отличный клеил!

— Вместо того чтобы по бабам шляться, — обозлился Сережка, — лучше бы дело сделал!

Ваня начал чесать в затылке:

— И не пойму, как так вышло. Но вы, ребята, того, не злитесь. Теперь у Люськи жить стану, по соседству, рядышком... Я вам, как своим, все устрою!

— Как своим ты уже устроил, — вздохнула Катя.

— Точно, — подхватила Юля, — теперь поклей, как чужим, может, лучше получится.

Черт из табакерки

_____ роман

ИРОНИЧЕСКИЙ ДЕТЕКТИВ

Где много женщин — там почти всегда скандал. В особенности если милые дамы выясняют, кто из них красивее. Как правило, хорошим это не кончается. Да что говорить о смертных, если даже богини перессорились между собой из-за обладания золотым яблоком с надписью: «Прекраснейшей». Зевс отказался решить их спор и послал к Парису, сыну царя Трои, а тот возьми и присуди яблоко Афродите, пообещавшей ему в жены прекраснейшую из смертных. А кончилось все это Троянской войной. Так что я в споры красавиц не вмешиваюсь и делаю свое дело.

Мысли крутились в голове, а руки машинально выполняли работу — собирали с кресел разбросанные колготы, белье и прочие дамские штучки. Я работаю сейчас в Доме моделей, а «вешалки» страшно неаккуратны. Снимут с себя чулочки и швырнут посреди комнаты. Кроме того, они глупы, ничего, как правило, кроме газеты «Мегаполис», не читают, и все разговоры в раздевалках крутятся в основном вокруг денег и мужиков. Пока мне не пришлось устроиться на работу в Дом моделей Германа Губенко, мир моды виделся издалека чем-то сказочным, роскошным. Прекрасные женщины, шикарные платья, изумительные духи... На поверку все оказалось совсем не так. Девушки, пока над ними не поработает визажист, выглядят не слишком привлекательно. Многие модельки прикладываются к бутылке, кое-кто не брезгует и героином. На «языке»-то они все небесные создания, а «за кулисами» творят удивительные вещи. Ради выгодного кастинга[1] девчонки готовы на все. Бритвенные лезвия, подложенные сопернице в туфли, — далеко не самая жестокая выдумка. Так что я бы на месте милых матерей подумала, стоит ли толкать дочерей на этот путь. К высотам пробиваются единицы, и не всегда успех зависит от красоты. Клаудиа Шиффер, например, в обыденной жизни просто высоченная немка с крупноватыми ступнями и капризно надутыми губами.

Я сгребла с диванов кучу бумажных салфеток, вытряхнула в большой пластиковый мешок мусор и принялась собирать разбросанные повсюду бутылки из-под минеральной воды. «Вешалки» озабочены своей внешностью донельзя и постоянно опрыскивают лицо минералкой. Причем не каким-нибудь «Святым источником», а французской водой «Эвиан» по шестьдесят рублей за триста миллилитров.

Да, нужно признаться, хотя моя должность и называется весьма значительно — менеджер по офису, на самом деле я являюсь самой обыкновенной уборщицей, стою на нижней ступени социальной лестницы, и подняться по ней мне уже, очевидно, не удастся. В 35 лет поздно начинать жизнь сначала. Впрочем, если разобраться, не везло мне с самого младенчества.

Маменьки своей я не знаю. Естественно, существовала биологическая единица, родившая меня на свет. Но вскоре после выхода из родильного дома матушка поняла, что ребенок — это сплошная докука. Плачет по ночам, просит есть, да еще к тому же нужно стирать пеленки и покупать ползунки. Мамуля почувствовала, что не го-

---

[1] Здесь — отбор манекенщиц для показа моделей.

това к подобным испытаниям, и в один жаркий летний день просто-напросто сбежала от моего отца. Так я ее никогда больше и не видела, не осталось даже фотографий: папа в порыве злости изорвал все до единой.

Впрочем, его можно было понять. Тяжело мужчине с младенцем, даже если он работает дворником и может выкатывать коляску во двор и приглядывать за ребенком, размахивая метлой. Вскоре у меня появилась мачеха Раиса — большая, толстая, неаккуратная баба, жарившая восхитительные блинчики. Про нее нельзя сказать, что она была злая — падчерицу, то есть меня, Рая колотила только тогда, когда напивалась пьяной. Но запои случались у нее не часто, а примерно раз в месяц. Я же, достигнув шестилетнего возраста, уже хорошо знала, что, если тетя Рая появляется на пороге комнаты с лихорадочным блеском в глазах, следует моментально ужом проскальзывать в дверь и нестись куда глаза глядят, но подальше от родимого очага. Чаще всего глаза глядели в сторону булочной. Тамошние продавщицы любили меня, угощали калорийными булочками с изюмом и карамельками «Чебурашка». Выждав часа два-три, я возвращалась домой и находила тетю Раю на кровати. Из груди женщины вырывался молодецкий храп, звук которого наполнял мою душу невероятным блаженством — раз храпит, значит, не станет драться. Утром Рая, совершенно не помнившая того, что было вчера, охая и держась за голову, вытаскивала из плиты черную чугунную сковородку и принималась жарить блинчики.

— Ешь, несчастье, — говорила она, шлепая на тарелку поджаренный кусок теста, — жри от пуза да зла на меня не держи. Видишь — люблю тебя, блины завела. Ну а если вчера по зубам насовала, так в семье чего только не бывает. Бью — значит, за свою держу. А ты тоже будь похитрей, видишь, тетка отдыхать собралась, не лезь под руку, забейся в уголок да пережди. Усекла?

Я молча кивала и проворно жевала ароматное угощение. Никогда больше, ни в одном другом доме я не ела таких блинов.

Наверное, Рая каким-то образом оформила надо мной опеку, потому что папенька мой слинял в неизвестном направлении в тот год, когда я пошла в первый класс. Вообще говоря, Раиса могла сдать меня в детдом и жить себе припеваючи. Работала она уборщицей, трудилась одновременно на четырех ставках, драила лестницы в подъездах, а еще бегала по людям, хватаясь за любую работу. Мыла окна, убирала квартиры, прогуливала собак, притаскивала картошку с рынка.

Надо заметить, что, когда исчез мой отец, мы стали жить намного лучше, можно сказать, вздохнули полной грудью. Отпала необходимость содержать алкоголика, покупать ему каждый день бутылку и пачку сигарет. Получалось, что только на винно-водочные изделия уходило около шести рублей в день, а за месяц набегало почти двести целковых — зарплата инженера или учительницы... Так что после его пропажи нам стало только лучше.

Рая сделала в хрущобе ремонт, постепенно в комнатах появилась люстра производства ГДР, польский палас, болгарская мебель и замечательный кухонный гарнитур: шкафчики, покрытые серым пластиком в розовых цветочках. Мне они нравились невероятно. Так что все у нас стало как у людей, и в школу я пошла в коричневом платьице, белом фартучке и ажурных гольфах. Рядом со мной возвышалась толстая Раиса с огромным букетом гладиолусов. Ради праздника тетка нацепила бордовый костюм из джерси и мучилась в непривычной одежде.

Первые три класса пролетели мгновенно. Странное дело, но господь наградил меня хорошей головой. Объяснения учительницы я ловила на лету и никаких трудностей в учебе не испытывала. Все казалось легким — русский, чтение, математика и даже немецкий. Другие дети рыдали над домашними заданиями, а родители писали за них сочинения. Рая даже не заглядывала ко мне в тетради и дневник. Собственно говоря, делать это было незачем. Никаких оценок, кроме пятерок, там не было.

В пятом классе к нам пришла новенькая — тихая, застенчивая Катя Попова, и нас посадили за одну парту. Через два дня выяснилось, что одноклассница не знает ничего. Читала она еле-еле, в математике абсолютно не смыслила, а по-русски писала с чудовищными ошибками. Но наши учителя не ругали девочку. Катенькин папа занимал высокий пост в Министерстве иностранных дел, частенько катался за границу, и милые преподавательницы щеголяли в обновках, подаренных щедрым Виктором Михайловичем. Поэтому Катюшу и подсадили ко мне. Классная руководительница знала, что я пожалею одноклассницу и разрешу ей списывать контрольные. Так и вышло. Катька принялась сдувать у меня домашние задания, а на самостоятельных работах я успевала решить два варианта.

Как-то под Новый год Катюша позвала меня к себе в гости. Никогда раньше мне не приходилось бывать в таких квартирах. Бесконечные коридоры и большие комнаты, даже ванная у них была величиной с нашу кухню, а в «пищеблоке» мог бы совершить посадку вертолет «Ми-8». Виктор Михайлович и Анна Леонидовна оказались людьми не чванливыми, кем работают мои родители, не спросили, а просто накормили одноклассницу дочери разными вкусностями.

Я стала гостить у них в доме, вернее, приходить туда каждый день после школы и уходить, когда заканчивалась программа «Время». Скоро Поповы превратились для меня в дядю Витю и тетю Аню, а Катюху я стала считать кем-то вроде двоюродной сестры. Впрочем, и сами Поповы держали меня за родственницу: покупали мне одежду, кормили и постоянно ставили Катьке в пример. Та и правда отвратительно училась, но не из-за лени, а от отсутствия способностей. Вот и верь после этого в генетику! Мне, ребенку алкоголиков, досталась светлая голова, а Катюша, дочь более чем благополучных родителей, получила от господа железные мозги, проворачивавшиеся с огромным скрипом.

Все хорошо было у Поповых, но более всего меня привлекали в их квартире книги. Дядя Витя собрал великолепную библиотеку. В бесчисленных шкафах тома стояли так тесно, что для того, чтобы вытащить нужную книгу, приходилось попыхтеть. Дюма, Майн Рид, Джек Лондон, О'Генри — все это я прочла залпом. Потом добралась до Вальтера Скотта, Золя, Бальзака, Виктора Гюго и Проспера Мериме... За ними последовали Мельников-Печерский, Куприн и Чехов... Но самое большое удовольствие, как ни странно, я получала от классиков детективного жанра — Агаты Кристи, Эллери Кунна и Рекса Стаута. В начале 70—80-х годов мало кто из москвичей имел возможность читать произведения этих авторов, но дядя Витя, сам страстный поклонник криминального чтива, привозил из загранкомандировок небольшие томики в мягких ярких обложках, правда, на немецком.

Попов свободно владел языком Гете и Шиллера, я же ходила в так называемую немецкую спецшколу, и в нас всячески всовывали перфекты и презенсы по два урока в день. Но, честно говоря, выучила я язык только благодаря детективам.

После окончания школы Катюшу пристроили в МГИМО, элитарный институт, где учились дети высокопоставленных чиновников, а меня отправили в архивный. Дядя Витя, решивший за нас все проблемы, категорично заявил:

— Значит, так, детка. Вижу, у тебя острый ум и отличная память. Получишь диплом, пойдешь в аспирантуру, напишешь кандидатскую, ну а тогда уж подумаем об отличном месте работы. А Катюха, будем надеяться, выйдет замуж за дипломата, и все устроится наилучшим образом.

Но вышло не так, как рассчитывал дядя Витя. Чудесным июньским утром они с тетей Аней, оставив нас готовиться к очередной сессии, отправились на дачу, но до поселка со славным названием Собачаевка не добрались: в их новенькую голубую «Волгу» со всего размаху влетел «КамАЗ», груженный бетонными блоками. Оба, слава богу, погибли сразу, не успев понять, что умирают. Мы с Катюшкой остались сиротами. Тетя Рая давным-давно лежала на кладбище, а других родственников у нас вроде бы не было.

Началась полоса несчастий. Огромная квартира Поповых, в которой мы весело провели детство, оказалась служебной, и никто не собирался оставлять ее Кате. В качестве жилплощади ей предложили крохотную однокомнатную квартиренку в Медведкове. Решив, что лучше иметь хоть какую-нибудь площадь, Катюша согласилась. Затем невесть откуда появился пронырливый мужичонка, назвавшийся сотрудником Управления делами МИДа. Он взялся продавать мебель и всяческий скарб погибших дядя Вити и тети Ани. Мы все равно не могли разместить все эти вещи в моей крошечной двушке, а доставшаяся Катюше площадь оказалась настолько мала, что в нее не влезал даже обеденный стол.

Мужичок принялся за работу, увез все и... исчез в неизвестном направлении. Мы кинулись в МИД и выяснили, что он не имеет к ним никакого отношения. Кстати, дачу тоже отобрали, так как и она оказалась казенной. После всех событий у Катюши случился нервный срыв, и она не смогла учиться дальше. Мне же пришлось по своей воле бросить институт: кто-то должен был зарабатывать на хлеб и котлеты. Правда, мясо мы едим редко, потому что Катюша регулярно болеет и приходится тратиться на лекарства.

Где я только не работала! Нянечкой в детском саду, санитаркой в больнице, уборщицей в продмаге... При коммунистах, будь ты хоть семи пядей во лбу, устроиться без диплома на приличную работу было нереально. После перестройки появились иные возможности. Сначала торговала «Гербалайфом», потом трясла на рынке турецкими тряпками, затем пристроилась в риелторскую контору агентом... Но нигде не получала ни морального удовлетворения, ни достойной зарплаты.

Потом в конце тоннеля забрезжил слабый свет. Мы живем с Катюшей в моей двушке, а ее жилплощадь всегда хотели сдавать, но охотников на апартаменты с трехметровой кухней-нишей не находилось. И вдруг объявилась съемщица — смешливая Леночка, студентка театрального вуза. Больше пятидесяти долларов она не могла нам платить, но мы были просто счастливы. Говорят, что радости, как и беды, ходят парами. Не успели мы прийти в экстаз от изумительно красивой зеленой купюры, как позвонила наша соседка со второго этажа Наташа Климова.

— Слышь, Вилка, — сказала она.

Простите, забыла представиться. Мои родители невесть почему дали мне имя Виола. Если учесть, что фамилия папеньки Тараканов, станет понятна реакция людей, с которыми я знакомилась официально. Виола Тараканова! Каково звучит?!

В школе я страшно переживала и ужасно стеснялась своей фамилии, но потом учительница истории рассказала про князей Таракановых, и я слегка утешилась. В конце концов, даже в Третьяковской галерее, куда нас повели всем классом, висела картина «Смерть княжны Таракановой». Да что там, у нас учился мальчик по фамилии Жопочкин! В 1975 году на прилавках магазинов появился плавленый сыр «Виола», и все друзья принялись звать меня «Сырная помазка». Так что Вилка — это еще не худший вариант.

— Слышь, Вилка, — завела Наташка, — ты ведь у нас немецкий знаешь?

— Немного, — осторожно ответила я, не понимая, куда она клонит.

— Подтяни моего оболтуса, двойку в четверти получил, — попросила соседка.

— Что ты, — замахала я руками. — Какая из меня учительница, найми репетитора.

— Да, — протянула Ната, — никто дешевле десяти долларов за урок не берет. Мне, сама понимаешь, такое не по карману, но сто рублей могу. Два раза в неделю!

— Нет, — подавила я искушение, — не умею обращаться с детьми, поскольку своих не нарожала.

— Вилочка, — взмолилась Наталья, — а ты попробуй!

Так я стала «буксиром» для восьмилетнего Темы, толстенького мальчика, больше всего на свете любящего поесть. Неожиданно дело пошло. Тема начал получать четверки.

Мы с Катюшей приподняли головы и даже переклеили обои. Одна беда: Катюша все время болеет, аллергия буквально на все, плохая печень, боли в желудке, мерцательная аритмия, артрит, остеохондроз, мигрень. Легче перечислить, каких болячек у нее нет.

В Дом моделей я попала случайно. Соблазнилась дополнительным заработком. Платили две тысячи в месяц, а начинать трудиться нужно было с восьми вечера, когда «вешалки» уже разбегаются кто куда. Ученик мой в это время спит, а лишние денежки не помешают. Я надеялась набрать небольшую сумму и махнуть с Катюшей в августе на Азовское море. Говорят, там дешевые фрукты, вкусная рыба и чудесный климат.

Закончив уборку, я выпрямилась и глубоко вздохнула. Ну вот, спина просто разламывается, пора домой, стрелки часов подобрались к полуночи, а Катюша ни за что не ляжет спать, если меня нет. Закрыв двери и отдав ключ охраннику, я выпала на улицу и тихонько поползла в сторону метро. Внезапно от угла дома отделилась тоненькая фигурка.

— Простите, — пролепетала девушка, заглядывая мне в лицо, — не могли бы вы сказать, где я нахожусь?

Я внимательно посмотрела на нее. Небось пьяная или наркоманка. Но от женщины ничем таким не пахло, а худенькие руки, высовывавшиеся из коротких рукавов слишком легкого платья, не были покрыты синяками.

— Пожалуйста, — шептала девушка, — подскажите...

У нее было удивительно располагающее лицо. Карие, слегка раскосые глаза делали молодую женщину похожей на козочку. Тонкий аккуратный нос, маленький, но красивый рот. Легкие пряди светло-каштановых волос прикрывали уши, а нежная белая шея свидетельствовала о том, что ей лет двадцать пять, не больше. Впрочем, было в ней что-то странное, непонятное, какая-то изломанность, нервозность, возможно, даже истеричность. И одета она была как-то не по сезону. Май в этом году жаркий, но все же не до такой степени, чтобы натянуть на себя нечто больше всего похожее на ночную рубашку. Приглядевшись повнимательней, я поняла, что на ней была именно ночнушка.

ГЛАВА 2

Все сразу стало на свои места. Бедняжка больна, скорей всего психически.

— Вы в Москве, — тихо сказала я, — на Сонинской улице, тут недалеко метро, вам куда?

— Не знаю, — пробормотала женщина, — не знаю, впрочем, спасибо.

Я кивнула и пошла вперед, но потом меня словно что-то толкнуло в спину, и тело само собой обернулось. Девушка потерянно стояла у стены, зябко поеживаясь. Черт возьми, ее нельзя оставлять одну в таком состоянии. Не дай бог еще изнасилуют или убьют, хотя взять у бедняжки нечего: ни цепочки, ни колечек, ни сумочки...

Я развернулась и подошла к несчастной.

— Где ты живешь?

— Не знаю, — улыбнулась она, — наверное, дома.

— Адрес знаешь?

— Нет.

— Как ты сюда попала?

Девушка пожала плечами:

— Не помню.

— Где же ты живешь? Ну неужели ничего в голову не приходит? — повторила я вопрос.

Бедняжка напряглась:

— Нет.

Я с жалостью поглядела на нее. Такая молодая — и вот, пожалуйста. Нет, мы еще хорошо живем с Катюшей, ну подумаешь, не слишком обеспечены и не можем себе позволить вкусную еду и хорошую одежду, но психически-то здоровы! А здесь ужас, да и только. Ну и что теперь делать? Оставить несчастную одну на улице? О таком и помыслить невозможно, она погибнет. Вести в милицию? Да я потрачу кучу времени, и Катюша заработает сердечный приступ, сидя у входной двери. Остается одно.

— Пойдем, — велела я и взяла девушку за безвольную тонкую руку.

Несчастная покорилась и, чуть прихрамывая, двинулась со мной. Я поглядела на ее ноги и увидела, что они обуты в простые резиновые шлепки, многие носят их вместо домашней обуви. Скорей всего она живет где-то неподалеку. Но Сонинская улица длинная, густо заставленная многоэтажными зданиями. Ладно, сейчас пойдем к нам, спокойно переночуем, а утром сообщу в правоохранительные органы.

Катюша открыла дверь моментально.

— Опять нервничала в прихожей? — рассердилась я. — Ну сколько можно говорить, что ничего со мной не случится! Легла бы спать спокойно.

— Ну не злись, — улыбнулась Катюша, — просто шла в туалет, а тут звонок.

Я хмыкнула и втащила свою сумасшедшую внутрь. Девушка стояла безучастно. Катя с удивлением посмотрела на нее, но ничего не сказала. Моя подруга невероятно деликатна и ни за что не воскликнет при виде незнакомого человека: «Это кто?» или: «Зачем ты ее приволокла?»

Раз я привела посреди ночи незнакомую женщину, значит, так надо. Катюша никогда со мной не спорит, она на редкость интеллигентна и патологически неконфликтна.

— Пойди помой руки, — велела я, открывая дверь в ванную, — потом выпьем чайку. Ты есть хочешь?

Девушка кивнула.

— Замечательно, — обрадовалась Катюша, — у нас потрясающие картофельные котлеты, «Докторская» колбаска и тортик «Причуда». Вы любите вафли?

Незнакомка провела рукой по волосам и пробормотала:

— Не знаю, наверное.

— Вот и хорошо, — как ни в чем не бывало продолжала Катя. — Умывайтесь и идите на кухню.

Женщина послушно принялась мыть руки. Пока она приводила себя в порядок, я быстро сообщила Катюше, как было дело.

— Очень правильно сделала, — похвалила подруга. — Ее могли убить. Представляешь, как сейчас родственники волнуются?!

Я вздохнула. Вполне вероятно, если только они сами не выгнали ее из дому. Иногда родные бывают безжалостны к таким больным. Но Катюша — святой человек, и никакие гадости никогда не приходят ей в голову, я же не слишком человеколюбива.

Минут через пятнадцать мы съели вкусные биточки и принялись лакомиться тортом.

— Ой, — внезапно сказала девушка, указывая пальцем в сторону холодильника. — Кто это?

— Не бойтесь, — успокоила Катюша. — Мыши, просто две хорошенькие и крайне замечательные мышки.

Примерно полгода тому назад мы обнаружили на кухне мышь. Я сначала хотела опрыскать все углы отравой, но Катерина воспротивилась:

— Не надо их убивать, давай лучше прикормим!

Вообще говоря, я бы с удовольствием завела кошку, но у Катюши аллергия на шерсть. Иногда роскошный перс соседки Наташи приходит к нам в гости, и Катюша тут же обвешивается соплями и принимается отчаянно чихать и кашлять. Поэтому кота у себя мы поселить не можем.

Первое время мыши пугались и выходили только ночью, в темноте. Мы оставляли им в блюдечке молоко и клали в розетку кашу. Затем зверушки осмелели и начали выбираться из укрытия днем. Мы назвали их Билли и Милли. Честно говоря, половая принадлежность мышей осталась для нас загадкой, но Катя предложила считать их семейной парой. Теперь Билли и Милли частенько сидят у мойки, когда мы ужинаем. Ведут себя мыши вполне пристойно, в квартире не гадят, едят только предложенное им угощение и не грызут мебель. Честно говоря, я их нежно люблю. Милли охотно дает себя погладить, а Билли не идет в руки. Зато он уморительно чистит усы, сразу обеими передними лапами. Если у нас в этот момент сидят гости, тут же начинается смех. Но Билли не пугается, по-моему, он обладает актерскими задатками. Во всяком случае, в присутствии публики он совершает туалет особенно тщательно.

Но наша неожиданная гостья не засмеялась, она даже не улыбнулась, а просто протянула:

— А, мыши...

— Как вас зовут? — спросила Катя.

Девушка отставила чашку и пробормотала:

— Не помню, ничего не помню.

Ее глаза лихорадочно забегали из стороны в сторону, лицо покраснело, над красиво изогнутой верхней губкой появились капельки пота. Мне не понравилось ее волнение, и я невольно взяла в руки кухонное полотенце. Вдруг она буйная? Схватит сейчас нож и кинется на нас!

Но Катюня ласково опустила хрупкую руку на плечо безумной:

— Такое случается. Вот я пошла вчера в магазин и встала у прилавка. Зачем, думаю, явилась? То ли за молоком, то ли за сахаром?

Вдруг девушка печально улыбнулась:

— Но как-то ведь меня зовут?

— Давайте называть имена, — обрадовалась Катерина, — вдруг какое-нибудь знакомым покажется?

— Ладно, — покладисто ответила гостья.

Я отложила полотенце и расслабилась. Кажется, она не злобная.

— Лена, Наташа, Оля, Маша, — начала перечислять подруга, всматриваясь в лицо бедолаги. — Галя, Соня, Марина, Оксана...

Но гостья никак не реагировала.

— Даша, Женя, Валя, — включилась я в игру, — Римма, Таня, Таисия...

— У нас же есть словарь имен! — подскочила Катерина.

Сказано — сделано. Мы принялись листать странички. Удача пришла на букве В.

— Вера, — прочитала я.

Девушка неожиданно сказала:

— Вот это мне нравится.

— Чудное имя, — с энтузиазмом воскликнула Катюня, — давайте на нем и остановимся. Вера, Веруша, Верочка.

— Верочка, — эхом отозвалась незнакомка и неожиданно зевнула.

— Пошли спать, — предложила я.

Мы начали устраиваться. Квартирка у нас маленькая. Одна комната семнадцать метров, она исполняет роль гостиной. Тут стоит телевизор, диван и два кресла. Другое помещение поменьше, оно превращено в спальню. Катюша спит в дальнем углу, а я около окна — меня не берут никакие сквозняки.

В нашей крохотной хрущобе есть еще пятиметровая кухня, ванная размером с ракетку для настольного тенниса и прихожая, где еле-еле уместилась вешалка; если считать на квадратные метры, то их наберется, по-моему, около тридцати, а может, и меньше.

У нас с Катей множество знакомых, мы обзаводимся ими моментально. Катерина может разговориться с женщиной в метро и подружиться с ней на всю жизнь. Так было с Леной Волковой. Катюня ехала в поликлинику, а рядом в автобусе стояла симпатичная толстушка. Сначала обменялись ничего не значащими фразами, потом вышли на одной остановке... И теперь вот уже десять лет как лучшие подруги. Костя Рощин приехал к нам на «Скорой». Медицинская помощь понадобилась мне. Развешивала белье в ванной, поскользнулась и упала, приложившись лбом о раковину. На мой взгляд, ничего особенного не произошло. Моей черепушке, бывало, и похуже попадало. Пару раз тетя Рая довольно ощутимо долбанула меня скалкой. Голова потом кружилась и сильно тошнило. На этот раз я просто ойкнула — скорей от неожиданности, чем от боли, но Катюня перепугалась и набрала 03. Явился Костя, и теперь его карма лечит нас постоянно. На кладбище, приводя в порядок могилу дяди

Вити и тети Ани, я свела знакомство с Олей Потаповой, недавно похоронившей мать... А еще ведь есть бывшие одноклассники, коллеги по работе, соседи... Словом, наша записная книжка по толщине напоминает географический атлас, и все проблемы мы, как правило, решаем по телефону. Друзья знают об этом и частенько обращаются с просьбами. «Бюро неотложных добрых дел» — так называет Костя Рощин Катюшу, потому что она с невероятной готовностью кидается всем на помощь. Посидеть с ребенком Сони Леоновой, которой захотелось пойти в театр? Пожалуйста. Взять на месяц кошку Наташи, потому что соседка едет отдыхать? Нет вопросов. Отчаянно чихая, Катюня начнет вычесывать перса. Отдать последние деньги в долг Сене Малышеву, разорившемуся в результате дефолта? С огромным удовольствием, если накопленные нами две тысячи его спасут...

В нашей крохотной квартирке частенько остаются гости. Вы не поверите, но мы можем одновременно устроить на ночлег четверых человек. Все очень просто. Два кресла в гостиной трансформируются в кровать, а диван раскладывается. Правда, ложа получаются слегка узковатыми, но переночевать вполне можно. Впрочем, в крайнем случае с балкона вытаскивается раскладушка, только тому, кто на ней устроится, придется не слишком комфортно — ноги в прихожей, а голова на кухне.

Но сегодня предстояло позаботиться всего лишь об одной Вере, и мы мигом соорудили кровать. Девушка, одетая в Катину пижамку, рухнула на диван и заснула, едва успев донести голову до подушки. Катюня поправила одеяло и задумчиво пробормотала:

— Вот странно.

— Что?

— Имени не помнит, фамилии, конечно, тоже. Где живет — не знает, а основных навыков не потеряла...

— Ты о чем?

— Ну смотри, — рассуждала Катюня, — руки мыла с мылом, ела нормально, правда, только вилкой, но ведь не все ножом пользуются. В туалет сходила и спустила за собой воду...

— Подумаешь, — пожала я плечами.

— Всегда считала, — продолжала Катюня, — что ненормальный патологичен во всем. Ну, например, ест мыло и пытается мыть руки в цветочном горшке.

— А Леня Рюмин? — спросила я. — Никто и не скажет, что он шизофреник, если Ленька не в больнице. И потом, Ван Гог явно был психически болен, ухо себе отрезал, а вспомни его гениальные картины... Между прочим, Достоевский болел эпилепсией!

Катюня поморщилась:

— Ван Гога не люблю, его полотна патологичны, сразу понятно, что у живописца были проблемы с головой. Нарушенные пропорции, какие-то завихрения.

— Ну это ты хватила, — возразила я, укладываясь в кровать, — а Эль Греко? Вот уж у кого беда с пропорциями. Лица вытянуты, руки длиннее ног кажутся...

— У Эль Греко, возможно, был дефект зрения, — зевнула Катюня, — он, должно быть, писал как видел, а видел искаженно. Ван Гог же воспринимал действительность болезненно.

— Ага, — пробормотала я, чувствуя, как сон закрывает глаза, — согласна.

— Эпилепсия — болезнь не души, а тела, — донеслось из угла. — Достоевский был нормален!

Но я уже не смогла ничего ответить и погрузилась в сладкие объятия Морфея.

ГЛАВА 3

Звонок прозвучал в абсолютной тишине. Я распахнула глаза и поглядела на будильник — 6.40. Кто бы мог прийти в такую рань? Нашарив ногой тапки, я слезла с кровати. Звонок затрезвонил вновь, настойчиво и долго. Чья-то рука без тени сомнений жала на пупочку, человек, стоявший за дверью, явно хотел всех поскорей разбудить.

— Что случилось? — пробормотала Катюня.

— Спи, пойду погляжу, — ответила я и вышла в гостиную.

Верочка не подняла головы, очевидно, резкий звук не потревожил девушку.

Я подошла к двери и без лишних расспросов распахнула ее. У нас нет глазка, и, честно говоря, мы никого не боимся. Красть тут нечего, а для сексуально озабоченного мужика найдутся кадры помоложе.

На пороге возникла полная женская фигура, замотанная, несмотря на теплый май, в чудовищную темно-синюю кофту с капюшоном.

— Здрасьте, — пробормотала тетка. — Никишина тут проживает?

— Нет, — хотела было ответить я, но вдруг припомнила, что это фамилия тети Раи, и ахнула:

— Вам Раису Николаевну?

— Слава богу, — вздохнула нежданная гостья, — добрались! А я-то грешным делом боялась, вдруг чего не так... Квартиру поменяла... Входи, Криська, доехали.

Она втащила в прихожую огромную клетчатую сумку. За ней тихо, словно тень, двигалась девочка, тоненькая, какая-то бестелесная.

— Здравствуйте, — прошелестел ребенок и встал у зеркала.

И от девочки, и от женщины крепко пахло грязной головой и немытым телом.

— Ну, — заявила тетка, — и где Райка?

От неожиданности я выпалила:

— Она умерла, давно, шестнадцать лет почти прошло.

— Да что ты говоришь, — всплеснула руками пришедшая и, рухнув на табуретку у входа, завыла в голос. — Ой, горе горькое, ужас приключился, несчастье черное, ох беда, беда, сестричка дорогая, единственная душа родная на всем белом свете...

Я не люблю кликуш и истеричек. Из всей выплеснутой информации до меня дошло только одно: нежданная гостья — сестра тети Раи. Странное дело, мачеха никогда не говорила, что у нее есть родственники.

— Ой, ой, ой, — причитала баба, раскачиваясь из стороны в сторону, — горе-горюшко.

Такая скорбь показалась мне немного странной. Не видеть сестру целую вечность, не знать о ее смерти и теперь вдруг так убиваться... Девочка безучастно стояла рядом с сумкой, грызя ногти. Потом она тихо спросила:

— Ну и куда мы теперь, тетя Зоя? Опять на вокзал?

Женщина неожиданно прекратила истерику и сказала:

— Все, Криська, дальше ехать некуда, добрались! Нам на улицу идти, а тут чужие люди живут? Вы Раисе ведь никто?

В моей голове разом возникла картина: стонущая тетя Рая шлепает на мою тарелку блинчики: «Ешь, Виолка, тебе испекла, знаю, ты их любишь!»

А вот она встречает меня из школы и, разглядывая дневник с отметками, вздыхает: «Точно, академиком станешь, большим человеком. Идика в комнату да глянь на кровать».

Я бегу в спальню и нахожу на подушке уродливого косорыленького мишку, которого Раиса купила в «Детском мире», не пожалев ни пяти рублей, ни времени на поездку в магазин. Правда, тут же роились и другие воспоминания. Вот она лупит меня почем зря кухонной тряпкой, а потом храпит прямо на полу в гостиной...

— Я ее дочь, — неожиданно произнес мой язык.

— Вот радость! — взвизгнула тетка. — Племянница, дорогая!

Растопырив руки, она ринулась ко мне и моментально заключила в вонючие объятия.

— Раздевайся, Криська, — велела тетка. — Добрались-таки, чай, не выгонят на улицу. Или как?

Она заискивающе заглянула мне в лицо.

— Сумку отнесите в гостиную да помойтесь с дороги, — велела я.

Через полчаса мы сидели за столом, и так неожиданно свалившаяся на наши головы «родственница» рассказала нехитрую историю.

С Раей они не виделись много лет. По молодым годам Зойка выскочила замуж за симпатичного паренька-строителя и уехала из Москвы. Они с мужем ездили первое время по разным городам, а потом осели в Грозном. Хорошее место, великолепный климат, жили в собственном доме на окраине города да радовались. В саду цвели алыча, персики и сливы, по двору бегали цесарки, куры и индюшки. Зоя научилась у соседок местной стряпне и теперь щедро посыпала блюда кинзой и тертыми грецкими орехами. С Раисой они не встречались. Правда, 14 апреля, на день рождения сестры, Зойка отправила давным-давно открытку. Ответ пришел аж через два года. Раиса сообщала, что по старому адресу более не живет, вышла замуж и писать следует в другое место, телефон она не указала. Зоя отправила небольшое послание, но Рая отчего-то не пожелала вступать в переписку. Зоя не слишком горевала — большое хозяйство отнимало кучу времени, к тому же она работала парикмахером, слыла отличным мастером, и к ней вечно вереницей шли клиентки.

Потом начался ужас — первая чеченская война. Но Зое необычайно повезло. Российские танки наступали с другой окраины Грозного, и их с мужем дом остался цел. Пережив этот кошмар, она успокоилась. Слава богу, все цело, жизнь продолжается. Но стало совсем плохо, перестали платить зарплату, и Зоя начала стричь постоянных клиентов бесплатно. «Ладно, — успокаивала она себя, — ладно, все живы, дом цел, огород есть, прокормимся».

Но затем случился еще больший ужас — вторая чеченская война. Ивана, супруга Зои, убили боевики, признав в мужике русского. Ее саму спрятали соседки-чеченки, дом сожгли, а нехитрое имущество частично разворовали, а что не понравилось — уничтожили. Зоя осталась буквально на улице, хорошо хоть успела вытащить коробочку с документами. Начались хождения по мукам. Как она добиралась до Москвы, Зоя не могла вспоминать без слез. Путь растянулся почти на полгода. Они голодали и просили милостыню, питались на помойке. Да к тому же в голове постоянно билась простая мысль: «Что, если Раиса сменила адрес?»

— Значит, вам некуда идти? — уточнила я.

— Нет, — покачала головой Зоя и разрыдалась. Девочка, которую, очевидно, звали Кристина, безостановочно ела куски хлеба с маслом.

— Тебя стошнит от жирного, — тихо сказала Катя.

— Не-а, — пробормотала девчонка, запихивая в рот толстенные кусищи, — вкусно очень.

— А ну прекрати людей объедать, — неожиданно выкрикнула Зоя и с размаху отвесила Кристине оплеуху.

Девочка поперхнулась, закашлялась, но не заплакала, очевидно, побои были для нее привычным делом. А может, просто не обращала внимания на колотушки, я же в детстве сносила молча затрещины тети Раи.

— Вы не волнуйтесь, — залепетала Зоя, — она мало ест, сейчас чегой-то прорвало, а так... Ну супчику полтарелочки или каши какой, без мяса! Один раз в день!

— Нас не пугают дети с хорошим аппетитом, — медленно проговорила Катюша, — не бейте ее.

— Работать пойду, — неслась дальше Зоя, — профессия в руках нужная, парикмахер, деньги рекой потекут. Нам бы только где голову преклонить. Криська может что-нибудь по хозяйству: убрать, стирать, готовить... Уж не гоните нас!

Я поглядела на Веру, абсолютно безучастно евшую геркулесовую кашу. Славная, однако, компания подбирается! Ненормальная девица и безработная беженка с девочкой. Ну зачем я назвалась Раисиной дочерью? Надо немедленно внести ясность и... Что? Выставить их на улицу? Усталую измученную женщину и оголодавшую до последнего предела девочку?

— Никто вас не гонит, — твердо сообщила Катя, — ешьте, отдыхайте, а там решим. Сейчас позвоню Ольге Подкопаевой, у них в больнице санитарок берут, дают общежитие, а кушать можно в столовой, от больных много остается.

— У нас прописки нет, — напомнила Зоя.

— Ничего, — легкомысленно отмахнулась Катюня, — у нас приятель Юрка в милиции работает, поможет.

— Счастье-то, счастье, — закричала Зоя и бросилась на пол, — давай, Криська, становись на колени, кланяйся моей племяннице золотой, дай, дай поцелую...

И она, вытянув вперед руки, поползла ко мне на коленях. Я в ужасе отпрянула и налетела на

Веру, которая по-прежнему без лишних эмоций глотала овсянку. Катерина побледнела и кинулась поднимать Зою, но та как-то странно выпучила глаза, потом приложила левую руку к груди, тихо сказала:

— Печет очень, прям огнем горит, — и упала на бок, неловко подогнув правую ногу.

Катерина понеслась к холодильнику за валокордином, но влить в Зою лекарство мы не смогли.

Она не желала ничего глотать, пахучая жидкость текла по подбородку, глаза, странно открытые, не мигали.

Приехавшая «Скорая» тут же вызвала милицию: Зоя умерла. Началась томительная процедура. Сначала прибыли два парня, которые изъяснялись как индейцы или глухонемые в основном знаками с небольшой долей междометий.

— А-а-а, — пробормотал один, — ты, это, того, в общем.

— Да, — отреагировал другой, — оно, конечно, надо бы.

— Ну давай, — велел первый.

— А-а-а, — протянул второй, — надо, да?

— Да! — припечатал первый.

Следом появился мужик постарше, владевший все же словарным запасом людоедки Эллочки. Он быстро навел порядок. Записал наши с Катюшей паспортные данные, повертел в руках документы, найденные в сумочке у Зои, и раздраженно протянул:

— Ну ни фига себе, головная боль, прописка в городе Грозном, и регистрации нет.

— Она наша дальняя родственница, — быстро сообщила Катюня, — только что прибыла.

— Сердце небось больное, — то ли спросил, то ли определил милиционер и сел писать какие-то бесконечные бумаги.

Кристина и Вера как испарились. Я же решила уточнить ситуацию и поинтересовалась:

— Вот предположим, нашла на улице человека без памяти, что делать?

— Как это нашла, — буркнул мужик, — валялся в канаве?

— Нет, женщина в ночной рубашке стояла возле дома. Ничего не помнит — ни как зовут, ни фамилию...

— И где она? — заинтересовался мент.

Но мне отчего-то не захотелось говорить правду, и я быстренько ответила:

— Ну это так, к примеру.

— А раз так, — гавкнул мужлан, — то нечего мешать людям работать, и так из-за вас столько времени зря потерял!

Я уставилась на него во все глаза. Интересное дело, можно подумать, что он играет в симфоническом оркестре, а тут его заставили ехать «на труп». Да ведь это и есть его работа! Ну погоди, грубиян, привык небось бабулек с укропом от метро гонять.

Сделав самое сладкое лицо, я защебетала:

— Понимаете, пишу детективные романы, придумала интересный поворот: главная героиня находит на улице женщину, потерявшую память. Как ей следует поступить?

— На такой случай, — принялся словоохотливо пояснять только что крайне нелюбезный сотрудник правоохранительных органов, — существуют приемники-распределители, доставят туда.

— А дальше? — не успокаивалась я.

— Ну, — милиционер почесал голову шариковой ручкой, — там обученный персонал, разберутся.

— Как?

— В больницу свезут психиатрическую, лечить станут, она все и вспомнит.

Я тяжело вздохнула. Знаю, знаю, какие порядки в этих милых учреждениях. Целый месяц, польстившись на приличную зарплату, мыла полы в сумасшедшем доме. Выдержала только тридцать дней и с позором бежала. Ей-богу, не знаю, кто там страшнее — несчастные больные или средний медицинский персонал. Невероятные вещи проделывали они с теми, кто пытался спорить с медиками. Пеленали мокрыми простынями, привязывали на сутки к кровати. Я уже не говорю об уколах аминазина. Никто не станет лечить несчастную Верочку, подержат несколько месяцев и сдадут в приют, поселят возле никому не нужных стариков и олигофренов. Я невольно вздрогнула:

— И это все?

— А чего надо? — удивился мужик. — Государство заботится о таких людях.

Еще хуже. Спаси нас господи от необходимости просить у нашего государства помощи.

— Только имейте в виду, — подытожил мент, — субсидию на похороны вам не дадут.

— Почему? — поинтересовалась Катюня.

— По месту жительства положена.

— Но она из Грозного!

— Там и получите, — преспокойненько заявил «дядя Степа» и захлопнул планшет.

Я поглядела на Катерину.

— А отчего скончалась Зоя?

— Вскрытие покажет, — равнодушно бросил милиционер и ушел.

Не успел он скрыться за дверью, как опять раздался звонок. Мы так и подпрыгнули. Наверное, скоро при звуках его веселой трели у меня будет приключаться медвежья болезнь. Что еще на нашу голову?

Но за дверью, робко переминаясь с ноги на ногу, стоял мой ученик Тема.

— Тетя Веля, — пробормотал он, — вы забыли, да?

Точно, совершенно вылетело из головы.

— Идем, детка, — сказала я и пошла в соседнюю квартиру.

Темочка — замечательный двоечник. Больше всего на свете он любит покушать, причем особых пристрастий в еде не имеет. Ест все подряд, ему нравится сам процесс. Результат налицо, вернее, на теле. Весит Темка значительно больше меня, впрочем, это не удивительно. Учение дается ему с трудом, ну не лезет наука в детскую голову. В дневнике ровными рядами стоят двойки, но в четверти, да и в году волшебным образом выходят вожделенные тройки, и Темочка переползает в следующий класс. Впрочем, любым чудесам находятся вполне реальные объяснения. Во-первых, Темка милый и абсолютно неконфликтный ребенок. Учителя частенько используют его в качестве тягловой силы: просят донести до дома неподъемную сумку с тетрадями или переставить парты. Артем никогда не отказывает, его любят, и учительская рука сама собой выводит — «удовлетворительно». А во-вторых, Наташа, его мать, постоянно таскает в школу всевозможные презенты. Сколько раз я говорила ей:

— Забери парня из этой школы. Не тянет он. Немецкий пять раз в неделю по два часа! Ну куда ему! Отдай после девятого класса учиться на повара или парикмахера!

Но нет предела родительскому тщеславию. Наташа категорично заявляет:

— Никогда. Я всю жизнь копейки считаю, пусть хоть мой ребенок в люди выйдет, высшее образование получит. Ты его тресни, если лениться начнет, но немецкий он обязан знать.

Вот мы и продираемся сквозь дремучие заросли чужого языка, как кабан через терновники, оставляя повсюду капли крови, в основном моей, потому что Теме, честно говоря, все по фигу и он только ждет вожделенного мига, когда за репетиторшей захлопнется дверь. Пару раз он хитрил и переводил стрелки будильника вперед, но теперь я умная и приношу часы с собой.

Глубоко вздохнув, словно пловец перед многокилометровым заплывом, я как можно более ласково произнесла:

— Ну, котеночек, давай начнем с глаголов.

Наверное, в каждом языке есть свои грамматические примочки. Посудите сами. Например, глагол «класть». Я кладу, ты кладешь, он кладет... Вроде просто, но почему тогда сотни и сотни россиян произносят: «Я покладу»? А близкий ему по смыслу «положить»? Я положу... Ан нет. Во многих устах он звучит по-другому — я ложу. Ложу — и точка! Парадоксальным образом иностранцы, хорошо знающие русский язык, никогда не совершают подобных ошибок. Им вдолбили в голову, что это неправильно. Впрочем, и у немцев полно своих «грамотеев», не знающих правил собственного языка. Трудности чаще всего возникают с глаголами сильного и неправильного спряжения. Три основные формы этих глаголов следует заучить наизусть, как молитву, иначе никогда не скажешь правильно фразу в прошедшем времени.

— Ну, Темочка, давай глагол «читать» — lesen...

— Lus, gelusen, — выпалил мальчик.

— Не попал! Еще разок: lesen...

— Laste, gelasen, — пробормотал «Ломоносов».

— Нет, ну, котеночек, соберись, lesen...

— Lis, gelisen, — снова попал пальцем в небо Тема.

Я тяжело вздохнула и, чтобы не дать ему затрещину, крепко сцепила под столом руки. А еще говорят, что ангельское терпение можно приобрести только в результате медитаций и молитв! А вот и нет, стоит месячишко позаниматься с Темой, и вашему умению владеть собой позавидуют буддистские монахи. Если, конечно, вы не убьете Артемку в первые же дни...

— Котеночек, ты не знаешь.

— Я учил, — заныл Тема, косясь на будильник, — честное благородное, все делал как велели, перед сном десять раз прочел.

— Понимаешь, — принялась я проникновенно объяснять ленивому мальчишке суть, — могу помочь написать сочинение или растолковать правило, но открыть тебе голову и ложкой положить туда знания мне слабо. Надо и самому чуть-чуть поработать. Ну, котик, lesen...

— Las, gelesen.

Из суеверия я не стала открывать глаз.

— Отлично, gehen...

— Ging, gegangen. — Опять совершенно верно.

Я открыла глаза и строго велела:

— Отдавай шпаргалку!

— Это не я, — опять заныл Темка и ткнул пальцем в сторону двери, — это она!

Там стояла Кристина. Увидав мой удивленный взор, девочка засмущалась:

— Простите, случайно вышло, меня прислала Катя сказать...

— Погоди, — перебила я ее, — ты знаешь немецкий?

— Немного, — ответила Крися, — в колледже пятерки ставили.

Мы поболтали чуть-чуть, и я с восхищением признала, что девочка великолепно владеет языком, а произношение у нее безукоризненное. Хорошие, однако, школы были в Грозном, если там давали такие знания.

— Летом папа обычно отправлял меня в Гер-

манию на три месяца, — как ни в чем не бывало
продолжала Кристя.

Ничего себе! Наверное, Зоя с мужем отлично
зарабатывали! Что же она тогда плела про парикмахерскую и отсутствие денег?

— Папа говорил: «Учись, дочка, дело тебе
передам».

— И что у него за дело?

Кристина замялась:

— Всего точно не знаю, вроде магазины и еще
что-то...

Учебник немецкого языка выпал у меня из рук.

— Они что, с мамой в разводе были?

— Моя мама умерла, — тихо напомнила Кристина.

— Извини, просто очень удивилась. Раз твой
отец столь состоятельный, как же он бросил вас в
Грозном? — Произнеся эту фразу, я тут же осеклась. Надо же быть такой дурой! Зоя-то говорила,
что Ивана убили! Сейчас Кристина разрыдается...

Но девочка стойко выдержала удар. Секунду
она не мигая глядела в сторону, потом ответила:

— Зоя мне не мать.

Я почувствовала легкое головокружение.

— А кто?

— Никто.

— Как же ты с ней познакомилась, где?

— Она меня на дороге подобрала, возле села
Мартан.

— Артем, — строго приказала я, — садись и
учи глаголы, через час вернусь и проверю.

Дома мы усадили Кристину на кухне и велели
рассказать все по порядку.

Девочка начала перечислять события своей
короткой, но бурной жизни.

СОДЕРЖАНИЕ

Литературно-художественное издание

Донцова Дарья Аркадьевна

ПРОГНОЗ ГАДОСТЕЙ НА ЗАВТРА

Ответственный редактор *О. Рубис*
Редакторы *Т. Семенова, В. Юкалова*
Художественный редактор *В. Щербаков*
Художник *О. Тимошин*
Технический редактор *Н. Носова*
Компьютерная верстка *В. Азизбаев*
Корректор *З. Харитонова*

Налоговая льгота — общероссийский классификатор
продукции ОК-005-93, том 2; 953000 — книги, брошюры.
Подписано в печать 17.08.2001. Формат 84×108¹/₃₂.
Гарнитура «Таймс». Печать офсетная. Бумага газетная.
Усл. печ. л. 21,84. Доп. тираж 30 000 экз.
Заказ № 0109102.

ЗАО «Издательство «ЭКСМО-Пресс». Изд. лиц. № 065377 от 22.08.97.
125190, Москва, Ленинградский проспект, д. 80, корп. 16, подъезд 3.
Интернет/Home page — www.eksmo.ru
Электронная почта (E-mail) — info@ eksmo.ru

Книга — почтой: Книжный клуб «ЭКСМО»
101000, Москва, а/я 333. E-mail: bookclub@ eksmo.ru

Оптовая торговля:
109472, Москва, ул. Академика Скрябина, д. 21, этаж 2
Тел./факс: (095) 378-84-74, 378-82-61, 745-89-16
E-mail: reception@eksmo-sale.ru

Мелкооптовая торговля:
117192, Москва, Мичуринский пр-т, д. 12/1
Тел./факс: (095) 932-74-71

ООО «Медиа группа «ЛОГОС». 103051, Москва, Цветной бульвар, 30, стр. 2
Единая справочная служба: (095) 974-21-31. E-mail: mgl@logosgroup.ru
contact@logosgroup.ru

ООО «КИФ «ДАКС». Губернская книжная ярмарка.
М. о. г. Люберцы, ул. Волковская, 67.
т. 554-51-51 доб. 126, 554-30-02 доб. 126.

Книжный магазин издательства «ЭКСМО»
Москва, ул. Маршала Бирюзова, 17 (рядом с м. «Октябрьское Поле»)

Сеть магазинов «Книжный Клуб СНАРК» представляет
самый широкий ассортимент книг издательства «ЭКСМО».
Информация в Санкт-Петербурге по тел. 050.

Всегда в ассортименте новинки издательства «ЭКСМО-Пресс»:
ТД «Библио-Глобус», ТД «Москва», ТД «Молодая гвардия»,
«Московский дом книги», «Дом книги на ВДНХ»

ТОО «Дом книги в Медведково». Тел.: 476-16-90
Москва, Заревый пр-д, д. 12 (рядом с м. «Медведково»)

ООО «Фирма «Книнком». Тел.: 177-19-86
Москва, Волгоградский пр-т, д. 78/1 (рядом с м. «Кузьминки»)

ООО «ПРЕСБУРГ», «Магазин на Ладожской». Тел.: 267-03-01(02)
Москва, ул. Ладожская, д. 8 (рядом с м. «Бауманская»)

Отпечатано на MBS в полном соответствии
с качеством предоставленного оригинал-макета
в ОАО «Ярославский полиграфкомбинат»
150049, Ярославль, ул. Свободы, 97.